5권 천하삼분(天下三分)

일신서적출판사

삼국지 5

차례

부록

위(魏) 220~265

환관의 양자의 아들인 조조는 기
반이 미약했으나 명신들의 도움으
로 정권을 확고히 할 수 있었고
220년 11월, 그의 아들 조비가 문
제로 즉위, 위를 성립시켰다. 문제
이래 왕권을 계승한 황제들을 보
필했던 사마의가 조상과 외척을
제거하고 실권을 장악하였다. 265
년, 사마의의 손자인 사마염이 진
을 건국함으로써 위는 멸망했다.

촉(蜀) 221~263

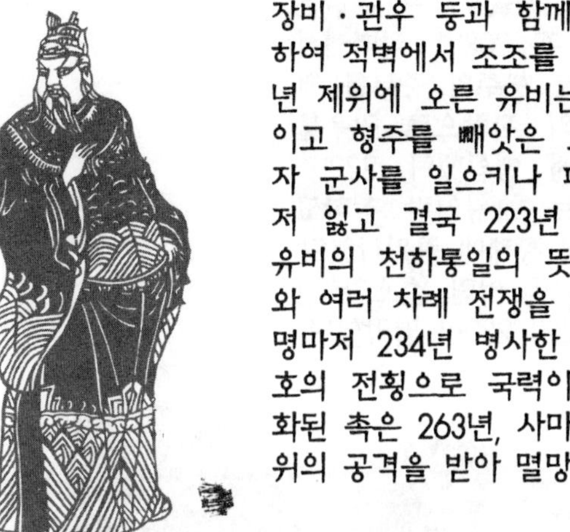

장비·관우 등과 함께 오와 연합하여 적벽에서 조조를 이긴 후 221년 제위에 오른 유비는 관우를 죽이고 형주를 빼앗은 오에 보복코자 군사를 일으키나 패해, 장비마저 잃고 결국 223년 병사하였다. 유비의 천하통일의 뜻을 이어 위와 여러 차례 전쟁을 치른 제갈공명마저 234년 병사한 후 환관 황호의 전횡으로 국력이 급격히 약화된 촉은 263년, 사마소가 이끄는 위의 공격을 받아 멸망하였다.

유비

관우

장비

제갈공명

오(吳) 222~280

손견, 손책의 뒤를 이은 손권은 정권을 잡은 후 208년, 적벽에서 조조를 대파해 형주의 중부를 차지했고 여몽의 지략으로 관우를 죽여 남부마저 병합했다. 222년, 손권은 스스로 오왕이라 칭하고 229년, 마침내 황제에 즉위하였다. 손권이 죽은 뒤, 어린 손호가 진에 항복함으로써 280년 멸망했다.

손권

노숙

육손

주유

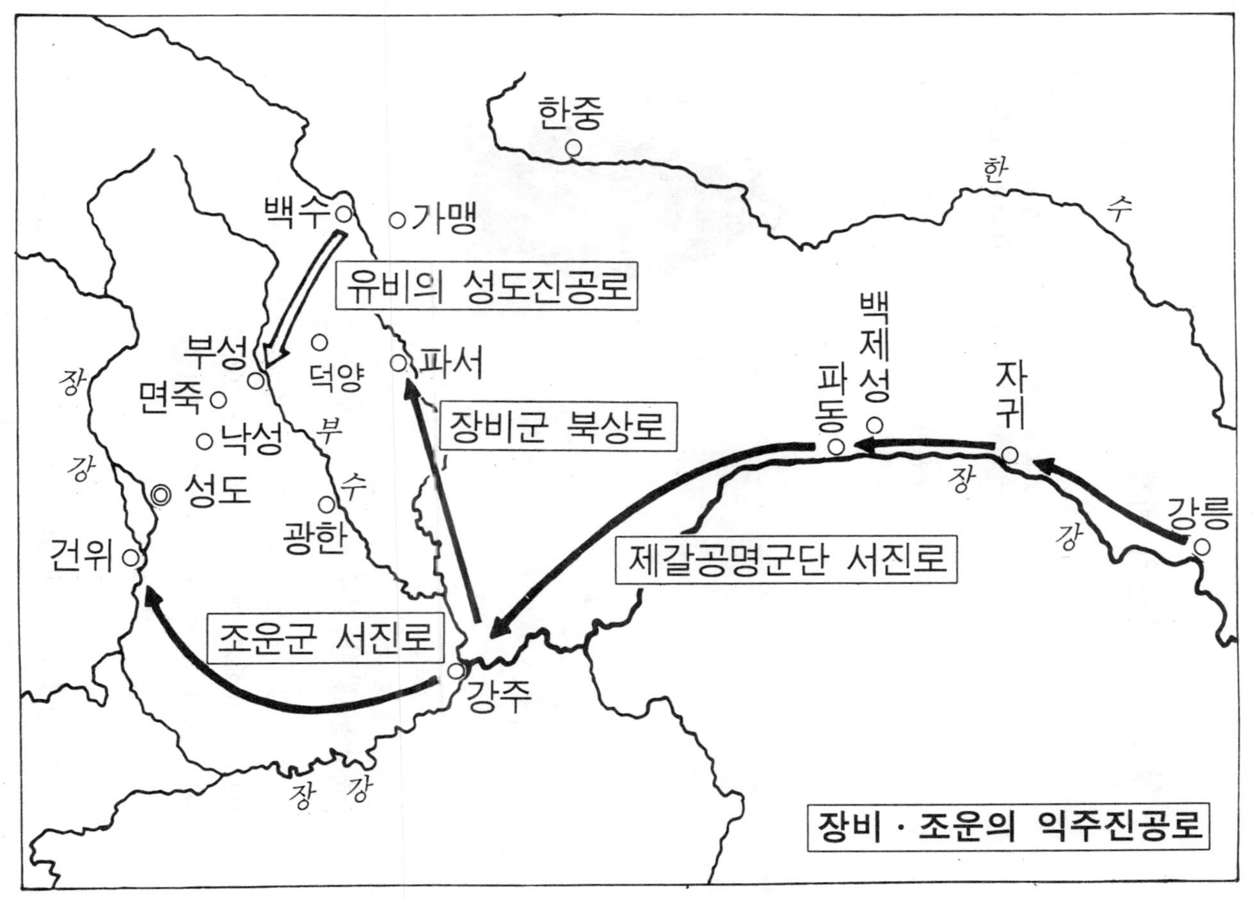
한중
백수
가맹
유비의 성도진공로
부성
덕양
파서
면죽
장비군 북상로
낙성
부수
백제성
파동
자귀
성도
광한
제갈공명군단 서진로
장강
건위
한수
강릉
장강
조운군 서진로
강주
장강
장비·조운의 익주진공로

제 61 회 손권의 계책

조 운 절 강 탈 아 두　　손 권 유 서 퇴 노 만
趙雲截江奪阿斗　　孫權遺書退老瞞

조운이 강에서 아두를 빼앗아 되찾고
손권은 편지로 조조를 쫓아보내다

유장을 향한 검무

방통과 법정은 연회의 자리에서 유장을 찔러 죽여 서천을 취하라고 유비에게 계속 권고하였다. 그러나 유비는 그러한 말을 한사코 받아들이지 않고 계속해서 거절했다. 이튿날도 다시 유비는 유장과 만나 회음하면서 서로 마음을 털어놓고 정답게 환담을 나누었다.

연회석상에서 방통이 법정에게 남몰래 귀띔을 하였다.

"주공께 일일이 허락을 받았다가는 결판이 나지 않을 것입니다.”

그러고는 위연을 연회석으로 불러들여 검무를 추다가 적당한 때를 봐서 유장을 찔러 죽이라고 하였다.

위연은 검을 빼들고 연회석상으로 나와 말하였다.

“연회에 여흥이 없으면 흥이 나지 않으니 제가 검무라도 한 번 보여드리겠습니다.”

방통은 도부수들을 불러 연회석 밖에서 대기토록 하고 위연이 신호를 보낼 때까지 꼼짝하지 말고 기다리라고 하였다.

반면, 유장 휘하의 장수들도 위연의 행동을 보고는 유장이 위험할 것이라는 직감을 하고 연회석 밖의 군사들에게 각기 칼자루를 단단히 쥐고 만반의 태세를 갖추라고 하였다.

이때 유장의 종사관 장임(張任)도 검을 들고 일어서며 말하였다.

“검무란 원래 짝을 지어 하는 춤이니 부족하지만 제가 위 장군의 상대를 해드리겠습니다.”

두 사람은 연회석 앞에서 검무를 추기 시작하였다. 그러자 위연이 유봉에게 눈짓을 하여, 유봉도 즉시 검을 뽑아들고 검무에 끼어늘어 세 명이 검무를 추게 되었다.

이렇게 되자 유괴·냉포·등현이 검을 빼들고 나서며 말하였다.

“자, 그럼 차라리 군무를 추도록 합시다.”

보다 못한 유비가 준엄한 표정으로 일어나 패검 두 자루를 빼어 들더니 이렇게 말하였다.

“여러 장수는 들으시오! 같은 종족인 유장과 내가 즐겁게 술을 마시며 아무런 스스럼 없이 속마음을 터놓고 있소. 또 이 자리는 홍문지회(鴻門之會)가 아니오. 그러니 검무도 그만두고 칼도 버리시오. 내 명을 따르지 않으면 엄벌에 처하겠소.”

유장 역시 일어나 맞장구를 쳤다.

"이 자리에 칼은 필요없소."

그러고는 시위병들로 하여금 모든 병사들의 칼을 거두어 들이라고 명하였다.

유비는 장수들 일동에게 술잔을 권하며 말하였다.

"나와 유장 공은 동족이자 형제 사이오. 서로 큰일을 의논하는데 두 마음이 있을 수 없는 법이니 부질없는 의심은 집어치우도록 하시오."

밤 늦게서야 술잔치가 끝난 후 숙소에 돌아온 유비는 방통을 불러들여 문책하였다.

"어찌하여 공은 나를 의롭지 못한 사람으로 만들려 하시오? 앞으로는 결코 이런 일이 있어서는 안 되오!"

방통은 한숨만 쉬고 물러갔고, 유장은 본진으로 돌아가 유괴 등의 장수에게 항의를 받았다.

"오늘 잔치에서 벌어진 광경을 어찌 생각하십니까? 어서 빨리 성 안으로 돌아가지 않으시면 위험이 닥칠 것이 뻔하옵니다."

"우리 형님 되시는 유비 공은 여느 사람과는 다르네."

"유비 공이야 사심이 없으실지도 모르지만 그의 부하들은 서천을 빼앗아서 부귀를 누리겠다고 생각하는 놈들뿐이옵니다."

유장은 이 말 역시 들은 체도 하지 않고 단호히 말하였다.

"여러 장수들은 우리 형제를 더 이상 이간질시키지 말도록 하시게."

유장은 날마다 유비와 만나 연회를 베풀었다.

그러던 어느 날 장로가 출병 태세를 갖추고 가맹관(葭萌關)으로 진격하고 있다는 보고가 들어왔다. 유장이 유비에게 방어를 부탁하자 유비는 흔쾌히 승낙하더니 본대와 더불어 즉시 가맹관으로 진격하였다.

이때 유장의 장수들은 유장에게 요소요소를 굳게 지키고 유비 군들이 태도를 일변시키지 않는가를 엄히 경계하도록 권하였다. 유장은 처음에는 받아들이지 않았으나 마침내 일동의 압력에 못이겨 백수(白水) 도독 양회(楊懷)와 고패(高沛) 두 장수를 부수관(涪水關)으로 파견하여 수비케 하고 유장 자신은 성도로 귀환했다.

유비는 가맹관에 도착하여 군사들에게 민폐를 끼치지 않도록 엄히 타이르며 민심을 안정시키고 은혜를 베풀었다.

이러한 소식은 재빨리 동오에 전해졌다. 손권은 여러 신하들과 장수들을 모아놓고 회의를 벌였다.

맨 먼저 고옹(顧雍)이 나서서 말하였다.

"유비가 군사들을 반으로 나누어 산세가 험한 산악 지대인 서천에 꽤 깊이 들어가 있는데 그곳은 가기도 돌아오기도 어려운 길입니다. 그러니 이제 군사들을 서천의 요충지에 보내 유비가 돌아오지 못하게 막아버리는 겁니다. 그런 뒤에 계속해서 동오의 모든 병력을 동원하면 형주가 일순간 함락될 것이니 이 기회를 놓쳐서는 안 되는 줄로 아룁니다."

"그래, 그거 좋은 생각이오."

손권이 기뻐하며 수긍하고 좀더 구체적으로 이야기를 진행시켜나가려는데 갑자기 병풍 뒤에서 누군가가 뛰어나오면서 큰 소리로 꾸짖었다.

"그렇게 간사스러운 꾀를 일러주는 자가 누구요? 내 딸의 목숨은 생각지도 않는단 말이오?"

일동은 모두가 놀랐다. 그 소리의 주인공은 오 부인이었기 때문이었다.

"내게는 하나뿐인 딸을 유비에게 출가시켰거늘, 이제 만일 싸움이 벌어지면 내 딸의 목숨은 어찌 된단 말이오? 주공은 부친과 가형의 뒤를 이어 여든한 개의 주를 평정하였으면서도 아직 조그만 잇속을 탐하여 골육인 하나밖에 없는 누이동생을 아무것 도 아닌 것으로 여긴단 말이시오?”

손권은 오 부인의 이러한 문책 앞에 어쩔 줄 모르고 고개를 수그린 채 대답하였다.

“황송하옵니다. 어마마마의 분부를 어찌 제가 거스르겠사옵니 까?”

그는 주위의 일동을 물러가게 하였고, 오 부인도 겨우 진정하 고 안으로 들어갔다.

손권은 홀로 처마 밑을 서성거리며 시름에 잠겼다.

‘어머님의 말이 걸리긴 하지만 이번 기회를 놓치면 어느 세월 에 형주를 빼앗는단 말인가?’

이때 장소가 살며시 다가와 말을 꺼냈다.

“주공께서는 무슨 걱정을 하고 계십니까?”

“조금 전의 일을 생각하고 있었다네.”

“그거야 간단한 일이지요. 믿을 수 있는 심복을 형주로 잠행시 켜 비밀리에 영매(令妹)에게 밀서를 전달하게 합니다. 그 밀서에 는 어머니가 위독하시어 빨리 만나고 싶어하신다고 하는 것입니 다. 다시 말씀드려 영매를 속여서 불러내자는 것이지요. 유비에 게는 아들 아두(阿斗)가 있습니다. 영매가 오시는 길에 아두도 같 이 데려오게 하시면 아두는 곧 우리 쪽의 볼모가 되는 것이지요. 그러면 유비는 하나뿐인 아들 아두를 되찾기 위해서 반드시 형 주를 내놓을 것이고 혹시 만에 하나 내놓지 않을 경우에는 그때 야말로 전쟁을 벌이는 것입니다.”

손권이 고개를 끄덕이며 말하였다.

“그것 참 대단한 묘계로구나. 내 부하 가운데 주선(周善)이라는 자가 있는데 그는 굉장히 배짱이 크고 충성스러운 자라네. 어려서부터 우리 집에 자주 드나들며 계속해서 망형(亡兄)을 섬기던 사람이니 이런 심부름에는 안성맞춤일 걸세.”

“말이 새어나가지 않게 주의하시고 어서 서두르십시오.”

이리하여 상인으로 위장한 주선이 오백 병력을 거느리고 다섯 척의 배에 올라 형주로 향하였다. 만일 검문을 받게 될 경우에 대비해서 위조된 외교문서를 지참하였으며 배 밑바닥 창고에는 무기를 감추어 가지고 떠났다.

아두를 구한 조운과 장비

선대가 드디어 형주에 닿았다. 주선은 배를 강기슭에 숨겨놓고 형주성으로 가서 문지기에게 손 부인을 만나뵙고 싶다고 부탁하였다. 손 부인은 연락을 받자 즉시 주선을 불러들였다. 주선이 밀서를 건네주었더니 손 부인은 다 읽기도 전에 울음부터 터뜨리며 모친의 위독한 상황을 자세히 물었다.

주선이 시치미를 떼며 말하였다.

“매우 위독하신 듯하옵니다. 아침저녁으로 우리 딸, 우리 딸을 외치시며 만나고 싶어하십니다. 더 늦기 전에 어서 아두님을 품에 안고 어머니를 뵈러 가시지요.”

“그런데 황숙께서 멀리 나가 계시오. 그러니 이 몸이 친정에 다녀온다 하더라도 군사(軍師)께 말씀드려 양해를 구해야 하오.”

“그러하오나 만일 군사께서 황숙께 알려 회답이 올 때까지 기다려달라고 하면 도리어 낭패가 아니십니까?”

“그렇다고 아무 말 없이 갔다가 혹시 어떤 잘못이라도 있게 되는 날은 어떻게 하겠소?”

“지금 장강에 배가 와 있사옵니다. 성 밖으로 수레를 타고 나가시기만 하면 되는 일이온데 잘못은 무슨 잘못이 있겠사옵니까?"

손 부인은 조바심 속에 망설이다가 결국 일곱 살짜리 아두를 수레에 태우고 서른 명의 수행원들로 하여금 도검을 지니도록 하였다. 이윽고 말을 타고 성을 뒤로 하였는데 집안 사람들 가운데 눈치 챈 이라고는 아무도 없었다. 그들이 마님이 안 계시다고 소란스럽게 찾아 헤맸을 때는 이미 손 부인이 사두진(沙頭鎭) 포구에서 배에 오른 뒤였다.

주선은 감쪽같이 임무를 수행한 기쁨을 누리며 선대의 출발을 명하였다. 다섯 척의 배들이 막 떠나려는 순간 강기슭에서 크게 외치는 소리가 들렸다.

"기다려라! 부인을 배웅하러 왔으니 어서 삿대질을 멈추어라."

누군가 하고 눈여겨보니 그는 바로 조운이었다. 조운은 지방 고을을 순시하고 돌아와서 손 부인이 동오(東吳)로 떠났다는 사실을 알고 부랴부랴 너댓 명의 부하만 거느리고 질풍과 같이 이곳으로 치달려 온 것이었다.

주선이 칼이 달린 긴 창을 손에 들고 아우성치듯 응수하였다.

"네 놈이 누구인데 부인의 길을 저지하느냐?"

주선은 삿대질을 재촉하여 노를 저어가도록 하는 한편, 배 아래 창고에서 무기를 꺼내 올려다가 늘어놓았다. 때마침 불어오는 바람에 배는 빠른 물살을 타고 강 가운데로 전진하였다.

조운은 강기슭을 달리며 소리쳤다.

"부인의 길을 만류하는 것이 아니라 다만 한 말씀 드리고 싶어서 그렇소."

주선은 조운의 말을 못 들은 체하고 빨리 노를 저으라고만 소리쳤다. 그렇게 십여 리 정도를 저어갔는데도 조운은 아직도 기슭을 따라 말을 타고 뒤쫓아오고 있었다. 그러다가 강기슭에 매여 있는 고기잡이 배 한 척을 발견하고는 말에서 내려 창만 들고 그 조각배에 올라탔다. 부하 두 명이 노를 저어 손 부인이 탄 큰 배를 추격하였다.

주선은 군사들에게 활을 쏘라고 명하였다. 조운이 날아오는 그 화살을 창으로 막아 떨어뜨리자 화살은 힘없이 강물 위로 떨어졌다.

조운의 조각배가 드디어 손 부인이 탄 큰 배와 열 자 정도밖에 떨어지지 않은 거리까지 접근하자 동오 군사들이 창을 뻗어 마구 찔러댔다. 조운은 손에 들고 있던 창을 아래로 내려놓고 허리에 차고 있던 청공검(靑釭劍)을 빼어들었다. 이 검은 장판파(長坂坡) 싸움에서 하후은(夏侯恩)에게서 빼앗은 것으로 무쇠도 무 자르듯이 벤다는 검이었다. 그 칼을 빼어든 조운이 눈앞에 창으로 겹겹이 둘러싸여 있는 적군들의 한복판에 껑충 뛰어들어갔다. 동오의 군사들은 모두 놀라 기가 죽었다.

조운은 덤벼들려는 동오 군사들은 본체만체하고 선실로 곧장 뛰어들어갔다. 손 부인은 아두를 안고 앉아 있었는데 조운을 보자 한 마디 하였다.

"장군은 왜 이리 무례하오?"

조운은 얼른 검을 칼집에 꽂아 넣고 고개를 숙이고는 답하였다.

"황공하옵니다. 하온데 어디를 가시는지 왜 군사께 연락을 하시지 않으셨습니까?"

"친정 어머님께서 위독하시다는데 그럴 겨를이 어디 있었겠소?"

"하오나, 자당의 문병길에 어째서 아두 도련님은 데리고 가시는지요?"

"아두는 나의 자식이오. 돌봐줄 사람이 없는 형주에 어찌 혼자 남겨두고 갈 수 있겠소?"

"그것은 잘못된 생각이십니다. 아두 도련님은 주공의 유일한

혈육이시옵니다. 그러기에 이 조운이 당양(當陽)의 장판파 싸움에서 일백만 대군 속을 헤치며 구출해낸 것이온데 그런 아두 도련님을 그렇게 먼 곳으로 데려가시다니, 그것은 어불성설이시옵니다.”

“장군은 우리 주인의 한 무장에 지나지 않으면서 어째서 우리 집안의 내밀한 일에 참견하는 것이오?”

“부인께서 기필코 동오에 가신다면 아두 도련님만은 남겨두고 가십시오.”

“아무런 예고나 허락도 없이 이 배에 뛰어든 것은 모반할 작정으로 그런 것이 아니오?”

“마음대로 생각하십시오. 그러나 아두 도련님을 남겨두고 가지 않으신다면 절대로 부인 마님을 동오 땅으로 보내드릴 수 없습니다.”

손 부인은 시종들에게 조운을 제지하도록 명하였으나 조운이 날듯이 덤벼들어 손 부인의 품에서 아두를 빼앗아 선실에서 뛰어나와 뱃머리에 섰다. 그러나 공격을 할 수도 없고 강으로 뛰어들 수도 없는 난감한 처지에 빠지게 되었다. 그렇다고 배 안의 동오 군사들의 피를 흘리게 해서 위협하는 일도 온당치 못한 일이었다.

손 부인은 주저하고 있는 조운을 보고 시녀들을 시켜 아두를 빼앗도록 하였다. 조운은 한 손으로는 아두를 꼭 안고 있었고 한 손으로는 검을 꼭 쥐고 있었기 때문에 어느 누구도 조운에게 접근을 할 수가 없었다.

주선은 배 뒤쪽에 서서 키를 잡고 바람을 탄 배가 강의 한가운데로 갈 수 있도록 조정하였다. 조운은 혼자였으므로 아두를 지키는 것이 유일하게 할 수 있는 일이었다.

조운이 이렇게 절박한 처지에 놓여 있을 때 하류에서 이쪽을 향해 곧바로 다가오는 열 척의 선단이 눈에 들어왔다. 그 배 무리는 기를 흔들고 북소리를 울리며 빠른 속도로 저어왔다.

조운은 난감해져서 탄식했다.

"이번만은 동오 놈들에게 손을 들어야 한단 말인가?"

조운이 다시 한 번 눈여겨보니 배의 맨 앞머리에 대장 하나가 손에 기다란 창을 들고 서서 벼락 같은 소리를 질러대고 있었다.

"이보십시오 형수님, 아두 도련님은 두고 가십시오!"

그는 다름 아닌 장비였다. 장비가 배 열 척을 거느리고 순찰하고 돌아오는 길에 손 부인이 동오로 떠났다는 보고를 받고는 그 길로 달려와 유강(油江)의 후미 어귀에서 기다리고 있다가 이렇게 동오 군의 선단과 맞닥뜨린 것이었다.

장비는 동오 군 선단의 앞을 가로막더니 쌍날검을 들고 동오의 배로 뛰어들었다. 주선이 그냥 보고만 있을 수 없어서 외날검을 빼들고 덤벼들었다. 장비가 검을 휘둘러 내리치니 주선은 비명도 한 마디 지르지 못한 채 그 자리에서 두 동강이 나버렸다.

장비가 주선의 목을 쳐서 베어내고는 그 목을 들어 손 부인의 눈앞에 내던졌다.

"이런 무례한 짓이 어디 있소?"

손 부인이 호통을 치자 장비도 기분 나쁜 듯이 소리쳤다.

"우리 형님이 안 계신 틈을 타서 마음대로 돌아가시는 형수님께서는 무례하지 않으십니까?"

"친정 어머님께서 병환이 위독하시다 하오. 그런데 황숙께서 돌아오실 때까지 기다렸다가는 때가 늦을 것 같아서 서둘러 떠나온 것이오. 만일 절대로 나를 보내주지 않는다면 여기서 강물에 몸을 던져 죽겠소."

장비와 조운은 이 말에 그만 말문이 막혔다. 조운과 장비는 신중하게 의논하였다.

"형수님께서 강에 몸을 던지셨다가는 형님을 뵐 면목이 없을 것이니 아두 도련님만 우리가 보호하고 형수님은 보내기로 하세."

장비가 합의한 내용을 손 부인에게 알렸다.

"아시다시피, 형님은 한나라의 황숙이십니다. 형수님께 마냥 무례하게 한 것은 형님과 한나라를 위해 그런 것이니 너무 언짢아하지 마십시오. 그래서 오늘은 더 이상 막지 않고 보내드리겠사오니 돌아가시더라도 형님 생각이 나시거든 속히 돌아오시기를 바라겠습니다."

이리하여 장비는 조운과 더불어 아두를 데리고 자기 배로 옮겨 탔다. 손 부인을 태운 다섯 척의 동오 군 배는 장비 일행을 놔둔 채 동오로 향하였다.

두 장수는 아두만이라도 찾은 것을 크게 기뻐하며 배를 되돌렸다. 그렇게 몇 리도 가기 전에 공명이 커다란 선단을 이끌고 마중나왔다. 공명은 아두를 찾아왔다는 말을 듣고 크게 기뻐하며 이 사실을 가맹관에 가 있는 유비에게 편지로 알리기를 잊지 않았다.

조조에게 구석을 주장한 동소

손 부인이 동오로 돌아와 손권에게 도중에 있었던 일을 낱낱이 고하자 손권은 불같이 노발대발하였다.

"누이가 이렇게 돌아온 이상 유비와의 인척 관계는 없던 일로 하시게. 내 주선의 원수를 갚지 않고서는 못 견디겠네."

손권이 모든 문무백관들을 불러다놓고 형주를 공략할 방도를 토의하는데 도중에 급보가 들어왔다. 조조가 적벽싸움에서 당한 원한을 앙갚음하고자 사십만 대군을 이끌고 이곳으로 공격해온다는 것이었다. 이제는 형주의 문제는 차후의 일이었고, 조조 군의 침공에 대비하는 일이 급선무였다.

그때 신병 치료차 귀향가 있었던 장굉이 죽으면서 유서를 남겼다는 또다른 보고가 들어왔다. 장굉은 장사(長史:군정관)의 직책을 맡고 있었는데 손권이 그 유서를 뜯어보니 거기에는 말릉(秣陵)으로 도읍을 옮기라는 권고가 적혀 있었다.

> 말릉에는 제왕을 낼 만한 땅의 기상이 있으니 어서 그곳으로 도읍을 옮기시어 천하를 차지하도록 하십시오.

손권은 그 유서를 읽고 나서 소리내어 통곡하고는 일동에게 일렀다.

"장굉이 나에게 말릉으로 도읍을 옮기라고 유언을 남겼는데 내 생각에도 옮기는 것이 좋을 듯하니 그의 말을 따르기로 하겠소."

도성을 말릉으로 옮기기로 결정하고 그곳의 이름을 말릉에서 건업(建業:지금의 남경)으로 바꾸고 그곳에 석두성(石頭城)을 축조하도록 명하였다.

이때 여몽(呂蒙)이 나서서 아뢰었다.

"조조 군의 공격을 막기 위해서는 유수의 강 어귀에 조그만 성을 쌓고 방비함이 옳은 줄로 여겨지옵니다."

그러자 장수들 일동이 반박하였다.

"강에서 적군과 대적을 한다면 곧바로 배를 공격하거나 공격당할 것이고 퇴각할 때는 배를 이용할 것인데 조그만 성이 무슨 필요가 있겠소?"

여몽은 뜻을 굽히지 않고 말하였다.

"싸움에는 그때그때의 상황에 따라 좋은 상태와 나쁜 상태가 있게 마련이오. 즉 반드시 이긴다는 보장은 없는 법이외다. 그러니 불의의 적을 만나 습격을 받거나 또는 밀리고 밀려서 어쩔 수가 없을 경우 배까지 물러갈 겨를도 없을 것인데 그때 조그만 성이라도 없다면 어찌 이를 피하겠소이까?"

손권이 이들의 말을 듣고 있다가 말하였다.

"격언에 이르기를, '멀리까지 배려가 없으면 가까운 곳에 근심거리가 있는 법'이라 하였소. 여몽은 멀리까지 배려하는 사람이오."

그는 수만 병력을 여몽에게 주어서 유수에 조그만 성을 쌓게 하였다. 밤낮을 가리지 않고 성을 쌓는 일에 몰두하여 빠른 시일 내에 성이 완성되었다.

한편, 조조는 허도에 머물면서 날이 갈수록 위세가 등등하여 거만해지기만 할 뿐이었다. 하루는 장사 동소(董昭)가 진언하였다.

"자고 이래 인신(人臣)으로 승상만한 분이 어디 있겠사옵니까? 주공(周公)이나 태공망(太公望)도 승상께 비길 수가 없사옵니다. 승상께서는 서른 해가 넘도록 갖은 어려움과 위험을 무릅쓰고 백성들을 위해 악인의 무리들을 평정하셨사오며 한나라 제실을 존속시키셨사오니 어느 누가 이 업적에 대하겠습니까? 황제께서는 당연히 위공(魏公)의 칭호를 주시고 구석(九錫:공신에게 황제가 특별히 주는 물품)을 더하시어 승상의 위훈을 표창하셔야 할 줄로 아뢰나이다."

구석이란 다음과 같다.

첫째는 거마(車馬)로 황금빛 수레와 병거가 각 한 채씩이고, 거기에 각 여덟 마리의 검은 말과 밤색 말이 끌도록 되어 있다.

둘째로 의복(衣服)은 왕자(王者)의 차림에 붉은 신을 신는 것이다.

셋째로 악현(樂絃)은 왕자 전용의 음악이다.

넷째로 주호(朱戶)는 저택에 주홍색으로 문을 칠하는 것이다.

다섯째로 납폐(納陛)는 궁전에 들어갈 때 계단을 자유롭게 오르내릴 수 있는 특권이다.

여섯째로 호분(虎賁)은 호위하는 군대로 삼백 명이 호위한다.

일곱째로 부월(鈇鉞)은 권위의 상징이 되는 금도끼와 은도끼 각 한 개씩을 말한다.

여덟째로 궁시(弓矢)는 붉게 칠한 활 열 개와 화살을 말한다.

아홉째로 거창규찬(秬鬯圭瓚)은 황제가 몸소 가꾼 검은 기장으로 빚은 향기로운 울창주(鬱鬯酒)와 옥으로 만든 국자를 말한다.

동소가 조조에게 구석을 더해야 한다고 말한 것을 듣고 순욱이 이의를 제기하였다.

"그것은 잘못된 줄 아룁니다. 승상께서는 본디 한나라 천황가(天皇家)를 위하여 의병을 일으키셨으니 당연히 충정스럽고 겸허하게 처신하셔야 하는 줄로 아룁니다. 모름지기 군자란 덕으로 사람을 대해야 하거늘 '구석'이라니 천부당만부당한 말씀이십니다."

조조가 이 말에 낯빛을 바꾸고 언짢아하는 기색을 보이자 동소는 이러한 조조의 심중을 꿰뚫어보고 말하였다.

"비록 한 사람의 반대가 있을지라도 여러 사람의 소망이 그러하옴을 잊지 마십시오."

동소는 끝내 황제에게 표를 상주하였는데 조조를 존경하는 의미에서 '위공'으로 칭하고 '구석'을 덧붙여 달라는 청원이었다.

순욱이 남모르게 한탄하였다.

"내가 이런 꼴을 보게 될 줄이야……."

조조가 순욱의 그런 기색을 알아보았다.

'이놈이 나를 헐뜯고 훼방하는구나.'

그러면서 마음속 깊이 순욱을 원망하였다.

손권과 조조의 결전

건안 17년 겨울 10월, 조조는 강남으로 정토(征討)의 군사를 보낼 때 순욱에게 동행을 명하였다. 이에 순욱은 조조가 자신을 살려두지 않을 생각임을 알아차리고 신병을 구실로 수춘에 머물러 있었다.

그때 조조가 보낸 사자가 찾아와 음식물을 담는 합(盒)을 순욱 앞에 꺼내놓았다. 합은 조조의 친필로 봉해져 있었다. 그 봉을 뜯고 뚜껑을 열어보니 안은 텅 비어 있었다. 알아서 하라는 의미였다. 빈 합을 보낸 조조의 뜻을 알아챈 순욱은 스스로 독약을 마시고 목숨을 끊었는데 그때 그의 나이 쉰 살이었다.

후세 시인이 순욱의 죽음에 대해 이렇게 읊었다.

뛰어난 글솜씨와 재주를 천하에 빛냈건만	文若才華天下聞
권문에 발을 잘못 디뎌 가엾게 되었구나	可憐失足在權門
후세인들이 그의 재주를 만파에 비하지만	後人漫把留侯比
죽어도 임금 뵈옵기 무안함을 어이하리오	臨歿無顔見漢君

순욱의 아들 순운(荀惲)이 조조에게 부고를 보내니 조조는 그제서야 크게 후회하며 예를 다해 장례를 후하게 치뤄주고 경후(敬侯)라는 작위를 내려주었다.

드디어 조조의 대군이 유수에 다다랐다. 조조는 먼저 조홍에게 철갑마군(鐵甲馬軍) 삼만을 주어 강변을 순찰케 하였다.

조홍이 돌아와 보고하였다.

"강변에는 군기 하나 보이지 않으니 대체 어느 곳에 적군들이 숨어 있는지 알 수가 없습니다.”

조조는 마음이 불안하여 직접 군사를 이끌고 유수(濡須)의 강어귀 가까이에 진을 치고 나서 일백여 명의 수행 군사들을 데리고 산 언덕에 올라가보았다. 그러자 비로소 멀리 전선(戰船) 한 무리가 시야에 들어왔다.

대오가 정연하고 다섯 가지 색으로 군기가 나누어져 있으며, 무기는 눈부시게 빛나 날카로움을 자랑하고 있었다. 중앙의 큰 배에는 비단 양산이 펴져 있고, 그 아래 손권이 앉아 있는 것이 보였으며 문무백관들 및 여러 부하들이 그를 둘러싸고 있는 것이 보였다.

조조가 채찍을 휘두르며 중얼거렸다.

“자식을 낳거든 저 손권과 같은 인물을 낳아야 해. 유표의 아들과 같은 그런 자식이라면 차라리 돼지 새끼나 강아지를 키우는 게 나을 것이다.”

이때 그들의 움직임이 시작되었다. 동오의 전선들이 화살처럼 몰려왔다. 동시에 유수의 소성에서도 전사들이 뛰어나와 조조 군을 향해 덤벼들었다. 조조 군사들은 순식간에 무너지며 흩어지기 시작하였다. 이때 갑자기 일천여 기마병이 떼를 지어 산기슭까지 밀어닥쳤다. 진두에 서서 군사들을 이끌고 오는 장수의 푸른 눈동자와 붉은 빛 수염이 햇빛을 받아 반짝거렸다. 그는 분명히 손권이었다. 손권은 단숨에 조조를 향해 덤벼들 기세였다.

조조가 허둥거리며 정신없이 말머리를 되돌리는데 동오의 장수 한당과 주태가 달려나왔다. 그러자 조조의 등뒤에서 허저가 나타나 두 장수와 맞붙어 싸웠다. 조조는 그 틈에 본진으로 줄행랑을 칠 수가 있었다. 허저는 한당·주태와 맞서 서른 차례나 싸우다가 돌아왔다.

조조는 허저를 칭찬하며 다른 장수들을 꾸짖어 호통쳤다.

"적에게 등을 보이다니 그 무슨 추태란 말이오? 금후에도 이같은 일이 생기면 참수할 테니 각오하도록 하시오."

그날 밤, 갑자기 밖에서 함성이 일었다. 조조가 말을 타고 나가보니 그 일대가 온통 불바다로 변해 있었다. 적군들이 본진을 공격한 것이었다. 적군과 뒤섞여 칼과 창으로 공방전을 벌이는 동안 날이 새었고 조조 군은 이미 오십여 리나 도망쳐 있었다.

조바심이 극에 달한 조조가 심사를 달래기 위해 병서를 읽고 있으려니 정욱이 들어와 말하였다.

"병법에 통달하신 승상께서 '병(兵)은 신속을 첫째로 꼽는다'는 말을 모르시옵니까? 이번 싸움을 결심하신 뒤로도 시일을 끄는 동안에 손권은 싸울 채비를 완전히 갖추어놓고 있었으며, 유수의 강 어귀에 소성까지 축조해놓았으니 우리가 고전을 면치 못하는 것은 당연한 일이옵니다. 이제는 반격이 불가능하오니 우선 허도로 돌아가서 다시 기회를 얻어 공격하는 것이 어떻겠습니까?"

조조가 정욱의 말에 동의하지 않으니 정욱은 힘없이 물러갔다.

조조가 책상에 기대어 꾸벅꾸벅 졸고 있으려니까 마치 밀려오는 밀물처럼 천군만마가 질주하는 소리가 들려왔다. 조조가 흠칫 놀라서 얼굴을 들어보니 강의 한가운데에 붉은 해가 떠오르고 있는 것이 보였다. 불쑥 나온 그 붉은 해의 눈부심은 과연 장관이었다. 눈을 들어 하늘을 우러러보니, 거기에도 두 개의 태양이 나란히 떠서 이글거리며 불타듯이 번쩍거리고 있었다. 그러더니 갑자기 강 위의 붉은 해가 곧바로 날아와 요새 앞에 있는 산으로 떨어지며 요란한 천둥 소리를 내었다.

조조가 놀라서 깨어보니 졸다가 꿈을 꾼 것이었다. 밖에서 병사가 한낮의 때를 알렸다. 조조는 말을 끌고 오라고 이르고는 오십여 기의 군사들을 거느리고 밖으로 나갔다. 꿈속에서 붉은 해가 떨어진 그 산까지 달려가보니 과연 한 떼의 군사들이 눈에

띠었다. 그 선두에 선 장수는 금빛 투구에 금빛 갑옷 차림을 한 늠름한 모습의 손권이었다.

손권은 조조 일행을 보고도 조금도 당황하지 않고 말 위에 올라앉은 그대로 조조를 채찍으로 가리키며 꾸짖었다.

"그대는 중원 땅을 터전으로 삼고 온갖 부귀영화를 누리고 있으면서 어찌하여 만족할 줄 모르고 우리 강남 땅을 차지하려고 욕심을 부리는가?"

조조가 답하였다.

"네가 신하의 몸으로 황실을 존중하지 않기에 내가 황제의 분부에 따라 너를 토벌하러 온 것이다."

손권이 껄껄 웃고 나서 말하였다.

"이놈, 온 천하가 네 놈의 정체를 속속들이 알고 있다. 네 놈은 황제를 빙자하여 제후들을 협박하여 약탈하는 악랄한 역적 놈이다. 내 한나라 제실을 받들지 않는 것이 아니라 오직 한나라를 좀먹는 너 따위 놈들을 타도하려는 것뿐이다."

조조가 크게 노하여 휘하의 장수들에게 명하였다.

"산에 올라가 손권을 잡아오너라!"

그러는 순간, 어디선가 북소리가 둥둥둥 울리더니 산등성이의 좌우에서 두 부대의 병력이 모습을 나타내었다. 오른쪽으로는 한당과 주태가, 왼쪽으로는 진무와 반장이 각각 궁수 삼천 명씩을 거느리고 나타나 활을 쏘아대기 시작했다.

빗발치는 화살 공격을 간신히 피한 조조는 도망가는 것이 제일이라고 생각하고는 급히 군사를 이끌고 도망쳤다. 네 장수도 그를 뒤쫓았다. 이때 허저가 호위군을 이끌고 달려와 조조를 구하였다. 동오 군사들은 비록 조조는 놓쳤지만 승전의 개가를 부르며 유수로 돌아갔다.

철군을 단행한 조조

본진으로 돌아온 조조는 곰곰이 생각해보았다.

'손권은 결코 보통 인물이 아니다. 내가 아까 꿈에 본 그 붉은 해는 그가 언젠가는 제왕의 자리에 올라갈 것임을 나타낸 것인지도 모른다.'

조조는 완전히 철수해버릴까 하는 생각이 들기도 했지만 동오 군사들 사이에서 웃음 거리가 되는 것이 두려워 도무지 결심이 서지 않았다.

이렇게 다시 한 달쯤을 서로 노려보고 대적하면서 몇 번인가 충돌하고 졌다가 이겼다가 하였다. 그러느라고 어느덧 그 해가 저물고 새해의 정월이 되었다. 날마다 봄비가 계속 내려 여러 곳에서 피해가 생겨났고, 군사들이 진창 속에 빠져서 고생이 이만저만이 아니었다.

어느 날 조조가 본진으로 장수들을 불러들여 의견을 들어보았더니 어떤 이는 철병을 주장하고, 어떤 이는 봄비가 오는 이때가 싸우기에 좋은 조건이라며 철병을 반대하였다. 조조가 그 가운데서 결단을 내리지 못하고 망설이고 있을 때 동오로부터 사자가 손권의 편지를 가지고 왔다.

조조가 펼쳐보니 내용은 다음과 같았다.

나와 승상은 한나라의 신하이올시다. 승상께서 보국안민(報國安民)을 생각하지 않고 마구 무기를 쓰며 민초들을 학대하는 소행은 인을 주축으로 하는 이로서 할 바가 아니오. 이제 바야흐로 큰물이 날 철이오니 일찌감치 돌아가시기 바라오. 그러지 않았다가는 적벽 싸움에서의 참패를 다시 맛볼 것이니 심사숙고

하기 바라오.

편지 뒤에 따로 두 줄을 써넣은 것이 눈에 띄었다.

그대가 죽지 않는다면   足下不死
내 어찌 마음의 편안을 얻으리오   孤不得安

조조는 편지를 다 읽고 나서 껄껄 웃었다.

"손권은 가식없이 솔직히 말하는 자로 보통 인물이 아니로군."

조조는 편지를 가지고 온 사자에게 상을 내려 돌려보낸 뒤 결국 철군을 단행하였다. 먼저 여강의 태수 주광에게 환성(皖城)의 수비를 부탁하고 조조 자신은 대군과 더불어 허도로 철수하였다.

손권도 말릉으로 돌아와 장수들을 모아놓고 물었다.

"조조는 북으로 떠나가버렸으나 아직 유비가 가맹관에서 돌아오지 않았으니 지금 이 기회에 조조와 대항했던 병력을 형주로 보내는 것이 어떻겠소?"

장소가 한 방책을 아뢰었다.

"군을 함부로 움직여서는 안 됩니다. 유비를 두 번 다시 형주로 돌아오지 못하게 할 계략이 제게 있사옵니다."

조조의 대군이 북쪽으로 물러가자 손권이 남쪽 땅을 차지하려 한다. 과연 장소가 말하려는 계책은 무엇인가?

제 62 회   부수관을 얻은 유비

취 부 관 양 고 수 수   공 낙 성 황 위 쟁 공
取涪關楊高授首   攻雒城黃魏爭功

부수관을 지키는 양회 고패는 목숨을 잃고
낙성 공격 때 황충·위연이 공을 다투다

장송의 죽음

장소가 말문을 열었다.

"일단 군사를 움직이지 마십시오. 지금 출병하면 조조가 반드시 다시 쳐들어올 것입니다. 그것보다 먼저 편지 두 통을 써주십시오. 한 통은 유장에게 보내는 것으로, 유비가 동오와 결탁해서 서천을 빼앗으려고 한다고 쓰서서 그로 하여금 유비에 대해 의심을 품게 하여 공격을 유도하는 것입니다. 또 한 통은 장로에게 보내는 것으로 그를 부추겨 형주로 쳐들어가게 하면 유비는 미

처 형주에 이르지 못한 채 이러지도 저러지도 못하는 궁지에 몰릴 것입니다. 그런 후에 우리가 출병을 하면 아주 쉽게 형주를 차지할 수 있을 것이옵니다.”

손권은 그의 건의를 받아들여 즉시 편지 두 통을 써서 사자를 보내었다.

한편 유비는 가맹관에 머무르며 날이 갈수록 백성들의 민심을 얻어 그들이 완전히 믿고 의지하게 되었다. 바로 그럴 때쯤 공명의 편지가 날아왔는데 손 부인이 동오로 가버렸다는 안타까운 내용의 글이었다. 뒤이어 조조가 유수까지 출병한 사실도 알게 되었다.

유비는 방통과 상의해보았다.

“조조가 손권을 이기면 반드시 형주를 차지할 것이고 만일 손권이 이겨도 그 또한 형주를 차지할 것이오. 그러니 어찌해야 하겠소?”

방통이 서슴없이 대답하였다.

“염려하실 것 없습니다. 공명이 형주에 머물러 있는 이상 동오도 섣불리 공격하지 못할 것입니다. 여기서 유장에게 편지 한 통을 보내시는 것이 어떻겠습니까? 그 내용인즉, ‘조조가 손권을 공격하고 손권은 우리 형주에게 구원군을 요청하고 있소. 나는 나와 동맹 관계에 있는 손권을 도와줄 의리가 있소. 장로는 한중 땅 하나 다스리기에도 힘에 부쳐 딴 곳을 공격할 여유가 없을 터라 즉시 병력을 형주로 돌려서 손권과 더불어 조조를 치고 싶소만 유감스럽게도 식량이 부족하오. 그러니 같은 종족인 친분에 비추어서 병력 삼사만 명과 쌀 십만 석만 빌려주시오’라고 하는 것입니다. 빌릴 수 있을 것인지 없을 것인지는 알 수 없지만 다행히 그곳에서 도움을 준다고 하면 그때 다시 상의할 방법이 있습니다."

유비는 방통의 건의에 따라 사자를 성도로 보냈다.

사자가 부수관에 이르자 수장인 양회와 고패가 사정을 눈치채고는 양회가 성도까지 따라가겠다고 나섰으며 고패만 남아서 관문을 지키기로 하였다.

사자는 성도에 이르러 유장을 찾아가 유비의 서신을 전하였고, 유장은 그것을 읽은 뒤에 양회에게 물어보았다.

"왜 함께 왔소?"

"이 편지가 염려되어서 왔나이다. 아시다시피 유비는 서천에 온 뒤로 자애와 인덕을 베풀어 널리 인심을 얻고 있습니다. 그러니 절대로 방심해서는 안 될 줄로 아뢰옵니다. 병력을 빌려달라, 군량을 빌려달라 하고 요청해와도 절대로 빌려주어서는 안 됩니다. 이는 그야말로 장작을 불더미에 던져넣어 불길을 더하는 결과를 초래할 것이옵니다."

그러나 유장이 수긍하지 않고 말하였다.

"유비와는 형제와 다름없는 사이인데 도와주지 않는다는 것은 말이 되지 않는 일이오."

이때 누군가가 불쑥 끼어들며 말하였다.

"유비는 누가 뭐래도 역시 천하의 효웅(梟雄)이옵니다. 그에 병력과 식량을 빌려줌은 범에게 날개를 달아주는 격이 되옵니다."

이렇게 아뢰는 이가 누군가 하고 살펴보니 영릉의 증양(蒸陽) 출신으로 자를 자초(子初)라 일컫는 유파(劉巴)였다. 유장이 유파의 진언에도 여전히 결단을 내리지 못하자 보다 못한 황권이 듣기 거북한 말로 간절히 간하였다.

결국, 유장은 하는 수 없이 절충을 하기로 했다. 장졸들 가운데서 나이가 들었거나 여위어 쓸모가 없는 나약한 군사 사천 명을 추려내고 일만 석만 군량으로 보내겠노라고 답장을 써서 사자를 통해 유비에게 보내었다. 그런 후에 양회와 고패에게 관문의 경비 태세를 늦추지 말라고 하였다.

가맹관에 도착한 유장의 사자가 지참한 답서를 유비에게 내보이자 그것을 읽은 유비는 크게 격노하였다. 그는 분을 참지 못하겠다는 듯이 큰소리로 외쳤다.

"내가 저를 위해 갖은 고초를 감수하며 적군을 막아주었거늘 양곡을 산더미같이 쌓아두고도 베풀기에 인색하다니! 그런 치사한 근성으로 어찌 장졸들을 부릴 수 있단 말이냐!"

유비는 흥분하여 유장의 편지를 찢어버리고 안으로 들어가버렸다. 유장의 사자는 겁을 집어먹고 도망치듯 성도로 돌아갔다.

곁에 있던 방통이 유비에게 아뢰었다.

"그토록 인의를 강조하시던 주공께서 오늘 이렇게 성이 단단히 나셨으니 지금까지 좋게 지내오셨던 관계가 수포로 돌아가게 되었습니다."

"과연 그렇소. 대체 내가 어찌해야 좋겠소?"

유비가 근심 어린 표정으로 묻자 방통이 방책을 피력하였다.

"세 가지 방안이 저에게 있으니 잘 들으시고 그 중 하나를 선택하시옵소서."

"어떤 세 가지 방법이 있는지 빨리 말해보시오."

"지금 당장 정예 군사를 이끌고 성도를 공격하는 것이 상책입니다. 아니면 지금 주공께서 형주로 돌아간다고 알리시면 부수관을 수비하고 있는 양회와 고패는 서천의 명장들로 그들이 반드시 배웅하러 나올 것입니다. 그러면 송별연의 자리에서 그들을 처치하신 뒤에 관문을 돌파하여 부수관을 빼앗고, 그런 후에 성도를 치는 것이지요. 이것이 중책이옵니다. 또는 일단 백제(白帝)까지 군사들을 물러나게 했다가 그날 밤중에 형주로 서둘러 돌아가신 다음에 서서히 대책을 강구하시는 이것이 하책이옵니다.

지금 결정하지 않으시면 돌이킬 수 없는 곤경에 처하게 될 것입니다.”

유비가 방통의 말에 귀를 기울이고 숙고하더니 결정을 내렸다.

“상책은 너무 성급하고 하책은 지나치게 너무 느리니 중책을 택합시다.”

유비는 곧바로 유장에게 서신을 띄웠다.

조조가 출병하였소. 조조 휘하의 장수 악진이 청니진(靑泥鎭)을 치려고 습격하고 있지만 도저히 이를 막아낼 수가 없어서 내가 친히 가는 수밖에는 다른 방도가 없소. 이에 시간이 촉박하여 인사를 드리러 갈 겨를도 없으니 이렇게 서면으로 고별사를 갈음하는 바이오.

이 서신이 성도에 도착하자 그 내용을 전해 들은 장송이 유비가 진정으로 형주로 돌아가려는 줄로 알고 당혹해하며 안절부절못하였다. 이에 장송은 유비 앞으로 편지를 써서 인편을 통해 보내고자 하였다. 그가 편지를 다 쓰고 났을 때 친형이 되는 광한(廣漢)의 태수 장숙(張肅)이 찾아왔다. 장송은 당황하여 편지를 옷소매 속에 숨기고 친형을 대면하였지만 허둥지둥거리며 안정을 찾지 못하고 말도 횡설수설하였다.

장숙이 동생의 이러한 모습에 무언가 의심을 품었다. 장송은 주안상을 차려 대접하면서도 마치 정신이 나간 사람처럼 행동하였다. 그러다가 옷소매 속의 편지를 떨어뜨린 줄도 모른 채 잔을 주고 받으며 허둥대기만 하였다. 떨어진 편지는 장숙의 종졸이 주워서 얼른 감추었다가 술자리가 파한 뒤에 장숙에게 바쳤다.

장숙이 뜯어보니 내용이 이러하였다.

예전에 황숙께 말씀드린 것은 결코 부질없는 공치사가 아니었습니다. 그런데 어찌하여 속히 실행하지 않고 계시는 것입니까? 역(逆)으로 도리에 순응하는 것이란 곧 차지할 수 있을 경우에는 인간의 도리를 거스려서라도 차지하고, 차지한 후에 인간의 도리에 순응하며 지킨다는 말로 이는 곧 옛 사람들이 존중해왔던 행동방식이었습니다. 바야흐로 모든 일이 황숙의 뜻대로 성취되기에 이르렀는데 어찌하여 이제 와서 형주로 돌아가시려 하시는지 저로서는 참으로 놀랄 수밖에 없는 일이옵니다. 이 편지를 받아보시는 대로 즉시 이곳에 병력을 보내주시면 제가 약속한 대로 내응할 것이오니 부디 한 치의 착오도 없이 일을 진행하시어 저의 기대를 저버리지 마옵소서.

장숙은 편지를 다 읽어보고는 낯이 새파랗게 변하였다.

"아우 녀석의 모자람 때문에 우리 일족 모두가 몰살을 당하겠구나. 내 어찌 역모죄로 고발하지 않을 수 있겠는가!"

장숙은 그 길로 유장을 찾아가 장송의 밀서를 꺼내 보이며 장송이 유비와 공모하여 유장을 친 후 서천을 유비에게 넘겨줄 작정이었다고 알리며 자신의 결백과 충성심을 강조해 마지않았다.

유장은 몹시 격노하여 명하였다.

"장송을 당장 잡아들여라. 내 그렇게 귀히 대해주었거늘 어찌 나를 배반할 수 있단 말이냐?"

끝내 장송과 그 일족은 모두 붙들려 시장 앞 사거리에서 구경꾼들에게 둘러싸인 채 참수형에 처해졌다.

장송을 처형한 뒤에 유장은 휘하 장수들을 모아놓고 상의하였다.

"유비는 우리 영토를 빼앗으려 하였던 놈이었네. 이제 앞으로 어떻게 대처함이 옳겠는가?"

황권이 제안하였다.

"우물쭈물할 시간이 없습니다. 속히 관문마다 병력을 증가시키고 형주 놈들은 한 명도 못 들어오게 해야 합니다."

유장은 황권의 말에 따라 관문의 경비를 엄격히 강화하라고 명하였다.

양회와 고패의 죽음

한편 유비는 부대를 부성으로 되돌리기로 하였다. 먼저 부수관으로 사자를 보내어 양회와 고패에게 작별에 즈음하여 한번 만나 뵙고 싶다는 말을 전하도록 하였다.

양회와 고패는 유비가 형주로 돌아간다는 말에 기뻐하며 싱글거렸다.

"유비 놈의 젯밥을 장만할 때가 되었네. 우리 둘이 몰래 칼을 숨겨 가지고 연회에 참석하였다가 틈을 엿보아 해치우면 주공께서도 근심거리가 없어지니 기뻐하실 것이오."

"찬성일세."

두 장수는 이백 명의 병력을 거느리고 떠났고, 나머지는 관문을 엄중히 경비하도록 하였다.

이윽고 유비의 대군은 행군을 개시하여 부수 강변에 이르렀다. 방통이 말 위에서 유비에게 속삭였다.

"양회와 고패가 마중을 나오면 우리는 그들에 대비하여 방심해서는 안 됩니다. 만약 나오지 않으면 즉각 관문으로 쳐들어가 공격을 단행해야 합니다."

이때 갑자기 한 가닥 회오리바람이 불어와서 '수(帥)'자가 쓰인 군기를 쓰러뜨렸다. 이를 본 유비가 언짢은 기색이 되어 물었다.

"이 무슨 불길한 징조요?"

劉
盟

방통은 침착하게 대답하였다.

"방심을 하지 말라는 하늘의 뜻이옵니다. 양회와 고패 두 장수는 살기를 띄고 황숙을 대할 것이니 부디 철저한 주의를 기울여 주시옵소서."

유비는 단단한 투구와 갑옷으로 무장을 하고 검을 허리에 찼다. 유비가 빈틈없이 무장을 마쳤을 때 양회와 고패 장군이 전송하러 왔다는 보고가 들어왔다.

유비는 행군 중인 부대를 쉬게 하였고 방통은 위연과 황충에게 지시하였다.

"관문에서 오는 적군은 많고 적고를 가릴 것 없이 보병이든 기병이든 모두 잡아죽이되 한 놈도 놓쳐서는 안 되오."

그런 줄은 꿈에도 모른 채 양회와 고패는 몸에 흉기를 숨기고 전별주(餞別酒)와 안주를 준비하여 이백 명의 병력을 거느리고서 유비 군의 진영에 찾아들었다.

두 장수가 보았을 때 유비측에서 별다른 경계 태세가 나타나지 않았으므로 이들은 회심의 미소를 지으며 본진으로 나아갔다.

둘은 유비와 방통을 만나 인사를 나눈 뒤에 말을 건넸다.

"황숙께서 먼 길을 떠나신다기에 전별주를 장만해왔사오니 한 잔 받으십시오."

그들이 이렇게 말하며 술을 권하자 유비도 자연스레 응대했다.

"두 장수야말로 관문의 수비를 위해 노고가 많으셨으니 먼저 드시지요."

이에 두 장수가 잔을 비우자 유비도 잔을 들며 말하였다.

"은밀히 두 분께 의논드릴 말씀이 있사오니 잠시 좌우를 물리쳐주셨으면 하오."

두 장수가 무심히 이백 명의 수행병을 내보냈다. 그 순간 유비의 우렁찬 목소리가 터져나왔다.

"이 두 놈을 포박하여라!"

그러자 막사 뒤에서 유봉과 관평이 뛰어나왔다. 양회와 고패는 미처 자세를 가다듬을 겨를도 없이 그들에게 꼼짝없이 잡히게 되었다.

유비가 꾸짖었다.

"나와 너희 주인과는 한 종족의 형제뻘이 되는 사이였는데 어째서 너희가 공모하여 우리 둘 사이를 이간질시키려 하였느냐?"

방통이 그들의 몸을 뒤지게 하니 숨겨가지고 온 단도가 나왔다. 이제 그들은 어떠한 핑계도 댈 수가 없었다.

방통이 준엄하게 명하였다.

"참하여라!"

유비는 차마 그렇게까지는 하고 싶지 않았지만 방통은 전혀 망설임이 없었다.

"이 두 놈은 주공의 목숨을 노린 흉악범이오니 용서할 수 없습니다."

도부수들이 들어와 끝내 눈앞에서 양회와 고패의 목을 치고 말았다.

한편, 밖으로 물러가 있던 이백 냉의 수행군들은 이미 황충과 위연의 빈틈없는 준비에 모조리 잡혀버렸다. 유비는 수행 군사 모두를 불러들여 술을 대접하고는 위로의 말을 하였다.

"양회와 고패는 우리 형제를 이간질한 원흉인데다가 흉기를 지니고 나를 죽이려 했던 자들이기에 참할 수밖에 없었소. 그러나 나는 그대들마저 공범으로 몰고 싶지는 않소. 그대들이 무슨 죄가 있겠소. 그러니 안심하시오."

유비가 이렇게 말하며 관대히 조처하니 모두들 고개를 조아려 감사의 표시를 나타냈다.

방통이 그 뒤를 이어 말하였다.

"우리가 그대들에게 제안을 하겠소. 지금 주공께서 말씀하신 바와 같이 그대들 개인에게 죄를 묻지는 않겠소. 그 대신 그대들이 길잡이가 되어 우리를 관문까지 인도해주시오. 싫다고 한다면 지금 그만두어도 상관없지만 일이 잘 되어 성을 취할 수 있게 되면 상을 크게 내리리다."

그들은 마다하지 않고 모두 나섰다.

그날 밤 그들이 앞장 서 떠나고 유비 휘하의 대군이 뒤따라갔다. 한밤중에 관문 앞에 이르자, 선발대로 온 이백 명의 서천 군사들이 큰소리로 외쳤다.

"문 열어라, 문 열어! 양회와 고패 장군이 급한 일로 돌아오셨으니 어서 문을 열도록 하라!"

관문 위에 있던 군사들이 내려다보니 어둠 속에서도 낯이 익은 얼굴이고 귀에 익은 목소리였다.

그들이 알았다는 대답과 동시에 관문을 열자 유비 군들은 기다렸다는 듯이 밀물처럼 쏟아져 들어갔다. 결국 피 한 방울 흘리지 않고 부수관을 빼앗아버린 것이었다. 수비병들이 모두 항복하자 유비는 약속한 대로 이백 명의 군사들 모두에게 상을 내리고 그들에게 관문의 수비를 맡겼다.

이튿날 관문의 큰 방에서 위로의 연회를 베풀었는데 그 자리에서 유비가 만취한 나머지 방통을 향해 아무렇지도 않게 말하였다.

"그래 얼마나 즐거운 잔치요, 실컷 즐기시오."

방통이 유비의 말을 받아 대답하였다.

"남의 나라를 정복하고 즐거워하시다니, 인의의 싸움에서는 있을 수 없는 일이옵니다."

유비가 술에 취한 김에 발끈하여 반박하였다.

"무슨 소리를 하는 것이오. 옛날 주나라의 무왕은 폭군 주(紂)

를 주살하고 나서 새로 지은 가무를 즐겼다고 하였소. 아니 그렇
다면 무왕이 벌인 싸움은 인의의 싸움이 아니었다는 말씀이오?
어디서 그런 어리석은 말을 하시오. 더 이상 듣고 싶지 않으니
썩 물러가시오.”

방통은 쓴 웃음을 지으며 물러갔다. 유비는 술이 많이 취해 시
신들의 손에 간신히 부축되어 안채에 들어가 잠을 잤다.

유비가 술에서 깨어난 때는 한밤중이 되어서였다. 시신들이 방
통을 꾸짖어 쫓아보낸 일을 보고하자 유비는 너무 부끄럽고 창
피하여 더 이상 잠을 이룰 수 없었다.

유비는 아침이 되자 서둘러 방통을 만나 깊이 사과하는데 방
통은 아무렇지도 않다는 듯이 싱글거리며 미소를 머금었다.

“간밤에 내가 너무 취하여 큰 실언을 하였으니 부디 용서해주
시오.”

방통은 피식 웃으며 답하였다.

“저도 실수를 하였으니 피장파장이지요.”

이래서 두 사람이 한바탕 웃음을 웃고 나니 마치 처음 만나
즐거워하듯이 둘 사이에는 격의가 없어졌다.

자허상인과 네 장수

한편 유장은 유비가 양회와 고패 두 장수를 베어 죽이고 부수
관을 빼앗았다는 보고를 접하고는 놀라는 한편, 크게 노하여 소
리를 쳤다.

“아니, 어찌하여 이럴 수가 있단 말이냐!”

그가 측근들을 모두 소집하여 대비책을 강구하니 황권이 먼저
제의하였다.

“서둘러 낙현(雒縣)으로 병력을 파송시키시어 부수관의 길목이

되는 곳을 막아버리시면 유비에게 비록 많은 병력과 뛰어난 장수들이 있다고 하여도 지나가지 못할 것이옵니다.”

유장은 이 건의를 받아들여 유괴·냉포·장임·등현 네 장수에게 오만 병력을 주어서 낙현으로 떠나라고 급히 명하였다.

네 장수가 낙현으로 향하는 도중 유괴가 제의하였다.

“금병산(錦屛山)에는 자허상인(紫虛上人)이라는 신선이 살고 있다던데 듣자하니 인간의 생·사·귀·천을 정확하게 알아맞힌다고 하더군. 오늘 우리가 마침 그 금병산을 지나가니 그 길에 한 번 찾아가 물어보는 것이 어떻겠소?”

장임이 반박하고 나섰다.

“명색이 대장부라면서 싸우러 가는 마당에 점을 친다는 것이 무슨 말이오?”

유괴가 다시 반박하였다.

“반드시 그렇다고는 말할 수 없네. 성인의 말씀에도 지성이면 앞일을 내다볼 수 있다고 하지 않았소? 그러니 지성의 신인(神人)에게 길흉의 점괘를 여쭈어보는 것도 반드시 부질없는 짓은 아닐 거라 생각하네.”

이렇게 여러 의논이 오고간 끝에 결국 네 장수는 오륙십여 명의 수행 군사를 거느리고 금병산을 찾아들었다. 나무꾼에게 길을 물었더니 높다란 산꼭대기를 가리키며 자허상인이 거처하는 곳이라고 일러주었다. 네 장수가 열심히 산꼭대기를 향해 올라가 암자에 이르니 어린 동자가 그들의 성명을 묻고는 잠시 암자 안으로 들어갔다 다시 나와서 안으로 그들을 모셔들였다. 그곳에는 자허상인이 부들로 엮은 둥그런 방석 위에 앉아 있었다.

네 장수가 큰 절을 올리고 앞날을 점쳐달라고 여쭈었더니 자허상인이 천천히 입을 열었다.

“나는 보시다시피 이렇게 세상을 버린 몸일세. 그런데 내가 어찌하여 인간 세상의 길흉을 알 수 있겠는가?”

유괴가 재삼 여쭙고 간청하여 보았더니 자허상인은 못 이긴
체하며 동자로 하여금 지필묵을 가져오라 하더니 곧 붓을 들어
여덟 구절의 글을 써주었다.

왼쪽에는 용이, 오른쪽에는 봉황이	左龍右鳳
날아서 서천으로 들어오네	飛入西川
봉추는 땅에 떨어지고	鳳雛墜地
와룡은 하늘로 오른다	臥龍升天
하나를 얻고 하나를 잃는 것	一得一失
이것은 천운의 당연한 도리가 아닐까	天數當然
기회를 잘 보아서	見機而作
구천길로 빠지지 마시오	勿喪九泉

유괴가 물었다.

“저희들 네 사람의 운수는 어떠하옵니까?”

“이미 정해진 운수이니 물어보았자 별수 없는 일이오.”

자허상인은 이렇게 말할 뿐 더 이상 입을 열지 않고 눈을 지
그시 감아버렸다.

네 장수는 하는 수 없이 산에서 내려왔다. 유괴가 말하였다.

“신선의 말을 믿는 것이 좋을 것 같소.”

장임이 반박하였다.

“그 늙은이는 미치광이오. 그런 자의 말을 들어 어쩌겠다는 것
이오. 우리 꼴이 뭐냔 말이오?”

그들은 그대로 군사들을 전진시켜 낙현에 도착하였다. 그러고
는 요소요소에 군사들을 나누어 배치하였다.

유괴가 말하였다.

"낙성은 성도의 바깥 울타리 구실을 하고 있으니 이 성이 함락되면 곧바로 성도도 함락되어 버릴 것일세. 그러니 우리 넷은 여기서 속마음을 터놓고 의논해야 할 걸세. 당장 두 사람은 이 성을 수비하고 나머지 두 사람은 성 밖의 산을 이용하여 두 곳에 요새를 지어 적군이 성으로 접근할 수 없도록 하는 것이 좋지 않겠소이까?"

이에 냉포와 등현이 요새 짓는 일을 맡겠다고 나섰다. 유괴는 흐뭇해하며 그들에게 이만 명의 병력을 나누어주고 성 밖 육십 리 지점에 요새를 축조케 하였으며 유괴와 장임이 낙현성을 책임 지게 되었다.

황충과 위연의 쟁투

유비는 부수관에서 방통과 함께 낙성을 공격할 일에 관해 의논하였다.

"유장이 네 장수를 동원했는데 냉포와 등현은 성 밖 육십 리 지점에 이만 병력으로 요새를 둘이나 만들었다고 합니다."

이런 보고가 접수되자 유비는 장수들을 모아놓고 물었다.

"누가 앞장 서서 두 요새를 치러 가겠소?"

이 말이 떨어지자마자 늙은 장수 황충이 나섰다.

"이 늙은이가 나가겠습니다."

"그러면 지금 당장 냉포와 등현이 만든 요새를 공격하러 가시오. 그것을 빼앗기만 한다면 상을 후히 내리겠소."

황충이 크게 기뻐하며 자신의 용맹을 자랑스럽게 생각하는데 누군가가 뛰어나와서 외쳐대었다.

"장군께서는 무리하지 마십시오. 아무래도 연로하셔서 공격하는 일이 힘에 부칠 것 같사오니 저에게 모두 맡겨주십시오."

이렇게 말한 이는 위연이었다. 황충이 순순히 물러날 리 없다는 듯이 그를 타일렀다.

"이미 내가 가기로 결정이 되었는데 왜 감히 나서려고 하는 것이오?"

위연 또한 지지 않고 말하였다.

"장군께서는 나이를 잊으셨습니까? 상대해야 할 적장 냉포와 등현은 모두 혈기 왕성한 젊은 명장으로 늙으신 장군께는 아무래도 무리한 적수라고 생각됩니다. 만약 장군께서 실수라도 하여 실패하게 되면 큰일이 아닙니까? 그래서 제가 대신 나가겠다고 하는 것이니 오로지 이것을 노 장군에 대한 호의로 받아주십시오."

황충은 머리끝까지 화가 치밀어올라 크게 소리쳤다.

"자네는 내가 늙었다고 업신여기는 것 같은데 그럼 나하고 진검으로 무예를 겨루어보겠는가?"

"정 그러시다면 주공 앞에서 겨루어 이긴 쪽이 가기로 하는 것이 어떻겠습니까?"

황충이 계단을 내려가 뜰 가운데로 나서며 부하에게 명하였다.

"칼을 가져오너라!"

유비가 당황해하며 이를 제지하였다.

"멈추시오. 내 이번에 서천을 치는 데는 두 장수의 힘에 절대적으로 의지해야 하는데 여기서 두 호랑이가 싸우다가 어느 한 쪽이 다치게 되면 나에게는 큰 손해가 될 것이니 이쯤 해두고 싸움을 멈춰 화해를 하시오."

방통도 나서며 말하였다.

"두 장수는 모두 싸울 것 없소. 냉포와 등현은 각각 따로따로 요새를 구축하였으니 두 장수가 각각 한 쪽을 맡아 요새를 공격하면 됩니다. 그래서 먼저 함락시킨 쪽이 첫 번째 공을 세운 것으로 인정하면 되지 않겠소?"

결국 황충이 냉포의 요새를 공격하고, 위연이 등현의 요새를 치기로 결정한 뒤에 두 장수가 물러갔다.

방통이 유비에게 다시 아뢰었다.

"아무래도 두 장수가 중도에서 다툴지도 모르니 주공께서 몰래 뒤따라 가보시는 것이 좋을 것 같습니다."

유비는 방통에게 성의 수비를 맡긴 후 자신이 직접 오천 병력을 이끌고 유봉·관평과 함께 그들을 뒤따라갔다.

한편, 황충은 자기 진지로 돌아와 세밀하게 작전을 세웠다. 내일 해가 뜨기 전에 아침을 먹고 준비를 갖춘 후 해가 뜨기 시작하자마자 출발하여 왼쪽 산골짜기를 따라 진군한다는 계획이었다.

위연은 염탐꾼을 보내 황충의 이러한 계획을 모두 파악하였다. 그는 혼자서 싱글거리며 먼저 선수를 치기로 하였다. 즉 황충이 떠나는 날 새벽보다 앞서서 오늘 밤중에 식사를 하게 하고 출발시켜서 새벽녘 해가 떠오를 때쯤 등현의 요새에 도착할 수 있도록 계획을 짰다.

그날 밤 위연의 군사들은 강행군에 대비하여 든든히 식사를 한 후, 밤에 떠나는 것이므로 말의 목에 매단 방울을 떼고 무심결에라도 말이 새어나오지 않도록 재갈을 물리듯이 자신들의 입에 조그만 막대기를 하나씩 물었다. 깃발도 펄럭이지 않도록 둘둘 말아서 쥐고 등현의 요새를 향해 출발하였다. 진군을 하는 도중에 위연은 한 가지 생각을 떠올렸다.

'내가 지금 가서 등현의 요새만 공략하는 것은 성에 차지 않는다. 먼저 냉포의 요새를 쳐부수고 그 여세를 몰아 등현의 요새를 치면 모두가 내 공이 될 것 아닌가!'

위연은 이렇게 생각을 굳히고 즉각 명령을 바꿔 군사들로 하

여금 왼쪽 산등성이로 가라고 명하였다. 이윽고 동이 틀 무렵에
는 냉포의 요새 가까이까지 이르게 되었다.

위연은 이곳에서 군사들에게 일단 휴식을 취하도록 한 뒤 눈
에 띄지 않게 숨겨가지고 온 징·북·깃발 따위를 꺼내들게 하
였다. 기다리다가 신호를 보내면 그 신호와 함께 그것들을 일제
히 울리며 기치와 창검 등을 내세우기로 하였다.

길가의 숲속에 냉포의 감시병이 잠복해 있다가 이 사실을 즉
시 요새의 냉포에게 보고하였다. 냉포 군은 침공에 대비하여 이
미 만반의 전투 태세를 갖추고 있었기 때문에 즉시 석화전(石火
箭)을 쏘며 수비병들이 공격해 나왔다. 위연 군도 신호에 따라
공격을 개시하였는데 위연은 냉포와 단기로 맞붙어 서른여 차례
나 접전을 벌였다.

이때 냉포의 군사는 두 패로 나뉘어 위연 군을 협공하기 시작
하였다. 위연 휘하의 형주 군은 밤새도록 행군하여 군사들과 말
이 모두 피로에 지쳐 있었기 때문에 맞서 싸우기는커녕 달아나
기에 바빴다.

위연이 냉포와 경합을 벌이다가 휘하 군사들이 도망친 사실을
알아차렸다. 그는 더 이상 싸움을 계속할 수가 없어서 말에 채찍
질을 가하며 무조건 줄행랑을 쳤다.

따라오는 냉포 군의 추격을 받으며 위연 휘하의 군사들은 정
신없이 오 리쯤 도망쳤다. 그러자 이번에는 산 너머 저쪽에서 갑
자기 북소리가 울리더니 등현의 한 부대가 골짜기를 타고 나타
났다.

등현이 크게 소리쳤다.

"위연은 항복하라! 너에게는 승산이 없으니 지금 즉시 투항하
면 목숨만은 살려주겠다."

위연이 이 말을 들을 여유도 없이 다시 말에 채찍질을 가하고

도망치려고 하는데 갑자기 말의 앞다리가 꺾이며 푹 하고 고꾸
라졌다. 동시에 위연은 땅바닥으로 내동댕이쳐졌다.

등현이 부리나케 달려가 창을 겨누어 위연을 찌르려고 하는
순간 어디선가 활 시위를 놓는 소리가 들리더니 곧 등현도 말
위에서 굴러떨어졌다.

그 광경을 멀리서 지켜본 냉포가 등현을 구하려고 달려가는데
산 중턱에서 웬 장수 하나가 말을 달려 내려오면서 소리쳤다.

"황충이 예 있다!"

황충이 칼을 휘두르며 냉포를 치려 하니 냉포는 당해내지 못
하고 미친 듯이 줄행랑을 쳤다. 황충이 그를 추격했으나 어찌나
빠른지 따라잡을 수가 없었다.

냉포의 배반

이렇게 서천 군을 무찌른 황충이 등현을 처치하고 위연을 구
해내어 요새 앞에 이르렀을 때 앞서 달아나던 냉포가 갑자기 말
머리를 돌려 역습을 가해왔다. 냉포가 황충과 십여 차례의 접전
을 벌이고 있을 때 갑자기 등뒤에서 공격해 온 군사들 때문에
그는 어쩔 수 없이 자신의 요새를 포기하고 등현의 성채를 향하
여 달아나는 수밖에 없었다.

드디어 냉포가 등현의 요새에 가까스로 도착하여 요새 위를
쳐다보았는데 어찌된 일인지 성벽 위에 걸린 기가 모조리 바뀌
어 있었다. 여우에 홀린 듯한 심경이 된 냉포가 말을 멈추고 눈
을 비비며 유심히 바라보았더니 요새 위에 웬 대장 하나가 우뚝
선 모습이 시야에 들어왔다. 그는 황금빛 갑옷에 비단 전포의 차
림새였다. 그는 다름 아닌 유비였는데 그의 왼쪽에는 유봉이 서
있었고 오른쪽에는 관평이 서 있었다.

유비가 목청을 높여 크게 소리쳤다.

"이 요새는 유비의 소유가 되었으니 네가 함부로 들어올 수 없는 곳이다."

유비는 황충과 위연의 뒤를 따라오다가 이들이 냉포·등현과 어우러져 싸우는 사이에 등현의 요새를 점거해버린 것이었다.

냉포는 하는 수 없이 산 속 오솔길을 따라 낙성으로 향하였는데 십 리도 못 되는 지점에 이르렀을 때 매복시켜놓은 군사들의 날카로운 쇠갈퀴에 걸려서 사로잡히고 말았다.

사실 냉포의 생포는 전적으로 위연의 공로였다. 위연은 자신이 저지른 실패를 보상하기 위하여 패잔병들을 재정비하는 한편, 투항한 서천 병들을 길잡이로 하여 이곳에 잠복해 있었던 것인데 그 작전이 보기 좋게 성공하였던 것이다.

즉시 냉포에게 오라를 씌워 유비의 본진으로 호송해갔다.

유비는 면사기(免赦旗)를 내세워 죽음을 면케 해주었다. 면사기는 서천 병을 죽이는 자가 있다면 그자는 사형에 처한다는 의미의 깃발이었다.

유비는 투항하거나 귀순하는 서천 병사들에게 타일렀다.

"너희들에게도 서천에 부모나 처자가 있을 줄 안다. 너희들 가운데 혹시 군사 노릇을 원하는 자가 있다면 형주 군에서 받아들일 것이고, 원하지 않는 자는 풀어줄 것이니 각자 고향으로 돌아가 생업에 충실하기 바란다."

귀순병들은 유비의 관대한 처분과 온정에 감격하며 일제히 함성을 질렀다.

이윽고 자기 진지를 굳건히 정비하고 돌아온 황충이 유비 앞에 나타났다. 황충은 유비에게 위연은 군령을 위반하였으니 마땅히 참형에 처해야 한다고 말하였다. 유비가 위연을 앞으로 불러내니 위연은 냉포를 묶은 오라를 손수 쥐고 나왔다.

유비는 위연에게 엄히 말하였다.

"그대는 군령을 어겼으니 마땅히 참형에 처해야 하겠으나 냉포를 사로잡은 공으로 그 죄를 상쇄(相殺)하겠다."

그리고 위연에게 명하여 황충에게 머리 숙여 사과하게 하고 금후로는 다투지 말도록 일렀다. 위연은 땅에 닿도록 머리를 깊이 숙여 황충에게 절하여 사과하였고 유비는 황충에게 후한 상을 내렸으며 냉포는 막사로 데리고 가도록 명하였다.

막사에 들어온 유비가 우선 냉포의 포승부터 풀어주라고 하고 술을 대접한 후에 물었다.

"그래, 자네는 항복할 의사가 있는가?"

"죽이지 않고 살려주셨는데 어찌 제가 항복하지 않을 수 있겠습니까? 만약 허락해주신다면 지금 낙성으로 돌아가 유괴와 장임 두 장수를 투항하도록 설득해 낙성의 성문을 개방하도록 하겠습니다. 유괴와 장임은 저와 생사를 같이 하기로 맹세한 사이오니 쉽게 설득을 시킬 수 있을 것입니다."

유비는 냉포의 말에 크게 기뻐하며 그에게 의복과 말을 주어 낙성으로 돌려보내주기로 하였다.

이를 지켜본 위연이 유비에게 아뢰었다.

"제 생각에는 냉포를 보낸 것이 잘못한 일인 것 같습니다. 그는 여기를 간신히 빠져나갔으니 다시 돌아오지 않을 것입니다."

그러나 유비는 별로 괘념치 아니하였다.

"이쪽에서 인의로 대해주었으니 그도 역시 인간인 이상 의를 등지지는 않을 것일세."

낙성으로 돌아간 냉포는 유괴와 장임을 만나 자신이 포로가 되었다는 사실은 한 마디도 하지 않은 채 적군 열 명을 죽이고 말을 빼앗아 간신히 도망쳐왔다고 거짓말을 하였다.

유괴는 성도로 사자를 보내어 구원을 요청하였다. 유장은 등현이 전사하였다는 보고를 받고 급히 문무백관들을 모아놓고 협의하였다.

장남 유순(劉循)이 나서서 말하였다.

"저를 낙성으로 보내주십시오."

유장은 이 말에 주위의 장수들을 둘러보면서 말하였다.

"내 아들이 낙성으로 가겠다고 하는데 누가 옆에서 보살펴주겠는가?"

"내가 가겠소이다."

유장이 누구인가 살펴보니 그는 바로 장인인 오의(吳懿)였다.

"장인께서 가시겠다면 제가 마음을 놓을 수 있겠는데 부장수로는 누구를 택해야 하겠습니까?"

오의는 오란(吳蘭)과 뇌동(雷銅)을 천거하여 부장수로 삼고 이만 병력을 거느리고 낙성으로 향하였다.

오의 일행이 낙성에 도착하자 유괴와 장임이 마중나와 있다가 그들에게 그 동안의 일과 불안감을 하소연하였다.

보고를 모두 들은 오의가 물었다.

"적군이 이미 성곽 가까이까지 진군해 있으므로 좀처럼 막아내기가 어려운데 무슨 좋은 생각이 없는가?"

냉포가 나서서 말하였다.

"이 일대는 물살이 아주 센 부강의 연안지대입니다. 그리고 적군이 차지하고 있는 요새는 산기슭의 낮은 곳에 위치하고 있으므로 저에게 오천 병력을 주신다면 전사들을 이끌고 가서 가래와 곡괭이로 부강의 둑을 무너뜨리겠습니다. 그러면 유비의 진지는 물바다가 되어 대혼란이 벌어질 것입니다."

오의가 동의하였다.

“참 좋은 묘안이오. 오천 병력을 내줄 테니 잘 해보시게.”

오란과 뇌동은 병력을 내보내어 지원하기로 하고 냉포는 수공(水攻)에 필요한 장비들을 준비하였다.

팽영언의 등장

한편 유비는 황충과 위연에게 요새를 맡기고 자신은 부성으로 돌아가 방통과 함께 앞으로의 전략을 협의하였다. 이때 염탐꾼의 보고가 들어왔다.

“동오의 손권이 사자를 보내어 한중의 장로와 공모하여 가맹관으로 쳐들어온다고 합니다.”

유비는 너무 놀라 어찌할 바를 몰랐다.

“가맹관이 함락되면 우리의 퇴로가 차단되어 큰일 날 것이니 이를 어쩌면 좋단 말이오?”

이에 방통이 맹달에게 물었다.

“귀공은 이 고장 출신이라 이곳 지리에 밝을 것이니 귀공께서 가맹관을 수비해주실 수는 없겠습니까?”

맹달이 사양하며 말하였다.

“제가 아주 유능한 동료 하나를 추천하겠으니 그와 함께 가서 가맹관을 지킨다면 틀림없이 적군을 막을 수 있을 것입니다.”

“그게 누구요?”

유비가 궁금해하며 물었다.

“전에 형주의 유표 밑에서 중랑장으로 있었던 분입니다. 자를 중막(仲邈)이라 하는 곽준(霍峻)이란 사람으로 남군(南郡)의 지강(枝江) 출신입니다.”

유비는 기뻐하며 맹달과 곽준을 기꺼이 가맹관으로 보내 그곳을 방어하도록 하였다.

방통이 숙사로 돌아와 쉬고 있으려니 파수를 보는 군사가 손님이 찾아왔다고 알렸다. 이에 방통이 나가 그를 맞이해보니 그는 키가 여덟 척이나 되고 외모가 뛰어난 장부로 머리는 짧게 깎아 목까지 내려왔으며 남루한 옷차림을 하고 있었다.

방통이 먼저 물었다.

"실례지만 누구십니까?"

그러나 그는 대답도 하지 않고 거침없이 방 안으로 들어와 침상 위에 벌렁 드러누웠다. 방통이 의아하게 생각하며 누구냐고 물었더니 그제서야 그는 눈을 뜨고 나서 말하였다.

"자, 침착하게 기다리시오. 내가 당신에게 천하의 일대 대사를 말하러 왔소이다."

방통은 미심쩍어하면서도 술과 밥을 차려 상을 내놓았더니 그는 벌떡 일어나 걸신들린 사람처럼 마구 먹어대었다. 체면이나 염치는 안중에도 없이 모든 음식을 깨끗이 먹어치운 후에 그는 잘 먹었다는 인사도 없이 다시 벌렁 드러눕더니 이내 코마저 골면서 잠에 골아떨어졌다.

방통은 하도 어이가 없어서 법정을 불러내어 그를 살펴보게 할까 생각하였다. 혹시 적군에서 보낸 첩자가 아닐까 하는 생각도 들었기 때문이었다.

곧 법정이 나타나 방통이 그에게 대강의 일을 설명하니 법정이 짐작이 간다는 듯한 얼굴로 대답하였다.

"그자가 혹시 팽영언(彭永言)이 아닌가 합니다."

법정이 객실로 들어서니 누워 있던 그가 눈을 번쩍 뜨면서 자리에서 일어나 말하였다.

"오래간만이구먼."

서천의 두 사람이 다시 만났으니 부강의 빠르고 센 강물을 잘 막아낼 수 있을 것인가! 이 안하무인의 무례한은 과연 누구인가?

제 63 회 방통의 죽음

제갈량통곡방통　　장익덕의석엄안
諸葛亮痛哭龐統　　張翼德義釋嚴顔

제갈량은 방통의 죽음에 눈물 흘리고
장비는 엄안의 기상에 감탄하다

방통의 죽음

　법정이 버릇없이 행동한 그 사나이와 얼굴을 마주대하더니 둘은 일시에 손뼉을 치며 웃음을 터뜨렸다.

　법정이 방통에게 그 사나이를 소개하였다.

　"이쪽은 촉나라 땅의 호걸로 광한(廣漢) 출신이며, 자는 영언(永言)이요, 성명은 팽양(彭羕)이라 합니다. 이자는 남이 꺼리는 말을 서슴없이 입에 담곤 하다가 끝내 유장의 비위를 건드리게 되어 머리를 모두 깎이고 목에 쇠로 만든 칼을 쓰고 강제 노동을 하는 벌을 받았기 때문에 이렇게 머리카락이 짧아졌습니다.”

방통은 그제서야 예를 갖추고 그를 정중히 대하였다. 그러고는 이곳을 방문하게 된 이유를 묻자 그가 말문을 열었다.

“내가 여기까지 온 것은 당신들 수만 명의 목숨을 구하기 위해서이니 유 장군을 직접 만나 자세히 설명을 올리겠소이다.”

법정이 이 사실을 유비에게 알리자 유비가 친히 팽양을 만났다.

팽양이 먼저 유비에게 물었다.

“산기슭의 요새에는 어느 만큼의 병사들을 남겨두셨습니까?”

유비가 황충과 위연의 두 장수로 하여금 그곳에 남아 지키도록 했다고 하니 그가 단호한 목소리로 말하였다.

“귀공께서는 장군된 몸이면서도 지리에 관한 지식은 없으십니까? 그 요새는 물살이 세기로 유명한 부강에 가까워서 일단 둑을 끊고 적군이 앞뒤에서 공격해오면 요새에 있던 군사들은 하나도 남김없이 물에 빠져 죽게 됩니다.”

그의 지적에 유비는 크게 깨달았다. 팽양이 계속 말을 이었다.

“강성(罡星:북두칠성)이 서쪽에 있고, 태백성(太白星:금성)이 이 땅 위에 와 있는 것으로 보아 이는 불길한 일의 전조이니 부디 조심하십시오.”

유비는 팽양을 자신의 막빈(幕賓)으로 삼고 위연과 황충에게는 적의 수공을 경계하기 위한 대비를 강구하라고 인편을 통해 지시하였다. 그 지시에 따라 위연과 황충은 상의하여 날마다 번갈아가며 순찰하고 서로 긴밀히 연락을 취하기로 하였다.

그날 밤 냉포는 강둑을 끊을 작정으로 비바람을 타고 강기슭을 따라 오천 병력을 전진시켰다. 강둑을 끊으려는 순간 갑자기 뒤쪽에서 우레와 같은 함성이 들려왔다.

“빌어먹을! 눈치챘을 줄이야.”

냉포는 부랴부랴 퇴각하였다. 그 뒤를 위연이 뒤쫓으니 서천 군사들이 달아나려고 서로 밟고 밟히고 아우성이었다. 그러다가 마침내 냉포는 위연의 손에 생포되었다. 그를 따라온 오란과 뇌동이 도우러 달려왔지만 황충이 막아서는 바람에 구출하지 못하고 쫓겨가고 말았다.

위연은 냉포를 부수관으로 호송해갔다. 유비가 냉포를 보자 크게 격노하여 소리쳤다.

"내가 인의로 너를 용서하고 신임하여 놓아주었거늘 어찌 이렇게 배신할 수 있느냐? 이제 다시 용서할 수 없다."

유비는 냉포를 참수토록 하고 위연에게는 후한 상을 내렸다.

유비가 팽양과 술자리를 같이 하고 있을 때 형주에서 군사 제갈공명의 사자 마량(馬良)이 서신을 가지고 왔다는 보고가 들어왔다. 유비가 그를 불러들이니 마량은 고개를 숙여 절을 올렸다.

"형주 일은 염려하실 일이 없사옵니다."

그러고는 공명의 편지를 바쳤다.

제가 간밤에 태을(太乙)의 점술로 점을 쳐본즉, 올해는 계사년(癸巳年)으로 북두칠성이 서쪽에 자리잡고 있습니다. 또 천문을 보니 태백성이 낙성의 머리 위에 자리하여 있으므로 장수의 몸에는 흉사(凶事)가 많고 길사(吉事)가 적다는 조짐이 보이니 부디 몸조심하시고 모든 일에 신중을 기하시길 바랍니다.

공명의 편지를 읽은 유비는 우선 마량을 형주의 제갈공명에게 돌려보낸 후 중얼거렸다.

'일단 형주로 돌아가 협의해 보아야겠구나.'

이를 듣고 있던 방통이 속으로 생각하였다.

'공명은 필시 내가 서천을 공략하여 공을 세우는 것을 시기하

는 것이 분명하다. 그래서 이렇게 주공께 편지를 써서 훼방을 놓는 것이다.'

이런 생각이 들자 방통은 유비에게 이렇게 아뢰었다.

"태을의 계산에 의해 북두칠성이 서쪽 하늘에 있음은 주공께서 서천을 점령하시게 될 길한 징조로, 전혀 흉사가 아닌 줄로 아나이다. 또한 저도 천문을 살필 줄 아온데, 낙성의 머리 위에 태백성이 자리한 것은 흉사의 전조이나 서천의 장수 냉포가 이미 참살되었으므로 액땜을 한 것이나 다름없습니다. 그러니 주공께서는 부디 방념하시고 서천으로 병력을 진격시키도록 하옵소서."

유비는 방통의 거듭되는 진언을 받고 결국 군을 움직여 서천으로 진격하였다. 일단 황충과 위연의 요새로 들어갔다.

그곳에서 방통이 법정에게 물었다.

"낙성으로 들어가는 길이 몇 군데나 있습니까?"

법정은 땅바닥에 지도를 그렸다. 유비가 예전에 장송이 건네준 지도를 꺼내어 맞추어보니 정확히 들어맞았다.

법정이 말하였다.

"산의 북쪽을 달리는 대로는 낙성의 동문으로 통해 있으며, 그와는 반대로 산의 남쪽으로 오솔길 하나가 나 있는데 그것은 낙성의 서문으로 통해 있습니다. 두 길 모두 군 부대가 지나갈 수 있습니다."

방통이 유비에게 건의하였다.

"제가 위연을 선봉으로 하여 산의 남쪽 오솔길로 가겠사오니 주공께서는 황충을 선봉으로 삼아 산의 북쪽 큰길로 가시어 낙성에서 만나는 것이 좋을 것 같습니다."

유비가 말하였다.

"나는 젊어서부터 싸움에 경험이 많은데 대부분 오솔길에 적의 매복 위험이 있어 오솔길로 다니는 것에 익숙해져 있으니 군사께서 큰길로 가시고 내가 오솔길로 가는 것이 어떻겠소?"

"아닙니다. 큰길에는 반드시 적군들이 매복해 있을 것이오니 싸움에 경험이 많으신 주공께서 대적해주십시오. 제가 오솔길을 택하겠습니다."

"사실은 이렇다오. 간밤 꿈에 신선이 나타나 그가 쇠막대기로 내 오른쪽 어깨를 내리치는 것이었소. 어찌나 사실 같던지 깨어난 뒤에도 얻어 맞은 부위가 여전히 아프다오. 그래서 이번 행군이 염려가 되니 그대가 큰길을 통해 공격하도록 하시오."

"싸움터에 나가 죽지 아니하면 부상을 당하는 것은 당연한 일이옵니다. 꿈 따위에 그렇게 망설이시다니, 주공의 의연함을 보여주십시오."

"사실 나는 내가 꾼 꿈보다 공명의 편지가 더 마음에 걸리오. 그러니 군사께서는 돌아가 부수관을 지키는 것이 어떻겠소?"

방통이 웃음을 터뜨렸다.

"주공께서는 공명에게 너무 의지하시는군요. 공명은 제가 공적을 독차지하는 것을 원치 않는 것입니다. 그래서 그 편지도 보내온 것이지요. 그리고 주공께서 마음의 갈피를 잡지 못하시니 자연스레 그러한 꿈도 꾸게 되는 법입니다. 그러하오니 부디 염려하지 마옵소서. 저는 언제 어느 때 죽음을 당하여도 기꺼이 받아들일 수 있사오니 저를 믿으시고 더 이상 아무 말씀 마시고 즉시 출발하옵소서."

이리하여 출발 명령이 내려졌다. 방통은 동 트기 전에 조반을 먹고 해가 뜨기 시작하면 출발하라는 명을 내렸다. 선두에는 황충과 위연을 앞세웠다. 유비가 그들을 배웅하며 말 위에서 방통과 최후의 전략을 의논하는데 갑자기 방통의 말이 무엇에 놀랐는지 앞다리를 들고 날뛰었다. 그 바람에 방통은 땅바닥으로 나뒹굴었다.

유비가 얼른 말에서 내려 그의 말을 진정시키고 그를 부축해 일으키면서 물었다.

"군사께서는 어찌 이런 나쁜 말을 타셨소?"

"이 말은 제가 오랫동안 길들여온 말이온데 이런 일은 처음입니다."

"싸움에 나가려는데 이런 징조는 좋지 않으니 내가 타고 있는 백마와 바꿔 탑시다. 이 백마는 성질이 순하니 군사께서 타시더라도 염려없을 것이오."

이에 두 사람이 말을 바꿔탔다. 방통이 크게 감격하며 말했다.

"무엇이라 감사의 예를 드려야 할지 모르겠습니다."

두 사람은 각각 정해진 길로 헤어져갔다. 유비는 돌아서는 방통의 뒷모습을 바라보면서 왠지 모르게 마음이 울적해지며 슬퍼지는 것을 느꼈다.

낙성(雒城)에서는 오의(吳懿)와 유괴 등의 장수가 냉포의 죽음을 알게 되어 그에 대해 일동이 모여서 대책을 강구하고 있었다.

먼저 장임이 말하였다.

"성의 동남쪽 산기슭에 작은 오솔길이 하나 있는데 이 길은 아주 중요한 곳이니 제가 나가 지키도록 하겠소. 그리고 여러 장군들께서 이곳에 남아 단단히 성을 수비하신다면 쉽게 공략당하지는 않을 것입니다."

이렇게 장임이 다짐을 받으려 할 때 형주 군이 두 패로 나뉘어 공격해온다는 보고가 들어왔다. 이에 장임은 즉시 삼천 병력을 이끌고 오솔길 쪽으로 향하였다.

이윽고 목적지에 당도한 장임은 모든 군사들을 길가 숲에 매복시켜놓고 기다리도록 하였다. 위연이 선봉으로 나선 부대는 지나가도록 그냥 놔두었다. 위연의 부대도 눈치채지 못하고 그곳을 통과하였다.

그 뒤로 방통의 본대가 지나가자 병사들이 수군거렸다.

"저기, 저 흰 말을 타고 오는 놈이 유비다."

장임은 쾌재를 부르며 부하들에게 조심스럽게 작전명령을 전달하였다.

방통이 오솔길을 통해 한참 가다가 문득 주위를 살펴보았다. 오솔길은 산의 양쪽에서 죄어오듯 좁다란 골짜기를 이루며 뚫려 있었는데 좌우가 온통 나무숲이었다. 때는 늦은 여름으로 초가을로 접어들고 있었기 때문에 나뭇가지와 잎은 우거질 대로 우거져 있었다.

방통은 순식간에 가슴이 덜컹 내려앉는 느낌이 들어 말을 멈추고 물었다.

"이곳의 이름이 뭐라 하더냐?"

투항한 지 얼마 되지 않은 서천 군사 하나가 답하였다.

"이곳은 낙봉파(落鳳坡)라는 곳이옵니다."

방통은 거듭 가슴이 내려앉았다.

"내 도호가 봉추인데 이곳 지명이 봉이 떨어지는 언덕이라는 뜻이니 불길하기 그지없구나."

방통은 즉각 부대에 후퇴를 명하였으나 때는 이미 늦어 석화전을 쏘는 소리가 들리더니 무수히 많은 화살이 좌우에서 날아왔다. 흡사 메뚜기 떼가 날아오는 듯 화살은 백마를 탄 방통을 향해 집중되었다. 방통은 이렇듯 어이없는 최후를 맞이하고 말았으니 그때 그의 나이 겨우 서른다섯 살이었다.

후에 어느 시인은 아까운 나이에 명을 다한 방통의 죽음을 아쉬워하며 이렇게 읊었다.

옛 고개는 서로 비춰빛 흙더미　　　　　　古峴相連紫翠堆
산 옆 한가한 곳 사원의 유택일세　　　　　士元有宅傍山隈

아이들은 습관처럼 짐새의 노래를 부르네 兒童慣識呼鳩曲
항간에선 일찍이 준재를 폈다는 말을 듣고 閭巷曾聞展驥才
천하삼분의 예견은 형평에 어긋나는 일로 預計三分平刻削
홀로 말을 타고 만 리를 달려 배회하였네 長驅萬里獨徘徊
누가 알았는가! 천구의 유성이 떨어져 誰知天狗流星墜
장군이 금의환향 못 하게 될 줄을 不使將軍衣錦回

또 다음과 같은 동요가 동남 지방에서 애창되었다.

한 마리의 봉황새와 용이 一鳳幷一龍
서로 서촉에 도착하려고 다투었다네 相將到蜀中
봉황새 날다 반도 채 못 가서 纔到半路裏
낙봉파 동쪽에 떨어져 죽었다네 鳳死落坡東
바람은 비를 부르고 비는 바람을 부르니 風送雨雨送風
한나라 일어설 때 촉나라 쓰러지고 隆漢興時蜀道通
촉나라 쓰러질 때 용 한 마리만 남았네 蜀道通時只有龍

방통의 죽음을 슬퍼한 공명

장임이 방통을 활로 쓰러뜨리고 나자 형주 군사들은 오솔길에 갇혀 오도가도 못하게 되어 태반이 목숨을 잃었다. 앞서 가던 위연이 그 사실을 알게 되어 부랴부랴 군사들을 돌이키려 했지만 워낙 좁은 골짜기라 행동이 자유로울 수가 없었으며, 거기에다 장임이 퇴로를 차단하고 높은 곳에서 화살을 소나기처럼 쏘아댔기 때문에 궁지에 몰릴 수밖에 없었다.

위연이 이렇게 절대절명의 위기에 빠졌을 때 투항한 서천 군사 하나가 아뢰었다.

“아무래도 낙성의 성 아래를 향해 넓은 큰길로 나가는 것이 좋겠습니다.”

위연이 그럴 작정으로 앞장을 서 낙성을 향해 가는데 앞에서 흙먼지를 일으키며 다가오는 부대가 눈에 들어왔다. 선두에 선 장수는 낙성을 수비하던 장수 오란과 뇌동이었다. 뒤에서는 장임이 군사를 이끌고 사정없이 쫓아오고 있었으니 위연은 완전히 포위될 지경이었다. 이에 필사적으로 대적하여 싸웠지만 도무지 포위망을 뚫을 수가 없었다.

이때 갑자기 오란과 뇌동 부대의 뒤쪽에서 일대 혼란이 일어나더니 이어 두 장수가 크게 당황하며 허둥지둥 돌아섰다.

이를 위연이 놓칠세라 추격하니 웬 장수가 칼을 휘두르며 큰 소리로 외쳐대었다.

“위연 장군은 걱정마시오! 내가 구하러 왔소이다.”

그는 바로 노장 황충이었다. 황충과 위연은 사력을 다해 합심 협력하여 오란과 뇌동 두 장수가 이끄는 부대를 협공하여 무찌르고 낙성을 향하여 진격하였다. 이때 유괴가 무너져가는 오란과 뇌동 군사를 도우려고 성에서 나와 공격하려 했으나 유비가 이를 막아주었다.

황충과 위연이 유비의 군사와 합류하여 영문에 도착하려는 순간 장임이 오솔길을 따라 진격해왔다. 물러났던 유괴·오란 그리고 뇌동이 일시에 밀어닥쳤다.

유비는 두 요새로 버틸 수가 없었으므로 싸우면서도 부수관으로 후퇴하였다. 서천 병사들은 승세를 타고 집요하게 추격해왔다. 사실 유비의 형주 군사들은 사람이고 말이고 할 것 없이 모두 극심한 피로에 지쳐 있었기 때문에 싸울 기력도 잃고 그저 달아나기에만 급급하였다.

가까스로 부수관 가까이에 이르렀을 때에는 장임도 바로 등뒤에까지 따라붙었다. 이때 다행히도 왼쪽에서는 유봉이, 오른쪽에서는 관평이 삼만 군사를 이끌고 구원하러 와주었다. 이들은 장임의 무리들을 삼십 리나 멀리 쫓아버리고 많은 말을 빼앗았다. 이리하여 유비는 다시 부수관으로 들어갔다.

유비가 방통의 소식을 궁금히 여겨 물어보았더니 낙봉파에서 도망쳐 나온 군사 하나가 답하였다.

"군사께서는 오솔길을 통과하시다가 낙봉파에서 매복하고 있던 적의 수많은 화살을 맞고 말과 함께 그곳에서 돌아가셨습니다."

유비는 서쪽을 바라보며 통곡하였다. 그리고 초혼제를 지내 방통의 넋을 위로하니 모든 장수들이 흐느껴 울었다.

황충이 말하였다.

"장임은 방통을 처치했으니 이제 틀림없이 부수관을 치러 올 것입니다. 저의 생각으로는 형주로 급사를 보내어 공명 선생을 불러오시는 것이 상책이라 여겨집니다."

이때 장임이 군사를 거느리고 관문 아래까지 와서 싸움을 걸어오고 있다는 보고가 들어왔다. 황충과 위연이 즉각 응전하려는 것을 유비가 말렸다.

"싸움에 패한 직후이니 이곳에서 굳게 진을 지키며 공명이 오기를 기다리도록 하세."

황충과 위연이 유비의 명령에 따라 성을 지키기로 하고, 유비는 편지를 써서 관평에게 건네주며 명하였다.

"이 편지를 형주의 군사께 보이고 속히 모시고 오시오."

이에 관평은 그 편지를 가지고 형주로 달렸고, 유비는 부수관 관문을 닫고 수비하기에 몰두하였다.

형주에 있던 공명은 그날이 마침 칠석이라 밤에 조출한 모임을 갖고 서천의 정황에 대해 논의하고 있었다. 그때 서쪽 하늘에서 엄청난 섬광이 번쩍하더니 커다란 별 하나가 땅으로 떨어져 내렸다.

순간 공명은 손에 들고 있던 술잔을 떨어뜨리고는 두 손으로 얼굴을 가리고 울음을 터뜨렸다.

"이럴 수가……. 가련하구나."

일동이 무슨 일이냐고 묻자 공명이 슬픈 목소리로 말하였다.

"내가 얼마 전에 주공께 서신을 하나 올렸는데 올해는 북두칠성이 서쪽에 있으니 군사에게 불길한 징조가 있을 것이고 또 태백성이 낙성을 머리 위에서 비추고 있는 것도 좋지 않은 징조이니 부디 조심하시라고 부탁을 드렸다오. 그런데 오늘 밤에 서쪽 하늘에서 별이 떨어질 줄이야. 이는 곧 군사 방통의 죽음을 의미하는 것이 분명하오."

공명은 이렇게 탄식하며 눈물을 흘렸다.

"주공께서는 한 팔을 잃으신 셈이오."

일동은 공명의 말에 놀라면서도 반신반의했다. 공명이 덧붙여 말하였다.

"너더댓새 안에 사실이 밝혀질 것이오."

형주를 맡은 관우

이러는 통에 연회의 분위기는 흥이 가라앉았다.

공명이 말한 너더댓새가 지나려는 어느 날, 공명이 관우와 함께 있는데 관평이 왔다는 보고가 들어왔다. 일동이 흠칫 놀라는 가운데 관평이 들어와서 유비의 서신을 전하였다.

7월 7일, 군사 방통은 낙봉파에서 장임의 화살에 죽음을 당하였소.

공명은 이 편지를 읽자마자 목놓아 울었다. 주위에 있던 일동도 덩달아 울음을 터뜨렸다.

"지금 주공께서 곤경에 처해 계시니 내가 가서 도와드려야겠소."

공명이 말하자 관우가 이의를 제기하였다.

"군사께서 부수관으로 가시면 이곳 형주는 누가 지킨단 말입니까? 형주는 모든 면에서 매우 중요한 땅이오니 절대 소홀히 할 수 없는 곳입니다."

"주공께서 보내신 서신에 명시되어 있지는 않지만 나는 주공의 뜻을 헤아릴 수 있소."

공명은 이렇게 답하고 일동에게 유비의 편지를 보이며 다시 말을 이었다.

"주공께서는 형주를 나에게 위탁하시면서 사람 역시 나의 재량에 일임하여 마음대로 쓰라고 하셨소. 그러함에도 불구하고 오늘 이 서신을 관평으로 하여금 보내 오신 것으로 보아 관우께 이곳을 위탁하는 중임을 맡기고 싶어하시는 심정일 것이라는 생각이 드오. 그러니 관우께서는 부디 도원(桃園)에서의 맹세를 가슴에 품으시고 이 형주 땅을 굳건히 지켜주시오. 공의 책임이 중대하니 부디 힘을 다해주시기 바라오."

관우는 거절할 수가 없었기 때문에 그 자리에서 응낙하였다. 공명은 소박한 연회를 베풀어 그 자리에서 형주를 일임하는 관인을 관우에게 넘겨주며 말하였다.

"형주의 모든 것이 장군의 두 손에 달려 있소이다."

관우가 두 손으로 공손하게 받으며 말했다.

"중임을 맡은 이상 죽음으로써 형주를 수호하겠습니다."

공명은 관우가 죽을 사(死)자를 사용한 것이 마음에 걸려 인수하는 것이 망설여졌으나 이미 관우의 손에 넘어간 이상 어쩔 수 없는 일이었다.

이에 공명이 관우에게 시험 삼아 물었다.

"만일 조조가 침략해오면 어쩌시겠소?"

"온힘을 다해 물리치겠습니다."

"만일 조조와 손권이 같은 날, 같은 때에 공격해오면 어쩌시겠습니까?"

"군사를 둘로 나누어 무찌르겠습니다."

그러자 공명이 정색을 하며 말하였다.

"그래서는 형주가 위태롭게 됩니다. 내 한마디 도움말을 드리겠으니 이를 굳게 지켜 행해주시오. 그러면 형주가 위태롭지 않게 될 것이오."

"어떤 방책이옵니까?"

"그것은 다름이 아니라, 북쪽의 조조와는 끝까지 대항하여 싸우고 동쪽의 손권과는 우호를 유지하라는 것이오."

"군사님의 말씀은 가슴속에 깊이 새겨 잊지 않겠습니다."

관우가 굳게 서약하자 공명이 그에게 인수를 넘겨주었다. 공명·마량·이적·향랑(向朗)·미축 등의 문관을 비롯하여 미방·요화·관평·주창 등의 무관에게 관우를 보좌하여 형주를 끝까지 지키도록 당부하고 자신은 군사를 거느리고 즉시 서천으로 떠날 준비를 서둘렀다.

공명은 먼저 장비로 하여금 일만의 정예 군사를 이끌고 큰길을 따라 파천(巴川)으로 나가 낙성의 서쪽으로 진격하도록 하였다. 맨 먼저 목적지에 닿은 자에게 공을 인정키로 하였다. 다음으로는 조운에게 한 부대를 주어서 그를 선봉으로 하여 장강의 수로를 거슬러올라가 낙성으로 진격하도록 하였다. 공명 자신은 간옹·장완(蔣琬)과 함께 그 뒤를 따르기로 하였다.

장완은 자를 공염(公琰)이라 하며 영릉의 상향(湘鄕) 출신으로 형주의 명사였으며 지금은 서기(書記) 일에 종사하고 있는 인물이었다.

장비와 엄안의 결투

공명은 일만오천 명의 병력을 거느리고 장비와 같은 날에 출발하였다. 떠나기 직전 공명이 장비에게 당부하였다.

"장군, 서천 땅에는 영웅호걸이 많으니 부디 몸가짐을 신중히 하시오. 또한 가는 도중에 군사들을 잘 타일러 백성들의 재물을 훔치거나 빼앗지 못하도록 하고 나아가서는 가는 곳마다 자비를 베풀고 위로해주며 함부로 군사들을 때리지 않도록 하시오. 부디 바라건대 속히 낙성에 도착하여 아무 탈이 없도록 하시오."

장비는 공명의 말을 명심하겠다고 다짐하며 용기백배하여 정도에 올랐다. 장비는 도중에 투항한 적병에 대해서도 관대히 대하며 계속 진격해갔다.

이윽고 장강을 따라 파군(巴郡)으로 나가고 있는데 앞서 나가 있던 정찰병이 보고했다.

"파군의 태수 엄안은 촉나라의 명장으로 나이는 비록 많지만 아직 기력은 쇠하지 않은 장사입니다. 아직도 활과 큰 칼을 잘 써서 만 명도 당해내지 못할 용사라고 합니다. 그는 우리가 여기까지 도착하였는데도 아직 성곽에 진을 치고 항복하는 깃발을 꽂지도 않았습니다."

장비는 성 밖 십 리 지점에 진을 치고 성 안으로 군사를 보내 이렇게 말하라고 일렀다.

"늙은 엄안은 당장 항복하여라. 그러면 성 안의 모든 장졸들을 용서하겠지만 만일 항복하지 않는다면 성이고 사람이고 가리지 않고 모조리 짓밟아 쑥밭을 만들어버리고 말겠다."

엄안은 유장이 법정을 시켜 유비를 서천으로 불러들였다는 소식을 듣고 이렇게 한탄했던 인물이었다.

'이럴 수가! 산에 들어가기가 겁이 난다고 호랑이를 불러다가 호위를 부탁한다는 말 그대로이구나.'

그 뒤로도 그는 유비가 부수관을 차지했다는 소식을 듣고 크게 노하여 자신이 몇 번이나 군사를 거느리고 가서 대적할까 하는 생각을 하였지만 자신이 파군을 비우고 있는 동안 동오 군사가 침략해올 것이 두려워 그렇게 하지 못하였다.

이날 엄안이 장비가 공격해온다는 말을 듣고는 재빨리 자기 휘하의 오륙천 병력으로 맞설 계획을 세웠다. 그때 한 장수가 나서며 아뢰었다.

"장비라는 인물은 당양(當陽)의 장판교(長坂橋)에서 조조 군 일백만을 향해 그냥 버티고 서서 노려보는 것만으로 수많은 군사들을 물리쳤던 용사입니다. 조조조차 장비라는 말만 들어도 도망치는 인물이니 결코 우습게 보아서는 안 될 것입니다. 그러니 우리가 성 주위에 호를 깊이 파고 보루를 높여 수비만 잘하면 저쪽은 군량이 동이 나서 한 달도 채 가지 못할 것입니다. 또 장비라는 인물은 성격이 불과 같아서 우리 군사들을 시켜 약을 올리기만 하고 싸우지 않으면 그는 크게 화가 나 부하들을 괴롭히고 포악스럽게 다룰 것입니다. 그렇게 되면 따르던 군사들도 마음이 변하게 될 것이니 우리는 그런 허점이 드러날 때 공격해가면 쉽게 그들을 공략할 수 있을 것이고, 어쩌면 장비 또한 사로잡을 수 있을는지도 모릅니다."

엄안이 그 진언을 채택하여 모든 병력을 성 위로 올려 수비에만 전념하도록 명하였다.

그러던 어느 날, 형주 군의 군사 하나가 성문 앞에 와서 큰소리로 외쳐댔다.

"문 열어라, 문 열어."

엄안이 그를 성 안으로 불러들여서 무슨 일이냐고 물었더니 장비가 한 말을 그대로 전해주었다.

엄안은 노기등천하여 꾸짖었다.

"이놈, 고약한 놈! 내가 역적 놈들 앞에서 항복할 줄 아느냐? 장비인가 뭔가 하는 도적놈에게 이렇게 전해라."

엄안은 군사에게 심한 욕설을 퍼붓고는 무사를 불러 그의 귀와 코를 베어 내게 하고 장비에게로 돌려보냈다.

귀와 코가 베인 군사가 눈물을 흘리면서 장비 앞으로 돌아와 엄안이 투덜거리고 욕설을 퍼부었다고 보고하였다.

이 말을 들은 장비가 가만히 있을 리 없었다.

"뭐라고? 이놈을 당장 베어 버리겠다."

장비는 눈을 부릅뜨고는 갑옷을 걸쳐입고 말에 올라탄 후 수백 명의 기마병들을 데리고 성 밑으로 다가가 싸움을 걸었다.

성 위에서 엄안의 부하들이 나란히 서서 온갖 욕설을 퍼부어 댔다. 장비는 몇 번씩이나 조교에 다가가서 성 주위에 파놓은 못을 건너 쳐들어가려 했으나 그때마다 화살 세례를 받아 물러설 수밖에 없었다. 장비는 결국 분을 가라앉히며 진지로 되돌아왔다.

장비는 이튿날도 아침 일찍 성 앞으로 달려가 싸움을 걸려 하였는데 이날은 엄안이 망루에 올라가 있다가 장비가 눈에 띄자 활을 들어 장비의 투구를 쏘아 맞혔다. 장비는 날아온 화살의 충격으로 머리가 얼얼해 분을 참지 못하고 엄안을 향해 냅다 소리쳤다.

"고얀 놈, 내 기필코 네 놈을 잡기만 하면 네 살을 생으로 씹어먹을 것이다."

장비는 이렇게 소리치며 욕을 해댔으나 그날도 싸움을 벌어지지 않고 밤이 되어 철수하는 수밖에 없었다.

 사흘째 되는 날에도 장비가 친히 부대를 거느리고 성 둘레를 돌아보았다. 장비는 주위의 높직한 곳으로 올라가 성 안을 내려다보았다. 성은 본래 산성(山城)으로 둘레가 겹겹이 산이었다. 성 안의 군사들은 모두 갑옷 차림으로 대오를 정연히 갖추고 준비 중이었으나 성 밖으로 나가려는 기미는 보이지 않았다. 이들 군사들 외에도 많은 인부들이 작전을 도와 벽돌 등을 나르기에 정신이 없었다.

 장비는 기병들에게 말에서 내리라고 명하고 보병들에게도 땅에 앉아 쉬라고 명하였다. 이렇게 적은 인원으로 보여 적군을 유인하려 하였지만 아무런 효과도 보지 못하고 또 하루를 허탕치고 말았다.

 장비는 진지로 돌아와 몹시 분해하며 이를 갈았다.

 '도대체 약이 올라 참을 수가 없구나. 아무리 해도 나오지 않으니 어찌하면 좋단 말인가?'

 장비는 한참을 궁리하다가 한 가지 묘책을 떠올렸다. 모든 군사를 성 앞으로 내보낼 것이 아니라고 생각한 장비는 휘하 군사들에게 절대로 먼저 싸움을 걸지 말라고 명하고 다만 만반의 출전 준비를 갖추고 진지 안에서 대기하라고 일렀다. 그러고는 약 사오십 명의 군사만을 성 앞으로 내보내 욕설을 퍼부어대게 하였다. 엄안이 참지 못하고 뛰어나오면 대기하고 있던 군사들을 내보내 공격하자는 계획이었다.

 사오십 명의 군사들이 연 사흘 동안 성 밑으로 가서 온갖 욕설을 퍼부었으나 성 안의 파군 군사들은 꼼짝도 하지 않았다. 장비는 이맛살을 찌푸리며 전전긍긍하다가 또 하나의 묘책을 고안해내었다. 장비는 군사들을 나무꾼으로 가장시켜 산 속에 가서 나무를 줍는 척하면서 성으로 들어가는 샛길을 찾아보도록 명하였다.

엄안의 항복

한편 성 안의 엄안은 며칠 동안 장비의 움직임을 살필 수가 없게 되자 불안한 나머지 휘하의 군사 몇 명을 장비의 군으로 가장시켜 밖으로 내보내 장비의 군사 속에 몰래 잠입하도록 하였다.

그날 저녁, 나무꾼으로 가장했던 군사들이 진지로 돌아와보니 장비가 발을 동동거리며 악을 쓰고 있었다.

"엄안인가 뭔가 하는 놈이 감히 나를 이렇게 속 태우게 해도 되는 거냐?"

이때 군사 하나가 아뢰었다.

"그렇게 화내시지 마십시오. 오늘 겨우 파군성으로 향하는 비밀 통로를 하나 발견하였습니다."

장비가 이 말에 일부러 언성을 높여 호통을 쳤다.

"뭐냐, 그런 샛길을 발견하고서 왜 진작 내게 알리지 않았느냐?"

군사가 그만 겁에 질려 고하였다.

"실은 방금 발견했습니다."

"아무튼 우물쭈물 망설일 때가 아니니 오늘 밤 일찌감치 식사를 하고 달이 중천에 떠오르면 출발하도록 한다. 너희들은 떠들지 않도록 막대기를 물고 말의 목에서도 방울을 떼도록 하라. 소리 내지 말고 조용히 진입하도록 각별히 유의하여라. 내가 맨 앞에서 길을 헤치고 나갈 테니 너희는 조심하면서 내 뒤를 따라오도록 하라."

장비의 명령이 진지 안에 골고루 시달되었다. 장비의 이 명령은 위장하여 진지에 섞여 있었던 엄안의 염탐꾼들에 의해 엄안에게 고스란히 보고되었다.

엄안은 크게 기뻐하며 말하였다.

"성미 급한 장비 놈이 더 참지를 못하고 기어이 움직이는구나. 샛길로 온다고 하니 틀림없이 식량과 보급품을 실은 수레가 뒤따라올 것이고, 우리가 그것을 빼앗아버리면 그들은 꼼짝하지 못할 것이다. 미련한 장비 놈이 끝내 내 꾀에 속아넘어 가는구나."

엄안은 휘하의 군사들에게 출진 준비를 명하였다.

"오늘 밤 일찍이 밥을 먹어두고 한밤중에 성으로 나가 나무숲에 숨어 있도록 하라. 기다리다가 장비가 오면 일단 그냥 지나가게 한 뒤 뒤따라오는 수레가 보이면 북을 쳐 신호를 보낼 테니 그때 일제히 뛰어나가 적들을 덮치도록 하여라."

이윽고 해가 저물자 엄안의 군사들은 모두 충분히 먹고, 갑옷과 투구 차림으로 소리없이 성 밖으로 나가 사방으로 흩어져 매복해 있었다. 엄안 자신도 열 명의 부장들과 함께 말에서 내려 숲속에 몸을 감추었다.

한밤중이 조금 지나서 과연 달빛 속에 멀리서 말을 타고 다가오는 장비의 모습이 눈에 들어왔는데 그는 부대의 선두에 서서 말 위에 올라앉은 채 쌍날칼의 창을 가로 뉘고 느릿느릿 걸어오고 있었다. 숲속에 숨어 있던 엄안 군사들은 선두의 장비 일행을 그대로 지나쳐보내고 조금 더 기다렸다. 그렇게 얼마를 있으려니까 이번에는 수송대가 수레를 끌고 왔다. 엄안이 때를 보아 일제히 북을 두드리게 하였다. 그러자 숲속에 숨어 있던 복병들이 일제히 뛰어나와 수레를 덮치기 시작하는데, 어디선가 갑자기 징소리가 크게 울리면서 한 무리의 군사가 밀어닥쳤다.

뒤에서 한 장수가 벽력 같은 소리로 외쳤다.

"늙은이는 게 섰거라! 내 너를 얼마나 오래 전부터 보고 싶어 했는지 아느냐?"

엄안이 뒤를 돌아보니 앞장서 다가오는 장수의 모습이 유난히 눈에 띄었다. 표범 같은 머리에 큰 눈을 부라리고 제비 턱에 호랑이 수염을 휘날리면서 달려오는 모습은 한눈에 보아도 용맹스럽기 그지없는 생김새였다. 그 장수는 검정말을 타고 손에 일 장(丈)하고도 여덟 자 길이의 기다란 쌍날칼 창을 들고 있는 것으로 보아 틀림없는 장비였다.

이러지도 저러지도 못한 엄안이 장비를 상대하여 십여 차례나 맞서 싸웠으나 결판이 나지 않았다. 그러던 중 장비의 자세에 허점이 발견되자 엄안이 그 틈을 노리고 칼을 내리쳤다. 이에 장비가 번개처럼 날쌔게 피하더니 맨손으로 덤벼들어 엄안의 갑옷 끈을 낚아채고는 땅바닥에 내동댕이쳤다. 그러자 부하들이 우르르 달려들어 엄안의 두 손을 꽁꽁 묶어버리고 말았다. 달빛 속에 앞장 서서 간 사람은 장비가 아니라 장비로 분장한 군사였다.

장비는 엄안이 북을 신호로 하여 공격한다는 것을 알고 자신은 일부러 퇴각할 때 쓰는 징을 사용하기로 하였다. 이에 징소리를 울리고 부대가 순식간에 집결하여 파군 군사와 맞서 싸우니 그 적군의 태반이 투항하고 말았다.

장비가 파군 성에 도착해보니 이미 부하들이 성 안으로 들어가 있었다. 이에 장비는 즉시 명을 내려 양민을 죽이지 못하게 하고 그들을 안심시켰다.

이윽고 엄안이 끌려나왔다. 엄안은 단 위에 높이 앉아 있는 장비에게 무릎을 꿇지도 않고 엎드리지도 않은 채 버티고 서 있었다. 이를 본 장비는 무섭게 성을 내며 호통을 쳤다.

“건방진 그 태도는 무엇이냐? 싸움에 졌으면 패장답게 깨끗이 승복할 것이지 어찌하여 아직도 대항하려 하느냐?”

그러나 엄안은 조금도 두려워하는 기색을 보이지 않고 오히려 장비를 꾸짖으며 소리쳤다.

“목이 잘릴 장군이 여기 있을 뿐, 항복할 장군은 여기 없다. 네 놈은 까닭없이 남의 나라를 침범해 성을 빼앗은 날도둑놈일 뿐이다.”

장비가 크게 노하여 말하였다.

“이놈을 참하여라!”

엄안이 다시 장비를 조롱하듯이 말하였다.

“이놈아, 베어 죽이려거든 점잖게 벨 것이지 뭘 그렇게 성을 내고 야단이냐?”

장비는 엄안의 엄숙한 음성과 죽음 앞에서도 변함없는 늠름한 기상을 보고서 그 자리에서 노여움을 풀어버리고 말았다.

“비켜라, 비켜!”

장비는 계단을 내려가며 군사들을 좌우로 물리치더니 자기 손으로 엄안의 몸을 묶은 오라를 풀어주었다. 그리고 옷도 새로 갈아 입히고 방으로 모셔들여 그 앞에 고개를 숙여 보였다.

“내 말이 심했던 것을 용서해주시오. 장군이 그런 호걸이라는 것을 퍽 오래 전부터 알고 있었는데 설마 내 앞에서도 그러리라고는 믿어지지 않아서 내 공연히 그래본 것이오.”

엄안도 장비의 이런 호쾌한 성격에 절로 마음이 누그러져 새삼스럽게 그에게 투항을 제안했다.

장비가 엄안에게 서천 땅으로 쳐들어갈 방도를 물었더니 그가 대답하였다.

“패군의 장수된 몸이 이토록 후한 은혜를 입었으니 화살 하나 쓰지 않고 성도에 입성할 방법을 기꺼이 가르쳐드리겠습니다.”

과연 마음을 돌린 엄안이 연달아 있는 성곽들을 추풍낙엽처럼 함락시킬 수 있을 것인지, 그리고 그는 장비에게 어떤 계략을 알려줄 것인지……

제 64 회 위태로운 익주

공 명 정 계 착 장 임　　양 부 차 병 파 마 초
孔明定計捉張任　　楊阜借兵破馬超

공명이 교묘한 계략으로 장임을 잡고
양부는 병력을 빌려 마초를 쳐부수다

유비를 쫓는 장임

장비가 엄안에게 그 방법을 물어보았더니 엄안이 자세히 설명하였다.

"이곳 낙성(雒城)으로부터 관문에 이르는 요소요소는 모두 제 관할에 속해 있으며, 그 수비군은 모두 저의 지휘하에 있습니다. 장군에 대한 은혜에 보답하기 위해 이제 제가 전위부대로 나아가서 순서대로 하나씩 항복을 받아내고 돌아오겠습니다."

장비는 진심으로 감사해하며 즉시 엄안을 전위 부대의 선두로 내세우고 장비 자신은 그 뒤를 따라갔다. 과연 엄안의 말대로였다. 엄안은 요소요소의 수비군 장수들을 만나는 즉시 그들을 투항시켜버렸다. 간혹 그 중에는 망설이는 장수들도 있었으나 엄안이 의연히 타일렀다.

"이보시오, 장군. 나도 이렇게 투항했다오."

결국 그의 말에 모든 장수들이 설득당하니 활이나 화살 하나도 쓰지 않고 많은 군사들의 항복을 받아내었다.

한편, 공명은 출발할 시기를 유비에게 알리고 낙성에서 만나기로 되어 있으니 거기서 역시 함께 만나고 싶다고 하였다.

공명의 서신을 받은 유비는 휘하의 장수들을 모아놓고 의견을 물어보았다.

"공명의 말에 의하면 자신과 장비가 둘로 나뉘어 가다가 낙성에서 우리와 합세하여 성도로 진격하자는 의견을 내왔소. 강으로 배를 타고 온 패와 육지로 걸어오는 패 모두가 7월 20일에 떠났다고 하니 머지않아 도착할 것이오. 문제는 우리들은 어떻게 낙성으로 진군해 나가느냐는 것이오."

황충이 나서서 말했다.

"날마다 적진에서 장임이 싸움을 걸어왔지만 우리가 상대를 하지 않는 바람에 그들은 지쳐 있고 짜증이 나 있을 것입니다. 이는 좋은 기회인 듯싶사오니 오늘 밤에 적의 진지를 습격하는 것이 어떻겠습니까? 대낮의 공격보다는 유리하지 않을까 생각합니다."

유비는 황충의 말에 따라 야습작전을 행하기로 하고 오른쪽은 황충이, 왼쪽은 위연이, 가운데에는 자신이 선두에 나서 진군하였다.

장임은 과연 경계를 태만히 하고 있었기 때문에 전혀 예측하지 못한 야습을 받아 그의 진지가 삽시간에 불더미 속에 휩싸이고 말았다. 군사들은 일제히 아우성을 치며 낙성으로 퇴각하였고, 성 안의 수비병들이 허둥지둥 장임을 맞아들이는 야단법석이 밤새도록 계속되었다.

유비는 일단 뒤로 물러나 그날 밤은 야영을 하며 보내고, 이튿날 아침에 곧바로 낙성으로 달려가서 성을 포위하였다. 장임은 성 안에 깊숙이 몸을 숨기고 꼼짝도 하지 말고 성을 지키라고 명하였다.

포위한 지 나흘째 되는 날, 유비는 직접 서쪽 성문을 공격하고 황충과 위연으로 하여금 동쪽 문을 공격하도록 명하였다. 남쪽 성문 밖은 산길로 바로 이어져 있었고, 북쪽 성문은 부수강에 면해 있었기 때문에 두 문은 공격하지 말도록 하였다. 남북의 문을 포위하지 않은 데에는 그럴 만한 까닭이 있었다.

장임은 유비가 서문을 왔다갔다하며 아침부터 공격하기 위해 지휘하는 광경을 유심히 지켜보고 있었는데, 한낮이 지나니 유비에게 피로한 기색이 나타났다.

장임은 오란과 뇌동 두 장수를 불러 일렀다.

"자네들은 북문으로 나가서 동문의 황충과 위연을 치러 가도록 하게."

장임은 자신도 남문으로 직접 나가 서문의 유비를 습격하기로 하였다. 성 안에 남아 있는 병사들과 백성들에게는 성벽 위로 올라가 북을 치며 함성을 질러 많은 군사들이 성 안에 남아 있는 것처럼 보이도록 위장하였다.

그날 해가 서산으로 지기 시작하자 유비는 부대를 먼저 뒤쪽부터 후퇴시키려고 하였다. 그때 갑자기 성 안에서 함성이 일어나며 남문에서 대기하고 있던 장임의 군사들과 맞부딪치게 되었다. 장임이 유비를 노리고 치러 나온 것이었다. 이에 유비의 군사들은 큰 혼란에 빠지며 도망치기 바빴다. 황충과 위연의 부대도 오란과 뇌동이 사력을 다해 공격을 해오니 유비를 지킬 겨를이 없었다.

유비는 산기슭의 오솔길로 달아났다. 장임이 놓칠세라 뒤를 쫓았고 순식간에 따라잡힐 거리가 되었다. 유비는 혼자 몸이었고 장임은 부하 서너 명을 거느리고 따라붙었다. 유비가 채찍이 부러져라 휘두르며 말을 몰아 정신없이 달리는데 저 앞에 또 한 부대가 눈에 띄었다. 유비는 정신이 아찔해졌다.

"앞에는 복병이 기다리고 뒤로는 추격병이라니. 아, 하늘이 날 버릴 셈인가!"

장비에게 잡힌 장임

이런 탄식을 하며 말을 달리는데 그는 자기 눈을 의심하였다. 그 부대의 대장이 눈앞으로 뛰어나오는데 그는 바로 장비가 아닌가! 장비는 엄안과 함께 이쪽으로 달려오다가 흙먼지가 일어나는 광경을 멀리서 지켜보고 형주 군과 서천 군의 싸움이 붙었다고 생각하여 급히 이곳으로 달려온 것이었다.

장비는 대뜸 장임과 맞붙어 십여 차례나 대접전을 벌였으나 결판이 나지 않았다. 이때 엄안이 나타나자 장임도 형세가 불리하다고 판단하여 이내 도망치고 말았다. 장비는 포기하지 않고 성 밑까지 장임을 추격하였다. 장임은 성 안으로 몸을 피하고 조교를 들어올려버렸다.

장비는 유비에게로 와서 아뢰었다.

"배편으로 오시는 군사보다 한 걸음 먼저 온 제가 선진의 공을 세우게 되었습니다."

유비가 장비에게 물었다.

"산길은 험한 곳이 많고 또 여러 난관이 있었을 텐데 어떻게 이렇게 빨리 도착하였는가?"

"이곳까지 오는 가운데 마흔다섯 군데의 관문이 있었지만 그것은 모두 여기 계시는 엄안 장군께서 그 장수들을 항복시켜주어서 쉽게 지나올 수 있었습니다."

장비는 엄안을 어떻게 공격하고 어떻게 용서하였는가를 자세히 아뢰고 유비에게 엄안을 소개시켰다.

유비가 공손히 말하였다.

"우리 아우 장비가 엄 장군의 도움이 아니었다면 여기까지 올 수 없었을 것입니다."

유비는 자신이 입고 있었던 황금빛 쇠사슬로 엮어진 갑옷을 벗어 그에게 건네주었다. 엄안이 이에 감사의 표시를 하였다.

유비가 계속해서 잔치를 벌여 엄안을 대접하려고 하는데 염탐꾼의 보고가 들어왔다.

"황충과 위연 장군이 오란·뇌동과 맞서 싸우는 도중 성 안에서 오의(吳懿)와 유괴(劉璝)가 가세하여 두 장군께서 협공을 당해 동쪽으로 달아났다고 합니다."

이 소식을 들은 장비가 가만히 있을 리 없었다. 유비와 몇 마디 상의하고는 병력을 둘로 나누어 그들을 구원하러 나섰다. 장비가 왼쪽으로, 유비가 오른쪽 길로 공격해나갔다.

유비와 장비가 도착하였다는 보고를 듣고 오의와 유괴는 당황해하며 성 안으로 다시 들어가버렸다. 오란과 뇌동은 덮어놓고 황충과 위연을 뒤쫓다가 유비와 장비의 두 부대에게 그 퇴로를 차단당하고 말았다. 이에 황충과 위연 두 장수가 심기일전하여 공세를 취하자 오란과 뇌동도 당해내지 못하고 부대 전체가 항복하였다. 유비는 그들의 항복을 받아주고 성 가까이에 진을 쳤다.

장임은 이렇게 두 장수를 잃고 나자 바짝 조바심이 나기 시작하였다.

이를 지켜본 오의와 유괴가 건의하였다.

"이렇게 궁지에 몰린 이상 결전을 벌이는 수밖에는 달리 방법이 없다고 생각됩니다. 우선 사자를 성도로 보내어 이쪽 상황을 알리고 우리는 우리대로 계략을 써서 적을 무찌르도록 합시다."

장임이 고개를 끄덕이고 나서 말하였다.

"좋소. 내일 내가 성 밖으로 나가 싸우다가 진 척하고 달아나 적을 성의 북쪽으로 유인할 테니 그때 성 안에서 새로 병력을 내보내어 적의 퇴로를 끊어버리시오. 그러면 우리가 승리할 것이오."

오의가 유괴에게 제안하였다.

"유 장군은 여기 남아서 유순(劉循·유장의 아들) 도련님을 도와 성을 지키시오. 나는 군사를 이끌고 나가 장임 장군의 공격을 돕겠소."

그들은 이렇게 작전을 세웠다.

이튿날, 장임은 계획대로 패주를 가장하여 성 둘레를 몇 바퀴 돌다가 달아나기 시작했다. 장비가 열심히 그를 뒤쫓아가니 오의의 부대가 장비의 옆쪽을 치며 공격해왔다. 동시에 도망치던 장임도 뒤돌아서서 공격해왔다.

장비는 진퇴양난의 곤경에 빠져 어쩔 줄 몰라했다. 그때 강변 쪽에서 갑자기 달려오는 한 부대가 눈에 들어왔다. 선두에 선 대장이 창을 높이 들고 말에 박차를 가하며 돌진해오더니 번개처럼 오의를 덮쳐 그를 생포하고 그의 잔당을 무찔러 대오를 흩뜨려버리며 장비를 구출하였는데 그는 바로 조운이었다.

공명의 모습이 보이지 않자 장비가 물었다.

"군사는 오셨소이까?"

"지금쯤은 아마 주공과 만나고 계실 것이오."

두 장수는 오의를 끌고 진지로 돌아갔다. 장임은 동문으로 들어가 성 안으로 피신하였다. 장비와 조운이 진지로 돌아와보니 공명·간옹·장완 등이 이미 막사 안에 와 있었다.

장비가 말에서 내려 공명에게 절을 하였더니 공명이 놀라서 물었다.

"어찌 이렇게 빨리 도착하셨소?"

유비가 장비와 엄안 사이에 일어났던 일을 설명하였더니 공명이 대단히 기뻐하였다.

"급하시기만 한 익덕 장군도 이제 계략을 쓸 줄 아시니 주공께서는 참으로 복 받으셨습니다."

이때 조운이 오의를 끌고 들어오자 유비가 오의에게 물었다.

"그대는 항복할 의사가 있소, 없소?"

"사로잡힌 몸으로 항복할 수밖에 달리 길이 있사옵니까?"

유비가 손수 그의 오라를 풀어주었더니 공명이 오의에게 다시 물었다.

"성 안에 수비병이 얼마나 됩니까?"

"유장의 아들인 유순(劉循)과 그를 보좌하는 유괴와 장임이 있습니다. 유괴는 큰 인물이 못 되지만 장임이란 자는 촉군 출신으로 배짱이 두둑하고 지략도 뛰어나므로 경계하셔야 할 줄로 아옵니다."

공명이 일동에게 말하였다.

"먼저 장임을 사로잡은 후에 낙성을 취하는 것이 좋을 듯합니다."

공명이 다시 오의에게 물었다.

"성의 동쪽에 있는 저 다리의 이름은 무엇이오?"

"금안교(金雁橋)라고 합니다."

공명은 그 길로 말을 타고 금안교로 나가서 그 밑을 흐르는 물줄기를 따라 한 바퀴 시찰해보고는 다시 돌아와 황충과 위연을 불러 일렀다.

"금안교 남쪽으로 약 오륙 리 떨어진 지점의 양 기슭은 모두 갈대숲이 우거져 있으므로 군사를 매복시키기에 좋은 곳이오. 그러니 위연 장군께서 창을 든 일천 명의 군사를 거느리고 가서 왼쪽 기슭에 숨어 있다가 적군이 오면 주로 기마병 전사를 겨누어 찌르도록 하시오. 그리고 황 장군은 검을 든 일천 명의 군사들을 이끌고 가서 오른쪽 기슭에 잠복하고 있다가 적군이 오면 기마병이 탄 말의 다리를 베어 쓰러뜨리도록 하시오."

공명은 장비에게는 따로 명하였다.

"적군이 이렇게 패주하게 되면 장임은 반드시 산의 동쪽 소로를 향해 나갈 것이오. 그때 장군께서는 일천 병력으로 그 오솔길을 막아서서 장임을 잡아주도록 하시오."

조운에게도 금안교의 북쪽을 지키라고 명하였다.

"내가 장임을 유도해서 저 다리를 건너게 하면 조 장군께서는 즉각 다리를 허물어뜨리고 병력을 다리의 북쪽에 배치하여 장임의 북행을 막고 남쪽으로 향하게 함으로써 우리 계략이 성공하도록 하는 것이오."

공명은 이렇게 각 장군에게 상세히 작전을 일러준 후 자신이 친히 적군을 유인하러 나갔다.

장임의 죽음

유장은 낙성을 지원하러 가기 위해 탁응(卓膺)과 장익(張翼) 두 장수를 파견하였다. 이들이 낙성에 도착하자 장임은 장익과 유괴에게 성의 수비를 맡기고 자신은 탁응과 군사를 둘로 나누어 자신이 선두에 서고 탁응에게는 후위 부대를 거느리게 하여 유비를 공격하기 위해 성에서 출격하였다.

공명은 일부러 제대로 정비되어 있지 않은 부대를 이끌고 금안교를 건너왔고 곧바로 장임과 마주치게 되었다. 공명은 언제나처럼 네 바퀴의 수레에 앉아 머리에는 관건을 쓰고 우선(羽扇)을 손에 든 모습으로 앉아 있었는데 그의 양 옆에는 약 일백 기쯤 되는 기마병이 따라붙었다.

공명은 멀리서 손짓하여 장임을 부르고는 소리쳤다.

"조조는 일백만 대군을 이끌고 와서도 나의 이름을 듣고는 도주하기 바빴거늘 그대는 도대체 어떤 위인이기에 고개조차 숙일 생각도 하지 않느냐?"

장임은 공명이 이끌고 온 부대의 흩뜨러지고 맥풀린 군용(軍容)을 보고는 말 위에서 냉소를 흘렸다.

'내가 듣기로는 제갈공명의 용병술은 귀신과 같다고 하던데 이렇게 내 눈으로 직접 보니 듣던 바와는 딴판이로군.'

그는 손에 든 창을 휘둘러 휘하 군사들을 일제히 돌진케 하였다. 그러자 공명은 네 바퀴가 달린 수레를 버리고 말을 집어타고는 다리를 건너 줄행랑을 쳤다. 장임이 그 뒤를 쫓아 금안교를 건너자 왼쪽으로는 유비가, 오른쪽에서는 엄안의 부대가 물밀듯이 쇄도해왔다.

'아차, 계략에 걸렸구나.'

장임이 그제야 계략에 걸린 것을 깨닫고 뒤돌아가려고 했으나 이미 다리가 파괴되어 있었다. 하는 수 없이 말머리를 북으로 향해 치닫기 시작하니 이번에는 조운의 부대가 대열을 가지런히 하고 기다리고 있었다.

결국, 장임은 개천을 따라 남쪽으로 달려갈 수밖에 없었다. 그렇게 달리기를 육칠 리쯤 하니까 갈대숲이 우거진 곳이 나왔다.

그 옆을 지나려고 하는데 느닷없이 숲속에서 위연의 부대가 뛰어나와 기다란 창으로 말 위의 군사들을 마구 찔러대었고, 거의 때를 같이하여 황충의 부대도 공격을 가해왔는데 이들은 숲속에 몸을 숨긴 채 팔을 뻗쳐 마치 풀 베듯이 말들의 다리를 베어 버렸다. 기마병들은 모두 사로잡혀서 꽁꽁 묶였고 보병들은 전의를 상실한 채 뿔뿔이 흩어져버렸다.

장임이 수십 명의 기병만을 거느리고 간신히 산길로 피신했으나 눈앞에 나타난 장비를 보고는 그만 얼이 빠지는 듯 정신이 아찔해져 자신도 모르게 한 걸음 물러섰다. 장비가 큰소리로 명하니 군사들이 일제히 몰려들어 장임을 결박하여 생포해버렸다.

이에 앞서 탁응은 장임이 공명의 지략에 빠져 도망치는 것을 보고 일찌감치 조운에게 투항할 의사를 전하였다. 조운이 탁응을 데리고 본진으로 돌아와 유비 앞에 꿇어앉혔다. 유비는 탁응의 항복을 받아들이고 조운에게 상을 내렸다.

한편, 장비가 장임을 호송해왔고 공명도 본진으로 돌아와서 막사 안에 거하고 있었다.

유비가 장임에게 일렀다.

"속나라 장수 모두가 이미 항복했는데 어찌하여 장군은 아직까지도 항복하지 않는가?"

이 말에 장임은 눈을 부라리며 외쳤다.

"충신은 두 임금을 섬기지 않는 법이오."

유비가 타이르듯이 말하였다.

"자네 말이 옳지만 하늘의 때를 알아야 할 것 아닌가? 항복하면 목숨은 구해주겠네."

"내가 오늘 항복한다고 하더라도 언젠가는 그대의 등을 칠 것이오. 그러니 죽이려거든 지금 때를 놓치지 말고 죽이시오."

유비는 차마 그를 죽일 수가 없었고, 장임 역시 한사코 굽힘이

없었다. 끝내는 공명이 옆에서 장임을 베어 죽이되 그의 명분과 절의는 온전히 전하도록 명하였다.

유비는 비록 적장이었지만 그의 충성과 절개에 감탄하여 그의 주검을 금안교 근처에 묻어주고 그의 '충성'을 표창하여 비문을 남겼다.

유비의 공격

다음날 유비는 엄안과 오의 등 항복한 촉군의 장수들을 앞세우고 낙성으로 진군하였다. 그리고 그들로 하여금 성문을 향해 크게 외치도록 하였다.

"성문을 열어라! 항복하면 성 안에 있는 죄없는 백성들은 살려 주겠다."

그러나 성 안에서는 유괴가 성루에 올라서서 온갖 욕설을 퍼부어댔다. 그것을 본 엄안이 유괴를 겨누어 활을 쏘려고 하는데 홀연히 유괴 옆에 있던 장수 하나가 칼을 빼들고 유괴를 단칼에 베어 버린 후 성문을 열어 투항하였다.

유비 군이 곧 입성하니 유순은 서문으로 빠져나가 성도로 피신하였다. 우선 유비는 방을 붙여 백성들을 안심시켰다.

유괴를 베어 죽이고 성문을 연 사람은 무양(武陽) 출신의 장익(張翼)이라는 장수였다. 유비는 그에게 상을 내리고 여러 장수들을 위로하며 공훈을 치하하였다.

공명이 유비에게 아뢰었다.

"이제 낙성은 함락되었고 성도는 바로 엎어지면 코 닿을 거리에 있습니다. 이에 우리가 먼저 선제 공격을 하기에 앞서 주·군의 동향을 살펴야 합니다. 그러니 조운 장군에게는 장익과 오의를 앞세워 외수(外水)·강양(江陽)·건위(犍爲) 일대로 가게 하시고 익덕 장군에게는 엄안과 탁응을 데리고 파서(巴西)·덕양(德陽) 일대로 가서 각각 민심을 안심시키고 선무하게 하십시오. 그런 후에 일제히 군사를 거느려 성도에 모이도록 하는 것이 좋을 듯합니다.”

이에 동의한 유비의 명령에 장비와 조운은 각기 병력을 이끌고 떠났다.

공명이 주위의 장수들에게 물어보았다.

“우리 앞길에 있을 난관이 무엇이라고 생각하시오?”

한 항복한 장수가 대답하였다.

“면죽(綿竹)에 견고한 수비대가 있을 뿐으로 그곳만 함락시킨다면 성도를 손에 넣는 일은 아무것도 아닙니다.”

공명이 그러면 어떻게 진격할 것인지에 대해 작전을 구상하고 있는데 법정이 나서며 제안하였다.

“낙성이 함락되었으니 이제 성도는 바람 앞의 등불 신세입니다. 이에 주공께서는 잠시 군을 내세우는 일을 억제하시고 인의로써 백성들을 대하시는 것이 어떻겠습니까? 제가 유장에게 서신을 띄워 이해득실을 자세하게 설명하면 아마도 틀림없이 항복할 것으로 믿습니다.”

“참으로 일리있는 의견이오.”

공명이 즉석에서 찬성하고 서신을 띄웠다.

유순은 간신히 성도로 도망쳐 아버지 유장에게 낙성이 함락된 경위를 보고하였다. 유장은 긴급히 측근들을 모아놓고 대책을 모색하였다.

종사관 정도(鄭度)가 제의하였다.

“유비가 지금 낙성을 빼앗았다고는 하지만 그 병력이 그렇게 많지는 않을 것이며 백성들도 아직 그들에게 복속(服屬)하지 않은 상태일 것입니다. 그리고 식량도 원만히 조달되지 않아서 약

탈을 일삼고 있을 것이 뻔한데다가 수송능력도 제대로 갖추지 못하고 있을 것이옵니다. 그러니 이제 파서와 재동(梓潼)의 주민들을 모두 부수관의 서쪽으로 옮기도록 하고 창고와 논밭의 곡물들을 모두 태워버리는 한편, 우리 쪽에서는 적들이 아무리 싸움을 걸어와도 꼼짝하지 않고 버티는 것입니다. 그러면 적은 머지않아 식량난에 봉착하여 아마도 일백 일을 넘기지 못하고 철수할 것이 분명합니다. 그때를 틈타 우리가 공격해들어가면 유비를 사로잡을 수도 있을 것이라 생각됩니다."

유장이 이에 반대 의사를 폈다.

"적들을 물리치고 백성을 편안하게 한다는 말은 들었네만 백성을 내쫓아버리고 적에 대비한다는 말은 들어보지 못했네. 그러니 그것이 아무리 특상책이라고 하더라도 그렇게 할 수는 없네."

바로 이때 낙성에서 보낸 법정의 서신이 도착하여 유장이 그 편지를 뜯어보았다.

지난날 이 몸은 우호를 위해 유비 공에게로 온 뒤로 다시 돌아갈 상황이 되지 못하여 송구스럽게도 무심한 꼴로 오늘에 이르렀습니다만 결코 저의 마음은 무심한 것이 아니었습니다. 주공 측근에 뛰어난 인물이 없어 오늘의 파탄을 초래할 줄이야 어찌 제가 생각이나 했겠습니까? 신이 보건대 유비 공은 지금도 옛적의 교정(交情)을 생각하며 같은 혈족임을 잊지 않고 있습니다 그러니 이제 번연히 형주로 귀순하신다면 유비 공이 결코 냉대하지 않으실 줄로 믿사오니 부디 제 마음을 통찰하시어 심사숙고하여 주시기 바랍니다.

유장은 화가 불같이 일어 편지를 찢어버리며 법정을 욕하였다.

"법정 놈은 주인을 팔아서 제 한 몸의 영화를 바라는 배은망덕

하고 의리없는 고얀 놈이로구나."

유장은 법정의 편지를 가져온 사자를 성 밖으로 내쫓아버렸다. 그리고 급히 처남 비관(費觀)을 면죽으로 파견하여 그곳을 수비토록 명하였다. 비관은 이때 남양 출신으로 자를 정방(正方)이라고 하는 이엄(李嚴)을 천거하여 삼만 증원 부대를 이끌고 이엄과 함께 면죽으로 향하였다.

한편, 익주의 태수로 자가 유재(幼宰)인 동화(董和)라는 인물은 남군의 지강(枝江)출신이었다. 그는 유장에게 건의서를 올려 한중의 병력을 빌리도록 하자고 진언하였다.

이에 유장이 동화에게 물었다.

"한중의 장로는 우리와 원수지간인데 우리를 도와줄 것 같소?"

"피차간에 서로 원수처럼 지내지만 유비가 지금 낙성을 함락한 이상 성도는 조만간에 위협당할 것입니다. 그러니 장로에게 이해관계를 충분히 설명하여 납득시킨다면 아마 틀림없이 병력을 빌려줄 것으로 생각됩니다."

이에 유장은 동화의 건의를 받아들여 장로에게 편지를 썼다.

한편, 조조에게 패한 마초(馬超)는 강족(羌族)의 경계선을 넘어 피신한 뒤로 지금까지 강족의 군사들과 사귀어 농서 땅의 주·군을 손에 넣고 계속해서 영토를 확장하여 손에 넣었지만 기주만은 어떻게도 손에 넣지 못하였다. 이에 기주의 자사인 위강(韋康)은 하루가 멀다 하고 하후연 앞으로 사자를 보내어 구원군을 요청하고 있었다.

그러나 하후연에게는 여간 부담스러운 일이 아니었다. 왜냐하면 조조의 지시가 없었기 때문에 그는 어떻게 할 수도 없었고 실제로 손을 써보지도 않았다.

마침내 위강은 조조가 후원군을 보내줄 것이라는 생각은 접어두고 휘하 장수들을 모아놓고 말하였다.

"차라리 마초에게 항복해버리겠네."

위강의 절망적인 선언에 참군(參軍) 양부(楊阜)가 눈물을 흘리며 간하였다.

"마초는 황제를 배반한 역신인데 그런 무리들 앞에 항복하신다는 것은 어불성설(語不成說)이옵니다."

위강은 이 간언을 듣지 않았다.

"사태가 이 지경에 이르렀는데 더 이상 무슨 말을 하겠소?"

결국, 위강이 성문을 열자 예상치 못한 상황이 벌어졌다. 이 소식을 들은 마초가 크게 성을 내며 위강을 비롯한 사십여 명의 목을 베어 죽인 것이었다.

어느 누군가가 마초에게 말하였다.

"양부는 위강에게 항복하지 말도록 진언했으니 양부야말로 살려둘 수 없습니다."

이 말에 마초는 뜻밖의 반응을 보였다.

"양부는 의를 지킨 자이니 살려두겠다."

이렇게 하여 마초는 양부를 종전과 같이 참군으로 기용하기로 했다. 그뿐 아니라 양부가 양관(梁寬)과 조구(趙衢)를 천거하자 마초는 서슴없이 그들을 군관으로 기용하였다.

어느 날 양부가 마초에게 간청하였다.

"임조(臨洮)에 두고온 아내가 죽었습니다. 원하옵건데 아내의 장례를 위해 두 달 동안만 그곳에 갔다오게 허락해주십시오."

마초가 이 청을 허락하자 양부는 종졸 하나만을 데리고 임조로 향하였다.

두 여인의 굳은 정절

그러나 양부는 임조로는 가지 않고 역성(歷城)의 무이장군(撫夷將軍)인 강서(姜敍)를 찾아갔다. 강서는 양부와 고종사촌 사이로 강서의 모친은 양부의 고모가 되며 나이 여든둘의 고령이었다. 양부는 그날 밤 강서의 저택 깊숙한 안사랑으로 들어가 연로하신 고모를 찾아 뵙고 문안을 드린 뒤에 눈물을 흘리며 호소하였다.

"저는 성을 끝까지 지키지도 못하였고 섬기던 주인이 목숨을 잃었는데도 따라 죽지 못하였으니 고모님을 찾아뵈올 면목이 없사옵니다. 역신인 마초는 군수(郡守)들을 닥치는 대로 참하여 온 기주 사람들은 그를 원망하지 않는 자가 없습니다만 형님은 역성을 지키는 장수로서 마초를 토벌할 생각이 조금도 없으시니 이는 과연 황제의 신하된 도리로써 용서할 수 있는 일인지요?"

이렇게 아뢰며 양부는 피눈물을 흘렸다. 이에 강서의 노모는 아들을 불러다놓고 타일렀다.

"위강 자사께서 목숨을 잃은 데에는 너도 책임이 있다."

그리고 양부도 꾸짖었다.

"너는 마초에게 항복하고 그의 녹봉을 받아먹으면서 어찌하여 또 마초를 치려고 생각하느냐?"

양부가 눈물을 닦으면서 해명하였다.

"일단 목숨을 부지한 뒤 때를 기다려 주인의 원수를 앙갚음할 생각이었습니다."

강서가 나서며 말하였다.

"마초는 용맹한 인물이니 섣불리 그를 건드릴 수 없네."

"마초는 용사는 용사이되 지혜가 없는 용사라 계략에는 아주

약합니다. 저는 이미 양관·조구와 계획을 세워놓았으니 형님께서 군사를 일으켜 공격하신다면 그들 두 장수도 반드시 내응할 것입니다.”

강서의 노모가 채근하였다.

“언제까지 꾸물거리고 기다릴 셈이냐? 사람은 어차피 한 번 죽게 마련이다. 죽을 때에 오로지 충성과 절의를 위해 죽는다면 그것이야말로 훌륭한 죽음이다. 내 생각은 할 필요가 없다. 네가 결심이 서지 않는다면 내가 먼저 죽어 네가 미련을 갖지 못하도록 해주마.”

노모가 이렇게까지 말하자 강서도 더 이상 버틸 수가 없어 통병교위(統兵校尉)인 윤봉(尹奉)·조앙(趙昂)을 찾아가 상의해보았다.

조앙에게는 조월(趙月)이라는 아들 하나가 있었는데 마초 밑에서 부장으로 있으면서 그를 섬기고 있었다. 그날 조앙은 강서의 제의를 수락하고 집으로 돌아와 아내인 왕씨(王氏)에게 자초지종을 설명하고 의논을 하였다.

“강서·양부·윤봉 등과 같이 이제는 고인이 된 위강을 위해 복수전을 벌이기로 약속을 하였소. 그런데 우리 아들 월이 지금 마조 밑에 있으니 우리가 군사를 일으킨다는 소식이 마초에게 전해지면 그는 필시 우리 아들을 죽이려고 할 것이오. 그 애를 구해낼 방법이 없겠소?”

아내는 남편의 이 말에 의연하고 단호하게 말하였다.

“군부(君父)의 원수를 갚기 위한 일에 죽음이야 으레 따를 수도 있는 일이온데, 우리 자식이라고 어찌 예외로 무사하기만을 바라겠습니까? 당신께서 월에 대한 미련으로 갈등하신다면 제가 먼저 죽어서 당신의 결심을 굳히겠습니다.”

부인이 이렇게 나오자 조앙도 마음의 결정을 내리지 않을 수가 없었다.

포악한 마초

이튿날, 일동은 거사를 결행하였다. 강서와 양부가 역성에서, 윤봉과 조앙이 기산(祁山)에서 각기 궐기하였다. 조앙의 부인 왕 씨는 목걸이를 비롯한 머리 장식품 등 돈이 될 만한 패물과 그 밖에 값진 물건들을 남김없이 들고 기산에 주둔하고 있는 군사들을 방문하여 위로하였다.

이와 같은 상황은 순식간에 마초의 귀에 들어가게 되었다. 마초는 크게 격노하여 그 자리에서 조월을 처치하고는 곧바로 방덕(龐德)과 마대(馬岱)를 데리고 역성으로 향하였다.

마초 군과 강서 군이 역성을 사이에 두고 안팎으로 대치하고 있었다. 마초가 바라보니 강서가 흰 도포를 입고 있었는데 마초를 향하여 크게 소리쳤다.

"이놈, 역신 마초 놈아!"

마초가 이 말에 크게 노하여 공격하러 나오니 강서와 양부 역시 맞서 나가 혼전을 벌였으나 마초를 당해낼 수는 없었다. 이내 강서와 양부는 군사들을 이끌고 줄행랑을 쳤다.

마초가 그들의 뒤를 쫓아 추격해가는데 갑자기 등뒤에서 커다란 함성이 들리며 윤봉과 조앙이 공격해왔다. 마초가 급히 뒤돌아서자 정신없이 달아나던 강서와 양부도 뒤돌아서서 공격해왔다. 영락없이 협공을 당하게 된 마초는 꼼짝할 수 없었다.

이때 멀리서 홀연히 구름 떼 같은 또 하나의 큰 부대가 질풍처럼 달려오고 있었다. 하후연이 뒤늦게 조조의 군령을 받고 마초를 치러 온 것이었다. 세 군데서 협공을 받게 된 마초는 끝내 대패하여 간신히 목숨을 구해 줄행랑을 치는 수밖에 없었다.

밤새도록 말을 달려 동이 훤히 틀 무렵에 가까스로 기성에 이른 마초는 성을 향해 소리쳤다.

"문 열어라. 문 열어!"

이렇게 외쳐대는 순간 성 안에서 일제히 수백, 수천 개의 화살이 빗발치듯 날아왔다. 양관과 조구가 성벽 위에서 마초를 향해 온갖 욕설을 퍼붓더니 마초의 아내인 양씨(楊氏)를 끌어내어 그 자리에서 칼로 쳐죽여 성 아래로 내던졌다. 또 마초의 어린 세 아들과 여남은 명의 근친들도 아내와 같은 방법으로 모두 한 칼에 베어 성 아래로 내던져버렸다.

마초는 너무 격분한 나머지 순간적으로 말에서 떨어질 뻔하였다. 이때 다시 등뒤에서 하후연이 공격해왔다. 전의를 상실한 마초는 가까스로 몸의 균형을 잡자마자 말을 몰아 도망쳤다. 하후연의 대군과 싸울 생각이 없음은 방덕과 마대도 마찬가지여서 두 장수 모두 늦을세라 포위망을 뚫고 줄행랑을 쳤다.

먼저 앞을 가로막은 강서와 양부 부대를 간신히 무찌른 마초는 다음에 윤봉과 조앙의 부대와도 교전을 벌이다가 달아났는데 그러한 과정에서 마초 군의 병력이 적잖이 흐트러졌다. 결국엔 오륙십 기마 정도밖에 안 남은 소수 병력을 이끌고 밤길을 치달려간 것이었다.

어스름한 새벽에 이르러 문득 주위를 살펴보니 어느덧 역성에 도착해 있었음을 알 수 있었다. 성문을 지키고 있던 수비병들은 강서가 군사를 거느리고 돌아오는 것으로 착각하고는 마초 일행에게 얼른 성문을 열어주었다.

마초는 성 안으로 들어서자마자 눈이 뒤집혀 닥치는 대로 백성들을 죽였다. 강서의 저택으로 쳐들어간 마초는 여든두 살의 노모를 끌어내었으나 노모는 조금도 두려워하지 않고 마초의 행패에 비난을 퍼부었다. 화가 머리끝까지 난 마초는 노모에게 칼을 휘둘렀으며 뒤이어 윤봉과 조앙 일가를 덮쳐 남녀노소를 가리지 않고 모조리 죽여버렸다. 조앙의 부인 왕씨만이 성 밖의 부대를 위문하러 나가 있었기 때문에 이 화를 면할 수 있었다.

그렇게 하루가 지나고 다음날이 되자, 하후연이 대부대를 이끌고 침공해왔다. 마초는 성을 포기하고 서쪽으로 도망쳤다. 성 밖으로 채 이십 리도 못 가서 마초 군은 갑자기 나타나 그들의 앞을 가로막는 한 부대와 맞닥뜨렸다. 선두에 선 장수를 보니 다름 아닌 양부였다. 양부는 마초에 대한 한이 뼈에 사무쳐 있던 터였다. 양부를 본 마초는 창을 휘두르며 말을 몰아 막무가내로 덤벼들었고, 그러자 양부의 일곱 형제도 일제히 덤벼들었다. 마대와 방덕이 후속부대를 거느리고 오는 동안 마초는 일곱 형제를 모두 처치해버렸다. 양부 또한 창에 여러 군데를 찔리고도 꿋꿋하게 싸웠다.

이때 마침 하후연의 부대가 밀어닥치자 마초는 재빨리 상황을 파악하고 도주하였다. 마초를 따르는 이들은 방덕과 마대를 비롯하여 모두 예닐곱 기가 전부였다.

하후연은 힘들이지 않고 쉽게 농서 땅을 손에 넣은 후 강서 등에게 여러 주들을 골고루 나누어주고 각기 수비에 만전을 다하도록 명하였다. 그리고 하후연은 반주검이 된 양부를 수레에 태워 허도로 데리고 갔다.

조조는 양부를 관내후(關內侯)라는 직위에 봉하려 하였으나 양부가 굳이 이를 거절하였다.

"저는 난을 막은 공도 없고 난을 당하고도 절의를 지켜 순직하지도 못하였는데 무슨 면목으로 그와 같은 영예로운 벼슬을 받을 수 있겠습니까?"

조조는 이를 가상히 여겨 양부를 훌륭한 장수로 보고 관내후의 벼슬을 내리고 사병도 주었다.

한편, 마초는 방덕·마대와 상의하여 한중의 장로를 찾아가 의

지하기로 하였다. 장로도 이들을 반가이 맞이해주었다. 장로는 마초가 한중으로 와준 이상, 서쪽으로는 익주를 손에 넣을 수 있고 동쪽으로는 조조를 견제할 수도 있다는 생각이 들었기 때문이었다.

장로는 어찌나 신이 났던지 자기 딸을 마초의 아내로 시집 보내겠다고 문무백관들에게 말하고 다녔다.

장로의 이런 생각을 막은 이는 대장 양백(楊柏)이었다.

"마초의 처자가 참혹하게 화를 당한 것은 마초 자신이 부덕하기 때문이었는데 어찌하여 그런 위인에게 따님을 주시려 하옵니까?"

이리하여 혼담은 흐지부지 되었고 누군가의 고자질로 그 경위를 알게 된 마초는 양백에게 앙심을 품었다.

'양백 이놈, 어디 살려두나 보자.'

양백 또한 마초의 그런 의중을 꿰뚫어보고 형인 양송(楊松)과 의논하여 둘이 합심하여 마초를 제거하기로 하였다.

이때 유비가 장로에게 구원군을 청하는 내용의 편지를 보냈으나 장로는 일언지하에 이를 거절하였다.

그런 일이 있은 직후 이번에는 유상이 황권을 사자로 보내왔다. 황권은 도착하자마자 맨 먼저 양송을 찾아가 제안하였다.

"서천(西川:익주)과 동천(東川:한중 안에 있음)은 순치지국(脣齒之國:입술과 이의 관계처럼 이해관계가 밀접한 두 나라를 비유함)의 관계에 있사옵니다. 즉 입술이 깨지면 치아도 보존할 수 없으니 이제 만약 동천에서 구원병을 빌려주신다면 저희 서천에서는 스무 개 주를 양도하기로 하는 것이 어떻습니까?"

이 말에 양송은 희색이 만면하여 황권을 장로 앞으로 데리고 갔다. 황권은 그 자리에서도 순치지국의 비유를 늘어놓으며 스무 개 주를 양도한다는 조건을 말하였다. 장로는 이욕(利慾)에 눈이 멀어서 이를 쾌히 승낙하려 하였다.

이를 보고 파서 출신의 염포(閻圃)가 간하였다.

"유장은 주공께는 불구대천(不俱戴天)의 원수임을 잊지 마십시오. 지금 사태가 급박하게 되었으니까 스무 개의 주를 할양(割讓)하겠다는 조건을 들고 나왔습니다만 만약 이 제안을 승낙하셨다가는 엄청난 사태를 초래할 것이오니 유념하여 주십시오."

염포가 열성을 다해 장로를 설득하려 하는데 이때 불쑥 끼어든 자가 있었다.

"비록 아무 재주는 없사오나 한 부대를 내어주신다면 제가 가서 유비를 산 채로 잡아와 유비를 교환 조건으로 내세워 토지를 우리에게 양도하겠다는 각서를 받게 하겠사옵니다."

이것이야말로 서천의 진짜 주인이 서천으로 들어가고 한중 사람이 아닌 대장이 한중에서 나간다는 경우로 이는 파란만장한 결전을 예고하는 서막이 될 것이다. 과연 이런 말을 꺼낸 이는 대체 누구인가?

제 65 회 서천을 차지한 유비

마초대전가맹관　　유비자영익주목
馬超大戰葭萌關　　劉備自領益州牧

마초는 가맹관에서 크게 싸우고
유비는 스스로 익주목이 되다

쉽게 면죽을 얻은 유비

염포가 장로에게 충고할 때 불쑥 끼어든 것은 다른 사람이 아
닌 마초였다. 마초가 입을 열었다.

"저는 각별한 은혜를 입었으면서도 귀공께 이렇다 할 보답도
하지 못했습니다. 이번에야말로 기필코 보답하겠사오니 저에게
일군의 병마를 내주신다면 가맹관(葭萌關)을 쳐부수어 유비를 사
로잡고 유장은 반드시 귀공께 이십 개 주를 양도하도록 만들겠
습니다."

장로는 대단히 기뻐했다.

그는 우선 황권을 샛길을 통해 돌려보내고 이만 병력을 추려 마초에게 내주었다. 이때 방덕은 앓아 누워 있었기 때문에 장로는 자신의 부하 양백을 마초와 함께 딸려보냈다. 마초는 사촌 동생인 마대와 함께 날을 택해 출진하기로 하였다.

유비 군은 오래 전부터 줄곧 낙성에 주둔하고 있었다. 얼마 전에 법정이 보낸 사자가 돌아와서 유장에게 갔던 일을 보고했다.

"정도가 유장에게 전답과 창고에 있는 모든 곡식들을 불태울 것과 또 파서의 백성들을 부수의 서쪽으로 멀리 보내도록 하여 성을 지키며 굳게 저항할 것을 간언하고 있습니다."

유비와 공명은 이 말을 듣자 크게 놀라 당황했다.

"그렇게 된다면 큰일인데."

이때 법정이 웃으며 말했다.

"염려하지 마십시오. 훌륭한 계책이지만 유장은 그 말대로 할 수 없을 것입니다."

며칠이 지난 후 유장이 정도의 간언을 받아들이지 않았다는 소식이 들려오자 유비는 비로소 마음이 놓였다.

이에 공명이 즉시 간언하였다.

"그러면 빨리 면죽을 공격하십시오. 그곳만 우리 손에 들어온다면 나머지는 아무 문제도 없게 됩니다."

공명의 말에 따라 유비는 황충과 위연에게 군사를 거느리고 진격케 했다.

면죽관을 지키고 있던 비관은 유비의 군대가 쳐들어온다는 보고를 받고 이엄에게 삼천 병력을 주어 응전하도록 했다.

황충은 이엄과 맞서 사십여 차례나 접전을 벌였지만 승패가 나질 않았다. 공명이 보다 못해 진지에서 종을 쳐 싸움을 멈추도록 하니 황충이 군사를 이끌고 돌아와서 투덜거렸다.

"조금만 더 싸우면 이엄을 생포할 수 있었는데 어째서 종을 치셨습니까?"

그러자 공명이 달래듯 말했다.

"이엄의 무예를 보니 힘만 가지고는 안 되겠소. 내일 다시 출진하여 패주하는 것처럼 위장해서 이엄을 산골짜기로 유인해주시오. 그러면 이쪽에서 복병을 매복시켰다가 기습하는 작전으로 승리를 거두도록 합시다."

황충은 공명의 계략을 따르기로 했다.

이튿날 이엄이 군사를 거느리고 다시 나타났다. 황충이 그와 맞서 여러 차례를 싸우다가 예정대로 패한 것처럼 달아나자 이엄이 그를 뒤쫓았다. 그렇게 얼마를 진격하다 보니 어느덧 산골짜기로 접어들었다. 이엄은 아차 하는 생각이 들어 뒤돌아서려 했지만 때는 이미 늦었다. 위연이 눈앞에 마치 그물을 친 듯이 병력을 둘러치고 있었다.

산마루에서는 공명이 외치는 소리가 들려왔다.

"항복하시오. 만약 그렇지 않으면 길가 양 옆에서 활을 겨누고 매복하고 있는 군사들이 가만히 있지 않을 것이오. 죽은 방통(龐統) 선생의 원수를 갚겠다며 벼르고 있소."

이엄은 기가 죽어 말에서 내려 갑옷을 벗어버리고 투항하였다. 유비의 군사들은 단 한 명도 부상당하지 않았다. 공명이 이엄을 유비 앞으로 데리고 갔다. 유비가 이엄에게 후한 상을 내리고 부드럽게 대해주자 이엄이 유비에게 아뢰었다.

"비관은 비록 유장의 친족이기는 하지만 저와는 아주 친한 사이이니 제가 가서 설득해보겠습니다."

유비는 그의 제안을 받아들여 이엄을 즉시 면죽관으로 보내 비관의 항복을 받아오도록 하였다.

이엄은 비관을 만나서 우선 유비의 사람됨이 관대하다는 것을 들려주고 일찌감치 항복하지 않고 있다가 때를 놓치면 오히려 큰 화를 입을지도 모른다고 설득했다. 비관은 이엄의 말을 듣고 곧 성문을 열고 투항했다.

유비는 이렇게 해서 면죽으로 들어갔고 이어 성도로 들어갈 일을 협의했다. 바로 그때 누군가가 숨을 헐떡이며 달려와서 황급히 아뢰었다.

"맹달·곽준 두 장군이 지키고 있던 가맹관이 한중의 장로가 보낸 마초·양백·마대 군사들의 공격을 받아 위급한 지경에 처했다고 합니다. 빨리 손을 쓰지 않으면 함락되고 말 것입니다."

유비는 가슴이 철렁 내려앉아 어찌할 바를 몰랐다. 공명도 당혹한 듯이 입을 열었다.

"장비와 조운이 아니고는 막아내지 못할 것입니다."

유비가 그의 말을 가로막듯이 말했다.

"조운은 아직 돌아오지 않았고 장비가 돌아와 있으니 장비라도 보내도록 합시다."

"아니, 잠깐 기다리십시오."

공명이 막았다.

"제게 맡겨주시면 제가 알아서 처리하겠습니다."

이때 장비는 마초가 쳐들어왔다는 소문을 듣고 달려왔다. 그는 고래고래 큰소리를 지르며 말했다.

"저를 보내주십시오. 제가 마초를 혼내주겠습니다."

그러나 공명은 장비의 말을 들은 척도 하지 않고 유비를 돌아보며 말했다.

"마초를 당해낼 장수가 없으니 아무래도 형주를 지키고 있는 관우 장군을 불러 응전케 하는 것이 좋을 것 같습니다."

장비가 이 말을 듣고 가만 있을 리 없었다.

"덮어놓고 나를 무시하는 모양인데 이래뵈도 조조의 백만 대군을 홀로 대적했던 나요. 마초 따위의 한두 놈에게 내가 꿈쩍할 것 같소?"

공명이 차분하게 말했다.

"그때는 조조가 이쪽 사정에 밝지 못해서 그랬던 거요. 알았더라면 장군도 별수 없이 크게 패하고 말았을 것이오. 마초의 용맹은 천하가 다 아는 터, 위교(渭橋)에서 여섯 번을 싸운 끝에 조조가 수염을 깎고 도포를 벗어버리고 도주해서 겨우 목숨을 건질 수 있게 만든 장수란 말이오. 그런 일은 아무나 할 수 있는 게 아니오. 설사 관우 장군이 온다 하더라도 반드시 이긴다고는 장담할 수 없소."

장비는 더욱 화가 치밀어 이렇게 소리 질렀다.

"좋소. 누가 말려도 나는 가겠소. 만일 내가 마초를 이기지 못하면 내 목을 치시오."

그러자 공명이 살짝 미소를 짓고는 할 수 없다는 듯이 승낙하며 조건을 내걸었다.

"좋소. 목을 맡기겠다는 각서를 쓰면 장군을 선봉장에 임명하겠소. 주공께도 후군을 거느리고 뒤따르시도록 부탁드리겠소. 그리고 이 면죽관에는 내가 남아서 조운 장군이 돌아오기까지 기다렸다가 다음 일을 계획하겠소."

이때 옆에 있던 위연도 출진하겠다고 자원하니 공명은 그에게 오백 기병을 주어 선봉에 나서도록 하였다. 그 뒤를 장비가 따랐으며 유비는 맨 뒤에서 가맹관을 향해 떠났다.

장비와 마초의 힘 겨루기

선봉으로 간 위연은 관문 아래에 이르러 양백과 맞닥뜨렸다.

채 열 차례도 교전하지 못하고 끝내 양백이 도망치고 말았다.

위연은 장비에게 선진의 공을 빼앗기고 싶지 않아 그대로 양백을 뒤쫓아갔는데 앞을 가로막는 한 부대가 있었다. 그 부대의 대장은 마대였으나 위연은 그를 마초로 착각하고 서둘러 공격했다. 역시 마대도 몇 차례 싸움 끝에 달아나니 위연이 또 그를 뒤쫓았다. 마대는 말 위에서 재빨리 몸을 한 번 틀더니 그 순간 활을 쏘았다. 화살은 위연의 왼쪽 팔뚝에 맞았다. 위연이 당황해서 후퇴하자 마대가 관문 앞까지 추격하였다.

바로 그때 땅을 흔드는 듯한 고함을 지르며 달려오는 한 장수가 있었다. 가맹관에 도착한 후, 관문 앞에서 싸우던 위연이 화살에 맞은 것을 보고 장비가 그를 도우러 달려온 것이었다. 장비는 말에 채찍질을 하며 달려나와 위연을 구하였다.

장비가 마대를 보자 그를 꾸짖었다.

"네 놈은 누구냐? 우선 이름이라도 알고 싸우자."

그러자 마대가 큰소리로 대답했다.

"나는 서량의 마대다."

장비는 코웃음을 치더니 다시 한 번 소리쳤다.

"그럼 마초가 아니었구나. 그렇다면 어서 꺼져라. 너 따위는 내 상대가 못 된다. 어서 마초에게 연나라의 장비가 여기 왔다고 전하라."

마대는 화를 버럭 냈다.

"사람을 뭘로 보고 이렇게 무시하느냐?"

그러면서 장비에게 덤벼들었지만 그는 몇 차례 싸우지 못해 다시 뺑소니쳤다. 장비가 그 뒤를 쫓는데 그때 관문 위에서 말을 타고 내려오며 막는 자가 있었다.

"그만두시오."

장비가 자세히 보니 그는 유비였다. 이에 장비는 추격을 멈추고 유비를 따라 관문 안으로 되돌아갔다.

유비가 장비에게 타일렀다.

"아우는 너무 물불을 가리지 않는 성격이라 내 여기까지 뒤쫓아왔네. 마대는 보다시피 패하여 달아났으니 이제 여기서 한숨 쉬었다가 마초와 대결하도록 하게."

날이 새자 벌써 관문 아래에서는 북소리가 요란하게 울려왔다. 마초가 부대를 이끌고 밀어닥친 것이었다.

유비가 관문 위에서 내려다보니 진문의 깃발 뒤에서 마초가 말을 몰아 달려오고 있었다. 손에는 창을 들고 사자 머리 모양의 투구에 사자 형상 장식의 황금 띠, 은빛 갑옷에 흰 전포를 두른 그는 당당한 풍채에 지혜가 엿보이는 듯한 인상이었다. 유비는 그만 마초에게 반해버렸다.

'사람들이 그를 가리켜 '멋있는 마초'라고 말한다더니 과연 그럴듯하군.'

장비가 조급하게 내려가려 하자 유비가 얼른 제지했다.

"기다리게. 싸움을 시작하기 전에는 날카로운 기세를 피해야 하네."

관문 아래에서는 마초가 장비에게 어서 나오라고 으름장을 놓았고 관문 위에서 장비는 마초를 해치우지 못해 조바심이 났다. 장비가 몇 번이나 밖으로 나가려는 것을 유비가 간신히 말렸다.

그러는 동안 마침내 오후가 되자 마초 군이 피로해하는 기색이 역력해 보였다. 이에 유비는 오백 기의 정예병을 장비에게 주어 관문 아래로 내려보냈다. 마초는 장비가 나오는 것을 보고 부대를 활의 사정거리 밖으로 물러나게 했다. 그러자 문에서 잇따라 쏟아져 나오던 장비의 군사들도 일제히 멈추었다.

장비가 창을 들고 나오며 소리쳤다.

"연나라 사람 장비를 모르느냐?"

마초가 질세라 말을 받아넘겼다.

"대대로 명문가 집안에서 태어난 내가 어찌 너같이 하찮은 놈의 이름을 알 수 있단 말이냐?"

창과 창이 높이 솟구치며 접전이 백여 차례나 벌어졌지만 전혀 승부가 나지 않았다. 유비는 그들의 싸움을 보고 역시 사람이 싸우는 것이 아니라 귀신들이 싸우는 것이라며 탄복했다.

싸움을 지켜보던 유비는 장비가 다치지 않을까 걱정되어 일단 종을 쳐서 전투를 중지시켰다. 그 종소리에 양쪽 장수가 일단 모두 물러났다.

장비는 진지로 돌아와 잠시 쉬고 나서도 화가 풀리지 않는지 투구도 쓰지 않고 말을 타고 진지 밖으로 달려나갔다. 그러자 마초도 말을 몰아 달려나왔고 다시 대결이 시작되었다. 이번에도 유비는 장비가 염려스러워서 갑옷을 입고 관문 아래로 내려가 진두에 서 있었다. 장비와 마초는 백 차례나 치열하게 싸웠으며 싸움은 더욱 긴장감이 감돌았다. 유비가 다시 종을 쳐 두 장수는 각자 본진으로 돌아갔고 해는 이미 서산에 기울고 있었다.

유비가 장비에게 타일렀다.

"마초의 용맹은 결코 얕볼 것이 아니네. 우선 관문으로 돌아가 쉬도록 하게. 싸움은 내일 또 하면 되지 않는가?"

장비는 한창 열이 오른 상태라 휴식이고 뭐고 생각할 겨를이 없었다.

"나는 지금 당장 결판을 내야 되겠소."

"아무리 그래도 벌써 해가 졌으니 싸울 수가 없지 않은가?"

유비가 이렇게 달랬으나 장비는 고집을 꺾지 않았다.

"그럼 횃불을 밝혀주면 되지 않겠소?"

그러는데 마초가 말을 바꾸어 타고 유비의 진지 앞에 와서 소리소리 질렀다.

"장비 이놈, 야간전을 벌일 용기가 있느냐?"

장비는 화가 머리끝까지 나서 유비의 만류도 뿌리친 채 말을 빌려 타고 창을 들고 밖으로 나가 외쳤다.

"네 놈을 산 채로 잡지 않고는 성 안으로 들어가지 않겠다."

마초도 장비의 말을 되받았다.

"네 놈에게 이기지 않고는 나 역시 돌아가지 않겠다."

양 진영의 군졸들도 일제히 고함을 지르며 기세를 올려 수백 수천 개의 횃불을 밝히니 그야말로 대낮같이 환하게 밝아졌다.

장비와 마초 두 장수가 진지 앞으로 나와 다시 맞붙어 싸우기 시작하여 서로 죽느냐 죽이느냐의 치열한 싸움을 이십여 차례 정도 했을 무렵 마초가 갑자기 등을 돌려 도주하기 시작했다.

장비가 도망치는 마초를 뒤쫓으며 소리쳤다.

"이놈, 비겁하게 도망가기냐?"

마초는 장비를 정면대결로는 쉽게 쓰러뜨리지 못한다는 것을 깨닫고 일부러 패한 척하며 도망치는 것이었다. 그렇게 해서 장비가 추격해오면 미리 감춰두었던 구리 철퇴로 장비를 때려잡겠다는 계책이었다.

장비는 그런 낌새를 일찌감치 알아차리고 있있다. 뒤쫓아가다 그 구리 철퇴가 눈에 띄는 순간 장비는 몸을 재빨리 옆으로 피했고 철퇴는 바람을 가르며 허공을 내리쳤다.

장비가 말을 멈추고 추격을 중지하자 이번에는 마초가 되돌아서서 추격해오기 시작했다. 장비는 활에 화살을 메기고 마초의 가슴을 겨누어 쏘았다. 마초도 아슬아슬하게 화살을 피했다. 두 장수는 승부를 낼 수 없음을 알고 각자의 진지로 돌아가려 했다.

이런 모습을 본 유비가 진지 앞에서 마초를 향해 외쳤다.

"나는 인의로 사람을 대했지 속임수를 쓴 적은 없소. 그러니 마초 그대도 군사들을 이끌고 후퇴해서 쉬도록 하시오. 결코 뒤쫓아 추격하는 일은 없을 것이오.”

마초는 이 말에 응하여 자신이 후위를 맡으며 철수했다. 유비도 전군을 관문 안으로 들여보냈다.

이튿날, 장비가 다시 관문 아래로 내려가 싸움을 시작하려 할 때, 군사 공명이 도착했다는 전갈이 왔다.

유비가 직접 나가 공명을 맞이하니 공명이 수인사 후에 먼저 입을 열었다.

“마초는 희대의 용장이라고 들었습니다. 끝까지 익덕 장군과 마초가 결판을 내려 한다면 반드시 어느 한 쪽이 다칠 것입니다. 제가 조운·황충에게 면죽성을 맡기고 서둘러 달려온 까닭은 이제 여기서 계략을 써서 마초를 우리 편으로 회유하는 편이 낫지 않겠는가 하는 생각이 들어서입니다.”

유비가 그의 말을 받아 말했다.

“나 역시 마초를 애석하게 생각하고 있는 터요. 한데 무슨 좋은 생각이라도 있소이까?”

이에 공명이 자세히 설명했다.

“한중(漢中)의 장로는 자립해서 한녕왕이 될 작정으로 있고, 장로의 모사로 있는 양송(楊松)은 매우 뇌물을 밝히는 자라고 들었습니다. 그러니 누군가 하나를 몰래 샛길로 한중에 보내어 양송을 우선 금과 은으로 매수한 다음 이쪽에서 장로에게 밀서를 보내는 것입니다. 그 서신에는 ‘내가 서천 땅을 놓고 싸우는 것은 오직 귀공을 위해, 귀공의 원수를 대신 갚기 위해서요. 이간하는 소리에 귀를 기울이지 마시오. 싸움이 끝나고 서천을 평정한 후에는 귀공을 한왕으로 추천하겠소’라고 쓴다면 장로는 마초의 병력을 후퇴하게 할 것입니다. 그때 우리는 그의 철군을 기회로 계략을 써서 마초를 우리 편으로 회유하자는 것이지요.”

유비는 크게 기뻐하며 즉각 편지를 썼다. 그리고 금은보화를 손건(孫乾)에게 주어 서둘러 한중으로 가게 하였다.

무력보다 센 뇌물의 힘

한중에 도착한 손건은 우선 양송을 찾아갔다. 상황을 설명하고 가지고 간 금은보화를 건네주었다. 그러자 양송이 크게 기뻐하며 손건을 장로 앞에 데리고 가니 능숙한 말투로 손건이 찾아온 뜻을 설명했다.

이에 장로가 말했다.

"유비의 직책은 좌장군이오. 나를 한녕왕으로 추천할 힘이 있겠소?"

양송이 옆에서 손건을 대신해 설명을 덧붙였다.

"유비 공은 한나라 제실의 황숙이 되시니 추천할 자격은 충분히 있습니다."

장로는 양송의 말을 듣고 즉시 사자를 보내 마초에게 싸움을 중단할 것을 지시하였다. 손건은 계속 양송의 집에서 머무르며 일의 경과를 기다리고 있었다. 장로가 보낸 사자는 그날 안으로 돌아왔다.

"마초는 싸움을 결판 내지 않고는 철수하지 않겠다고 우겨대고 있습니다."

장로가 거듭 사자를 보냈으나 헛수고였다. 세 번 왕복했지만 세 번 모두 허탕이었다.

이에 양송이 걱정스러운 듯이 말했다.

"마초는 믿을 수가 없습니다. 명령을 듣지 않는다는 것은 모반의 소지가 다분하다는 징표입니다."

이렇게 말한 양송은 다음과 같은 소문을 퍼뜨렸다.

마초는 스스로 서천을 점령해서 영주가 되고자 하는 야욕을 가진 자다. 아버지의 원수를 갚자는 것이 본심이고, 장로를 그 발판으로 이용하려는 것뿐이다.

이런 소문을 들은 장로는 곧 양송에게 의견을 물었다. 그러자 양송이 계책을 설명하였다.

"마초에게 다시 사람을 보내어 이렇게 전하십시오. 기어코 결판을 내려거든 전투를 한 달 안에 끝내되 이쪽에서 제시하는 조건 세 가지도 만족시켜야 한다고 말입니다. 만약 조건대로 처리한다면 상을 내리겠지만, 따르지 못할 경우에는 벌을 받아야 하겠지요. 그 세 가지 조건이란 첫째, 서천을 점령할 것, 둘째로, 유장의 목을 벨 것, 셋째는, 유비 군을 격퇴시키는 것이오. 만약 이 세 가지 조건을 모두 이행하지 못할 경우에는 목을 내놓아야 한다고 통고하십시오. 그와 동시에 장위를 요소에 보내서 만의 하나 일어날지도 모를 마초의 반란에도 대비해야 할 것입니다."

장로는 이 제안을 따르기로 했다. 그리고 마초에게 세 가지 조건을 제기했다.

마초는 무슨 영문인지 몰라 어리둥절하였다.

"어느 틈에 형세가 이렇게 바뀌었지? 어떻게 한 달 안에 이 모든 것을 끝낼 수가 있단 말인가!"

마초는 동생 마대를 불러 상의한 결과 철수하기로 했다.

한편, 양송은 잇따라 해괴망칙한 소문을 퍼뜨리고 있었다.

만약 마초가 돌아온다면 그는 분명 다른 마음을 가지고 돌아올 것이 분명하다.

양송은 장위에게 군대를 일곱 개로 나누어 요소요소에 배치하고 마초가 오는 것을 막도록 하라고 간언했다. 소문을 듣고 조바심이 났던 장위는 그 말대로 군대를 배치하여 마초의 통행을 막았다.

마초는 진퇴양난에 빠져 이러지도 저러지도 못하는 답답한 처지에 놓이게 되었다.

이런 상황이 벌어지리라는 것을 알고 있었던 공명은 곧 유비에게 생각을 말했다.

"마침내 마초가 진퇴양난에 빠졌으니 이제 제가 가서 항복하도록 설득해보겠습니다."

그러나 유비는 걱정이 되어 공명을 만류했다.

"선생은 내게 다시없는 귀중한 분이오. 만의 하나라도 사고가 있으면 안 됩니다."

공명은 유비의 만류에도 결심을 꺾지 않았고 유비 또한 막무가내로 보내려 하지 않았다.

마초의 항복

이렇게 이야기가 허공에서 맴돌며 왔다갔다 하고 있을 때 서천 사람 하나가 조운의 소개장을 들고 투항해 왔다는 보고가 들어왔다. 유비가 불러들여 만나보니 건녕(建寧) 땅 유원(兪元) 출신의 이회(李恢)라는 사람인데 자를 덕앙(德昻)이라고 했다.

"공은 전에 유장에게 나를 받아들이지 말라고 여러 번 권유했다고 들었는데 어째서 나에게 투항했소?"

유비가 묻자 이회는 이렇게 대답했다.

"슬기로운 새는 나무를 보고 둥지를 틀고, 어진 신하는 주군을 가려서 섬긴다고 들었습니다. 전에 유장에게 간했던 것은 신하의 도리를 다한 것이었습니다. 그가 제 말을 듣지 않는 이상 그를 더 믿고 있을 필요가 없어졌다고 생각했습니다. 지금 공께서는 촉나라 땅을 덕으로써 다스리고 계시니 반드시 성공하시리라고 봅니다. 그래서 저는 공의 인덕을 따르고자 투항하려는 것입니다."

"그렇다면 이렇게 찾아온 데에는 나에게 무엇인가 말하고 싶은 것이 있어서일 텐데요."

"그렇습니다. 바야흐로 마초는 진퇴양난의 위급한 처지에 놓여 있습니다. 실은 제가 전에 농서 땅에 있을 때 만난 적이 있어 이번에 그를 유비 공에게 투항하도록 설득해보면 어떨까 하는 생각이 들어 이렇게 찾아왔습니다."

공명이 밝은 표정으로 입을 열었다.

"실인즉 나를 대신할 세객(說客)이 필요하던 참이었소. 그래, 그대는 어떤 방식으로 마초를 설득할 작정이신가?"

이회가 공명에게 귀엣말로 무엇인가를 설명하니 공명이 고개를 끄덕이며 말했다.

"그러면 곧 떠나시오."

이회가 내방했다는 전갈을 받자 마초의 머릿속에는 번개처럼 생각이 스쳐갔다.

"이회는 변설의 명수이니 틀림없이 세객으로서 나를 설득하러 왔을 것이다."

그는 즉각 이십 명의 도부수들을 매복시켜놓고 은밀히 일러놓았다.

"내가 베라고 신호하면 당장 뛰어나와 놈을 베고 토막을 내서 소금에 절여버려라. 알겠느냐?"

이윽고 잠시 후 이회가 여유있게 걸어들어 왔다. 마초는 앉은 채 일어서지도 않았다. 얼굴이 마주치자 마치 물어뜯기라도 하려

는 듯이 마초가 입을 열었다.

"무엇하러 왔느냐?"

"장군께 드릴 말씀이 있어서 왔소이다."

"이 상자 속에는 새로 날을 세운 칼이 있다. 이치에 닿지 않는 허튼 소리를 하면 새 칼로 시험 삼아 그대의 목을 벨 것이다."

이회는 껄껄대며 웃었다.

"장군 머리 위에 화가 닥쳐 오고 있소. 그 새 칼은 시험 삼아 베어 보기도 전에 장군의 자살용으로 쓰일지도 모르는 일이외다."

"무엇이? 내 머리 위에 화가 닥쳐온다고?"

마초는 자칫 잘못하면 자신이 자살하게 될지도 모른다는 말에 정신이 아찔하였다.

이회가 설명하기 시작했다.

"월(越)나라의 서시(西施:희대의 미인)는 아무리 헐뜯어도 미인임에 틀림없고, 제(齊)나라의 무염(無鹽:희대의 추녀)은 아무리 칭찬해도 역시 추녀임에 틀림없소이다. 세상 이치가 사물의 정체는 숨길 수 없는 법이지요. 또 해는 한낮이 지나면 기울게 마련이고, 달은 차면 점점 줄어들게 된다는 것, 역시 천하의 이치입니다. 장군, 당신께서는 아버지의 원수인 조조를 잡아야 할 입장입니다. 거기다 농서 땅을 잃어 원통하기 짝이 없는데 유장을 도와 형주의 유비 군대를 격퇴시켜야 하지만 격퇴시키지도 못했고, 후퇴해서 양송을 물리치고 장로와 대면해야 하는데도 그럴 수가 없으니 이제 장군이야말로 넓은 들녘에 홀로 서 있는 외톨이 신세입니다. 만약 여기서 또 위교의 패전과 기성의 실패를 되풀이한다면 세상을 무슨 낯으로 대하겠습니까?"

마초는 고개를 떨구고 말했다.

"생각하니 정말 그런 형국일세. 나는 사방팔방이 꽉 막혀버린 막다른 골목에 처한 신세일세."

"장군의 본심이 그러하시다면 어찌하여 도부수들을 저 장막 뒤에 숨겨놓고 계시는지요?"

마초는 낯이 벌개져서 도부수들을 꾸짖으며 물러가게 했다.

이회가 마초의 눈치를 살핀 끝에 입을 열었다.

"유 황숙은 배짱이 두둑하고 예를 아는 인물이지요. 성공하리라 믿습니다. 그래서 저도 유장을 버리고 황숙에게로 간 것이지요. 장군의 엄친께서는 전에 유 황숙과 같이 역도들을 토벌하기로 맹세한 적이 있습니다. 그런데 어째서 지금 현명하고도 앞이 밝은 길을 택하여 엄친의 원수도 갚고 천하에 이름을 떨치려 하지 않으십니까?"

마초는 이회의 말을 듣고서 기꺼이 동참하기로 결심했다. 그는 양백을 불러들여 단칼에 베어 죽인 후 그 목을 들고 이회를 따라 관문으로 가서 유비에게 투항했다.

유비는 그를 극진히 예우해주었다. 마초는 감격하여 말했다.

"오늘 이렇게 뵙고 보니 마치 구름을 걷고 푸른 하늘을 올려다보는 듯합니다."

이때 장로에게 갔던 손건은 이미 진지로 돌아와 있었다.

유비는 원래대로 곽준과 맹달에게 가맹관의 수비를 맡기고 자신은 성도로 입성하기 위한 준비에 착수하였다. 그 길로 유비와 공명이 철군하여 면죽성으로 돌아가니 조운과 황충이 일행을 반갑게 맞아주었다.

이때 촉의 장수인 유준(劉晙)과 마한(馬漢)이 쳐들어왔다는 급보가 전해졌다.

조운이 벌떡 일어나 나가며 말했다.

"가서 두 놈의 목을 당장에 베어가지고 오겠습니다."

유비가 마초를 술자리에 초대하여 일동이 자리를 잡고 앉기도 전에 조운이 목 두 개를 들고 돌아왔다. 마초는 조운의 재빠른 동작에 경탄을 금치 못하였다.

마초가 유비에게 제안하였다.

"주공께서 일부러 성도까지 가실 것 없이 제가 혼자 가서 유장에게 항복을 받아오겠습니다. 만일 허튼 수작을 하면 마대와 함께 성도를 점령하고 오겠습니다."

마초가 이렇게 말하자 유비는 흐뭇한 마음으로 즐겁게 술잔을 기울였다.

유장의 항복

패잔한 장졸들이 속속 성도로 쫓겨 들어가 경과를 알리자 유장은 낙망하여 성문을 굳게 닫고 풀이 죽어 있었다. 바로 그때 반가운 소식이 전해져 유장은 조금 위안이 되는 듯했다.

"한중 땅에서 보내준 원군 마초가 성 북쪽에 와 있습니다."

유장이 성루에 올라가보니 마초와 마대가 성 밑에서 이렇게 외치고 있었다.

"유장 공께 드릴 말씀이 있습니다."

유장이 할 말이 뭐냐고 묻자 마초는 말을 탄 채 채찍을 손에 들고 이렇게 말했다.

"나는 원래 이곳을 구원하려고 장로의 군대를 이끌고 오던 길이었는데, 어쩐 일인지 장로가 양송의 이간질에 넘어가 나를 해치려 했습니다. 그래서 나는 할 수 없이 유 황숙에게 투항하였으니 귀공께서도 유 황숙께 영토를 바쳐 백성들이 도탄에 빠지지 않도록 하심이 어떠하신지요? 만약 고집을 피우며 끝까지 버티시겠다면 지금부터 내가 상대해 드리는 수밖에 없을 것 같습니다."

유장의 얼굴은 흙빛이 되어 그 자리에서 졸도해버렸다. 주위 사람들이 간호해주어 겨우 정신을 차린 유장이 주위의 장수들에게 말했다.

"하는 수 없소, 성문을 열고 백성들을 살립시다."

그러나 동화가 이의를 제기했다.

"성 안에는 아직 삼만이라는 병력이 남아 있습니다. 식량·무기 모두 충분하며 앞으로 일 년 동안은 충분히 견디어낼 수 있는데 성문을 열고 항복하다니! 안 됩니다."

동화가 계속 반대했지만 받아들이지 않고 유장은 침울한 표정으로 말하였다.

"우리 부자는 이십 년 동안 촉에 머물면서 백성을 위해 좋은 일이라곤 하나도 한 것이 없소. 특히 지난 삼 년에 걸쳐 펼친 공방전 끝에 많은 사람을 죽게 한 것은 모두가 내 부덕의 탓이라고 생각하오. 지난날의 그런 일을 생각하면 한없이 애석하기만 하오. 오늘 내가 백성들을 위해 취할 수 있는 유일한 일은 항복하는 것이오."

문무백관들 모두가 그의 이런 말을 귀기울이며 듣더니 조용해졌다. 그런데 이때 갑자기 입을 열고 진언하는 자가 있었다.

"그 말씀이야말로 정녕 하늘의 뜻에 부합되는 말씀인 것 같습니다."

일동이 누군가 하고 살펴보았더니 파서 땅 서충국(西充國)의 초주(譙周)라는 인물로 천문에 밝다고 알려진 사람이었다.

유장이 그 까닭을 물으니 그는 이렇게 대답했다.

"제가 간밤에 천문을 보니 숱한 별들이 떼지어 이 고장의 하늘로 모여들었는데 그 가운데 각별히 큰 별 하나가 마치 보름달처럼 크고 밝았습니다. 두말할 나위 없이 제왕을 상징하는 별이지요. 그리고 일 년 전에는 이런 동요가 유행한 적이 있었습니다.

새로 지은 밥이 먹고 싶으면   若要吃新飯
옛 주인이 오기를 기다려야 한다   須待先主來

지금 생각해보니 그 노랫말의 뜻도 이렇게 될 것을 미리 알려준 것이 아니었던가 싶습니다. 모름지기 하늘의 뜻을 거슬러서는 안될 줄 압니다.”

그의 이런 말은 다른 장수들의 반발을 샀으며 특히 황권·유파 등은 분개해서 초주를 베어 죽이겠다고 덤벼들었다. 유장이 간신히 그들을 말렸다. 이때 새로운 보고가 들어왔다. 촉군의 태수 허정(許靖)이 몰래 성을 빠져나가 유비에게 가담했다는 보고였다. 유장은 눈물을 흘리며 자신의 숙소로 돌아갔다.

이튿날 유장은 유 황숙의 사자가 성 밑에 와서 문 열기를 기다리고 있다는 전갈을 받았다. 유 황숙의 중신 중의 중신인 간옹이 온 것이었다. 유장이 그를 성 안으로 맞아들이자 간옹은 오만한 태도로 수레를 탄 채 들어왔다.

이때 느닷없이 한 무사가 손에 칼을 들고 큰소리로 꾸짖었다.

“네 이놈! 네 놈이 우리 서천에 인물이 없다고 깔보는 것이냐?”

이 말을 듣고 간옹이 황망히 수레에서 내려섰다.

“미안합니다. 미처 형장을 몰라봤소이다. 언짢게 생각지 마시오.”

간옹이 웃으며 사과한 이는 광한의 면죽 출신으로 진복(秦宓)이라고 하는 사람이었다. 두 사람은 곧 화해하고 유장 앞으로 나아갔다. 간옹은 유비가 도량이 넓고 관대하며 인자한 사람이라고 칭송하며 투항을 권고했고 이에 유장은 투항할 생각을 굳히고 간옹을 정중히 접대하였다.

익주를 손에 넣은 유비

이튿날 유장은 스스로 서천 영주(領主)임을 상징하는 인수와 문서를 들고, 간옹과 같은 수레를 타고 유비에게로 가서 항복했다.

유비는 유장의 두 손을 잡으며 위로했다.

"이렇게 된 것은 누구의 탓도 아니오. 다만 사태가 이 꼴로 만들었으니 언짢게 생각지 마시오."

유비는 눈물을 글썽이며 말끝을 흐렸다. 그리고 유장을 데리고 자신의 군진 안으로 들어가서 인수와 서류를 받아든 후 다시 두 사람은 성 안으로 들어갔다.

문무백관 모두가 나와서 고개 숙여 예를 갖추었다. 다만 황권과 유파만이 자택에서 문을 굳게 닫고 나오지 않았다. 유비의 측근 중에는 괘씸하다면서 그들을 처형하러 가겠다고 설치는 자도 있었으나 유비가 엄한 말로 만류했다.

"그들 두 사람을 해치는 자가 있으면 그 일가와 일문을 모조리 사형에 처하겠다."

유비의 이같은 강경한 태도로 사태는 일단 진정되었다.

유비가 몸소 그 두 사람의 집을 찾아가서 나라를 위해 일해 달라고 간청하니 결국 두 사람은 기를 꺾고 유비를 따르겠다고 약속했다.

한편 공명이 유비에게 진언했다.

"이제 서천은 안정되었습니다. 한 집안에 두 주인이 있을 수는 없는 일이오니 유장 공을 형주로 보내도록 하십시오."

"겨우 서천을 손에 넣은 참인데 그것은 너무 지나친 처방이 아닐까요?"

유비가 주저하자 공명이 서슴없이 다그쳤다.

"유장 공은 자신의 우유부단 때문에 오늘의 사태를 자초한 것입니다. 주공께서 아녀자와 같이 모든 일에 어질게만 하시다가는 나중에는 유장 공의 전철을 밟게 될지도 모르는 일입니다."

결국, 유비는 공명의 제안을 받아들여 따르기로 했다. 성대한 잔치를 베푼 뒤 유비는 유장에게 새로이 진위장군(振威將軍)의 자리와 인수를 수여하는 한편, 그날 안으로 가재기물(家財器物)을 정리하여 일족과 같이 남군(南郡)의 형주로 서둘러 떠나게 했다.

익주의 목이 된 유비는 투항한 문무백관들에게 상을 후히 내리고 그들 각각에게 걸맞는 영예의 벼슬을 고루 나누어주었다. 엄안을 전장군(前將軍)으로, 법정을 촉군 태수(蜀郡太守)로, 동화를 장군중랑장(掌軍中郎將)으로 또는 허정을 좌장군장사(左將軍長史), 방의를 영중사마(營中司馬)로, 유파를 좌장군, 황권을 우장군으로 임명한 것이었다. 그 밖에도 오의·비관·팽양·탁응·이엄·오란·뇌동·이회·장익·진복·초주·여의·곽준·등지·양홍·주군·비의·비시·맹달 등 육십여 명의 투항자를 빠짐없이 모두 등용하였다.

구신들에 대해서도 공명이 군사(軍師)에, 관우가 탕구장군(盪寇將軍) 한수정후(漢壽亭侯)에, 장비가 정로장군(征虜將軍) 신정후(新亭侯)에, 조운이 진원장군(鎭遠將軍)에, 황충이 정서장군(征西將軍)에, 위연이 양무장군(揚武將軍)에, 마초가 평서장군(平西將軍)에 임명되었다. 그 밖에 손건·간옹·미축·미방·유봉·오반·관평·주창·요화·마량·마속·장완·이적을 비롯하여 형주에 머물던 시절부터 신하였던 일동에 대해서도 승진 또는 상여의 은전을 베풀었다.

형주에 남아 있던 관우에게는 특사를 보내어 황금 오백 근과 은 일천 근, 돈 오천만 냥과 촉나라 비단 일천 필을 하사했으며,

그 밖의 다른 장군들에게도 유감없도록 많은 상을 내렸다.

이처럼 익주의 질서가 잡혀가기 시작하자 유비는 성도에 있는 전답과 택지를 신하들에게 나누어주려고 했다.

이때 조운이 유비에게 반대하는 의견을 말했다.

"익주의 백성들은 오랜 세월 동안 전쟁으로 시달려 오며 전답도 없고 거처할 집도 없이 떠도는 신세가 되었습니다. 그 백성들을 성 안으로 불러들여 먹고 살게 해주는 것이 우선 급선무라고 생각합니다. 전답을 빼앗아서 벼슬아치들에게 주어야 한다는 법은 없습니다."

유비는 크게 반성하고 기뻐하며 조운의 말을 따르기로 했다.

한편, 유비는 공명에게 국법을 제정하도록 지시했다. 공명은 유비의 지시대로 국법을 제정하면서 특히 형법을 가장 중요하게 다루었다.

이때 법정이 공명에게 말했다.

"옛날 한나라의 고조는 삼조항의 법률 이른바 법 3장으로 백성들을 국사에 잘 따르게 하셨습니다. 군사님께서도 형법을 얼마간 완화하시어 백성들을 편하게 살도록 하시는 것이 좋을 듯 싶습니다."

그러자 공명이 다음과 같이 말했다.

"그대는 하나만 알고 둘은 모르는 듯하군. 한나라 이전인 진나라 때에는 법률이 지나치게 가혹하여 백성들이 법에 대해서 원한을 품고 있었소. 그래서 고조는 '법 3장'만으로 민심을 돌려놓을 수가 있었던 것이오. 그런데 오늘날의 형편은 어떠하오? 유장은 세상 물정에 어둡고 어리석을 뿐 아니라, 덕으로 정치를 베풀지도 못했고 따라서 형벌도 엄하지 못해 군신간의 위계질서가 문란해졌소. 정실에 치우쳐 마음에 드는 신하만 진급시키니 나중에는 벼슬의 권위가 떨어지고, 순종하는 자에게만 은혜를 베푸니 백성들은 은혜를 받기 위해 기만하게 되는 것이오. 그러한 결과가 오늘의 파탄을 가져왔소. 법이란 모름지기 권위가 있어야 하오. 권위가 있을 때 비로소 올바르게 집행할 수 있고 백성이 그 은혜를 알 수 있는 법이오. 그런 다음에 벼슬을 내리면 벼슬을 받은 사람은 영예로 알 것이고, 그렇게 되어야 군신의 위계질서가 서게 되며 정치가 그 본연의 효과를 거두게 되는 것이오.”

공명의 말이 끝나자 법정은 아무 말도 못 하고 고개를 숙여 탄복하였다.

그 뒤 군과 민이 안정을 되찾았고, 백성들간의 질서도 회복되었다. 서천 마흔한 개 주에 병사가 주둔하여 치안이 강화되었다.

관우와 마초의 대결

법정은 촉군 태수로 취임하기는 했지만 다스리는 방법이 편협하고 용렬한 데가 있어 은혜를 입은 사람에게는 은혜로 갚았지만, 조그마한 원한이라도 있는 사람에게는 보복을 서슴지 않았다. 그래서 어떤 사람이 그런 법정의 꼴을 보다 못해 공명에게 고한 적이 있었다.

“법정의 행실이 지나친 점이 많습니다. 뭐라고 말씀을 하시는 것이 좋을 것 같습니다.”

그러나 이 말을 들은 공명은 대수롭지 않다는 듯이 이렇게 대답했다.

“지난날 우리 주군께서 형주를 지키고 있을 때에 북에는 조조가 버티고 있었고, 남에는 손권이 기회를 엿보고 있었소. 그러한 난국을 타개하고 오늘날 이와 같은 영광을 누리게 된 데에는 법정의 도움이 컸던 것이 사실이오. 그런데 이제 와서 사소한 일로 그를 억압하고 구속한대서야 말이 되겠소? 좀더 두고 보며 기다려봅시다."

공명이 이와같이 대답했다는 말을 전해 듣고 법정은 스스로 뉘우치면서 자숙했다.

어느 날 유비가 공명과 한담을 나누고 있는데 관우가 갖가지 하사품에 대한 답례의 사자로 관평을 보내왔다는 전갈이 왔다. 유비가 그를 불러들였다.

관평은 절을 올린 다음 한 통의 편지를 꺼내서 유비에게 바치며 말했다.

"아버님께서 마초의 무예가 뛰어나다는 소문을 듣고 그와 겨뤄보고 싶으시다며 서천에 오시기를 원하십니다. 그리하여 주군께 먼저 여쭙고 허락을 받아오라고 하셨습니다."

깜짝 놀란 유비는 뭐라고 대답해야 할지 말이 생각이 나지 않았다. 유비는 옆에 있던 공명에게 걱정스럽다는 듯이 말했다.

"만약 관우가 이곳 촉으로 와서 마초와 무예를 겨룬다면 서로 양립할 수가 없을 것 같습니다."

"염려하실 것 없습니다. 제가 그에게 편지를 써 보내겠습니다."

유비는 당장에 관우가 들이닥치기라도 하면 큰일이다 싶어 공명에게 당장 편지를 쓰게 한 다음, 그것을 관평에게 주고 형주로 돌아가게 했다.

관평이 돌아오기가 바쁘게 관우가 물었다.

"그래, 내가 마초와 겨루어 보겠다는 말씀을 여쭈어 보았더냐?"

"네, 여기 군사님의 편지를 가지고 왔습니다."

관우가 받아서 읽기 시작했다.

장군께서 마초와 무예를 겨뤄보고 싶어하신다는 말씀을 들었소. 내 생각에 마초는 소문대로 용사이긴 하지만, 모르긴 하되 경포(黥布)나 팽월(彭越)[두 사람 모두 한 고조 유방을 도운 무장] 정도의 인물밖에는 되지 않소. 장비하고 겨룬다면 서로 격에 맞을지 모르지만 미염공(美髯公)하고 겨룬다면 마초가 어찌 장군을 감당하겠소. 지금, 장군은 형주를 지키는 막중한 책임을 지고 있소. 서천으로 향했다가 만의 하나 무슨 사태가 벌어지면 장군의 죄는 말할 수 없이 클 것이오. 심사숙고해주시기 바라오.

편지를 모두 읽고 난 관우는 미염공이란 별명을 얻게 한 자신의 수염을 쓰다듬으며 말했다.

"공명은 역시 만만치 않은 인물이야!"

그러면서 편지를 옆에 있는 측근들에게 보여주고는 서천으로 가겠다는 생각을 말끔히 씻어버렸다.

바로 그 무렵 동오에서는 손권이 유비가 서천을 병합하고 유장을 공안으로 내쫓았다는 소문을 듣고 장소와 고옹에게 이렇게 말하며 의견을 물었다.

"유비는 서천을 손에 넣으면 즉시 형주를 동오에 반환하겠다고 약속한 바 있소. 유비는 서천의 마흔한 개 주를 힘 안 들이고 손에 넣었으니 당연히 형주를 반환하라고 해야겠소. 만약 싫다고 거절한다면 군사를 일으키지 않고는 해결되지 않을 것 같소."

그러자 장소가 얼른 받아 이렇게 말했다.

"고정하십시오. 보시다시피 동오는 모처럼 평온을 찾고 있는 형편입니다. 그러니 전쟁을 일으킨다는 것은 아무래도 좋지 않을 것 같습니다. 유비로 하여금 형주를 주군께 두 손으로 바치도록 만들 계략이 있으니 제게 맡겨주심이 어떠실지요."

서천에 새로운 해와 달이 떠오르니 동오가 옛 산천을 찾고 싶어하는 마음이 간절하다. 장소의 가슴속에 있는 계략이란 과연 어떤 것일까?

제 66 회 복 황후의 죽음

관운장단도부회　복황후위국연생
關雲長單刀赴會　伏皇后爲國捐生

관우는 칼만 가지고 모임으로 향하고
조조는 몽둥이로 왕후를 살해하다

제갈근, 공명을 만나러 오다

손권이 형주를 다시 문제 삼아 들고 나오자 장소가 그에 대한 계략을 설명하기 시작했다.

"유비는 공명 하나만을 의지하고 있습니다. 공명의 형 제갈근이 공교롭게도 우리 동오에서 벼슬을 하고 있으니 제갈근의 가족을 모조리 옥에 가둔 다음, 그를 서천으로 보내 동생 공명을 통해서 형주를 동오에 반환하고 유비에게 부탁하도록 하는 것입니다. 그렇지 않으면 제갈근의 일가족이 전멸될 것이라고 말입

다. 공명은 피를 나눈 형제의 일이므로 반드시 그 청을 들어줄
것입니다."

그러자 손권이 장소에게 물었다.

"제갈근은 성실한 군자인데 죄도 없는 그 가족을 잡아들인다는
것은 너무 가혹한 일이 아니오?"

"아닙니다. 처음부터 계략이라는 것을 확실히 알려준 다음에
착수하면 제갈근도 안심하고 다녀올 것입니다."

손권은 그제서야 알았다는 듯이 제갈근의 가족을 모조리 옥에
가두고 제갈근에게 편지를 들려 서천으로 파견했다.

성도에 도착한 제갈근은 먼저 유비에게로 사람을 보내 연락을
취했다.

연락을 받은 유비는 공명에게 물었다.

"군사의 백씨께서 무슨 일로 갑자기 찾아오셨을까요?"

"형주를 돌려달라고 온 것이 뻔합니다."

"그렇다면 뭐라고 대답해야 되겠소?"

그러자 공명이 유비에게 귀엣말로 뭔가 일러주었다. 그러고나
서는 공명은 형을 맞으러 밖으로 나갔다.

공명은 형을 자기 집으로 맞아들이지 않고 일부러 영빈관으로
맞아들였다. 공명이 형에게 절을 올리자 제갈근은 갑자기 큰소리
로 울음을 터뜨렸다.

공명이 놀란 눈으로 물었다.

"형님, 왜 그러십니까? 갑자기 무슨 일이십니까?"

"실은 우리 식구들 모두가 목이 달아나게 생겼네."

"우리가 형주를 반환하지 않아 그런 수모를 겪게 되셨군요. 어
쨌거나 용렬한 이 아우 때문에 형님 댁 가족들이 고초를 겪게
되셨다니 이대로 보고만 있을 수는 없지요. 이젠 안심하십시오.
형주를 어떻게든 조처하겠습니다."

아우의 이런 말을 듣자 제갈근은 기쁨을 감추지 못했다. 그는 즉시 아우를 따라 유비에게로 가서 손권의 편지를 내놓았다.

유비는 편지를 읽고 표정이 굳어지더니 화를 내며 말했다.

"손권은 제 여동생을 내게 출가시켜놓고 나도 없는 사이에 아무 말도 없이 데리고 갔소. 인간으로서 어찌 그럴 수가 있는지 참으로 가증스럽소. 나는 서천의 병력을 이끌고 강남을 짓밟아 원한을 풀려고 했는데 적반하장(賊反荷杖)도 유분수지. 형주를 돌려달라고 사람을 보냈단 말이오?"

그러자 공명이 눈물을 흘리며 땅에 엎드려서 말했다.

"손권이 제 형님의 가족을 모조리 투옥했다고 합니다. 만일 형주를 되찾지 못하면 제 형의 가족은 몰살당할 것입니다. 그렇게 되면 제 형도 죽겠지요. 형을 죽게 하고 어찌 제가 살아갈 수 있겠습니까? 부디 저희 형제를 가엾게 여기시어 형주를 동오에 돌려주실 것을 간곡히 부탁드리겠습니다."

그러나 유비는 시종일관 안 된다는 말만 되풀이했다.

공명은 여전히 눈물을 흘리며 애원했다. 그러자 유비는 잠시 뭔가 생각하는 듯하더니 입을 열었다.

"정 그렇다면 군사의 안면도 있으니 형주의 반을 돌려주기로 하겠소. 우선 장사·영릉·계양의 세 고을을 돌려주기로 합시다."

그러자 공명이 앞으로 다가 앉으며 입을 열었다.

"주공께서 그렇게 해주실 의향이시면 곧 관우 장군께 세 고을을 내주라는 서신을 써주십시오."

유비는 서신을 써주겠다는 대답과 동시에 제갈근에게도 충고하는 말을 들려주었다.

"형주에 가면 내 아우 관우를 만날 때 특히 말조심을 하시오. 성미가 불 같아서 나도 함부로 말하지 못하는 처지요. 그러니 말조심할 것을 잊지 마시오."

제갈근은 유비의 서신을 들고 형주로 갔다.

관우는 그를 객실로 맞아들이고 수인사를 나누었다.

제갈근은 유비의 서신을 꺼내놓으며 말문을 열었다.

"우선 세 군을 동오에 돌려주시기로 하였으니 즉시 양도해주시기 바랍니다. 제발 제가 돌아가서 주공께 체면이나 세우게 해주십시오."

그러자 가만히 듣고 있던 관우의 안색이 갑자기 변하더니 엄숙하게 입을 열었다.

"나와 형님은 도원에서 의형제를 맺으며 함께 한나라의 정통을 되찾기로 맹세한 사이오. 형주는 원래 한나라의 영토였다는 것은 익히 알고 있을 것이오. 그런데 어찌 한 치의 땅인들 주고 받기를 할 수 있겠소. 장수가 외지에 나가 있을 때는 임금의 명령이라 해도 듣지 않을 수 있는 법, 아무리 형님의 편지를 가지고 왔다 하더라도 나는 세 고을을 내드릴 수가 없소."

"손권이 저의 가족을 모조리 옥에 가두고 형주를 돌려받아 오면 용서하겠지만 그렇지 않으면 모조리 처형하겠다고 했습니다. 이제 저희 가족의 목숨이 장군에게 달렸으니 제발 동정하셔서 저희 가족을 살려주십시오."

제갈근이 눈물을 흘리며 애원했지만 관우의 눈초리는 차갑기만 했다.

"그건 손권이 잔꾀를 부리는 것이오. 내가 그 정도로 속을 것 같소?"

"장군! 너무하십니다. 사람의 목숨이 달린 일인데……."

"입 닥치시오."

관우는 소리를 버럭 지르며 검에 손을 댔다.

"두 번 다시 허튼 소리를 했다가는 나보다도 이 칼이 냉혹하게 대할 것이오."

관평이 곁에서 관우를 말렸다.

"군사님의 체면도 있지 않습니까? 아버님, 제발 고정하십시오."

관우는 제갈근을 노려보며 꾸짖었다.

"군사의 체면을 보아서 내가 참는 것이오. 군사가 아니면 어찌 당신을 살려서 동오로 그냥 보내겠소?"

제갈근은 아무 말도 못 하고 기가 죽었다. 그리고 서둘러 그 자리를 피해 배에 올랐다.

제갈근이 다시 서천으로 와서 공명을 찾았지만 그는 고을을 순시하러 외출하고 없었고 겨우 유비만을 만나게 되었다.

제갈근이 관우에게 죽을 뻔했다고 얘기를 꺼내놓자 유비는 이렇게 대답했다.

"내 아우는 성미가 그렇소. 그러니 설득한다는 것이 쉬운 일이 아니오. 내 생각으로는 우선 동오로 돌아가시는 것이 좋을 것 같소. 내가 동천과 한중을 취할 때까지 기다려준다면 그때 관우를 그곳으로 보내고 형주를 돌려드리도록 하겠소."

제갈근은 할 수 없이 동오로 돌아가서 그 동안 있었던 일을 손권에게 자세히 보고했다. 그러자 손권은 몹시 못마땅한 표정으로 말했다.

"그대가 그렇게 왔다갔다 한 것도 모르긴 하되 공명이 꾸며낸 계책이 아니겠소?"

"그렇지 않습니다. 제 아우는 유비에게 눈물을 흘리며 하소연했습니다. 그 덕으로 유비는 세 고을을 돌려주겠다고 승낙했는데 그 무지막지한 관우가 막무가내로 말을 듣지 않았습니다."

"그렇소? 요컨대 유비는 세 고을을 돌려주겠다고 했단 말이로군. 그렇다면 우리 쪽에서 장사·영릉·계양의 세 고을에 시험 삼아 관원을 부임시켜보는 것이 어떻겠소?"

그러자 제갈근이 밝은 표정으로 맞장구를 쳤다.

"아주 훌륭한 묘안이십니다."

손권은 제갈근의 가족을 풀어주고 한편으로는 관원을 차출하여 세 군으로 파견했다. 그러나 관원들은 발도 들여놓지 못하고 쫓겨나고 말았다.

그들은 돌아와 손권에게 울상이 되어 고했다.

"참으로 어처구니 없었습니다. 관우가 나타나더니 당장 나가라며 꾸물거리는 자는 죽이겠다고 했습니다."

손권이 크게 노하여 노숙을 불러들이더니 꾸짖었다.

"귀공은 전에 유비를 두둔하며 보증까지 서면서 형주를 그에게 빌려준 당사자란 말이오. 한데 유비는 서천을 손에 넣고도 형주 문제에 대해서는 시치미를 떼고 있소. 그런데도 귀공은 구경만 하고 있을 거요?"

"아닙니다. 그렇잖아도 묘안을 생각하고 아뢰고자 하던 참이었습니다."

"묘안을 생각해두었다고? 그게 뭔지 어서 말해보시오."

"우리 동오는 육구(陸口)에 주둔군을 두고 있으니 잔치를 베풀어 관우에게 만나고 싶으니 육구까지 나오라고 초청하는 것입니다. 관우가 나오면 좋은 말로 설득해보고 말을 듣지 않으면 매복시킨 칼잡이들을 시켜 죽여버리는 것입니다. 만약 오지 않으면 그때는 병력을 풀어 싸워서 찾는 수밖에 없습니다."

"나도 그렇게 생각하고 있던 참이니 서둘러 실천하도록 하오."

그러자 옆에 있던 감택(闞澤)이 두 사람의 대화를 가로막으며 말했다.

"그건 안 됩니다. 관우는 비범한 무장입니다. 그런 잔꾀는 굴리지 않는 것이 현명합니다. 그렇지 않고는 오히려 역습을 당해서 곤란하게 될 것입니다."

그러나 손권은 감택의 말을 귀담아 듣지 않았다.

“그런 소리만 하면 어느 세월에 내 땅을 되찾는단 말이오?”

그러고는 다시 노숙에게 재촉하듯 다그쳤다.

“당장에 그 계책을 실천하도록 하시오.”

노숙에게 걸려든 관우

노숙이 육구로 달려가서 여몽과 감녕을 불러 의논했다. 그리고 그들은 육구 본진 밖에 있는 임강정(臨江亭)에서 술잔치를 열기로 결정했다.

노숙은 관우에게 초대한다는 편지를 썼다. 그리고 말주변이 좋은 사람을 선발하여 편지를 들려서 강을 건너가게 했다.

강 건너 기슭에서는 관평이 그를 검문한 다음 관우에게로 데리고 가서 편지를 내밀었다. 편지를 읽고 난 관우는 사자에게 말했다.

“다른 사람도 아닌 노숙 공의 초대인데, 어찌 거절할 수 있겠소? 내일 방문할 테니 귀공은 먼저 돌아가도록 하오.”

사자가 돌아간 뒤 관평이 입을 열었다.

“안 되십니다. 위험합니다. 어찌 아버님께서 그 초대에 응하시려 하십니까?”

관우는 크게 웃으며 관평에게 이렇게 말했다.

“그 정도는 나도 알고 있다. 제갈근이 돌아가서 내가 세 고을을 내주지 않는다고 손권에게 고했을 것이 뻔하고, 그 보고를 들은 손권이 노숙을 시켜서 이 한 토막의 연극을 연출하고 있다는 것쯤 나도 짐작할 수 있다. 내가 그곳에 가면 분명코 세 고을을 내놓으라고 강요할 테고, 안 가면 비겁한 겁장이라고 할 것이 뻔하다. 내가 내일 열 명의 종졸만을 거느리고 배로 가면 노숙인들 무슨 짓을 할 수 있겠느냐?”

그러나 관평은 몸이 달았다.

"하오나 아버님은 아주 소중하신 옥체이십니다. 위험한 곳에 일부러 가시는 것이 과연 유 황숙께서 바라시는 바겠습니까?"

"나는 창과 칼이 사방에 번득이는 속에서 또는 화살이 비오듯 날아오는 속에서도 아무 거리낌 없이 들판을 달리듯 돌아다닌 몸이다. 그런데 하물며 강동의 쥐새끼들을 두려워하겠느냐?"

옆에 있던 마량도 관우를 말리려 했다.

"노숙이 비록 윗사람의 풍모는 있습니다만 때가 때이니만큼 무슨 짓을 해올지 모르는 일입니다. 장군께서는 제발 그만두시는 것이 좋을 것 같습니다."

관우는 마량의 말에 답을 대신해서 이렇게 말했다.

"옛날 조(趙)나라의 인상여(藺相如)*는 닭 한 마리 묶을 힘도 없으면서 면지(澠池)의 모임에서 대국 진(秦)나라 군신을 떡 주무르듯 다루었다고 하네. 그런데 나는 만 사람을 상대로 싸워 이기는 병법을 터득하지 않았는가? 일단 약속을 했으니까 안 간단 말은 못 하는 법, 나는 가야 하네."

마량이 걱정스런 표정으로 다시 말을 꺼냈다.

"그러시다면 준비라도 단단히 하십시오."

관우는 관평에게 만일에 대비해서 일러두었다.

"너는 빠른 배 열 척을 준비하고 수영을 잘하는 수군 오백 명을 선발하여 그 배에 태우고 강에서 기다리고 있거라. 그리고 내가 기를 흔들면 곧 장강을 건너오너라."

관평은 아버지의 말뜻을 알았다는 듯이 끄덕이고는 급히 뛰쳐나갔다.

---

* 인상여(藺相如):전국시대(戰國時代) 조(趙)나라 혜문왕(惠文王)의 명신. 진(秦)나라 요구에 의하여 화씨(和氏)의 벽(璧)을 가지고 진나라에 갔다가 무사히 돌아왔으며, 혜문왕이 진나라 소왕(昭王)과 면지에서 회격할 때 혜문왕의 면목을 세운 사람.

한편 편지를 가지고 갔던 사자가 노숙에게로 돌아와서 관우가 쾌히 승락했다고 전하자 노숙이 여몽에게 물어보았다.

"관우가 내일 어떤 모습으로 나타날까요?"

"만약 관우가 군대를 끌고오면 나와 감녕이 각각 강변에 부대를 매복시켰다가 불화살을 신호로 덮칠 것이고, 군대를 이끌지 않고 단신으로 온다면 연회장 뜰에 검객을 매복시켰다가 포위해서 처치하도록 하겠습니다."

이튿날, 노숙이 강변에 감시병을 세워놓고 기다리고 있으려니까 아침 해가 높이 솟아오른 후 배 한 척이 강물을 타고 이쪽으로 오는 모습이 보였다. 사람이라곤 노를 젓는 사람 몇 명 밖에 없었다. 배에는 붉은 홍기가 나부끼고 있었는데 그 기에는 '관(關)'이라는 글자 하나가 큼직하게 씌어 있었다.

이윽고 배가 닿았다. 배 안에는 푸른 건에 초록색 도포를 입은 관우가 앉아 있었고 그 옆에는 주창(周倉)이 청룡언월도(靑龍偃月刀)를 짚고 서 있었다. 그 밖에 몸집이 큰 병사들 예닐곱 명이 허리에 칼을 차고 서성거리고 있었다.

노숙은 그들을 보는 순간 마음이 흔들리기 시작했나. 노숙은 잔칫상을 준비해놓은 정자로 관우를 맞아들이고 인사를 나누었다. 미리 마련한 주연상으로 가서 술잔을 서로 권하며 마시기 시작했는데도 노숙은 관우를 바로 쳐다볼 수가 없었다. 관우는 조금도 거리낌 없이 떠들고 웃으며 좌중을 압도했다. 그야말로 침착하기 이를 데 없는 인물이었다.

술잔이 한 바퀴 돈 후 노숙이 겨우 입을 열었다.

"한 말씀 드리겠으니 귀담아 들어주시면 감사하겠소. 형님 되시는 유 황숙께서 옛날에 이 사람을 우리 주군께 보증인으로 세우고 형주 땅을 빌려 가신 적이 있습니다. 서천 땅을 손에 넣는

대로 즉시 반환하겠다고 약속까지 하셨습니다. 그런데 서천을 손에 넣은 지금 무슨 연유로 형주를 돌려주시지 않는지 참으로 답답합니다. 그 이유가 무엇인지 말씀 좀 해주시지요.”

그러나 관우는 태연자약한 태도로 노숙의 말을 가로막았다.

“그런 문제라면 국사에 관한 일, 술자리에서 나눌 이야기는 아니라고 생각하오만……”

“잠깐, 이 사람의 말을 더 들어보시오. 우리 주군께서 강동의 땅이 별로 넓지 않은데도 형주 땅을 빌려드린 것은 황숙께서 싸움에 패하고 멀리 쫓겨온 몸으로 의지할 곳도 없는 것을 딱하게 여겨 그랬던 것이오. 이제 익주를 손에 넣었으니 형주는 당연히 돌려주셔야 할 것이 아닙니까? 황숙께서도 그런 전후 사정을 아셨기 때문에 세 고을을 쾌히 반환하셨는데 그것을 귀공이 중간에서 내놓지 않으신다 함은 도리에 벗어나는 일이지요.”

관우는 무슨 당치도 않은 소리를 하느냐는 듯이 눈을 부릅뜨고 대꾸했다.

“우리 형님께서는 적벽 싸움 때 죽음을 무릅쓰고 일선에 나서서 적을 격파하였소. 그런데도 귀공은 우리 형님이 그 공로로 형주를 받을 만하다고 생각히지 않는 것이오? 그래, 형주 땅을 꼭 되찾아야 한단 말이오?”

노숙도 물러서지 않고 손을 저어가며 말했다.

“그 말씀은 경우에 닿지 않는 말씀이십니다. 귀공과 황숙께서는 장판교 싸움에서 패하고 궁지에 몰리자 먼 이곳까지 피해온 것이었고 우리 주군께서는 그 사정을 딱하게 여기시고 황숙과 귀공들이 재기할 수 있도록 형주 땅을 제공해드린 것이었소. 황숙은 지금 우리 주군의 호의를 잊고 무시하고 있는 겁니다. 이미 서천을 점령하고서도 형주를 내놓지 않고 그대로 가지고 있으니 이런 식으로 의리를 배반한다면 탐욕스럽다고 천하가 외면할지도 모르는 일입니다. 깊이 생각해주시기 바랍니다."

"하지만, 그것은 모두 우리 형님의 뜻에 달린 것이지 나로서는 참견할 권리가 없소."

노숙이 다시 입을 열었다.

"장군과 황숙은 도원의 맹세로 장군이 황숙이요, 황숙이 장군이라 할 만큼 생사를 같이 하기로 했고 또 여지껏 그렇게 해왔다고 들었소. 황숙의 일이 곧 장군의 일인데 어찌 황숙에게로 평계를 대시오?"

관우가 뭐라고 대꾸해야 좋을지 미처 생각이 나지 않아 머뭇거리고 있을 때 뜰 아래 있던 주창이 큰소리로 외쳤다.

"천하의 땅은 덕망있는 사람이 차지하는 것이 당연한 일이오. 꼭 동오가 차지해야 할 까닭이 어디 있소?"

순간 관우가 벌떡 일어났다. 그리고 뜰 아래로 내려가서 주창이 가지고 있던 칼을 낚아채며 주창을 꾸짖었다.

"국사를 가지고 네 놈이 무얼 안다고 참견하느냐? 당장 물러가렷다!"

주창은 관우의 꾸지람이 무엇을 뜻하는지 알아차리고 강가로 달려가서 배에 꽂은 홍기를 뽑아들고 좌우로 크게 흔들어댔다. 그러자 강 건너에서 기다리고 있던 관평의 선단이 쏜살같이 강동으로 배를 저어 왔다.

관우는 오른손에 칼을 들고 왼손으로는 노숙의 팔을 끌어안고 비틀거렸다. 술에 취한 것처럼 위장한 것이었다.

"귀공은 나를 술좌석에 초청해주신 거요. 형주에 관한 것은 더이상 얘기를 꺼내지 맙시다. 어이구, 취하는군. 실수를 범하면 면목이 없지. 이 문제는 훗날 날을 잡아 내가 귀공을 형주로 모실 테니 그때 다시 의논합시다."

노숙은 맥이 탁 풀렸다. 기중기와 같은 관우의 완력에 끌려 강

가까지 나오고 말았다.

여몽과 감녕은 자신들의 군사들을 인솔해서 나와봤지만 관우가 한 손에 칼을 들고 다른 한 손으로 노숙을 끌어안고 가는 것을 보고 섣불리 건드렸다가는 노숙이 위험하리라는 것을 깨닫고 선뜻 행동을 취하지 못했다.

노숙을 끌고 배 있는 데까지 온 관우는 그제서야 노숙을 잡았던 손을 놓고 얼른 배 위로 올라탔다. 그리고 작별 인사를 했다. 노숙은 마치 여우에 홀린 것 같았다. 그는 술기운으로 몽롱한 시선을 돌려 돛을 올리고 순풍을 맞으며 움직이기 시작하는 관우의 배를 바라볼 뿐이었다.

관우가 형주로 돌아가자 노숙은 여몽을 불러 의견을 물었다.

"우리 계획은 물거품이 되고 말았소. 앞으로 어떡해야 좋겠소?"

여몽이 대답했다.

"주군께 빨리 아뢰고 군사를 일으켜 관우와 결전을 벌여야겠습니다."

노숙은 당장 손권에게 사자를 보내 전후 사실을 알렸다. 손권은 크게 노하여 당장 있는 군사를 총동원해서 형주를 찾고야 말겠다고 야단법석이었다. 바로 이때 조조가 삼십만 대군을 끌고온다는 보고가 들어왔다. 형주를 탈환하는 문제는 또 뒤로 미루어야 했다. 손권은 서둘러 합비(合淝)와 유수(濡須)로 병력을 보내서 조조 군에 대비하지 않으면 안 될 처지였다.

조조를 없애려는 음모

조조가 남쪽을 정벌하기 위해 군사를 일으키자 참군인 부간(傅幹)이 조조에게 다음과 같은 의견서를 편지로 보냈다.

무(武)에는 위엄이 있어야 하고 문(文)에는 덕이 있어야 함이 제1의 조건이라고 들었습니다. 위엄과 덕을 겸비했을 때 비로소 왕업을 성취할 수 있는 것입니다. 지난날, 천하의 대란은 승상의 군사력으로 모두 평정이 되었으나 아직도 황제의 명을 따르지 않고 있는 자들은 오나라의 손권, 촉나라의 유비뿐입니다. 그런데 오에는 장강, 촉에는 험준한 산악이 가로막고 있어 그 어느 쪽도 무력만으로 대하기는 적당치 않은 상대들입니다. 제가 은밀하게 승상을 위해 생각해본 결과, 차라리 차제에 좀더 '문덕(文德)'을 닦으시고 전쟁보다는 병력을 키워 최상의 기회를 기다리시는 것이 바람직하다는 생각이 들었습니다. 지금 당장에 수십만의 대군을 장강 기슭으로 인솔해 간다고 해도 적이 그 천연의 험준함을 이용하여 깊이 숨어버린다면 아무리 기이한 병법을 쓰더라도 아무 보람도 찾지 못하고 결국은 승상이 손해를 보게 될 것이니 아무쪼록 깊이 생각하시기 바랍니다.

조조는 그 편지를 읽고 나서 결국 남쪽의 정벌을 중지했다. 그 대신에 학교를 세우고 문사들을 예를 갖추어 초청하니 시중(侍中: 황제의 고문관) 왕찬(王粲)·두습(杜襲)·위개(衛凱)·화흡(和洽) 등 네 사람이 조조를 위왕(魏王)에 앉히자고 설쳐대기 시작했다.

그러나 중서령(中書令: 궁 내관) 순유가 다른 의견을 제의했다.

"승상은 이미 위공(魏公)의 벼슬에 올라 있고 게다가 구석(九錫)의 특전마저 누리고 계시니 신하로서는 최고의 자리에 계시는 것입니다. 신하로서는 왕위에 오르지 못하는 것이 도리인 줄로 알고 있습니다."

조조는 순유의 이 말을 전해 듣고 화를 버럭 냈다.

"그놈도 순욱(荀彧)의 전철을 밟아 스스로 목숨을 끊고 싶은 모양이구나."

순유는 조조가 한 말을 전해 듣고 울분을 참지 못하여 앓아눕게 되더니 끝내 일어나지 못하고 십여 일 후에 세상을 뜨고 말았다. 당시 그의 나이 오십팔 세, 조조는 그의 장례를 엄숙하게 치르도록 명했다. 결국 위왕의 문제는 그것으로 일단락을 짓고 말았다.

조조는 어느 날, 칼을 가진 채 궁안으로 들어갔는데 마침 헌제(獻帝)와 복 황후(伏皇后)가 담소를 즐기고 있었다. 복 황후는 조조를 보자 자리에서 일어났다. 헌제는 겁에 질린 표정으로 부들부들 떨고 있었다.

조조는 헌제를 바라보며 입을 열었다.

"손권과 유비가 각기 땅을 차지하고 조정을 외면하고 있는데 어찌할 작정이십니까?"

"모든 것을 경이 알아서 처리해주시오."

조조는 헌제의 이와 같은 말에 발끈했다.

"폐하, 지금 폐하께서 하신 말씀을 다른 사람이 듣기라도 한다면 제가 마치 폐하를 기만하여 마음대로 하는 것처럼 느낄 것입니다."

"경이 짐을 지켜준다면 더 바랄 것이 없겠소. 만약 그렇지 않다면 부탁이니 짐을 퇴위케 해주시오."

조조는 헌제를 흘깃 흘겨보고는 횡 하니 나가버렸다.

시신(侍臣) 하나가 헌제에게 말했다.

"위공이 요즘 스스로 왕위에 오르고자 한다는 소문이 파다합니다. 언젠가는 폐하의 자리를 뺏으려고 할 것입니다."

이 말을 듣자 헌제와 복 황후는 눈물을 흘리며 어찌할 바를 몰랐다.

복 황후가 헌제에게 말했다.

"소첩의 아비 복완(伏完)은 항상 조조를 타도하겠다고 생각하고 있었습니다. 소첩이 아비에게 서신을 보내 처리케 하는 것이 어떠하온지요?"

그러자 헌제가 복 황후에게 탄식하듯 말했다.

"옛날에 동승(董承)이 일을 꾸미다가 탄로가 나서 오히려 죽음을 당한 일이 있었소. 만약 그와 같은 일이 또 일어난다면 짐과 황후는 아마 끝장이 날 거요."

"하오나 이대로 있는다는 것도 하루하루 바늘방석에 앉은 것같이 불안하기만 하오니 차라리 죽는 편이 나을지도 모릅니다. 내관 중에서 오직 믿을 수 있는 사람은 목순(穆順) 한 사람인 줄 압니다. 그 목순에게 편지를 전달케 하면 좋을 것 같습니다."

복 황후는 헌제의 만류에도 불구하고 편지를 썼다. 이윽고 목순이 병풍 뒤로 불려들어오자 다른 시신들은 멀리 자리를 피하게 했다.

헌제와 황후는 눈물을 흘리며 천천히 말했다.

"조조가 위왕의 자리를 탐내고 있다는 소문이 들리니 머지않아 황제의 자리까지 넘보게 될 것이 뻔하오. 짐은 조조를 토벌해줄 것을 황후의 부친이신 복완에게 부탁드리고 싶소. 한데 짐의 주위에는 조조와 내통하는 시신들뿐이라 말도 꺼낼 수가 없소. 수고스럽지만 그대가 황후의 편지를 전해줄 수 없겠소? 그대의 충성을 믿고 특별히 부탁하는 것이오."

목순 역시 눈물을 흘리며 헌제에게 아뢰었다.

"폐하, 소신이 어찌 폐하의 성은을 외면하고 배은망덕하겠습니까? 목숨을 바쳐서 분부대로 거행하겠습니다."

황후가 밀서를 주자 목순은 그것을 머리카락 속에 넣고 함께 틀어올렸다. 그리고 궁을 몰래 빠져 나가 복완에게 전했다.

편지를 읽고 난 복완이 목순에게 말했다.

"조조의 심복이 여기저기 많이 깔려 있네. 급히 서둘렀다간 오히려 일을 그르칠 수가 있어. 듣자하니 강동의 손권과 서천의 유비가 의병을 일으켜 공격해 온다고 하더군. 그렇게 되면 조조가 그것을 막으러 출전할 테니까 그때를 틈타 조정의 충신들을 규합해서 유비·손권과 손을 잡고 협공을 한다면 성공을 거둘 것이네.”

그러자 목순이 복완에게 말했다.

“참으로 훌륭하신 말씀입니다. 그 내용으로 폐하 내외분께 답서를 써주시면 소신이 밀조(密詔)를 받들어 강동과 서천에 밀사를 보내 서로가 힘을 합쳐 조조를 치자고 하겠습니다.”

복완이 헌제에게 보내는 답서를 써주었다. 목순은 이번에도 서신을 상투 속에 감추어 궁으로 돌아왔다.

그러나 목순이 궁궐을 빠져나갔다는 정보가 이미 조조의 귀에 들어가고 말았고 조조는 목순보다 한 발 앞서 궁에 당도해서 문에서 기다리고 있었다.

목순이 아무 일도 없었다는 듯이 궁궐에 당도했다. 뜻밖에 조조를 만난 목순은 깜짝 놀랐지만 겉으로 내색하지는 않았다.

조조가 목순에게 물었다.

“어디를 급히 갔다오는가?”

“황후께서 환후가 계셔서 의원을 부르러 갔다오는 길입니다.”

“그래 의원은 왔는가?”

“아직 안 왔습니다.”

조조는 부하를 시켜 목순의 몸을 수색했지만 아무것도 나오지 않자 이상한 느낌은 들었으나 일단 목순의 통과를 허락했다.

바로 그때 갑자기 억센 회오리바람이 불어와 목순의 모자를 떨어뜨렸다. 조조가 목순을 다시 불러세우고 모자를 살펴보았으나 역시 아무것도 없었다.

“좋다. 모자를 쓰도록 하라!”

이때 목순이 모자를 두 손으로 받아 쓰는데 앞뒤를 바꿔 썼다. 목순의 그런 모습을 본 조조는 이상하게 생각하고 목순을 다시 불러세우고 머리를 살피게 했다. 그러자 틀어올린 상투 속에서 복완의 편지가 나왔다. 내용을 읽어보니 손권·유비와 결탁하라는 음모를 꾸미는 사연이었다.

조조는 크게 노하여 목순을 밀실에 가두고 엄중히 문초했지만 목순은 이렇다 할 대답을 하지 않았다.

분이 풀리지 않은 조조는 삼천 병력을 동원해서 복완의 저택을 포위하게 했다. 가족을 모조리 끌어내고 수색한 끝에 복 황후의 편지까지 찾아냈다. 조조는 화가 머리끝까지 나서 복완의 삼족을 모조리 감옥에 가두고 말았다.

이튿날 날이 밝자 조조는 심복인 어림장군(御林將軍) 치려(郗慮)를 시켜 궁에 들어가서 옥새를 가져오라고 명령했다. 치려는 명을 받고 오백의 군사를 거느리고 궁에 당도했다.

이날 헌제는 외전(外殿)에 나가 있었는데 치려가 군사를 이끌고 들어오는 것을 보고 안색을 바꾸며 물었다.

"무슨 일이냐?"

옆에 있던 시신이 얼른 대답했다.

"위공의 명령으로 황후의 옥새를 가지러 왔다고 하옵니다."

헌제는 비밀이 누설되었다는 것을 직감하자 갑자기 눈앞이 캄캄해지고 어지럽기 시작했다.

복 황후는 죽고 조조는 남정길에 오르다

치려는 아무 거리낌 없이 내전으로 들어갔다. 복 황후는 막 잠에서 깨어난 참이었다. 치려는 눈을 부라리며 옥새를 맡은 내관에게 호통을 쳤다.

"자, 어서 옥새를 가져오라니까……."

복 황후는 자신이 꾸민 일이 발각되었다는 것을 깨닫자 가슴이 떨리고 눈앞이 캄캄했다. 그러고는 우선 뒤에 있는 골방으로 몸을 피했다.

잠시 후 상서령(尚書令:황실의 비서관) 화흠이 무장한 군사 오백 명을 거느리고 밀어닥쳤다.

그는 여관들을 불러놓고 닦달했다.

"복 황후는 어디에 있느냐?"

모든 여관들이 모른다고 하자 화흠이 병사들에게 방을 뒤지도록 명했지만 황후를 찾아내지는 못했다. 황후가 있을 만한 곳을 샅샅이 수색했지만 복 황후의 모습은 나타나지 않았다. 화흠이 직접 수색한 끝에 황후가 숨어 있는 곳을 찾아냈다. 화흠은 흐트러진 황후의 머리채를 잡고 끌어냈다.

"목숨만은 살려주시오."

복 황후의 애처로운 음성이 떨리면서 흘러나왔다. 그러자 무뚝뚝한 목소리로 화흠이 대꾸했다.

"위공께 직접 빌어보시오."

복 황후는 머리를 풀어헤친 채 맨발로 두 장수에게 끌려갔다.

화흠은 원래 재사(才士)로서 이름을 떨치던 사람으로 병원(邴原)·관녕(管寧)과 가까이 지내고 있었다. 당시의 사람들은 화흠·병원·관녕 세 사람을 가리켜 한 마리의 용이라고 비유하며 칭찬했다. 화흠이 용의 머리요, 병원이 용의 복부이고, 관녕이 용의 꼬리에 비유되었다.

어느 날의 일이었다. 화흠이 관녕과 밭일을 하다가 금을 캐냈으나 관녕은 그것을 거들떠보지도 않고 삽질에만 열중했다. 화흠은 일단 금을 줍기는 했으나 다시 버리고 말았다. 그리고 며칠이 지난 어느 날의 일이다. 관녕과 화흠이 책을 읽고 있을 때 문 밖에서 귀인이 지나가는 요란한 소리가 들려왔다. 관녕은 그대로 앉아서 움직이지를 않았지만 화흠은 읽던 책을 놓고 구경하러 밖으로 나갔다. 관녕은 이때 화흠의 인격이 천박하다고 생각하며 절교해버렸다.

이윽고 관녕은 요동으로 떠났고 늘 흰 두건을 쓰고 이층에 기거하며 땅을 밟지 않은 채 일생 동안 위나라의 벼슬을 하지 않고 지냈다. 그와 반대로 화흠은 처음에는 손권에게 가서 벼슬을 했고, 나중에 조조에게로 돌아서서 마침내 복 황후를 체포하는 임무까지 맡게 된 것이었다.

화흠은 복 황후를 끌고 바깥에 있는 외전으로 갔다. 헌제는 황후를 보는 순간 맨발로 뛰어내려와 부축해서 일으키며 울음을 터뜨렸다.

화흠이 복 황후를 밀며 큰소리로 외쳤다.

"위공의 명령이오. 자, 서둘러 나갑시다."

복 황후는 눈물을 흘리며 헌제에게 작별을 고했다.

"소첩, 살아서 다시 뵙지는 못할 것 같습니다."

헌제도 울음 섞인 말투로 답했다.

"짐의 목숨인들 어찌 오래도록 부지할 수 있겠소."

병사들이 복 황후의 등을 떠밀며 재촉했다. 황후가 끌려가는 것을 바라보는 헌제의 눈에서는 눈물이 하염없이 흘러내렸다.

헌제는 옆에 서 있는 치려에게 말했다.

"세상에 어디 이런 일이 또 있겠는가?"

헌제는 이 한 마디를 내뱉듯 외치고는 그만 정신을 잃고 쓰러졌다. 치려는 다른 사람들에게 명하여 헌제를 궁 안으로 모시게 했다.

화흠은 복 황후를 끌고 조조 앞에 대령시켰다. 조조는 무서운 얼굴로 눈을 부릅뜨며 복 황후를 꾸짖었다.

"지금까지 정성껏 모셔온 나를 해치고자 했다니 무슨 연유로 그런 짓을 했소? 내가 황후를 죽이지 않으면 황후가 나를 죽일 테지요."

조조는 부하를 시켜 몽둥이로 황후를 때려 죽이라고 명령했다. 그리고 궁 안으로 들어가서 복 황후가 낳은 두 왕자에게 독약을 먹였다. 그리고 그날 밤 복완·목순을 비롯한 복 황후의 혈연 이백여 명을 장바닥에 마련한 형장으로 끌려와 처형하였다. 이를 지켜보던 많은 사람들은 겁에 질려서 바들바들 떨었다. 건안 19년 11월의 일이었다.

헌제는 복 황후를 잃고 난 후부터는 줄곧 식음을 전폐했다. 그러자 조조가 들어와서 아뢰었다.

"폐하, 무슨 걱정을 그리 하십니까? 안심하십시오. 신은 아무 짓도 하지 않을 것입니다. 마침 신의 딸이 폐하의 귀인(貴人:황후의 다음 가는 비의 지위)이옵니다. 어질고 효성이 지극하니 정식으로 황후의 자리에 오르게 하십시오."

헌제는 조조의 말을 거역할 수가 없어 그대로 따를 수밖에 없었다.

건안 20년 정월 초하룻날, 조조의 딸 조 귀인이 정식으로 황후로 책봉되었다. 그러나 누구도 그것에 대해 말을 꺼내지 못했다. 조조의 위세는 날이 갈수록 더욱 굳어지기만 했다.

조조는 대신들을 불러서 오나라와 촉나라를 어떻게 할 것인지 의논했다. 이때 가후(賈詡)가 말했다.

"이 문제에 대해서는 하후돈과 조인을 불러다 의논하시는 것이 좋을 것 같습니다."

조조는 가후의 건의를 그대로 받아들여 급사를 파견했다. 그러자 하후돈에 앞서 조인이 먼저 달려왔다. 그는 곧장 승상부로 올라갔다. 마침 조조는 술을 마시고 자고 있었고, 허저가 칼을 차고 방문을 지키고 있었다. 조인이 들어가려고 하자 허저가 완강히 막았다.

"이게 무슨 짓이오? 나는 조씨 가문인데 그대가 무슨 권한으로 날 막소?"

조인이 이렇게 꾸짖자 허저가 대답했다.

"장군께선 분명 승상과 친척이 되십니다. 그러나 장군은 현재 외곽을 지키는 진수(鎭守)이시고 소인 허저는 비록 남이긴 하지만 내시의 직분을 맡고 있는 처지이니 승상께서 취기로 취침하시고 계신 지금 어느 누구도 통과시킬 수 없습니다."

조인은 끝내 방에 들어가지 못했다.

방 안에서 허저가 하는 이 말을 들은 조조는 감복했다.

"허저는 과연 충신 중의 충신이구나!"

그로부터 이삼 일이 지나자 하후돈이 모습을 내비쳤다. 조조는 손권과 유비의 토벌에 관한 일을 의논했다.

하후돈이 조조에게 차근차근 알아듣기 쉽게 설명했다.

"오나라와 촉나라를 곧장 공격한다는 것은 어리석은 방책이라 여겨집니다. 오·촉을 치기 전에 먼저 한중의 장로를 치고 그 여세를 몰아 촉으로 공격해 들어가는 것이 올바른 순서라고 생각하옵니다."

조조는 흐뭇한 표정으로 맞장구를 쳤다.

"옳거니, 그게 좋겠군!"

하후돈의 말대로 조조는 군사를 이끌고 서쪽 정벌길에 나섰다.

이제 형세가 '약한 황제는 처절한 학대를 받아야 하고, 힘이 막강한 신하는 나라 밖 멀리 국경을 지켜야 하는 형국'이니 앞으로 어떻게 될 것인가!

제 67 회 조조와 대결하는 손권

조조평정한중지　　장료위진소요진
曹操平定漢中地　　張遼威震逍遙津

조조가 한중 땅을 평정하고
장료는 소요진에서 위세를 떨치다

양평관에서의 결전

조조는 서쪽 정벌을 위해 부대를 셋으로 나누어 하후연(夏侯淵)과 장합(張郃)을 전위로 내세우고 조조 자신은 여러 장수와 더불어 주력 부대를 이끌었다. 후위는 조인(曹仁)과 하후돈(夏侯惇)에게 거느리게 하여 식량과 보급품의 수송을 책임지게 했다.

이러한 사실은 염탐꾼을 통해 한중 땅에도 재빨리 전해져 장로(張魯)는 아우인 장위(張衛)와 함께 대책을 협의했다.

장위가 말했다.

"한중에서 가장 험한 곳은 양평관(陽平關)입니다. 그러니 그 일대의 숲속에 십여 개의 성채를 쌓아 적을 막는 것이 좋겠습니다. 형님은 한녕(漢寧)에 머물러 보급을 맡아주십시오."

장로는 이 의견에 따라 장위와 대장인 양앙(楊昂)·양임(楊任) 등을 서둘러 출발시켰다. 이들이 양평관에 들어간 뒤 성채가 축조되었을 때 조조 군의 전위 부대인 하후돈과 장합이 진격해왔다. 이들은 장위 군이 양평관에 성채를 축조하여 철저히 방어하고 있다는 보고를 받고 일단 십오 리 밖에 진을 치고 관망하기로 했다.

그날 밤 조조의 군사들은 행군의 피로 때문에 깊은 잠에 빠졌는데 한밤중에 갑자기 군진의 뒤쪽에서 불길이 치솟으며 양앙과 양임이 조조의 진지를 향해 기습해왔다.

하후연과 장합이 부랴부랴 말을 타는 동안에 한중의 군사들이 사방에서 쏟아져 나와 조조 군은 크게 패하고 말았다.

조조는 도망쳐 온 하후연과 장합에게 불같이 노하여 소리쳤다.

"너희들은 다년간 싸움터에 나갔음에도 불구하고 이런 경우에 적의 기습에 대비할 줄도 모르느냐? 어찌 그리 경계를 태만하게 했단 말이냐?"

조조는 이들을 군법에 따라 참형에 처하라고 했으나 여러 장수들의 필사적인 간청으로 다행히도 가까스로 목숨은 건지게 되었다.

다음날은 조조 자신이 전위로 나섰다. 산이 험한데다 숲이 우거져 있고 길을 알 수가 없어 어디를 가나 복병이 염려되어 도무지 마음 놓고 전진할 수가 없었다. 조조는 깨끗이 단념하고 군진으로 되돌아왔다.

조조는 허저(許褚)·서황(徐晃) 두 장수를 불러 말했다.

"이곳의 산세가 이토록 험한 줄 미리 알았더라면 이런 싸움은 벌이지도 않았을 것이오.”

그러자 허저가 말했다.

“일단 온 바에야 회군할 수도 없는 일입니다.”

다음날 조조는 군사들을 거느리고 장위의 성채를 시찰하러 나가보았다. 세 마리의 말이 나란히 고갯길을 넘어갈 때 멀리 장위의 성채가 시야에 들어왔다.

조조가 채찍으로 장위의 진지를 가리키며 두 장수에게 말했다.

“저렇게 견고하니 쉽게 함락되진 않겠구려.”

잠시 말을 주고 받을 때 등뒤에서 요란한 함성이 들리더니 소나기처럼 화살이 날아왔다. 양앙·양임이 습격해 온 것이었다.

조조가 놀라자 허저가 크게 소리쳤다.

“적은 내가 맡을 테니 서황 장군은 승상을 호위해주게.”

한 마디 말을 남기더니 허저는 칼을 뽑아 들고 적의 두 장수를 향해 말머리를 돌렸다. 양앙·양임이 둘의 힘으로 도저히 당할 수 없어 뒤로 물러서자 그들의 군사도 뒷걸음질 쳤다.

한편 서황은 조조를 경호하며 산 고갯길을 넘어가다 한 무리의 부대와 마주치게 되었다. 적군인가 하고 신경을 곤두세우고 살펴보니 천만다행히 하후연과 장합의 부대가 적의 함성을 듣고 군사를 이끌고 달려온 것이었다. 이들은 허저·서황과 힘을 합쳐 양앙·양임을 물리치고 조조를 구해 진지로 돌아갈 수 있었다. 조조는 네 장수에게 후하게 상을 내렸다.

양평관을 차지한 조조

이후 오십여 일이 지나도록 교전이 없는 절박한 대진이 이어졌다.

조조가 마침내 철수 명령을 내리자 가후가 반대하며 말했다.

"적군의 강약도 아직 판명되지 않았는데 어찌 그런 나약한 결단을 내리십니까?."

조조는 그를 타일러 말했다.

"적군의 방어를 보아하니 아무래도 서두른다고 승리할 수는 없는 것 같소. 우리가 철병한다는 말을 퍼뜨려 적을 방심케 하고 그 틈을 타서 우리 경기병(輕騎兵)을 적의 후방에 돌려 기습공격을 하는 것이 나의 책략이오."

결국, 하후연과 장합은 각기 경기병 삼천 명씩을 두 부대로 나누어 간도를 통해 양평관의 배후로 나가고 조조 자신은 깨끗이 진지를 철거하여 대군을 후퇴시켰다.

장로의 진영에서는 대장 양앙이 양임에게 이 기회에 추격하자고 제의하였으나 양임이 반대하며 말했다.

"조조는 거짓 계략에 능한 요사스런 놈이니 섣불리 뒤쫓을 수는 없소."

양앙은 자리에서 일어서며 말했다.

"싫으면 그만두시오. 나 혼자서라도 추격하겠소."

끝내 양앙은 다섯 성채의 병력 중 소수 경비병만을 남겨놓고 군사를 동원하여 추격에 나섰다.

그날 따라 짙은 안개가 끼어 도통 앞을 볼 수가 없었다. 양앙은 하는 수 없이 도중에서 전진을 멈출 수밖에 없었다.

한편, 하후연 일행은 산 그늘에 숨어 있다가 짙은 안개에 갇혀 있었는데, 그 속에서 사람의 목소리와 말의 울음소리를 들었다. 하후연은 복병이 있는 것으로 생각하고 급히 말을 돌려 피해 달아나다가 안개 속에서 길을 잃고서 그만 양앙의 성채 앞에 이르고 말았다. 성채를 지키고 있던 수비병은 양앙이 돌아온 줄 속단하고 얼른 문을 열어주었다.

이에 조조의 군사들이 일시에 들이닥쳐 성채 안이 텅 비어 있음을 발견하고는 여기저기 불을 질러버렸다. 성채를 지키고 있던 양앙의 군사들은 모두 성채를 버리고 줄행랑을 쳤다. 이때 안개가 걷히고 양임이 군사를 거느려 진지를 구하려고 달려오다 하후연과 싸움을 벌였는데 거기에 군사를 거느리고 달려온 장합까지 가세하여 양임은 더 이상 버티지 못하고 죽을 힘을 다해 남정(南鄭)을 향하여 달아났다.

한편, 안개 속에 갇혀 있었던 양앙이 돌아와보니 다섯 성채가 모두 하후연과 장합에 의해 이미 점령되어 있었고 거기에다 철퇴하는 듯하던 조조의 대군도 되돌아와 있었다. 양앙은 이 궁지를 벗어나려고 기를 썼으나 장합의 칼에 죽고 말았다.

패잔병들이 양평관으로 달려가니 장위가 없었다. 두 장수의 실패와 성채의 함락을 알고 재빨리 도망쳐버렸다. 결국 양평관과 그 몇 개의 성채는 조조의 손에 들어가고 말았다.

장위와 양임은 한중으로 돌아가서 장로에게 경위를 보고했다. 장위가 양앙과 양임의 실수로 관문을 지키지 못했다고 보고하자 장로는 크게 노하여 그 자리에서 양임의 목을 베라고 명했다.

그러자 양임이 변명하였다.

"저는 양앙에게 조조 군을 뒤쫓지 말라고 충고했습니다. 그러나 양앙이 제 말을 받아들이지 않고 추격해 이렇게 되었습니다. 저에게 다시 한 번 군사를 내주시면 적진에 뛰어들어가 틀림없이 조조의 목을 베어 오겠습니다. 만일 베어 오지 못한다면 저의 목을 바치겠습니다."

장로는 그의 자청대로 각서를 받아내고 이만 병력을 내주며 남정에서 양임을 떠나보냈다.

한편, 조조는 군사를 거느리고 나오면서 하후연에게 오천 병력을 주고 남정으로 통하는 길목에 배치시켜 적의 동태를 살피게 했다.

때마침 남정을 떠난 양임의 이만 병력과 하후연의 부대가 맞부딪쳐 다시 싸움이 시작되었다. 두 부대는 서로 물러서지 않았다. 양임이 진영에서 창기(昌奇)를 내보내 하후연과 창을 겨누고 싸우게 하였으나 창기는 싸워보지도 못하고 하후연의 창에 찔려 죽고 말았다.

이번에는 양임이 창을 들고 말을 몰아 하후연과 맞섰다. 삼십여 차례의 불꽃 튀는 접전을 벌였으나 승부가 나지 않았다. 하후연이 궁리 끝에 패한 척하며 달아나자 이를 양임이 맹렬히 추격하였다.

하후연은 달아나면서 당초 궁리한 대로 충분히 그를 유인해놓고 획 몸을 돌려 칼을 던져 양임의 목을 베었다. 양임이 비명을 지르며 말 밑으로 떨어지니 그의 휘하 이만 병력도 대장을 잃고 크게 참패하여 달아나고 말았다.

조조는 하후연이 승리했다는 보고를 받고 즉시 진군하여 남정 가까이에 바로 진을 쳤다. 이를 전해 들은 장로는 당황하여 곧바로 문무백관을 불러 긴급회의를 열고 대책을 협의했다.

조조 휘하에 들어간 방덕

염포(閻圃)가 일어나서 말했다.

"제가 조조 휘하의 뭇 장수들을 상대해서 대적할 만한 인물 하나를 천거하겠습니다."

장로가 누구냐고 묻자 염포가 대답했다.

"남안(南安) 사람으로 이름은 방덕(龐德)이라 합니다. 전에 마초(馬超)와 같이 주공에게 투항한 후에 마초는 서천의 유비에게 갔으나 방덕은 그때 병석에 누워 있었기 때문에 함께 가지 못하고 지금까지 주공의 은덕을 입고 있습니다. 부디 그 사람을 기용해주십시오."

장로는 매우 기뻐하며 즉시 방덕을 불러들여 후하게 대접하고 노고를 위로했다. 방덕은 때를 만난 양 기뻐하였다. 장로가 일만 병력을 내주자 방덕은 그들을 거느리고 성을 벗어나 십여 리쯤 가다가 조조의 군사와 대치하게 되었다.

방덕이 맨 먼저 앞으로 나가 도전장을 내밀었다. 그러나 조조는 위교의 싸움에서부터 방덕의 무용을 지금껏 들어온지라 휘하 장수들을 불러 주의를 주었다.

"방덕은 서량 땅의 용장이오. 전에는 마초 밑에 있다가 지금은 장로의 진영에 있지만 아마 절대로 현재의 처지에 만족하지 않을 것이오. 나는 방덕을 내 부하로 만들고 싶으니 그대들은 그와 맞설 때 충분히 주의해서 상대하도록 하고 가급적이면 방덕이 녹초가 되도록 한 뒤에 생포하도록 하시오."

먼저 장합이 나가 두세 차례 싸우다가 돌아오자 이번에는 하후연이 나가 몇 차례를 싸우다가 물러나왔다. 서황도 나가서 너댓 차례를 싸우다가 말을 몰아 도망쳐오고 마지막으로 허저가 오십여 차례쯤 싸우다가 역시 도망쳐왔다.

방덕은 그렇게 계속해서 조조의 네 장수와 싸웠지만 전혀 두려워하거나 피로해하지 않고 태연했다. 네 장수들은 각각 조조 앞에 나아가 방덕의 무예를 칭찬하였다.

조조가 네 장수를 불러 물었다.

"그를 투항시킬 좋은 묘안이 없겠느냐?"

가후가 진언했다.

"장로의 부하 중에 양송(楊松)이라는 모사가 있는데 뇌물을 아주 좋아하는 인물이라 합니다. 그에게 금은보화를 보내 먼저 매수하여 그의 입을 통해서 방덕에 대한 악평을 장로에게 고하게 한 후 우리가 그 기회를 이용하면 어떻겠습니까?"

조조가 신명이 나서 물었다.

"좋은 발상이오. 그런데 남정에는 어떻게 첩자를 잠입시키는 것이 좋겠소?"

가후가 계책을 말했다.

"내일 방덕과 교전할 때 아군이 성채를 버리고 패주한 체하여 방덕으로 하여금 점령케 합니다. 밤이 되기를 기다렸다가 우리가 다시 군사를 이끌고 가서 진지를 역습하면 방덕은 분명히 성 안으로 도망쳐 들어갈 것이니 그때 북새통 속에 말 잘하는 군사 하나를 적병으로 위장시켜서 적들과 함께 성 안으로 들어가게 하면 됩니다."

조조는 즉시 말솜씨에 능한 군사 하나를 골라내어 후하게 상을 내린 후 황금을 박아 넣은 갑옷의 가슴받이를 그의 맨살에 입히고 그 위에 한중 군사의 복장을 갖추게 한 뒤 방덕의 군사가 도망쳐 들어갈 길목에 숨겨서 대기하도록 했다.

이튿날 하후연과 장합의 두 부대를 멀리 내보내 잠복하게 하고 서황에게는 군사를 거느려 나가 싸우게 했다. 미리 계획한 대로 서황은 불과 몇 차례 싸우지도 않고 패하여 도망치는 체했다.

이윽고 방덕이 군사를 몰아 달려들어왔고 조조의 군사는 모두 도망쳤다. 방덕이 즉시 조조의 진지를 점거하니 그 안에는 군량미와 말먹이가 수북이 쌓여 있었다. 방덕은 매우 기뻐하며 이 사실을 장로에게 알리고 곧 성 안에서 전승을 축하하는 술잔치를 벌였다.

한밤중이 되어 잔치도 거의 끝나갈 무렵 갑자기 세 방향에서 일제히 횃불의 행렬이 밀려왔다. 중앙으로는 서황과 허저가, 왼쪽으로는 장합이, 오른쪽에서는 하후연이 일제히 군사를 거느리고 야습해왔다.

아무런 대비 없이 기습을 받은 방덕은 말을 타고 포위망을 뚫고 미친 듯이 질주하여 성채 안으로 달려들어 갔다. 뒤에는 여전히 세 부대가 바짝 추격해왔다. 방덕은 즉시 성문을 열라고 소리쳐 군사들을 이끌고 성 안으로 들어갔다. 이때 미리 잠복해 있던 조조의 군사도 한중 군사의 틈에 끼어 성 안으로 들어갔다.

그는 곧바로 양송의 자택으로 찾아가 능숙한 말솜씨로 양송에게 말했다.

"위공 조 승상께서는 오래 전부터 공을 아주 잘 알고 계시옵니다. 그래서 저에게 이 물건을 전해드리라고 하셨습니다."

그는 황금 가슴받이를 벗어서 밀서 한 통과 함께 양송에게 바쳤다. 양송은 기뻐 어쩔 줄 몰라하며 밀서를 읽어내려 갔다. 밀서에는 자세한 부탁의 말 아래 '공께서 조심하여 일을 처리하길 바라며 좋은 소식 기다리겠습니다'라는 말까지 덧붙여져 있었다.

양송이 말했다.

"알겠다고 위공께 전해 올리게. 그리고 내게 좋은 생각이 있으니 기대에 부응하도록 하겠네."

그러고는 첩자를 먼저 돌려보낸 뒤 자신은 그날 밤으로 장로를 찾아가 방덕이 조조에게서 뇌물을 받아먹고 일부러 싸움에서 지고 온 것이라고 모함했다. 장로는 크게 노하여 방덕을 불러들여 꾸짖고 목을 베어 그를 죽이겠다고 소리쳤다.

그때 염포가 필사적으로 말려 장로는 일단 노여움을 풀고 방덕에게 명했다.

"좋다! 그러면 내일 다시 한 번 나가 싸워봐라. 내일도 이기지 못할 경우에는 너의 목을 벨 것이다."

방덕은 원한을 품고 그 자리를 떠났다.

이튿날 조조가 군사를 거느려 성을 공격하니 방덕도 군사를 이끌고 결전하려고 달려나왔다. 조조는 그와 맞설 적수로 허저를 내보냈다. 허저가 몇 차례 싸우다가 도망치니 방덕이 그 뒤를 추격했다.

조조가 이때 말을 산등성이의 높은 곳에 세워놓고 그에게 호통을 쳤다.

"방덕아! 왜 항복하지 않느냐?"

방덕은 문득 조조를 잡아가면 일천 군마를 거느리는 상장(上將)이 될 수 있다는 생각이 떠올라 말을 몰아 산등성이를 향해 비호처럼 올라갔다. 그 순간 방덕이 한 마디 소리도 지를 겨를 없이 하늘이 무너져 내리고 땅이 갈라지는 듯한 함성이 들리더니 이곳저곳에서 군사와 말이 뛰어나오는 바람에 방덕은 정신이 아득한 속에서 그만 함정에 빠지고 말았다.

정신을 차려 바라보니 조조의 군사들이 함정 위에 둘러서서 쇠갈퀴를 내뻗치고 밧줄을 내던져 자기를 끌어내고 있었다. 방덕은 힘이 센 장사였으나 좁은 구덩이라 몸을 움직일 수 없었다. 방덕은 밧줄에 묶인 채 산 위에 있는 조조 앞으로 끌려갔다.

조조가 말에서 내리며 군사들을 물리치고 친히 제 손으로 밧줄을 풀어주면서 항복할 것을 권하니 방덕은 어질지 못하고 엄한 장로가 생각나 다시 그 앞에 나갈 엄두가 나지 않았다. 그리하여 방덕은 조조에게 항복했다.

조조는 방덕에게 손을 뻗쳐 말에 오르게 하고 함께 본진으로 돌아가며 성 안에서 잘 보이게 일부러 그 모습을 드러내며 걸었다. 이를 지켜본 군사가 장로에게 보고하자 장로는 양송의 말이 사실이었음을 확인했다.

한중을 평정한 조조

다음날 조조 군은 성의 삼면에 공중사다리를 세우고 그 위에서 돌을 쏘아 성 안을 공격하였다. 장로는 형세가 불리해지자 아우 장위에게 물었다.

장위가 말했다.

"모든 창고에 불을 지르고 남쪽 산을 타고 달아나 파중(巴中)으로 가서 지키는 것이 최선책인 듯합니다."

양송이 끼어들어 말했다.

"그러는 것보다 차라리 성문을 열고 투항하시는 것이 어떻겠습니까?"

장로는 선뜻 결정을 내릴 수가 없었다. 장위가 다시 몰아붙이며 말했다.

"어쨌든 간에 창고에 불을 지르고 갑시다."

장로는 아우 장위를 타이르며 말했다.

"나는 본래부터 황제께 귀순할 작정이었으나 그것을 실현하지 못한 채 오늘에 이르렀다. 이제 하는 수 없이 성을 버리고 도망치지만 창고 안에 들어 있는 곡식들은 모두 나라의 재산이니 불태워버릴 수는 없다."

장로는 모든 창고를 잠그고 문을 봉하게 한 후 그날 밤 가솔을 데리고 남문을 빠져나갔다. 조조는 그 뒤를 추격하지 않고 군사를 이끌고 남정성으로 들어갔다. 성을 둘러본 조조는 창고마다 굳게 봉해져 있는 것을 발견하고 장로의 심정을 읽어 그에 대한 연민이 들었다. 그리하여 파중으로 급히 사람을 보내어 장로에게 투항할 것을 권했다.

장로는 투항하고자 했으나 장위가 반대했다.

한편, 양송은 조조에게 군사를 이끌고 오면 자신이 내응하겠으니 파중으로 진격하라는 편지를 써보냈다. 편지를 받은 조조는 양송의 권고대로 친히 군사를 이끌고 파중으로 진격했다.

장로는 아우 장위를 싸움에 내보냈으나 조조가 내보낸 허저와 접전을 벌이다 순식간에 목이 날아갔다. 장로는 아우가 패한 사실을 전해 듣고 성을 굳게 닫은 채 군사를 움직이지 않았다.

옆에서 양송이 간했다.

"지금 출격하지 않고 성을 지키는 것은 앉아서 죽음을 기다리는 격입니다. 성은 제가 지키겠으니 주공께서는 나가서 싸우셔야 합니다."

장로는 마음을 바꾸어 양송의 뜻에 따랐다. 염포가 나가지 말라고 말렸으나 장로는 듣지 않고 군사를 이끌고 나갔다. 그러나 성 밖으로 나가자마자 부대의 후미가 무너져 장로의 군사들은 여기저기로 도망을 쳤다. 장로도 하는 수 없이 뒤로 물러났으나 그 뒤로 조조의 군사가 습격해왔다. 장로가 성 아래에 이르렀을 때 양송이 성문을 닫고 열어주지 않았다.

장로가 도망칠 곳 없이 진퇴양난에 빠져 있을 때 조조가 추격해오면서 소리쳤다.

"항복하라!"

장로는 할 수 없이 말에서 내려 땅바닥에 엎드려 투항했다. 조조는 비로소 안심하며 창고를 불태우지 않고 달아난 장로의 뜻을 기리어 그를 부드럽게 대해주며 예로써 대접했다. 조조는 그에게 진남장군(鎭南將軍)의 벼슬을 내리고 염포 등은 그 충의를 높이 사 열후(列侯)에 봉하였다. 이리하여 조조는 한중 땅을 평정했다.

조조는 고을마다 태수와 도위(都尉)를 두어 다스리게 하고 종졸들도 후하게 상을 내려 위로했다. 오직 양송만은 자기의 주인을 배반한 비열한 인물이므로 시중의 형장으로 끌고 가서 여러 백성들이 보는 앞에서 목을 베게 하였다.

조조를 공격한 손권

조조가 이렇게 동천(東川)을 손에 넣자 주부(主簿)의 벼슬에 있던 사마의(司馬懿)가 조조에게 달려가 아뢰었다.

"유비는 속임수로 유장이 다스리던 서촉을 빼앗았으니 서촉의 백성들은 유비에게 못마땅한 감정을 품고 있을 것입니다. 이번에 주공께서 한중을 평정하셔서 익주의 백성들이 어수선할 것으로 헤아려지오니 이제 곧 공격하시면 틀림없이 유비의 군사들은 와해될 것이라 생각됩니다. 지혜로운 사람은 때를 잘 타는 법입니다. 이때를 놓쳐서는 안 됩니다."

조조는 놀라며 물었다.

"갖은 고생을 다하여 한중을 겨우 손에 넣었는데 또다시 촉을 치라는 말이오?"

옆에서 유엽(劉曄)이 간했다.

"사마의의 의견이 맞습니다. 지금 여기서 손을 놓아버리면 유비에게는 공명과 같은 대지(大智)의 정략가와 관우와 장비 같은 대용(大勇)의 무상이 있기 때문에 촉의 민심이 안정되고 수비가 철저히 굳혀진 후에 아무리 공격해봐야 이미 때가 늦을 것입니다."

그러나 조조는 이들의 말에도 적극적으로 나서지 않고 이렇게 말했다.

"먼 길을 온 장졸들이 가엾다. 그들은 모두 지쳐 있으니 쉬면서 힘을 길러야 한다."

한편, 서천 땅에는 조조가 동천 땅을 빼앗았다는 소문을 들은 백성들이 조조가 서천도 틀림없이 공격할 것이라고 생각하여 매일 걱정이 태산 같았다.

유비가 그러한 점을 우려하자 공명이 그를 달래었다.

"저에게 조조가 스스로 물러가도록 할 계책이 있습니다."

유비가 기뻐하며 그 계책이 무엇이냐고 물으니 공명이 설명하기 시작했다.

"조조가 군사를 나누어 합비에 병력을 주둔시키고 있는 것은 손권을 방심할 수 없기 때문입니다. 그러니 우리가 강하(江夏)·장사(長沙)·계양(桂陽)을 손권에게 반환하고 말재주 있는 사람을 보내어 손익을 따져 손권에게 합비를 공격하게 한다면 조조는 반드시 군사를 거두어 남하할 것입니다."

유비가 다시 물었다.

"그러면 누구를 보내는 것이 좋을까요?"

옆에서 이적(伊籍)이 자원해 나섰다.

"저를 보내주십시오."

유비는 기뻐하며 서신을 작성하고 선물을 마련하여 이적에게 일임하면서 먼저 형주로 가서 관우를 만나보고 말릉으로 가라고 했다.

형주를 거쳐 말릉(秣陵)에 도착한 이적은 손권을 만났다. 손권이 물었다.

"여기에는 무슨 일로 왔느냐?"

이적은 그에게 능변의 솜씨로 말했다.

"지난번에 제갈근 공께서 장사를 비롯한 세 개의 군을 취하러 오셨으나 마침 저희 군사 공명 선생이 계시지 않아 넘겨드리지 못한 채 돌아가셨습니다."

손권이 속으로 이놈이 도대체 무슨 말을 하려 하나 의아해하면서 물었다.

"그것이 어쨌단 말인가?"

"그래서 이번에는 우리 주공의 서신을 가지고 그것을 반환해

드리려고 찾아온 것입니다. 형주·남군·영릉까지 반환하려고 했지만 조조가 동천을 공격하여 손에 넣고 있으니 이행하지 못하여 죄송하다고 하셨습니다. 실은 합비의 조조 군은 군비가 견고하지 못한 것으로 알려져 있으니 만약 이쪽에서 합비를 치시면 조조는 동천을 떠나는 수밖에 없을 것이고, 저희 주공이 동천을 취하게 되면 즉시 형주 전체를 반환하겠다고 하셨습니다.”

손권이 잠자코 귀기울이고 있다가 말했다.

“일단 관사에 가 쉬도록 하오. 내일 상의하여 알려주겠소.”

이적이 물러간 뒤 손권은 모사들을 불러들여 의견을 수렴해보았다.

장소(張昭)가 제언했다.

“이것은 조조가 서천을 취할 것이 두려워 유비가 꾀를 쓰는 것 같습니다. 그렇지만 합비를 탈취하기 위해서는 지금이 다시없는 좋은 기회인 듯합니다.”

손권의 생각도 그러하여 장소의 말에 따라 이튿날, 먼저 이적에게 답장을 보내주고 다시 군사를 일으켜 조조를 공격할 적극책을 강구하였다.

먼저 노숙에게 명하여 장시·강하·계양 등 세 군을 탈환하여 육구에 주둔케 하고 여몽과 감녕을 불러들인 다음, 만일에 대비하여 여항(余杭)으로 보냈던 능통(凌統)까지 불러들였다. 먼저 여몽과 감녕이 귀환하였다.

여몽이 계책을 밝혔다.

“조조는 여강(廬江)의 태수 주광(朱光)을 환성(皖城)으로 옮겨서 크게 벼농사를 짓게 하고 그 수확물을 합비로 모아들여 군비 물자로 비축하고 있습니다. 그러니 먼저 환성을 공략하고 그 다음으로 합비를 공격하는 것이 좋겠습니다.”

손권도 여몽의 말에 찬성하였다.

"좋소. 그렇게 하도록 합시다."

손권은 즉시 여몽·감녕을 선봉에 세우고 장흠·반장에게는 후군을, 자신은 주태·진무·동습·서성과 중군을 거느리기로 했다. 정보·황개·한당 등은 각기 요소의 수비를 맡고 있어서 이번 싸움에는 출전하지 못했다. 강동의 손권이 거느린 군사는 강을 건너 먼저 화주(和州)를 점거한 뒤 환성으로 진격해갔다.

환성의 태수 주광은 즉시 합비로 사람을 보내어 구원을 청하는 한편 성문을 닫고 나와 싸우지 않았다.

손권이 성 밑에 이르니 성벽 위에서 화살을 쏘아 손권의 양산에 구멍을 냈다.

손권은 곧 진지로 돌아와 여러 장수에게 물었다.

"환성을 함락시킬 방법이 없겠느냐?"

동습이 일어나 말했다.

"군사들에게 명하여 토성을 높이 쌓는다면 성을 공격할 수 있을 것입니다."

이에 서성도 의견을 덧붙였다.

"공중사다리를 높이 세우고 사다리와 사다리 사이에 다리를 걸치면 성 안을 굽어보면서 공격할 수 있을 것입니다."

그러나 여몽은 이 두 의견에 모두 반대했다.

"두 가지 모두 시일이 걸려서 시간만 소비할 뿐 그 동안에 합비에서 원군이 온다면 중도에서 포기해야 합니다. 우리 군사는 지금 막 도착해서 사기가 충천해 있으니 이 여세를 몰아 적과 정면으로 싸워 단숨에 성을 공격하는 것이 어떻겠습니까? 내일 새벽에 공격한다면 한나절에는 성을 공략할 수 있을 것입니다."

손권이 여몽의 말을 따르기로 했다.

장료에게 당한 손권

이튿날 새벽 아직 어두울 때 군사들에게 조반을 먹인 후 동이 트기 바쁘게 총공격을 개시했다. 성벽 위의 수비병들도 곧 응전하기 시작하여 화살이 무수히 날아왔다.

감녕이 쇠방패를 손에 쥐고 성벽을 기어오르자 주광이 궁노수들에게 명하여 일제히 감녕에게 화살을 퍼붓도록 했다. 감녕은 비 오듯 쏟아지는 화살을 쇠방패로 막으며 끝내 위까지 올라가서 방패로 주광을 쳐 넘어뜨렸다.

여몽이 북을 쳐 공격 명령을 하자 군사들이 일제히 성벽을 기어올라 주광을 난도질하여 죽였다. 환성을 지키던 군사와 백성이 항복하여 환성은 아침 나절이 조금 지나서 완전히 함락되고 말았다. 한편, 조조의 장수 장료는 원군을 이끌고 오는 도중에 전령을 만나 이미 환성이 함락되었다는 소식을 듣고 합비로 되돌아가는 수밖에 없었다.

손권이 환성을 평정한 얼마 후에 장수 능통이 부대를 이끌고 날려왔다. 손권은 모든 군사들의 노고를 위로하였으며 여몽·감녕 등 여러 장수에게는 후하게 축하연을 베풀어주었다. 여몽은 축하연의 자리에서 감녕에게 상좌를 양보했다. 환성에 맨 먼저 쳐들어간 공훈을 칭송하기 위해서였다.

술자리가 거나하게 무르익자 능통은 몇 잔 술에 취했다. 그러자 능통은 감녕이 자기 부친을 죽였던 일이 떠올랐다. 더구나 여몽마저 감녕을 치켜세우는 것이 몹시 아니꼬워 분통이 터졌다.

여몽과 감녕을 노려보고 있던 능통은 저도 모르게 몸의 좌우에 차고 있던 두 자루의 검을 빼어들었다. 술잔치에 싸늘한 분위기가 감도는데 능통이 일어서서 연회석상에 올라 소리쳤다.

"술자리에 여흥이 없으니 내가 여러 어른들께 칼춤을 추어 보이겠소."

긴장한 감녕은 능통이 자기를 죽이려 한다는 것을 눈치 채고 재빨리 상을 밀어붙이고 자리에서 일어나 양손에 두 자루의 극(戟:끝이 좌우로 갈라지는 창)을 쥐고 일어서서 걸어나와 말했다.

"나도 이 자리에서 창솜씨를 보이겠소."

능통과 감녕을 번갈아 지켜보던 여몽은 그들의 얼굴에 살기가 가득한 걸 발견하고 한 손에는 방패를, 한 손에는 외날칼을 쥐고 둘 사이에 서서 소리쳤다.

"두 장군이 아무리 뛰어난 재주를 가졌다 하지만 나에 비하면 자랑거리도 되지 못하오."

여몽은 방패와 칼을 휘두르며 춤을 추어 그 두 장수의 사이를 갈라놓았다.

누군가가 눈치 빠르게도 이 상황을 손권에게 보고하였다.

손권이 이 말을 듣고 놀라 급히 말을 달려 연회장에 나타났다. 세 장수가 무기를 거두고 고개를 숙이자 손권이 크게 꾸짖었다.

"내 평소에 낡은 원한은 잊으라고 가르쳤는데 오늘의 이 행동은 무엇이오?"

능통은 원한을 잊을 수 없었던지 땅에 엎드려 통곡했다. 손권은 능통에게 눈물을 거두라며 타일렀다. 다음날 손권은 삼군을 모두 거느리고 합비를 향해 공격해 갔다.

환성을 빼앗기고 합비로 돌아온 장료는 몹시 울적해 있었다. 조조는 설제(薛悌) 편에 나무 상자 하나를 보내왔다. 상자에는 조조의 자필로 봉해져 있었는데 거기에는 '적이 오면 열어보라'고 씌어져 있었다.

바로 그날 손권의 십만 대군이 합비로 쳐들어온다는 보고가 들어왔다.

장료가 나무 상자를 열어보니 이런 지령문이 들어 있었다.

'손권이 공격해오면 장료·이전 두 장군이 나가 싸우고 악진에게는 성을 지키게 하시오.'

장료는 곧 이전과 악진을 불러 대책을 협의했다. 악진이 장료에게 물었다.

"장군의 의견은 어떠하오?"

장료가 대답했다.

"승상께서 원정 중이시니 그 틈을 타서 동오의 대군이 적극적으로 우리를 공격하러 왔을 것이오. 그러니 우리는 사력을 다해 돌격하여 적의 콧대를 초장에 꺾은 후 아군의 마음을 안정시키고 힘을 모아 성을 지키는 것이 좋겠소."

이전은 원래 장료와 사이가 좋지 않아 장료의 말에 묵묵부답이었다. 악진이 그러한 이전의 눈치를 살피며 말했다.

"적병의 숫자가 많아 도저히 수적으로 상대가 안 되는 싸움이니 차라리 처음부터 성을 지키며 버티는 것이 좋겠소."

장료가 못마땅한 듯 말했다.

"여기서 우리는 사적인 의견을 떠나서 공적인 일을 생각해야 하오. 나는 죽는 한이 있더리도 나가서 싸우겠소."

장료는 이렇게 말하며 좌우에 싸울 준비를 갖추라고 명하였다. 이전은 이 말을 듣고 깨달아 장료의 명을 따르겠다고 했고 장료도 기뻐하며 이전에게 말했다.

"고맙소. 장군의 결심이 그러하다면 내일 군사를 거느리고 소요(逍遙) 나루터의 북쪽에 잠복했다가 동오 군이 쳐들어왔을 때 먼저 소사교(小師橋)를 끊어주시오. 나와 악진 장군이 적군을 맞아 싸우겠소."

이전은 장료의 명에 따라 군사를 거느리고 소요진의 북쪽으로 가서 잠복했다.

한편, 손권은 여몽·감녕에게 선봉대를 거느리도록 하고 자신은 능통과 함께 중군을 거느린 후 기타 장수들은 후군을 거느리게 하여 합비로 돌진해갔다.

여몽과 감녕은 맨 먼저 악진과 맞부딪쳤다. 감녕이 먼저 나가 접전을 벌이는데 악진은 몇 번 칼을 휘두르다가 패한 체하며 도망쳤다. 감녕은 여몽과 함께 악진을 뒤쫓았다. 뒤따라온 손권은 선봉대가 승리를 거두고 있다는 말을 전해 듣고 서둘러 군사를 소요진 북쪽까지 진격시켰다. 순간 포성이 요란하게 들리더니 좌우에서 장료와 이전이 군사를 이끌고 달려나왔다. 손권은 혼비백산할 지경이었다.

여몽과 감녕을 불러 원병을 청하려 사람을 보내려는데 이번에는 장료까지 군사를 거느리고 와서 협공했다.

이때 능통은 비록 삼백여 기병을 휘하에 거느리고 있었지만 큰 산이 무너지듯 몰려드는 조조의 군사를 도저히 당해낼 길이 없었다.

능통이 손권에게 다급하게 소리쳤다.

"주공은 어서 소사교를 건너십시오."

능통은 사력을 다해 싸우기 시작했다. 이때 장료가 이천여 기병을 거느리고 선두에 서서 전진해왔다.

능통은 피투성이가 되어 이를 막느라 혈안이 되어 있었다.

손권은 말을 몰아 다리 위로 뛰어올라갔으나 다리는 이미 끊어져 널빤지 한 조각도 볼 수가 없었다. 손권으로서는 어떻게 할 방도가 없었다.

이때 옆에 있던 부하 장수 곡리(谷利)가 크게 소리쳤다.

"주공은 말을 뒤로 돌리십시오. 일단 물러선 후 다시 달려가서 뛰어넘으십시오."

손권은 곡리의 말대로 말을 세 길 정도 뒤로 물리고 채찍을 가하여 뛰었다. 말은 공중으로 뛰어올라 날 듯이 개울을 건너뛰었다.

손권은 이렇게 위기를 벗어나 서성과 동습이 배를 저어와서 맞이하였다. 그러는 동안 능통과 곡리는 장료를 맞아 싸웠고 감녕과 여몽은 군사를 돌려 손권을 구하려 했으나 악진과 이전이 뒤를 추격해왔다. 결국 동오 군은 반 이상의 병력을 잃고 말았다. 뿐만 아니라 능통이 거느렸던 삼백여 기병도 거의 죽음을 당했다. 능통은 온몸을 창에 찔려 상처투성이로 죽을 힘을 다해 가까스로 다리까지 갔으나 다리는 이미 끊겨 있어 하는 수 없이 방향을 돌려 강을 따라 도망쳤다.

한편 배를 타고 도망치던 손권은 능통을 발견하고 얼른 동습에게 배를 기슭으로 대도록 명하여 능통을 태워 다시 배를 저어 갔다.

여몽과 감녕도 가까스로 목숨을 구하여 남쪽으로 달아났다.

장료는 군사를 거느리고 가다가 강남 사람이 눈에 띄기만 하면 닥치는 대로 죽였으므로 그 이름만 들어도 아이들이 밤에 울다가 울음을 그쳤다고 한다.

본진으로 돌아온 손권은 능통과 곡리에게 크게 상을 내리고 군사를 거두어 유수로 돌아가기로 했다. 가면서 손권은 배를 점검하여 다시 수륙 양면으로 진군할 작전 계획을 짜고 먼저 사람을 강남으로 보내 군사와 말을 모집하도록 했다.

한편 장료는 손권이 유수에서 다시 군사를 일으켜 공격할 준비를 하고 있다는 소문을 듣고 적은 수의 군사로 합비를 지킬 수 없다고 생각하여 설제를 서둘러 한중 땅으로 보내 조조에게 병력을 보내줄 것을 요청했다.

조조는 전략회의를 소집했다.

"지금 군사를 일으킨다면 서천을 빼앗을 수 있겠소?"

유엽이 제의했다.

"서천은 방비를 굳건히 하였으니 지금은 공격할 때가 아닙니다. 그러기보단 병력을 후퇴시켜 합비의 급한 불부터 끄고 강남을 공격하는 것이 합당하다고 여겨집니다."

조조는 고개를 끄덕였다. 하후연에게는 한중에 머물러 정군산(定軍山) 길목을 지키도록 명하고 장합에게는 몽두암(蒙頭巖) 근처를 수비케 했다. 또 남은 병력은 모두 진을 거두게 하여 유수로 향했다.

이렇게 조조의 철기군(鐵騎軍)은 동천을 평정하고 깃발을 휘날리며 계속 강남으로 향했는데 이것은 일대 국면전환인 것이었다.

제 68 회   조조를 희롱한 좌자

감 녕 백 기 겁 위 영　　좌 자 척 배 희 조 조
甘寧百騎劫魏營　　左慈擲盃戲曹操

감녕은 백기병으로 위 진영을 공략하고
좌자는 둔갑술로 조조를 희롱하다

조조의 진지를 기습한 감녕

한편 손권이 유수의 어귀에서 다시 싸울 준비를 하고 있을 때 조조가 친히 한중으로부터 사십만 대군을 거느리고 합비를 구원하러 온다는 긴급한 보고가 들어왔다.

손권은 즉시 모사들과 협의한 끝에 동습과 서성에게 명하여 오십 척의 큰 배를 유수구에 잠복시키도록 했고, 진무에게는 강 기슭을 철저히 경계하도록 했다.

장소가 일어나 말했다.

"조조가 멀리에서 군사를 거느리고 와서 군사들은 매우 지쳐 있을 것이니 무엇보다 먼저 저들의 콧대를 꺾는 것이 좋겠습니다."

손권은 좌중을 둘러보며 물었다.

"그 콧대를 누가 꺾어놓을 텐가?"

능통이 앞으로 나서며 말했다.

"제가 나가겠습니다."

"병력은 얼마나 필요하겠느냐?"

"삼천 군사로도 충분합니다."

이때 감녕이 나오며 말했다.

"백 명이면 족할 것을 뭐가 그리 많이 필요하오?"

감녕의 말을 듣고 능통이 두 눈을 부릅뜨며 화를 냈다. 두 장수는 손권 앞에서 싸움을 벌이기 시작했다.

그러자 손권이 이를 중재했다.

"막강한 조조의 군세를 가볍게 보아서는 안 되네."

결국 손권은 능통에게 삼천 병력을 내주면서 유수구를 경계하라고 명하고 적을 만나면 정세를 살피다가 진격하라고 일렀다.

능통은 명을 받아 삼천 군사를 거느리고 유수로 출발했다. 유수의 경계를 벗어나니 이미 장료가 거느린 조조의 군사가 대기하고 있다가 앞을 가로막았다.

선봉에 섰던 능통이 장료와 오십여 차례를 싸우며 접전을 벌였지만 승부는 판가름 나지 않았다. 손권은 능통이 마음에 놓이지 않아 여몽을 내보내 함께 본진으로 돌아오도록 했다.

여몽과 능통이 군사를 돌려 돌아오자 감녕이 즉시 손권에게 제안했다.

"저에게 백 명의 병력을 주시면 오늘 밤에 적진을 습격하겠습니다. 만약 군사 한 명, 말 한 필이라도 잃게 되면 죄를 달게 받겠습니다.”

손권은 그의 용기에 감동하여 휘하의 기병 가운데 정예 군사 백 명을 선발하여 감녕에게 내주고 술 오십 병과 양고기 오십 근을 군사들에게 먹이도록 하였다.

감녕은 자기의 진지로 돌아와 백 명의 정예 군사를 모아놓고 손수 은잔에 술을 부어 들이킨 후 군사들에게 말했다.

“오늘 밤 우리는 주공의 명에 따라 조조의 진지를 야습 공격해야 한다. 마음껏 마시고 힘을 내 쳐들어가자.”

이 말을 듣고 있던 군사들은 백여 명으로 조조를 친다는 말이 믿어지지 않아 서로를 바라볼 뿐 아무 말이 없었다. 감녕은 두려움에 떨고 있는 군사들을 향해 칼을 빼들고 호통쳤다.

“대장인 내가 목숨을 내걸었는데 너희들은 무엇이 무서워 망설이느냐?”

군사들은 감녕의 노여움 앞에서 기가 죽어 기어들어가는 목소리로 말했다.

“사력을 다해 싸우겠습니다.”

감녕은 그들과 어우러져 술을 퍼마시고 고기를 베어 배불리 먹었다.

이윽고 한밤중이 지났을 때, 그는 거위의 흰 깃털 백 개를 구해 군사들의 투구에 하나씩 꽂아 밤에도 식별할 수 있도록 표시해주고, 갑옷을 입고 말에 올라 조조의 진지로 소리없이 출발했다. 진지에 도착하자 먼저 진지 둘레에 쳐놓은 가시나무 울타리를 부수고 함성을 지르며 조조군 진지로 쳐들어갔다.

조조의 본진은 수레와 무기로 거대하게 둘러싸여 있는 무쇠통 같아서 도저히 쳐들어갈 수가 없었다. 감녕의 군사가 간신히 뚫고 쳐들어가니 조조의 군사는 놀라 당황하여 감녕의 군사가 몇 명이 쳐들어오는지도 모르고 서로 치고 받고 찔러 아수라장이 되어 버렸다. 감녕이 거느린 군사는 이곳저곳을 달리며 닥치는 대로 짓밟고 죽였다. 감녕 군사들의 손에 든 횃불이 움직이는 곳마다 조조 군사의 처절한 비명이 하늘을 갈랐다. 감녕의 군사가 남문을 통하여 조조의 진지를 빠져나와도 누구 하나 가로막지 못하였다.

손권은 주태에게 명하여 감녕을 돕도록 하니 감녕은 그와 함께 백 명의 군사를 거느리고 유수로 돌아왔다. 조조 군사는 복병을 두려워하여 감녕의 뒤를 추격하지 못했다.

감녕은 백 명의 군사 가운데 군사 한 명, 말 한 필도 잃지 않고 모두 거느리고 돌아왔으며 진문 가까이에 이르자 만세를 부르며 소리 높이 외치는 등 마치 개선장군처럼 의기양양하였다.

조조 군에게 포위당한 손권

손권이 친히 나와서 감녕을 맞이했다. 감녕이 말에서 내려 땅에 엎드려 절하자 손권은 손을 내밀어 일으켜 세우고서 쥔 손을 놓지 않고 말했다.

"장군의 이번 승리는 늙은 역적 조조의 간담을 서늘하게 했을 것이오. 내가 굳이 장군을 보낸 것은 장군의 배짱을 보고 싶어서였소."

손권은 감녕에게 비단 천 필과 도검(刀劍:외날칼과 쌍날칼) 백 개를 하사했으며 하사품을 받은 감녕은 자기를 따랐던 군사들에게 이를 모두 분배했다.

손권은 여러 장수들에게 자랑하듯 말했다.

"조조에게는 장료가 있지만 우리에게는 감녕이 있으니 한번 겨뤄볼 만하구나."

이튿날 장료가 싸움을 걸어왔다.

감녕이 전날 세운 공에 화가 난 능통은 감녕에게 질 수 없다는 기세로 자원해 나섰다.

"저를 보내주십시오!"

손권이 이를 응낙하여 능통은 오천의 병력을 이끌고 본진을 떠났고, 손권은 감녕과 함께 진지에서 나와 직접 구경했다.

이윽고 양쪽 진영이 대치하자 장료가 좌측에는 이전, 우측에는 악진을 거느리고 말을 몰아 달려나왔다. 능통이 칼을 쥐고 대열의 앞에 나오자 장료는 악진을 보내 능통과 대적하게 했다. 능통과 악진의 불꽃 튀기는 교전이 오십여 차례나 벌어졌으나 판가름이 나지 않았다.

조조가 이 상황을 보고 몸소 진문 앞에 나가 능통과 악진이 서로 싸우는 광경을 눈여겨보다가 조휴에게 살그머니 귀띔했다.

"몰래 활을 쏴보아라."

조휴가 장료의 바로 등뒤에 바짝 달라붙어 서서 활을 당기니 화살은 능통이 탄 말의 다리에 명중되었다. 말이 놀라 앞다리를 들고 뛰는 바람에 능통은 땅에 떨어지고 말았다. 이 기회를 놓치지 않고 악진이 창을 들고 달려나오며 능통을 찌르려 하는데 휙 하는 소리가 나더니 악신이 말에서 떨어져 뒹굴었다. 악진의 얼굴에는 화살이 박혀 피가 흐르고 있었다. 그러자 양쪽 군사들은 징을 울리고 고함을 지르며 각기 악진과 능통을 일으켜 안고 진지로 돌아갔다.

진지로 돌아온 능통이 손권에게 살려주어 고맙다고 절하자 손권이 말했다.

"활을 쏘아 자네를 구해준 사람은 바로 감녕이네."

능통은 이 말을 듣고 감녕에게 정중히 고개를 숙여 사의를 표하며 말했다.

"공이 나를 구해줄 줄은 전혀 몰랐소이다."

이후로 능통과 감녕은 지난날의 미움을 잊고 더욱 가까이 지내면서 둘도 없는 벗이 되었다.

한편 조조는 진지에 돌아와 부상당한 악진을 치료하도록 했다. 다음날 군사를 다섯 길로 나누어 유수를 향해 진격해갔는데 조조는 직접 중로군(中路軍)을 거느리고, 좌측의 1로군은 장료, 2로군은 이전에게 거느리게 하고, 우측의 1로군은 서황, 2로군은 방덕에게 각각 거느리게 했다.

각 부대의 장수는 일만의 병력을 거느리고 강변을 따라 진격해 갔다. 조조 군의 오만 병력이 장강의 강기슭으로 밀어닥쳤을 때 손권 휘하의 두 장수 동습과 서성은 누선(樓船·판자로 지붕을 덮고 다락집처럼 꾸민 배)을 타고 있었다. 군사들이 조조 군의 내습에 두려워하는 것을 보자 서성이 먼저 소리 높여 꾸짖어 말했다.

"이놈들! 주공의 녹봉을 먹고 있으면서 이 무슨 꼴이란 말이냐?"

그리고는 수백 명의 결사대를 이끌고 조각배로 강기슭을 거슬러올라가서 이전의 부대에 돌격전을 감행하였다. 동습은 배 위에서 북을 치고 함성을 지르게 하여 위세를 북돋워주고 있었다.

이때 돌풍이 불어 배가 뒤집히려 하자 군사들은 살아보겠다고 서로 먼저 뛰어내리려 발버둥을 쳤다.

동습이 이를 보자 칼을 빼들고 꾸짖으며 말했다.

"군명(君命)을 받아 적의 내습에 대비한 몸들이거늘 어찌 배를 버리고 달아나려 하느냐!"

동습이 이렇게 호통치며 도망치려는 군사 십여 명의 목을 쳤다. 이때 다시 강풍이 휘몰아쳐 배가 뒤집어지자 동습은 물에 빠진 채 결국 목숨을 잃고 말았다. 오직 서성만이 이전의 진중에 뛰어들어 용전분투하고 있었다.

한편 손권 휘하의 진무(陳武)는 강변에 머물러 있다가 조조의 군사와 싸움이 벌어졌다는 소식을 듣고 부대를 이끌고 나왔으나 조조 휘하의 방덕과 맞부딪쳐 혼전을 벌였다. 손권은 그때 유수의 진중에서 조조 군이 내습했다는 소식을 듣고 주태와 함께 출전하여 이전의 진중에 들어가 격전을 벌이고 있던 서성을 돕도록 공격을 명했다.

그때 손권은 장료와 서황의 부대에 의해 완전히 포위되었다. 조조는 언덕 위에서 포위된 손권을 바라보면서 허저를 급히 보내 싸우도록 했다. 허저가 칼을 빼들고 뛰어들어 손권을 죽이려 하니 그는 그야말로 사면초가(四面楚歌)*였으나 원군은 나타나지 않았다.

손권을 구해낸 주태

주태는 적과 한참 싸우다가 손권의 모습이 보이지 않자 혼전의 소용돌이 속으로 다시 뛰어들어 아무 군사나 붙들고 물었다.

"주공은 어디 계시느냐?"

군사들은 접전을 벌이는 한 폐를 가리키며 말했다.

"주공이 포위되어 위태롭습니다."

주태가 뛰어들어 손권을 발견하고는 큰소리로 외쳤다.

"주공은 저와 함께 탈출하십시오."

주태가 손권을 뒤에 쫓아오게 하고 앞서서 포위망을 뚫으며 강변에 이르러 뒤를 바라보니 뒤따르던 손권이 보이지 않았다. 주태가 다시 몸을 돌려 혼전의 소용돌이 속으로 돌아가서 살펴

---

*사면초가(四面楚歌):진 멸망 후 천하를 다투던 초왕 항우(項羽)와 한왕 유방(劉邦)은 4년째에 휴전했지만 항우는 유방에게 포위당하게 되었고 또 사방의 한 진중에서 초나라 노래가 들리자 초나라가 이미 항복한 줄 알고 낙담했다. 여기서 적에게 포위당했거나 형편이 극히 어렵게 된 상황을 가리켜 사면초가라 하게 되었다.

보니 손권은 그 속에서 달려드는 적들과 싸우고 있었다.

주태를 본 손권이 소리쳤다.

"화살이 마구 날라와 빠져나갈 수가 없소."

주태는 큰소리로 답했다.

"주공께서 앞장 서시고 제가 뒤따를 테니 이대로 앞으로 나아가십시오."

손권이 말을 몰아 앞으로 달려나갔다. 주태가 그를 좌우로 방어해가며 따라나갔다. 주태는 손권의 좌우에서 몰려오는 적의 창, 화살에 찔려 상처투성이가 되면서도 손권을 구출해서 강변까지 나갔고 마침 여몽이 배를 가지고 와서 손권을 배에 태웠다.

손권이 배에 오르며 말했다.

"주태 장군은 사지(死地)에 두 번이나 뛰어들어 포위망을 뚫고 나를 구했소. 서성도 포위되어 있었는데 어떻게 되었는지 모르겠소."

주태가 다시 자원해 나섰다.

"제가 다시 다녀오겠습니다."

주태가 창을 휘두르며 달려나가 다시금 겹겹이 둘러친 포위망 속으로 뛰어들어가서 서성을 구출해왔다. 사지를 뚫고 나오느라고 주태와 서성 둘 다 중상을 입었다. 여몽은 군사들에게 활을 쏘게 하여 추격해오 원군(援軍)이 오지 않아 곡구(谷口)까지 도망치는데 그곳에는 나무가 울창하여 진무는 끝내 고립되어 산골짜기의 숲속에 갇히고 말았다는 적을 막고 두 장수를 부축하여 배에 올랐다. 그 동안 진무는 방덕과 대결하다가.

한편 조조는 손권이 달아나는 것을 발견하고 말을 달려 강기슭까지 부대를 진격시키고는 활을 쏘게 했다. 손권의 장수 여몽도 수군을 거느리고 조조의 군사를 향해 활을 당겼으나 화살을 다 쏘아버려 당황하고 있었다. 이때 홀연히 강 건너에서 노를 저어 오고 있는 한 떼의 전선이 눈에 띄었다. 손권이 놀라 바라보니 다가오고 있는 장수는 다름 아닌 육손(陸遜)이었다.

손권의 형 손책의 사위인 육손이 손권을 구하러 십만 대군을 거느리고 온 것이었다. 육손의 부대는 배 위에서 조조 군을 향해 활을 쏘아대더니 일시에 강변으로 기어올라 그들을 추격하여 수천 마리의 전마(戰馬)를 빼앗았다. 조조는 많은 부상자를 내고 패하여 진지로 돌아올 수밖에 없었다.

조조의 뒤를 추격했던 군사들이 돌아오다 진무의 시체를 발견하여 운반해왔다. 손권은 진무의 전사를 보고받고, 뒤이어 동습이 물에 빠져 죽었다는 소식을 듣고는 슬픔을 억제하지 못하여 군사들에게 동습의 시체를 건져오도록 하여 진무와 함께 고이 장사 지내주었다.

손권은 또 주태를 술자리에 불러 그의 공로를 치하하였다. 친히 잔을 권하고 한 손으로는 등을 쓰다듬으며 손권은 눈물을 흥건히 적신 채로 말했다.

"그대는 몇 번이고 목숨을 아끼지 않고 내 목숨을 구하러 적진에 뛰어들었소. 그대의 몸이 창에 찔려 상처투성이가 되면서도 말이오. 나에게 그대는 진형제와 같소. 공이 부디 군의 중심을 맡아주시오. 공은 나를 구해준 공신이니 내 곁에서 생사를 같이하고 고락을 함께 나누도록 합시다."

손권이 손수 주태의 옷을 벗겨보니 심하게 여기저기 상처가 나 있었다. 손권은 그 상처 하나하나를 손가락으로 가리키며 상처마다 어느 싸움에서 입은 것인가를 캐물었다. 주태는 그 부상의 유래를 설명했고, 손권은 그때마다 상처 하나마다에 가득 채운 술잔을 권하곤 했다. 그 바람에 주태는 만취하였다. 손권은 그에게 출입할 때 푸른색의 비단 양산을 바치고 다니게 하였다.

위왕으로 옹립된 조조

손권은 유수에서 진을 치고 거의 한 달 가량을 조조와 대치하고 있었다. 손권 진영에서는 장소와 고옹 두 장수가 손권에게 건의했다.

"조조는 오로지 힘만 가지고 격파하기는 어렵습니다. 그렇다고 장기전으로 가다가는 군사들이 떼죽음을 당할 수 있으니 백성을 위해서도 싸움을 그치도록 하는 것이 민심을 바로잡는 길이라고 여겨집니다."

손권은 이 건의를 받아들여 보즐(步騭)을 조조 진영으로 보내 연말에 조공(租貢)을 거둬들일 때까지 휴전을 맺자고 제안했다. 이에 조조는 강남 땅을 쉽게 빼앗기는 힘들 거라 여기고 강남에서 먼저 군사를 철수시킨다면 응하겠다고 했다. 보즐이 돌아가서 이와 같은 조조의 대답을 전하자 손권은 유수의 수비를 위해서 장흠과 주태를 남기고 모든 병력은 철수하여 말릉으로 돌아갔다.

조조 역시 조인과 장료에게 합비를 맡긴 후 군사를 거느리고 허도로 돌아갔다. 그가 오니 문무백관들이 그를 위왕(魏王)으로 옹립하고자 추대하였다.

이에 상서(尙書)인 최염(崔琰)이 극구 반대하자 누군가가 나서서 최염을 빈정댔다.

"그대는 순욱이 번민 끝에 횡사한 사례를 모르시오?"

최염이 비분강개하여 말했다.

"큰일이 벌어질 때가 닥쳐오고 있는데 도대체 그 책임은 누가 질 것이오!"

최염과 사이가 좋지 않았던 누군가가 이 한탄을 조조에게 간언하자 조조는 최염을 투옥해버렸다.

투옥된 최염은 하늘을 바라보고 눈을 부라리며 황제를 속이는 역적이라고 조조를 비난했다.

이를 지켜본 정위(廷尉:재판장)가 조조에게 그대로 보고하자 조조는 최염을 몽둥이로 쳐죽이라고 했다.

건안 21년 5월 여름, 여러 신하들은 헌제에게 조조의 공훈과 인덕은 하늘과 같이 높고 땅과 같이 넓어 고대의 성현, 명신들조차도 감히 미치지 못할 공을 세웠으니 영예로운 높은 작위를 수여하여 위왕으로 모시는 것이 마땅하다는 표를 올렸다.

헌제는 곧 종요(鍾繇)에게 조조를 섬겨 위왕으로 삼으라는 조서를 꾸미게 하여 조조를 위왕에 오르게 했다. 그러자 조조는 내심으로는 기뻐하면서도 사양하는 글을 세 번이나 올렸다. 헌제가 이를 모두 돌려보내자 조조는 마지못하는 체하면서 드디어 위왕의 자리에 올랐다.

왕위에 오른 조조는 열두 줄의 황금으로 만든 면류관을 쓰고 여섯 마리의 말이 끄는 황금빛 수레를 탔으며, 황제와 똑같은 관복을 입고 드나들었다. 또 업군에 궁을 짓고 왕세자를 책봉하는 문제를 신하들과 협의하기도 했다.

당시 조조에게는 정실인 정씨(丁氏)가 있었으나 그 사이에 자식이 없었고 측실인 유씨(劉氏)의 몸에서 난 조앙(曹昻)이라는 아들이 있었으나 역시 장수(張繡)를 대적할 때 원성(宛城)에서 전사했다.

그 밖에 변씨(卞氏)라는 측실과의 사이에서 네 아들이 있었는데 첫째가 비(丕), 둘째가 창(彰), 셋째가 식(植)이고 넷째가 웅(熊)이었다. 그리하여 조조는 정부인 대신에 변씨를 왕비의 자리에 오르게 하였다.

그의 네 아들 가운데서 셋째 조식은 자를 자건(子建)이라 했는데 그가 형제 중 가장 뛰어나게 총명하였고 또한 뛰어난 문장가였다. 그래서 조조는 조식을 세자로 책봉하고자 하였다.

장남인 조비는 부친의 그 속뜻을 눈치채고 중대부(中大夫:근시의 관리) 가후(賈詡)에게 그 대책을 은밀히 상의했다. 그러자 가후는 계책을 일러주었다. 그 후 조조가 출정할 때마다 자식들이 배웅을 나갔는데, 조식은 부친을 찬양하는 비문을 지어서 바쳤지만 조비는 부친의 안녕을 염려하는 듯 매우 슬픈 표정을 지으며 눈물을 흘리곤 하여 신하들도 모두 조비의 지극한 효성에 감탄했다.

조조는 조식은 꾸밈과 꾀가 넘쳐 조비의 성의에는 미치지 못한다고 판단했고 이에 생각이 차츰 바뀌었다. 조비는 여기서 그치지 않고 사람을 매수해 자기가 덕이 있다고 소문을 퍼뜨리게 했다.

조조는 마침내 어느 아들을 왕세자로 세울까 망설이다가 가후에게 의견을 물었다. 가후는 주저하다가 머뭇거리며 대답을 하지 않고 있었다. 조조가 대답을 하지 않는 까닭을 물으니 가후가 마지못해 입을 열었다.

"여러 모로 생각이 많아서 대답을 하기 어렵습니다."

"무엇을 생각한단 말이오?"

"황송하오나 원소와 유표가 실패한 전례를 생각했습니다."

조조는 원소와 유표가 장자를 세우지 않아 시끄러웠던 일을 생각하고 가후가 하려는 말을 알아챘다. 조조는 이에 두말 없이 장자 조비를 왕세자에 책봉했다.

그 해 겨울 10월, 드디어 왕궁이 세워지니 조조는 사방으로 신하들을 파견하여 각지의 진기한 꽃나무와 과수를 모아들여다가 왕궁의 정원에 심기 시작했다. 조조는 이에 더해 나중에는 동오에까지 사람을 보내 귤을 구해오도록 했다. 동오 땅에 도착한 사자는 손권을 만나 조조의 뜻을 전하며 온주(溫州)의 특산물인 귤을 구해 달라고 요청했다.

그 무렵 손권은 일단 위왕에 대한 경의를 표하기로 하고 큼직한 귤 사십여 짝을 선별하여 그날 밤으로 업군으로 보냈다.

좌자의 출현

귤을 나르던 짐꾼들이 돌아오는 길에 지쳐 어느 산기슭에서 쉬고 있을 때 외눈박이에 절름발이인 도사 하나가 홀연히 나타났다.

흰 등나무로 엮은 관을 쓰고 검은 도복을 입은 도사가 말했다.

"짐을 지고 가느라 피곤하시겠구려. 내가 좀 져다드려도 되겠소?"

짐꾼들은 그렇지 않아도 힘들어하던 중에 좋아하며 얼른 그 제의를 받아들였다. 외눈박이 절름발이 도사가 짐을 가볍게 들고 오 리나 가져다주니 모두들 멍한 채로 쳐다볼 뿐이었다.

이윽고 도사는 짐을 날라다주고 가면서 말했다.

"나는 위왕과는 동향이오. 성은 좌(左)이고 이름은 자(慈), 자는 원방(元放)이라고 하며 도호는 오각(烏角) 선생이라고 하오. 업군에 도착하거든 좌자가 문안드리더라고 전해주시오."

그러면서 좌자는 소맷자락을 바람에 날리며 홀연히 사라졌다.

업군에 도착한 짐꾼들은 가져온 귤을 바쳤다. 조조가 귤 하나를 꺼내 껍질을 벗겨보니 속이 텅 비어 있었다. 조조가 놀라 짐꾼들에게 물으니 영문을 모르는 짐꾼들은 도중에 길에서 만났던 좌자에 대한 이야기를 꺼냈다. 그러나 조조는 짐꾼들의 말을 믿으려 하지 않았다.

이때 문지기가 헐레벌떡 달려와 말했다.

"자칭 좌자라고 하는 도사 한 분이 찾아왔습니다."

조조가 들어오도록 허락하니 좌자가 들어섰다. 조조가 좌자를 보고 꾸짖었다.

"너는 왜 요술을 부려 귀한 내 귤을 모두 빈 껍질만 남게 했느냐?"

좌자가 펄쩍 뛰며 말했다.

"천만의 말씀이오."

그러고는 웃으며 귤을 집어들고 껍질을 벗겨보니 노랗게 잘 익은 속이 꽉 들어차 있었다. 그래서 조조가 또 하나의 귤을 집어 쪼개봤더니 역시 속이 비어 있었다. 조조는 기가 막혀 좌자에게 자리를 권하며 까닭을 물었다.

"이게 도대체 무슨 도깨비 장난 같은 짓이오?"

좌자는 술을 달라 하며 안하무인(眼下無人)으로 조조를 조롱했다. 조조가 그의 주문대로 술을 내주었더니 술 다섯 말을 들이키고 산양 한 마리를 다 먹어치우고도 끄떡도 하지 않았다.

조조가 물었다.

"도대체 어찌하여 나를 찾아왔소?"

이에 좌자가 대답했다.

"저는 서천 땅 가릉(嘉陵)의 아미산(峨嵋山)에서 삼십 년 동안 도를 닦고 있었는데 어느 날 홀연히 벼랑의 바위 속에서 내 이름을 부르는 이가 있어 누군가 하고 찾아보니 아무도 보이지 않았습니다. 그 같은 일이 일어나고 며칠인가 지난 어느 날 갑자기 벼락이 쳐서 바위가 갈라지더니 그 속에는 《둔갑천서(遁甲天書)》라는 책 세 권이 들어 있었습니다. 그것을 꺼내보니 상권은 《천둔(天遁)》이요, 중권은 《지둔(地遁)》이요, 하권은 《인둔(人遁)》이었습니다. 천둔의 술을 쓰면 구름 위에 올라 바람을 타고 하늘을 날아다닐 수 있고, 지둔의 술을 쓰면 산이며 바위 할 것 없이 꿰뚫고 지날 수 있으며, 인둔의 술을 쓰면 천하를 자유자재로 돌아다니며 몸을 바꿀 수가 있어 장검과 비수를 써서 목숨까지도 마음대로 취할 수 있습니다. 지금 위왕의 자리에 있으면서 지위와 권력이 극에 달해 있으니 잠깐 물러서서 저와 함께 아미산에 들어가 수행하신다면 제가 세 권의 천서를 드리겠습니다.”

조조가 대답했다.

“나도 자리에서 물러서는 것을 바라고 있지만 유감스럽게도 조정에서 나를 대신할 인물을 구할 수가 없소.”

좌자가 웃으며 말했다.

“익주의 유비는 황실의 종친이며 인덕도 두터운데 그에게 물려주시는 것이 어떻겠습니까? 만약에 이를 이행하지 아니하면 내가 칼로 그대의 목을 베어가겠소.”

그러자 조조는 이 말에 크게 노하여 소리쳤다.

“이놈, 너는 유비가 보낸 첩자로구나!”

조조는 즉시 그를 포박하도록 지시했다. 좌자는 웃음을 터뜨리며 조조를 꾸짖었다.

조조는 십여 명의 옥졸들을 시켜 좌자를 옥에 가두고 고문하도록 했다. 옥졸들이 쇠사슬로 목과 다리를 걸어 꼼짝 못 하게 하고 몽둥이로 내리쳤는데도 좌자는 전혀 고통스러워하지 않고 코를 골며 자고 있었다. 이를 전해 들은 조조는 약이 올라 그의 목에 커다란 칼을 씌우고 족쇄를 채워 못으로 단단히 박아 감옥에 집어 넣고 감시하게 했다. 그런데 옥졸이 감옥 안을 들여다보니 좌자는 어느 틈에 칼과 자물쇠 모두를 풀어버리고는 땅바닥에 누워 편히 잠을 자고 있었다.

그런 식으로 일주일 동안 감금하면서 마실 것과 먹을 것을 전혀 주지 않고 굶겼으나 좌자의 혈색은 이에 아랑곳하지 않고 더욱 좋아졌다.

옥졸이 조조에게 다시 이 사실을 보고하자 조조가 그를 끌어내어 직접 심문하였더니 눈 하나 깜짝 하지 않고 호탕하게 웃으며 말했다.

"이 몸은 수십 년을 먹지 않고도 끄떡없고 하루에 염소 고기를 천 마리 먹는다 해도 아무렇지도 않습니다."

조조는 기가 막혀 말을 하지 못했다.

좌자의 둔갑술

하루는 왕궁에서 모든 문무백관들이 모여 성대한 잔치를 벌이고 있었다. 잔치가 한창 무르익었을 무렵 좌자가 나막신을 신고 연회석에 나타났다. 문무백관들이 깜짝 놀라 의아하게 생각하며 쳐다보니 좌자가 여유롭게 웃으며 입을 열었다.

"대왕이시여! 오늘의 이 술자리에는 산해진미(山海珍味)의 진수성찬(珍羞盛饌)이 가득 장만된 것으로 알고 있습니다만 그래도 혹시 무엇인가 모자란다고 생각되시면 저에게 서슴없이 말씀해주십시오. 제가 장만해드리겠습니다."

조조가 듣고 있다가 그를 골탕 먹이려고 엉뚱한 요구를 했다.

"정 그렇다면 용의 간으로 끓인 국을 먹고 싶은데 그것도 구할 수 있느냐?"

좌자는 장담하듯 말했다.

"그까짓거야 문제없습니다."

좌자가 붓을 집어들고 객실의 흰 벽 가득히 한 마리의 용을 그리니 용이 살아서 꿈틀거렸다. 좌자가 그 용을 향해 옷소매로 한 번 쓸어내리니 저절로 용의 배가 갈라졌다. 좌자는 갈라진 용의 뱃속에 손을 집어 넣어 붉은 피가 뚝뚝 떨어지는 간을 꺼냈다.

조조는 이 광경을 지켜보다가 도무지 믿어지지가 않아 꾸짖었다.

"네가 미리 옷소매 속에 간을 마련해가지고 왔던 게 아니냐?"

좌자는 굳이 변명할 것도 없다는 듯 말했다.

"오늘의 이 추위 속에 초목이라곤 모두 시들어 죽고 적적하온데 대왕께서 혹시 원하는 꽃이 있다면 틀림없이 여기에 갖다 보여드리겠습니다."

"좋다. 그러면 모란꽃을 보고 싶다!"

"그야 쉽지요."

좌자는 큰 화분을 가져오게 하더니 거기에 물을 뿌렸다. 그러자 순식간에 모란의 싹이 트더니 줄기가 자라고 잎이 자라나서 꽃 두 송이가 활짝 피어났다. 연회석에 함께 자리를 하고 있던 대신들은 벌린 입을 다물지 못하고 좌자를 불러 함께 술과 음식을 들었다.

더욱 연회석의 분위기가 무르익었고 잠시 뒤에 생선회가 들어오자 좌자가 말했다.

"생선회는 송강(松江)의 농어가 제일 좋지요."

조조가 대답했다.

"송강은 천 리 밖에 있는데 어찌 농어를 가져올 수 있겠느냐?"

그러자 좌자는 쉽게 대답했다.

"불가능한 일이지만 제가 해보이지요."

좌자는 낚싯대를 가져오게 하여 마당의 못 속에 줄을 드리우니 순식간에 농어 수십 마리가 꼬리를 물고 올라왔다.

조조가 그래도 납득할 수 없다는 듯 시비를 걸었다.

"그거야 못에다 원래 키워온 농어들이 아니냐?"

좌자가 정색을 하며 말했다.

"천하의 모든 농어는 으레 아가미가 둘인데 송강의 농어만은 넷이어서 식별이 되지요."

모두 신기하게 생각하며 농어를 살펴보니 과연 아가미가 넷이었다.

좌자는 그치지 않고 말했다.

"송강의 농어는 보랏빛 생강이 있어야 제맛이 납니다."

조조가 또 물었다.

"그러면 그것도 구할 수 있느냐?"

"그렇습니다."

좌자는 쇠쟁반 하나를 집어들더니 옷소매를 덮어 잠시 가리고 있다가 잠시 후 옷소매를 거두니 쟁반에는 보랏빛의 생강이 수북이 쌓여 있었다.

좌자가 그것을 조조에게 바치자 거기에는 《맹덕신서(孟德新書)》라는 책이 한 권 들어 있었다. 조조가 책을 들어 살펴보니 예전에 조조 자신이 저술한 뒤 파기한 병서였다. 그것을 훑어보니 한 자도 틀림이 없었다.

조조가 깜짝 놀라 의아하게 생각하고 있을 때 좌자가 옥으로 만든 술잔을 들더니 좋은 술을 가득 부어 조조에게 따라 바치며 말했다.

"대왕께서 이 술을 한 잔 드시면 천 년 동안 살 수 있을 것입니다."

조조가 마음을 놓지 않고 말했다.

"먼저 먹어보아라."

좌자는 머리 위의 관에 꽂았던 옥으로 된 비녀를 뽑아 잔 속에 담가 술잔을 반으로 동강내어 반을 들이마시고 반을 조조에게 건네주었다. 조조는 좌자가 자기를 속인다고 심기가 불편하여 꾸짖자 그는 술잔을 들어 공중으로 던졌다. 그러자 술잔은 한 마리의 흰 비둘기가 되어 연회석의 하늘을 날아다녔다. 모두 어안이 벙벙하여 날아다니는 비둘기를 바라보고 있는 동안 좌자는

연기처럼 사라지고 보이지 않았다.

좌우에서 조조에게 아뢰었다.

"좌자가 궁 밖으로 도망쳤습니다."

"그런 요물은 살려두지 말아야 한다. 살려두었다간 큰 화를 가져올 테니 당장 잡아오너라."

급히 허저에게 철갑옷으로 무장한 삼백 명의 군사를 거느리고 그를 사로잡도록 명하였다.

허저가 말을 타고 무장한 군사를 거느리고 성문 밖으로 나서자 멀리 좌자가 나막신을 신고 천천히 걸어가고 있었다. 허저는 말을 달려 뒤쫓아갔으나 아무리 가도 따라잡을 수가 없어 끝내 산 속까지 이르고 말았다.

마침 거기에 소년 하나가 양떼를 몰고 내려오는 것을 보고 좌자는 둔갑술로 그 양떼 속으로 몸을 감췄다. 허저는 이를 목격하고 활을 쏘아 양떼를 모두 죽인 다음 돌아갔다.

양을 잃은 소년이 울고 있으려니까 땅바닥에 뒹굴고 있던 양의 머리들이 사람처럼 말을 하며 소년에게 외쳤다.

"울고 있지만 말고 어서 잘려진 양 머리들을 몸뚱이에 붙여라."

소년은 겁이 더럭 나서 도망치려는데 등뒤에서 또 부르는 소리가 들렸다.

"도망가지 말아라. 내가 네 양을 모두 살려주겠다."

소년이 고개를 돌려 바라보니 좌자가 죽었던 양을 모두 다시 살려 몰고 오는 것이었다. 소년이 고맙다는 말을 하려는데 좌자는 번개처럼 번쩍하더니 순식간에 어디론가 사라져버렸다.

소년이 양떼를 몰고 가서 주인에게 자초지종을 보고하였더니 주인은 겁을 먹고 조조에게 가서 이 기이한 사실을 고하였다.

조조는 화가에게 좌자의 인상착의를 말하고 그대로 그림으로 그리게 하여 전국에 좌자를 잡아오라는 방을 붙였다. 방을 붙인지 사흘 만에 성 안팎에서 외눈박이에 절름발이이고 흰 등나무로 엮은 관을 쓰고 검은 도복에 나막신을 신은 사람 삼사백 명이 잡혀들어왔다.

성 안팎이 온통 난리 법석을 떨자 조조는 마귀를 쫓는 술법이라고 하여 좌자의 모습을 한 이들의 몸에 돼지피와 양피를 마구 뿌리고 그대로 성 남쪽의 넓은 들로 데려가서 오백 명의 무장들에게 주위를 포위하게 하여 모두 목을 베어 죽였다. 그러자 목이 떨어져 나뒹굴던 몸뚱이가 각기 한 줄기의 파란 기운을 뿜어내다가 하늘로 올라가 한 곳으로 모이더니 한 사람의 좌자의 모습으로 둔갑하는 것이 아닌가! 좌자는 하늘을 날던 흰 학 한 마리를 불러내려 그것을 타고 손뼉을 치며 훨훨 날아올랐다.

좌자가 웃으면서 크게 소리쳤다.

“쥐새끼가 금호(金虎)를 따라가니 간웅(奸雄)이 정월 초하룻날 죽겠구나!”

조조가 노하여 군사들에게 명하여 좌자에게 활을 쏘자 갑자기 회오리바람이 휘몰아치더니 돌과 모래가 날렸다. 그 소용돌이 속에서 삼사백 명의 송장들이 일제히 일어나 저마다 잘린 제 목을 제 손으로 찾아들고는 연무청(演武廳)에 뛰어올라가 거기에 앉아 있는 조조를 두들겨팼다. 옆에 있던 문무백관들도 혼비백산하여 누구 하나 조조를 구하려 하지 않고 달아났다.

그야말로 간사한 영웅이 그 권세로 나라를 기울게 하려는데 도사가 안력으로 그를 바로잡으려 한다. 조조의 목숨은 바야흐로 벼랑 끝에 몰리게 되었다.

제 69 회　실패로 돌아간 시해

복주역관로지기　　토한적오신사절
卜周易管輅知機　　討漢賊五臣死節

관로는 점을 쳐 하늘의 뜻을 알아내고
한적을 치려다 충신 다섯이 쓰러지다

점괘에 능한 관로

　한편 그날 조조는 강풍이 휘몰아치는 소용돌이 속에서 시체들이 벌떡 일어나는 것을 보고 놀라 기절하였다. 바람은 차차 잔잔해졌으나 그때는 이미 시체들이 간 곳 없이 사라진 뒤였다. 대신들이 조조를 부축해서 위왕궁으로 모셨으나 그 충격으로 조조는 중병을 앓게 되었다.

　조조는 갖은 약을 복용해보았으나 좀처럼 쾌유되지 않았다. 때마침 태사승(太史丞:천문·일력을 맡은 사람) 허지(許芝)가 허도로 조조를 찾아왔다. 조조는 허지에게 주역의 점을 쳐달라고 했다.

그러자 허지가 말했다.

"승상께서는 신복 관로(管輅)라는 이름을 들어보지 못하셨습니까?"

"이름은 들어보았네만 과연 그가 귀신같이 점을 잘 치는지는 모르겠네. 자세히 좀 알려주게."

"관로는 평원(平原) 사람으로 자는 공명(公明)이라 하며, 생김새는 비록 추하게 태어났지만 술을 좋아하고 너그럽습니다."

허지는 관로에 대해 자세히 설명하기 시작했다.

그의 아버지는 전에 낭야즉구(瑯琊卽丘)의 장이라는 벼슬을 하였는데 관로는 어려서부터 별 보기를 좋아해 밤에도 잠을 자지 않곤 하였다. 이를 아버지가 걱정하여 타이르고 꾸짖었으나 도무지 그 버릇이 고쳐지지 않았다.

그러던 어느 날 아버지의 꾸짖음에 관로는 이렇게 말했다.

"닭과 들비둘기도 새벽에 울어서 때를 가르쳐주는데 하물며 사람으로 세상에 태어났으니 무언가 해야 할 것이 아닙니까?"

동네 아이들과 어울려 놀 때도 으레 땅바닥에 천문도를 그리며 해와 딜과 별자리를 짚어보곤 하였다. 그 후 자라 수역을 열심히 파고들었으며 풍점(風点)과 수학(數學)에 능통한 재간을 보였으며 관상도 잘 보았다.

어느 날 낭야군의 태수 선자춘(單子春)이 그 소문을 듣고 관로를 불러들였다. 그때 선자춘의 집에는 내로라하는 능변의 재사 백여 명이 묵고 있었다.

관로가 먼저 선자춘에게 부탁했다.

"저는 아직 나이가 어려 세상살이에 길들여지지 못했으니 우선 술을 석 되만 마시고 나서 취기로 힘이 생기면 그때 말씀드리겠습니다."

선자춘은 그에게 술 석 되를 내주었다. 앉은 자리에서 남김없이 술을 쭉 들이킨 관로는 선자춘에게 말했다.

"저와 함께 문답을 나누실 분이 누구신지요?"

선자춘이 말했다.

"내가 너와 이야기하고자 한다."

이렇게 선자춘과 관로는 역리(易理)에 관해 토론을 시작하였는데 관로의 학문은 깊이가 있었으며 넓이가 있었고 논리정연했다. 이들의 토론은 술도 마시지 않고 밥도 먹지 않은 채 날이 밝을 때까지 이어졌다. 자춘은 물론이고 모여 있던 빈객들도 관로의 능변에 지지 않으려 하였고 결국 모두 탄복하지 않을 수 없었다.

이 일이 있은 후부터 세상 사람들은 관로를 신동(神童)이라 불렀다.

얼마 뒤 낭야에 곽은(郭恩)이라는 앉은뱅이가 두 형제와 살고 있었는데 모두 다리를 절어 관로를 불러 점을 쳐줄 것을 부탁했다.

관로가 점괘를 생각하더니 말했다.

"묘 중에 원한에 사무쳐 눈을 감지 못한 여자 귀신이 있는데 그 귀신은 당신 아버지의 고모나 어머니의 이모임에 틀림없소. 어느 옛날 가뭄이 든 해에 당신의 집에서 그 여자에게 먹일 쌀을 아까워하여 죄도 없는 그를 우물에 떠밀고는 큰 돌로 머리를 눌러 죽였으므로 죽은 넋이 하늘에 호소한 끝에 하늘이 당신들 세 형제에게 이런 저주를 내린 것이오. 어떤 주술로도 이 죄는 없앨 수 없소."

곽은의 세 형제는 이 말을 듣고 눈물을 흘리며 엎드려 죄를 빌었다.

또한 이런 일도 있었다. 안평(安平) 태수 왕기(王基)가 관로가 용하다는 소문을 듣고 자택으로 그를 불러 자기의 아내가 만성

두통으로 신음하고 자식이 가슴앓이로 괴로워하고 있다며 관로에게 점을 쳐달라고 했다.

관로가 점괘를 살펴보더니 말했다.

"댁의 서쪽 귀퉁이에 남자 시체가 둘 묻혀 있소. 하나는 쌍날 칼을 꽂은 창을 들고 있고 또 하나는 활과 화살을 가지고 있습니다. 둘 다 머리는 담벼락 속에 박히고 다리는 밖으로 삐져나가 있소. 창은 사람의 머리를 찌르는 것인지라 두통의 원인이 되고 활과 화살은 사람의 가슴과 배를 겨냥하는 것인지라 가슴앓이의 원인이 되고 있소이다."

관로의 판단대로 태수 왕기가 서쪽 귀퉁이를 파보았더니 땅 속 8척 깊이에 과연 관이 두 개가 나왔는데 한쪽 관에는 창을 든 시신이 들어 있었고, 또 다른 관에는 활과 화살을 든 시신이 들어 있었으며 모두 썩지도 않고 잠자고 있는 듯했다. 관로의 말에 따라 시체를 성의 십 리 밖에 고이 묻고 장례를 치러주었더니 왕기의 처와 아들의 병이 씻은 듯이 낫게 되었다.

또 다른 이야기는 이러하다.

관도(館陶)의 령(令)인 제갈원(諸葛原)이 신흥(新興) 태수로 옮겨 갈 때 관로도 함께 가게 되었다. 제갈원은 관로가 점술이 능하다는 사람들의 말을 믿지 않고 있다가 이번 기회에 관로의 점술을 시험코자 했다.

제갈원은 아무도 모르게 세 개의 작은 상자 속에 제비알·벌집·거미 등을 각각 집어넣고 관로 앞에 내어 놓으며 점을 쳐보라고 했다.

관로는 점을 쳐보고 그 상자 속에 있는 물건을 알아맞혔다.

"첫째 것은 생물의 뿌리의 싹을 함유하고 집 처마에 의지해 있으며, 자웅(雌雄)이 있고 날개가 있으니 이것은 곧 제비의 알이로다. 둘째 것은 집이 거꾸로 매달려 있고 문이 많으며 독을 감추고 있고 먹이와 꿀을 저장하여 생활하니 이는 곧 벌집이로다. 셋째 것은 뒷다리가 길고 입에서 실을 뽑아내어 올가미를 이루어 망을 쳐서 먹이를 잡는데 저녁 나절에 이로우니 이는 곧 거미로다.”

그 자리에 참석한 모든 이들이 크게 경탄하며 관로에게 갈채를 보냈다.

또 다른 이야기는 이러하다.

마을의 한 노파가 소를 잃고 관로에게 점을 쳐달라고 허둥지둥 뛰어왔다.

관로는 점괘를 짚어보더니 말했다.

“북쪽 골짜기 시냇가에 소도둑 일곱 놈이 그 소를 잡아 삶아먹고 있소. 어서 가면 소의 가죽과 고기는 찾을 수 있을 것이오.”

그의 말에 따라 노파가 북쪽 골짜기를 따라 올라가보니 과연 일곱 명의 소도둑이 풀로 지붕을 이은 오두막집 뒤에 모여 앉아서 소를 잡아먹고 있었다. 노파는 남아 있는 소 가죽과 고기는 찾았으나 너무나 억울하여 태수 유빈(劉邠)에게 호소하여 일곱 명의 소도둑들을 잡아 가두게 했다.

“이들이 소를 훔쳐간 것을 어떻게 알았소?”

노파가 관로가 점을 쳐주어서 알았다고 아뢰자 태수는 이 말을 듣고 이상히 여겨 관로를 불러들여 시험해보았다.

태수는 도장이 든 비단 주머니와 산새의 깃털을 각각 작은 상자에 넣어두고 점을 쳐 알아내라고 했다.

관로는 어렵지 않다는 듯 점을 쳐 상자 속의 물건을 알아냈다.

“첫째 것은 안에 있는 것이 모나고 밖에 있는 것은 둥글며 오색으로 무늬를 이루어 보배를 지녔으며 신(信)을 지키고 있어 나오면 곧 주육(朱肉)의 인장이 되니 이는 곧 도장 주머니로다. 둘째 것은 화려한 생김새의 새로 비단에 주홍빛 옷을 걸친 모양을 하고 검은 날개깃에 노랑빛 날개깃이 있으며 울 때는 새벽녘을 놓치는 법이 없으니 이는 곧 산새의 깃털이로다.”

유분은 크게 놀라 그를 귀한 손님으로 모셨다.

또, 어느 날의 일이었다. 관로가 한가하게 교외의 시골길을 걸어가고 있으니 젊은이 하나가 논을 갈고 있었다.

관로가 길가에 서서 한참 동안 그를 바라보고 있다가 물었다.

“젊은이의 이름과 나이가 어떻게 되오?”

“이름은 조안(曹顔)이라 하고 나이는 열아홉입니다. 그런데 선생께서는 누구십니까?”

“나는 관로라고 하는 사람인데 자네의 두 눈썹 사이에는 죽음의 그림자가 어른거리고 있어 사흘 안에 죽을 것이오. 그토록 수려한 얼굴에 수명이 짧은 것이 애석한 일이오.”

조안은 집으로 돌아가 자기 아버지에게 이 이야기를 들려주었더니 아버지는 관로를 찾아가 땅에 엎드려 울며 하소연을 했다.

“부디 제 자식의 목숨을 구해주십시오.”

“글쎄, 사람의 목숨은 천명이라 어떻게 할 수가 없소.”

조안도 아버지와 함께 엎드려서 애원했다.

“하지만 늙으신 아버지를 부양할 자식은 저 하나이옵니다. 부디 저의 목숨을 살려주십시오.”

관로는 불쌍히 여겨 조안에게 목숨을 살릴 방법을 가르쳐주었다.

“그대는 청주(淸酒) 한 병과 사슴고기 포(脯)를 안주로 준비하여 내일 남산에 올라가시오. 그러면 산 속의 큰 나무 밑 반석 위에서 두 사람이 바둑을 두고 있을 것이오. 그 중 남쪽을 향해 앉은 이는 하얀 옷을 걸치고 무서운 얼굴 생김새를 하고 있고, 또 북향으로 앉은 이는 붉은 옷차림에 부드러운 얼굴 생김새를 하고 있을 테니 자네는 그들이 바둑을 두느라 정신이 없는 틈을 타서 술과 안주를 들이밀고 그들이 정신없이 술을 쭉 들이키고 났을 때 울면서 목숨을 구해달라고 간청해보시오. 그러면 그들은 그대의 청을 들어줄 것이오. 그러나 내가 가르쳐주었다는 말은 절대로 하지 마시오."

그날 밤 노인은 관로의 집에서 묵었다.

이튿날 조안은 술과 안주를 가지고 남산으로 올라갔다. 약 오륙 리쯤 올라가니 과연 커다란 소나무 밑의 반석 위에서 바둑을 두는 두 사람의 모습이 눈에 띄었다. 조안이 그들 가까이 다가갔는데도 두 사람은 조안을 쳐다보지도 않고 계속 바둑에 몰입하고 있었다.

조안이 그들 몰래 공손히 술과 안주를 올렸더니 두 사람은 바둑에 정신이 팔려 술을 다 먹고도 옆에 누가 있는지도 몰랐다. 한참 후에 조안은 엎드려 울면서 목숨을 구해달라고 간청하자 그제서야 두 사람은 정신이 들어 조안을 쳐다보았다.

붉은 옷을 걸친 사람이 입을 열었다.

"이는 분명 관로의 부질없는 참견일세. 그렇긴 하나 우리가 술과 안주를 먹어치웠으니 자네의 청을 그냥 듣고만 있을 수 없네."

흰 옷을 걸친 사람이 품속에서 장부를 꺼내 이리저리 살펴보더니 조안에게 말했다.

"자네는 올해 나이가 열아홉이니 이미 목숨이 다했네만 내가 자네 나이 십(十)자 위에 구(九)자를 더 써넣었으니 아흔아홉까지 명을 유지할 것이네. 그러니 돌아가서 관로에게 다시 천기를 누설하면 하늘의 벌을 받을 거라고 전하게."

붉은 옷차림의 사람이 붓을 꺼내들고 구(九)자를 써 넣자 갑자기 향기로운 바람이 불어오더니 바둑을 두던 두 사람은 두 마리의 흰 학으로 변하여 하늘 높이 훨훨 날아 사라져버렸다.

조안이 돌아와 관로에게 사실을 전하며 그들이 누구냐고 물었다.

"붉은 옷을 입은 사람은 남두성(南斗星)이고, 흰 옷을 입은 사람은 북두성(北斗星)이오."

조안이 다시 물었다.

"북두성은 아홉 개의 별로 이루어졌는데 어찌 한 분뿐이십니까?"

관로가 대답했다.

"흩어지면 아홉이요, 합치면 하나라오. 북두성은 죽음을 관장하는 별이고 남두성은 인간의 삶을 지배하는 별이니 그대는 이제 걱정할 것이 없소."

조안 부자는 관로에게 고개를 조아리며 깊은 사의를 표하였다.

관로는 이후부터 천기 누설을 두려워하여 여러 사람을 상대로 가벼이 점을 쳐주는 일을 다시는 하지 않았다.

관로에게 점괘를 부탁한 조조

허지는 조조에게 관로의 이러한 신통한 점술을 일일이 아뢰고 그가 지금 평원에 있으니 대왕께서 길흉을 알고 싶으면 그를 불러 물어보라고 했다. 조조는 귀가 솔깃하여 즉시 평원으로 사자를 보내 관로를 불러들였다.

관로가 조조의 부름에 응하여 조조에게 와서 절을 올리니 조조는 좌자의 이야기를 들려주며 길흉을 점쳐달라고 부탁했다.

그러자 관로가 대답했다.

"그것은 환술(幻術)이니 별로 염려하실 것이 없습니다."

조조는 마음이 놓여 병이 나아지는 듯했다.

조조는 다시 천하의 운세를 점쳐보라고 명하였다. 그러자 관로가 점괘를 짚어보고 말했다.

"붉은 산돼지가 이리저리 다니다가 우연히 호랑이를 만나는 격이니 장수 하나를 잃을 운입니다."(하후연의 죽음을 예언)

조조가 다시 자신의 왕위 자리가 오래갈 것인가 하는 점을 쳐달라고 하자 관로는 다시 점괘를 짚어보고 말했다.

"사자궁(獅子宮)에 신위(神位)가 편안하게 있고 왕도(王道)가 세 발 솥과 같이 안전하게 새로 일어나니 자손이 귀하게 존재하겠습니다."(조비의 찬탈을 예언)

조조는 무슨 뜻인지 알 수가 없어서 다시 캐물었더니 관로가 대답했다.

"하늘의 명수(命數)가 끝이 없어 알 수가 없습니다. 아마 지내보면 아실 것입니다."

조조는 관로를 태사(太史)의 자리에 임명하려 하였으나 관로는 이를 완곡히 거절했다.

"저는 명이 짧고 상(相)이 박하여 그런 자리는 격에 맞지 않사옵니다."

조조가 그 연유를 묻자 관로가 대답했다.

"저는 이마에 주골(主骨)이 없고, 눈에는 수정(守睛)이 없으며, 코에는 양주(梁柱)가, 다리에는 천근(天根)이 없으며, 등에는 삼갑(三甲)이 없고, 배에는 삼임(三壬)이 없습니다. 그러므로 죽은 사람들의 넋이 모여든다는 태산의 귀신을 다스릴 수는 있을지라도 이승의 살아 있는 사람들을 다스릴 힘은 없습니다."

조조는 내친 김에 다시 물었다.

"내 상을 보아주게."

"지위가 모든 신하와 백성의 가장 위에 있는데 새삼스럽게 상을 봐서 무엇 하시겠습니까?"

조조가 몇 번이나 간청했으나 관로는 그저 웃어넘겨버렸다. 이

에 조조는 관로를 거느리고 가서 문관과 무관들의 관상을 보아
달라고 부탁했다.

이들을 훑어본 관로는 말했다.

"모두가 한결같이 세상을 잘 다스릴 신하들입니다."

이렇게 말할 뿐 조조의 간곡한 부탁에도 관로는 운세의 길흉
을 점 쳐주지 않은 채 더 이상 말이 없었다.

조조는 다시 동오(東吳)와 서촉(西蜀)의 운세를 점쳐보라고 했
다. 그러자 관로가 점괘를 짚어보더니 말했다.

"동오에서는 대장 하나를 잃게 되고, 서촉에서는 군사들이 국
경선을 침범하고 있습니다."

조조가 이 말에 미심쩍어하고 있는데 이때 마침 급보가 들어
왔다.

"동오의 육구(陸口)를 지키던 장수 노숙이 죽었다고 합니다."

조조는 깜짝 놀라 한중으로 염탐꾼을 보내 자세한 소식을 알
아보라고 하였다. 그로부터 며칠 후 다시 소식이 전해졌다.

"유비가 장비와 마초를 내보내 관문을 격파하러 쳐들어오고 있
습니다."

조조는 크게 노하여 친히 군사를 거느리고 한중으로 원성 살
준비를 하면서 관로에게 다시 점괘를 짚어보라고 했다.

"대왕께서는 함부로 군사를 일으키지 마십시오. 허도에서는 내
년 봄에 큰 불이 날 것입니다."

조조는 관로의 예언에 따라 원정을 중지하고 업군에 머물러
있었다. 그 대신 조홍에게 오만 병력을 주어 하후연과 장합을 도
와 동천(東川)을 수비하도록 하고 하후돈에게는 삼만 병력을 주
어 허도에서 일어날 만일의 사태에 대비하여 경계하도록 했다.
또 장사(長史) 왕필(王必)에게는 친위대를 철저히 지휘하게 했다.

주부 사마의가 조조에게 아뢰었다.

"왕필은 술을 좋아하고 모든 일을 안이하게 생각하는지라 그런 중한 임무에는 적합하지 않을 것입니다."

그러나 조조는 사마의의 말을 무시했다.

"왕필은 나와 어려운 난관을 같이 해왔을 뿐만 아니라 충성스럽고 마음이 한결같은 사람이니 친위대를 거느리기에는 적합한 사람이오."

조조는 곧 왕필에게 친위대를 거느리게 하여 허도의 동화문(東華門) 밖에 주둔하도록 명하였다.

조조를 해칠 계략

그 무렵 이름이 경기(耿紀), 자를 계행(季行)이라고 하는 낙양(洛陽) 사람이 있었다.

경기는 전에는 승상부의 속관(屬官)이었는데 뒤에 시중소부(侍中少府)가 되었으며 사직(司直:사법관) 위황(韋晃)과 친하게 지냈다. 그는 조조가 위왕 자리에 오른 뒤부터 황제와 똑같은 행세로 으스대는 꼴을 보고 몹시 못마땅하게 여겼다.

건안 23년 봄 정월, 경기는 위황과 함께 은밀한 이야기를 나눴다.

"아무래도 지금 조조가 하는 짓으로 보아 끝내는 하늘 높은 줄을 모르고 역적질까지 할 것이 뻔하오. 우리가 한나라의 신하인 이상 어찌 그런 자와 함께 일을 하며 못된 짓을 하도록 방관할 수 있겠소?"

위황이 이에 대답했다.

"나에게 김위(金褘)라는 친구 하나가 있네. 그는 한나라 재상 김일제(金日磾)의 자손으로 평소에 조조를 토벌할 마음을 품고 있었으며, 왕필과 아주 절친한 친구 사이라네. 그를 불러 합심해서 책략을 쓰면 원활히 일을 도모할 수 있을 걸세.”

“김위는 왕필과 친한 사이라고 했는데 과연 그가 우리와 동조하여 일을 도모하려고 하겠나?”

“아무튼 김위를 만나 이야기해보세.”

두 사람은 함께 김위의 집을 찾아가니 김위가 이들을 맞아 안사랑으로 안내하였다.

위황이 먼저 말문을 열었다.

“자네가 왕필과 친한 사이인 줄 알고 우리 두 사람이 특별히 부탁할 말이 있어 이렇게 왔네. 위왕께서 머지않아 제위에 오를지 모른다는데 그러면 자네와 왕필은 높은 벼슬 자리에 오를 것이 아닌가? 그때 자네가 우리를 외면하지 않고 벼슬길에 오르게 해준다면 그 은혜는 잊지 않을 걸세.”

김위는 이 말을 듣고 자리에서 벌떡 일어섰다. 때마침 하인이 마실 차를 들고 들어오자 김위는 그것을 빼앗아 방바닥에 내동댕이쳐버렸다.

위황은 일부러 놀란 척하며 말했다.

“자네 친구에게 이 무슨 못할 짓인가?”

김위가 탄식하듯 말했다.

“지금까지 자네와 사귀어 온 것은 자네들이 한나라 조정 신하의 후손이기 때문이네. 그런데 자네들은 한나라 조정에 보답할 생각은 하지 않고 역적 조조에게 빌붙어 벼슬 자리나 넘보려고 하다니 자네와 친교를 맺은 것이 부끄럽네.”

이때 옆에서 경기가 위황을 옹호하는 척하며 말했다.

“천수가 그렇게 돌아가는 것을 어찌하겠소?”

김위는 이 말에 더욱 노하여 이들을 꾸짖었다. 경기와 위황은 그제서야 김위의 충성심을 알아보고 비로소 사실을 밝히며 사과했다.

"실은 조조를 토멸하고 싶은 생각으로 자네의 도움을 청하려고 찾아온 것이네. 지금까지 한 말은 모두 자네를 시험하려고 거짓말을 한 것이었네."

김위는 이 말을 듣고 기뻐하며 말했다.

"대대로 한나라 신하로 살아온 집안의 후손인 내가 어찌 조조와 손을 잡을 수 있겠는가? 자네들에게 한실을 다시 일으킬 좋은 생각이 있다면 말해주게."

위황이 침울하게 다시 말했다.

"나라에 보답하겠다는 충성심은 간절하지만 구체적인 토멸계획은 아직 세우지 못했네."

김위가 속에 담아두고 있던 말을 털어놓았다.

"우리가 안팎으로 호응해서 안으로는 왕필을 먼저 죽여 그가 쥐고 있던 군권을 빼앗아 황제를 수호하고 밖으로부터 유 황숙의 원조를 받는다면 조조는 아마 설 자리를 잃을 것일세."

이 말을 듣고 있던 경기와 위황은 기뻐하며 찬성했다.

김위가 말을 이었다.

"나에게는 두 명의 심복이 있는데 둘 다 조조에게 아버지를 잃고 원한에 사무쳐 있는 사람들일세. 성 밖에서 살고 있으니 이들에게 도움을 요청하는 게 좋겠네."

경기가 듣고 있다가 누구냐고 물었다. 김위가 대답했다.

"황궁의 시의(侍醫)였던 길평(吉平)의 아들일세. 큰아들은 길막(吉邈)이라 하고 둘째 아들은 길목(吉穆)이라 하네. 옛날에 조조가 동승의 책모가 폭로되었을 때 그들의 아버지 길평을 죽여버렸지. 그때 두 아들은 용케 멀리 도망쳐 목숨을 건졌고, 지금은 몰래 허도로 숨어 들어와 살고 있네. 만일 그들에게 역적 조조를 토멸하자고 하면 기꺼이 도움을 줄 걸세."

경기와 위황은 더욱 기뻐하며 김위의 의견에 동조했다. 김위는 즉시 두 형제를 불러들였다.

이윽고 길막과 길목 형제가 들어왔다. 김위가 이들에게 계략을 들려주자 형제는 감격과 흥분에 못 이겨 눈물을 흘리며 역적 조조를 죽여 아버지의 원수를 갚겠다고 다짐했다.

김위가 다시 말했다.

"정월 보름날 밤은 성 안에서 원소절(元宵節:원석)의 등불 잔치가 벌어질 것이오. 이때를 틈타 경기와 위황 두 분은 각기 부하들을 거느리고 왕필의 군영 안으로 들어가 불길의 신호가 오르면 양쪽으로 협공하여 왕필을 죽인 후 나를 따라 궁중으로 들어가 황제를 오봉루(五鳳樓:궁성에서 가장 큰 정문)의 누상에 오르시게 하고 문무백관들을 모아 역적 조조를 토벌합시다. 또 길씨 형제는 성 밖에서 기다리고 있다가 성 안에 불을 질러 소동을 일으키고 역적을 죽이자고 외쳐 백성들을 선동하여 성 안의 군대가 움직이지 못하게 해주시오. 조조를 잡아들이라는 황제의 조서를 받아 성 안의 질서가 잡히면 곧 업군으로 병력을 보내 조조를 포박하는 한편, 사자로 하여금 황제의 밀서를 유비에게 보내 그를 허도로 모셔오도록 합시다. 오늘 계획한 일은 정확히 하되 반드시 자정이 지난 한밤중에 거사하도록 하여 전에 동승이 실패했던 전철을 밟는 일이 없도록 합시다."

다섯 사람은 피를 내어 하늘에 맹세하고 각기 집으로 돌아가서 그날에 대비했다.

이때 경기와 위황의 집에는 각기 삼사백 명이나 되는 일족과 종복이 머무르고 있었다. 이들은 즉각 무기를 갖추고 전투에 임할 준비를 완료했다. 길씨 형제도 삼백 명의 병력을 모집하여 사냥을 가는 척하며 출전에 철저한 준비를 하고 있었다.

이렇게 준비가 갖춰지는 동안 김위는 왕필을 만나 살짝 귀띔해주었다.

“천하가 매우 태평스러워서 위왕의 권위는 이제 절대적이니 이번 정월 보름날에는 등불과 불꽃놀이로 태평성대를 축하합시다.”

왕필은 김위의 말에 찬동하며 성 안의 백성들에게 모두 등을 밝혀 보름날을 맞으라고 분부했다.

실패한 조조의 반군

드디어 정월 대보름 밤이 되었다. 그날은 날씨가 맑아서 하늘의 달과 별이 빛났고 성 안의 거리는 집집마다 켜놓은 등불로 대낮같이 밝았다. 또한 그날은 통행인의 검문도 없었을 뿐만 아니라 왕필은 친위대의 장수들을 모아놓고 영내에서 술잔치를 벌이고 있었다.

한밤중이 되자 영내에서 갑자기 ‘불이야’ 하는 고함 소리가 들려왔다. 왕필이 영내에 불길이 치솟고 있다는 보고를 받고 당황하여 뛰어나가보니 불길이 치솟아 온통 불바다를 이루고 있었고 어디선가 천지를 진동하는 듯한 고함이 들려왔다.

왕필은 필시 휘하의 영병(營兵)들이 반란을 일으킨 것이라고 생각하고 급히 남문을 빠져나가려고 하다가 마침 거기에서 기다리고 있던 경기가 쏜 화살에 어깨를 맞고 말에서 떨어질 뻔하였으나 가까스로 서문 쪽으로 도망을 쳤다.

뒤에서는 군사들이 추격해왔다. 다급해진 왕필은 제정신이 아닌 채로 말을 버리고 줄행랑을 쳐서 김위의 집에 이르러 급히 문을 두드렸다. 김위는 이때 군병과 종복들을 거느리고 나가 있었기 때문에 집에 없었으므로 집안에는 아녀자들만 남아 있었다.

김위의 부인은 대문을 두드리는 소리를 듣고 남편이 돌아온 줄 알고 문을 열기도 전에 물었다.

“벌써 오셨군요. 왕필은 처치하고 오셨나요?”

왕필은 깜짝 놀라 그제야 평소에 친하게 지내던 김위가 역적의 주모자임을 깨닫고 그 길로 조휴(曹休)에게 달려가 김위와 위황의 반역을 상세히 전하였다. 조휴는 크게 노하여 갑옷을 걸치고 말에 올라 천여 명의 병력을 이끌고 달려나가 반군과 맞서 시가전을 벌였다. 성 안 여기저기서 불길이 솟아오르고 오봉루에까지 불이 옮겨 붙고 있었다. 이때 황제는 궁중의 깊숙한 곳에 몸을 숨기고 있었는데 조조의 심복은 황제를 잡아두기 위해 목숨을 걸고 궁문을 굳게 지켰다.

성 안에서는 조조를 처단하자는 목소리가 터져나왔다.

"조조를 죽이고 한나라 황제를 구해서 받들자!"

이때 하후돈은 조조의 명을 받들어 허도를 수비하기 위해 성 오 리 밖에 삼만 병력을 거느리고 주둔하고 있었다. 그날 밤 하후돈은 성 안에 불기둥이 솟는 것을 멀리서 발견하고 재빨리 허도를 호위한 후 병력의 일부를 거느리고 성 안에 들어가 조휴를 도와 반군과 싸웠다.

혼전의 싸움은 날이 훤히 밝을 때까지 계속되었다. 경기와 위황은 원군이 없어 힘겨운 싸움을 벌일 수밖에 없었는데 거기에다 김위와 길씨 형제 모두가 죽었다는 보고까지 전해셨나. 경기와 위황은 성문을 빠져나가 도망치려 하였으나 성 안으로 들이닥친 하후돈 군사에게 생포되고 말았다. 그뿐만 아니라 그들의 부하 백여 명도 거의 모두가 죽음을 당했다.

성 안으로 들어간 하후돈은 여기저기서 타오르는 불길을 잡고 경기·위황 등 다섯 명 반군 세력들의 가족을 가리지 않고 붙잡아 가둔 다음 조조에게 사자를 보냈다.

얼마 후 조조는 사자를 보내 경기·위황을 비롯한 반군들의 가족을 군중들 앞에 끌어내어 모조리 참하라 하고 문무백관들은 지위의 고하를 막론하고 모두 업군으로 호송하여 처분을 기다리

라고 명했다.

하후돈이 조조의 명대로 경기와 위황을 시장 바닥으로 끌어내자 경기가 큰소리로 꾸짖었다.

"네 이놈! 살아서는 조조와 네 놈을 잡아죽이지 못하지만 죽어 귀신이 되어서라도 너희들을 꼭 잡아죽이리라."

순간 옆에 있던 망나니가 칼로 경기의 입을 휘둘러 치자 시뻘건 피가 땅바닥을 물들였으나 경기는 죽는 순간까지도 조조에 대한 욕설을 퍼부었다.

한편 위황은 분통해하며 몇 번이고 제 얼굴을 땅바닥에 짓이기고 소리치다가 스스로 혀를 물어 자결했다.

"아아, 참으로 원통하구나!"

하후돈은 그 후 다섯 반군 세력의 가족을 모두 처형한 뒤 조정의 문무백관들을 업군으로 호송하였다. 조조는 연변장의 왼쪽에는 붉은 깃발을, 오른쪽에는 흰 깃발을 세우게 하고 허도에서 끌고 온 문무백관들을 모아놓고 말했다.

"경기와 위황이 반란을 일으켜 불을 질렀을 때 그대들 중 몇몇은 불을 끄러 나왔던 자도 있을 것이고 또 문을 걸어 잠그고 나오지 않았던 자들도 있었을 것이다. 자, 그대들 중에 불을 끄러 나왔던 자는 붉은 기 밑에 모이고 불을 끄러 나오지 않았던 자는 흰 기 밑에 모이도록 하라."

문무백관들은 불을 끄러 나왔던 자들은 살려줄 것이라 생각하고 대부분 붉은 깃발 밑으로 섰고, 나머지 몇 사람만이 흰 깃발 밑으로 가 서 있었다. 조조는 붉은 깃발 밑에 서 있던 무리들을 모조리 잡아 포박하라고 지시했다. 그러자 그들은 억울하다고 입을 모아 떠들었다.

조조가 크게 꾸짖어 말했다.

"그날 밤 너희들이 집 밖으로 나간 것은 불을 끄기 위함이 아니라 불을 질러 반군을 도우려 한 것이다.”

조조는 이렇게 단언해버리고는 이들 삼백여 명을 끌어내어 장하(漳河) 강기슭으로 끌고 가서 모두 목을 베어 죽였다. 반면, 흰 깃발 밑에 섰던 관리들은 모두 상을 내리고 허도로 돌려보냈다.

조홍과 마초의 결전

그 무렵 왕필은 화살의 상처가 악화되어 죽고 말았다. 조조는 정중히 왕필을 장사 지내주도록 지시했다. 또한 조조는 친위대를 조휴에게 위임하고 종요(鐘繇)에게는 상국(相國:재상), 화흠에게는 어사대부(御史大夫:검찰장관)의 벼슬을 내렸다.

조조는 다시 제후의 작위를 6등 18급으로, 관서(關西)의 작위를 17급으로 나누고 각기 순금 도장과 자주색 수(綬:관인을 넣는 주머니. 이것으로 신분의 고하를 구별했음)를 지니게 하고 또 관내외후(關內外侯) 16급은 은 도장에 거북이를 수놓은 검은 수를, 오대부(五大夫) 15급은 동으로 만든 도장에 고리 무늬가 있는 수를 지니게 했다. 이렇게 작위와 관위의 교체를 실시한 결과 조정의 인물 배치가 일신되었다.

조조는 또 화재를 예언한 관로가 생각이 나 그에게 후한 상을 내리려 하였으나 관로는 굳이 그것을 받지 않았다.

한편 조홍은 군사를 거느리고 한중에 도착하여 장합과 하후연에게 요충지를 지키게 하고, 자신은 유비의 군사와 싸우러 진격해갔다.

그 무렵 장비는 뇌동(雷銅)과 함께 파서(巴西) 쪽을 지키고 있었고, 마초는 하판(下辦)에 이르자 오란(吳蘭)을 앞세워 군사를 거느리고 나가게 하였는데 도중에 이들은 조홍의 군사와 맞서 싸우게 되었다.

오란이 뒤로 물러나려 하자 휘하의 임기(任夔)가 나서며 말했다.

"적이 싸움에 능해 보이지 않는데 그들을 이기지 못한다면 무슨 면목으로 마초 장군을 뵙겠습니까?"

그러더니 창을 쥐고 말을 몰아 조조의 장수 조홍과 싸우러 뛰어들었다. 조홍도 달려나와 임기와 맞서 싸웠다.

세 차례의 접전 끝에 끝내 임기는 목이 잘려 죽고, 조홍이 계속 돌진하여 쳐들어가니 오란은 크게 패하여 마초에게로 도망쳐 왔다.

마초가 오란을 꾸짖었다.

"어찌 나의 허락도 받지 않고 제멋대로 싸우러 나갔다가 패했느냐?"

"임기가 명령을 듣지 않고 달려나갔다가 이렇게 패했습니다."

그러자 마초가 소리쳤다.

"좁고 험한 길의 어귀를 철저히 경비하도록 하여라. 내가 나가 맞서 싸우겠다."

마초는 성도에 사자를 보내어 유비의 새로운 명령을 청하였다.

조홍은 마초가 며칠 동안 싸우러 나오지 않자 괴이하게 여기고 군사를 이끌고 남정으로 돌아갔다. 장합이 나서서 조홍에게 물었다.

"장군께서는 적장의 목을 벨 수 있었을 텐데 어찌 이렇게 퇴각하셨습니까?"

조홍이 대답했다.

"마초가 며칠 동안이나 잠잠하여 무슨 계략을 꾸미는 거라 생각했소. 또 내가 업군에 있을 때 들은 이 고장의 장수 하나가 죽게 된다고 하는 관로의 점괘 또한 생각났소. 그 말이 아무래도 꺼림칙해 더 이상 진격할 수가 없었소."

장합은 이 말에 껄껄 웃으며 말했다.

"장군께서는 역전의 용장이신데 그까짓 점쟁이의 말에 마음을 쓰고 계십니까? 제가 군사를 이끌고 달려가서 파서 땅을 빼앗아 오겠습니다. 파서만 손에 넣는다면 촉군은 쉽게 물리칠 수 있을 것입니다."

장합의 자신만만한 대답을 듣자 조홍이 타일렀다.

"파서는 장비가 지키고 있소. 그는 대단한 맹장이니 조심해야 하오."

그러나 장합은 물러설 줄 몰랐다.

"사람들은 장비를 매우 두려워하지만 제가 보기엔 애송이에 불과합니다. 이번에 나가면 반드시 그를 사로잡아 꽁꽁 묶어 오겠습니다."

"만일 실수하면 어찌하겠소?"

"군령에 따라 처벌을 받겠습니다."

조홍은 하는 수 없이 장합의 진격을 허락하되 패전하면 책임을 지겠다는 서약서를 받아놓고 나가 싸우게 했다. 장합은 의기양양해서 진격을 개시하였다.

예부터 오만한 장수는 패하고, 적을 가벼이 여기는 장수에게는 승전의 기회가 없는 법이라고 하였다. 과연 이 한판의 결전은 어찌 될 것인지……

제 70 회 장비와 노장 황충의 활약

맹 장 비 지 취 와 구 애　　노 황 충 계 탈 천 탕 산
猛張飛智取瓦口隘　　老黃忠計奪天蕩山

장비가 지략을 써서 와구관을 차지하고
노장 황충은 계략으로 천탕산을 빼앗다

장비에 대적한 장합

　장합은 삼만 병력을 거느리고 나가다가 험한 산에 이르게 되자 이 산을 방패로 하여 군대를 셋으로 나누어 각각 진지에 배치하였다. 하나는 탕거채(宕渠寨), 다른 하나는 몽두채(蒙頭寨), 또 다른 하나는 탕석채(蕩石寨)라 하였다. 그날 장합은 각 진지의 병력을 절반씩 동원해 이끌고 파서로 나가면서 그 나머지 반은 진지를 수비하게 하였다.

　이 소식은 곧 잠입해 있던 첩자에 의해 파서에 전달되었다. 장

비는 이 보고를 접하자 뇌동을 불러 대책을 협의했다.

뇌동이 제안했다.

"낭중(閬中:파서 땅)은 험악한 산악지대로 병력을 매복해놓기에는 안성맞춤인 지형이니 장군께서는 군사를 거느리고 정면으로 당당히 나가 싸우십시오. 제가 적의 의표를 찌르는 기병을 거느리고 나가 장합을 함정에 빠지게 하겠습니다."

장비는 뇌동의 말을 받아들여 오천 병력을 내주며 먼저 나가게 하고 자신은 일만 병력을 이끌고 낭중의 삼십 리 밖까지 나가서 장합과 대결하게 되었다.

양쪽 군사가 빙 둘러 진을 치자 장비가 장합을 향하여 말을 몰아 달려나가니 장합도 창을 들고 말을 몰아 달려나왔다. 두 장수가 이십여 차례 싸우고 있을 때 갑자기 장합의 등 뒤쪽에서 천지를 뒤흔드는 함성이 울렸다. 장비가 이미 산 너머 뒤쪽에 촉군 부대를 배치시켜놓고 소란를 일으키도록 계략을 짜놓았던 것이다.

장합이 싸움을 단념하고 말을 달려 줄행랑을 치자 장비가 이를 놓칠세라 추격했다. 장합이 도망치다보니 앞에서 뇌동이 기병을 거느리고 기습을 가해오고 있었다.

결국, 양쪽으로 협공을 당한 장합의 군사는 대패하여 물러났고, 장비와 뇌동은 군사를 이끌고 장합을 추격하여 탕거산 아래에까지 이르게 되었다. 장합은 세 진지에 남아 있던 군사와 함께 통나무와 돌덩이 등을 높게 쌓아놓고 방어만 하게 하였다.

장비는 십 리 밖에 진을 치고 다음날 군사를 거느리고 와서 다시 장합과 대적하려 하였으나 장합은 산 위에 올라가 풍악을 울리며 술만 퍼마실 뿐 내려와 싸울 생각은 하지 않았다. 장비는 군병들로 하여금 욕을 퍼붓게 하여 장합을 유인했지만 장합은 전혀 반응을 보이지 않았다. 장비는 하는 수 없이 자신의 진지로 돌아올 수밖에 없었다.

다음날에는 뇌동이 나가서 싸움을 걸었으나 장합은 역시 나오지 않았다. 약이 오른 뇌동이 군사를 거느리고 산기슭으로 바싹 전진하자 산 위에서 바윗덩이와 돌멩이가 통나무에 섞여서 마구 떨어졌다. 뇌동은 급히 말을 몰아 물러나왔다. 이때 탕석채·몽두채에 있던 장합의 군사들이 물밀듯이 뛰어나와 덤벼들었다.

다음날 장비가 다시 나와서 싸움을 걸었으나 장합은 여전히 나오지 않았다. 장비는 군사들을 시켜 심한 욕을 퍼붓게 하여 장합의 화를 돋굴 심산이었으나 장합은 산 위에서 욕설로 대응할 뿐 나와 싸우려 하지 않았다. 장비가 다른 묘책을 궁리해보았으나 아무런 계책도 떠오르지 않았다.

이렇게 오십여 일이 계속되던 어느 날, 장비는 장합이 올라가 있는 산 정면에다 진지를 커다랗게 세우고 나서 매일같이 술만 마셔대기 시작했다. 술이 얼큰하게 취하면 진지 밖에 나가 산 위를 노려보며 장합에게 욕을 퍼붓곤 하였다. 때마침 유비가 장수들을 위로하고자 사자를 보내왔다. 사자는 이러한 상황을 보고 돌아가 장비의 추태를 유비에게 보고했다.

유비가 마음이 놓이지 않아서 공명을 불러 의견을 묻자 공명이 빙그레 웃으며 말했다.

“그곳 전선에는 조주(粗酒)밖에 없을 것입니다. 성도에는 명주(銘酒)가 남아도니 쉰 독쯤 수레 석 대에 실어 장 장군에게 보내 술을 실컷 마시게 하십시오.”

유비는 어이가 없어 다시 물었다.

“제 아우 장비는 술 때문에 늘 실수를 범하곤 하는데 군사께서는 왜 그에게 술을 보내라 하십니까?”

공명이 웃으며 대답했다.

“주공께서는 장비와 그토록 오랫동안 형제로 지내셨으면서도 아직 그의 본성을 모르십니까? 장 장군은 성격이 강직하기는 하지만 지난번 서천을 취할 때 사로잡은 엄안(嚴顔)을 풀어준 일도 있었습니다. 그런 행동은 용기만으로 할 수 있는 일이 아니지요. 장합과 대치한 지 오십여 일이 지난 지금 장군이 비록 술에 취해서 장합을 욕하고 안하무인으로 지내고 있지만, 그것은 결코 본심으로 술에 빠져 있는 것이 아니라 장합을 유인해내기 위한 속임수일 것입니다.”

유비는 공명의 설명을 듣고도 마음이 놓이질 않아 위연에게 책임지고 술을 수송토록 했다. 공명은 위연에게 수레 석 대에 술을 싣고 그 위에 노란 깃발을 꽂은 다음 ‘전선행군용명주(前線行軍用銘酒)’라고 써붙이게 했다.

위연이 술을 싣고 진지에 도착하여 장비에게 전하니 장비는 술을 받고서 위연과 뇌동에게 각기 군마를 거느리고 좌우익으로 갈라져 주둔하게 하고, 붉은 깃발이 올라가거든 각기 진군하라고 지시했다. 장비는 동시에 술독을 진지 앞에 나란히 늘어놓고 군병들에게 실컷 술을 마시고 노래하게 하는 등 잔치를 벌였다.

이를 본 첩자가 산 위로 달려올라가서 장합에게 알리자 장합은 높은 곳으로 올라가서 아래를 내려다보며 상황을 살폈다. 산 아래에 있는 장비의 진지에서는 술을 퍼마시고 흥청망청 떠들면서 두 군사가 씨름을 즐기고 있었다.

장합은 화가 치밀어 혼잣말로 중얼거렸다.

“장비가 나를 얕보고 있구나!”

장합은 그날 밤 산에서 내려와 장비의 진지를 야습할 작전을 감행하고, 몽두채와 탕석채의 두 곳 군사에게도 좌우익에서 출격할 준비를 하라고 명했다.

이윽고 밤이 되었다. 달빛이 어슴푸레한 밤하늘 아래 장합의 부대는 산그늘을 타고 장비의 진지로 내려갔다. 그때까지도 장비

의 진지 막사에서는 훤하게 불을 밝혀놓고 술잔치를 계속 벌이고 있었다.

장합은 앞장 서서 큰소리로 북을 울리라고 외치면서 그 기세로 군사를 거느리고 술 잔치가 한창인 막사를 향해 돌진했다. 그러나 장비는 이에도 아랑곳하지 않고 술만 마시고 있었다. 장합이 말을 몰아 장비 앞으로 다가가 창을 찌르니 쓰러진 것은 장비가 아니라 짚으로 만든 꼭두각시였다.

순간 당황한 장합은 말을 돌려 도망치려 했으나 막사 뒤쪽에서 폿소리가 나면서 돌이 비 오듯 날아오고 한 장수가 뛰어나와 장합의 퇴로를 가로막으며 눈을 부릅뜨고 청천벽력 같은 소리를 질렀으니 그는 바로 장비였다.

장비는 창을 들고 말을 몰아 장합을 덮쳤다. 두 장수가 진지의 환한 불빛 아래에서 오십여 차례의 접전을 벌였다. 불리함을 느낀 장합은 몽두채와 탕석채에서 원병이 달려오기만을 기대하며 끝까지 싸움을 버텨내고 있었으나 이미 위연과 뇌동이 그들의 진지를 급습하여 두 성채마저 빼앗은 뒤였다.

장합이 이러지도 저러지도 못하는 처지가 되어 진지가 있는 산 위를 쳐다보니 성채가 불더미에 휩싸여 불길이 하늘을 치솟고 있었다. 그곳도 역시 발 빠른 장비의 부하들이 점령하여 불을 질러놓은 것이었다. 장합은 동시에 세 진지를 잃고 하는 수 없이 와구관(瓦口關)으로 도망쳤다. 두말할 것 없이 싸움은 장비의 대승리로 끝났다.

이 사실은 즉시 성도의 유비에게 보고되었다. 유비는 크게 기뻐하며 비로소 장비가 장합을 산 밑으로 유인하기 위해 술을 퍼마셨다는 사실을 깨닫게 되었다.

와구관을 공격한 장비

장비에게 패한 장합이 와구관에 도착하여 살펴보니 병력이 일만 명으로 줄어 있었다. 그는 하는 수 없이 전령을 보내 조홍에게 원병을 요청했다.

조홍은 화를 버럭 내며 말했다.

"제멋대로 쓸데없는 싸움을 벌여 중요한 요새를 모두 잃더니 이제는 원병을 보내달라고?"

조홍은 원군을 보내기는커녕 사자를 보내 다시 장비와 싸워서 이기라고 독촉했다.

당혹스럽게 된 장합은 다시 계략을 세웠다. 그는 병력을 두 개로 나누어 와구관 앞 산기슭에 잠복시키고 나서 한 쪽 진영에게 지시했다.

"내가 장비와 싸우다가 일부러 달아나는 체하면 장비가 분명히 뒤쫓아올 것이니 그때 너희는 일제히 달려나와 적들의 퇴로를 차단하고 공격하라."

그날 장합이 병력을 이끌고 진격해가다가 뇌동과 마주쳐 한바탕 싸움을 벌이는 체하다가 달아나니 과연 뇌동이 장합을 뒤쫓아왔다. 매복해 있던 장합의 군사가 일제히 뛰쳐나와 퇴로를 차단하고 뇌동을 추격하자 순간 장합이 말을 돌려 뇌동에게 덤벼들었다. 결국 뇌동은 장합이 휘두른 단칼에 쓰러져 죽었다.

이 사실을 보고받은 장비는 직접 말을 몰아 달려나왔다. 장합이 몇 번 칼을 휘두르다 다시 패한 체하고 도주했으나 장비는 그 뒤를 쫓지 않았다. 도주하던 장합이 다시 돌아와 몇 차례 싸우지도 않고 또 도망을 쳤다. 장비는 장합이 속임수를 쓰는 것임을 알아채고 그와의 단독 결투를 그만두고 진지로 돌아와서 위연과 대책을 협의했다.

"장합이 군사를 매복시켜놓고 뇌동을 죽이더니 나에게도 같은 수법으로 싸우려 했소. 그의 속임수를 따돌리고 맞서 싸울 방법이 없겠소?"

"글쎄, 어떻게 했으면 좋을까요?"

장비가 이미 생각해두었던 계책을 말했다.

"내일 날이 밝으면 내가 군사를 거느리고 먼저 진격해갈 것이니 공은 뒤따라오다가 적의 복병이 나타나면 모두 처치해버리시오. 수레 십여 대에 마른 잔디풀과 마른 나뭇잎을 가득 싣고 가서 산 속의 샛길을 막고 불을 지르는 동안 나는 그 틈을 타서 장합을 붙잡아 뇌동의 앙갚음을 하겠소."

다음날 장비가 군사를 거느리고 먼저 나가니 장합이 달려나와 싸움을 걸었다. 그는 역시 십여 차례의 접전을 벌이더니 장비를 유인하려고 또다시 도망을 치는 척했다.

장비가 뒤를 추격하자 장합은 전혀 대항하지 않고 도주하기만 했다. 그러기를 반복하여 장비가 산 어귀에 접어들게 되자 장합의 원군이 나타났다. 장합은 원군을 보자 돌아서서 본격적으로 반격했고, 두 부대로 갈라져 매복해 있는 복병이 나타나 어서 장비를 포위하기만을 기다렸으나 이미 복병들은 위연의 부대에 의해 깊은 골짜기 밑으로 몰려 꼼짝할 수 없는 상태였다.

이때 장비의 계책대로 위연이 군사들을 거느리고 나타나 산 속의 오솔길에 수레를 끌어다놓고 불을 지르니 불은 거세게 골짜기의 초목을 활활 불태우기 시작했고, 그 연기로 인해 눈을 뜰 수가 없는 지경이 되어 복병들은 꼼짝을 할 수가 없었다.

장비는 이 기회를 놓치지 않고 쏜살같이 달려들었고, 장합의 부대는 크게 패하였다. 장합은 혼비백산하여 겨우 목숨만 건져 와구관으로 되돌아와서는 패잔병들을 긁어모아 관문을 지키며 나오지 않았다. 장비는 위연과 함께 신이 나서 날마다 관문을 공격했으나 전혀 대응이 없자 부대를 이십 리 밖으로 후퇴시켰다.

그러던 어느 날, 장비가 위연과 기마병 수십 명을 거느리고 오솔길을 따라 수색을 하다가 앞을 바라보니 몇 명의 농부들이 저마다 등에 조그만 등짐을 지고 등나무 덩굴이나 칡덩굴을 붙잡고 매달려서 기어올라가고 있었다.

장비가 그들을 가리키며 위연에게 소곤거렸다.

"저 농부들 덕분에 와구관을 빼앗을 수 있겠소."

장비는 군사들에게 지시하여 그들이 무서워하지 않게 잘 타일러 데려오라고 했다. 군사들이 농부들을 데려오니 장비는 부드러운 말로 그들을 안심시킨 후에 어디로 가는 길이냐고 물었더니 그 중 한 사람이 나서며 말했다.

"저희는 한중에 사는 사람으로 고향에 돌아가는 길인데 큰 싸움이 벌어져 낭중의 길이 막혔다는 소식을 들었습니다. 그래서 창계(蒼溪)를 지나 재동산(梓潼山)과 회신천(檜新川)을 통하여 한중으로 가려던 길입니다."

장비가 다시 물었다.

"그럼, 여기에서 와구관까지는 얼마나 되느냐?"

"재동산 샛길로 넘어가면 와구관의 뒤쪽에 이르게 됩니다."

장비는 기뻐하며 그들을 일단 진지로 데려가 편히 쉬게 하고 술과 음식을 가져다 주었다.

장비는 위연에게 와구관을 공격하라고 명하고서 말했다.

"나는 경기병(輕騎兵)을 이끌고 재동산 샛길로 접어들어 와구관 뒤쪽을 공격하겠소."

장비는 농부들을 길잡이로 하여 경기병 오백 명을 거느리고 재동산 샛길로 접어들었다.

한편, 장합은 원군이 도착하지 않아 불안해하고 있었는데 때마침 위연이 관문 아래까지 밀어닥쳐왔다는 보고를 들었다. 장합이 군사들을 이끌고 산 아래로 내려가 싸우려는데 다시 보고가 들어왔다.

"관문 뒤쪽 여러 군데에서 불길이 치솟고 있어 어디로 적들이 쳐들어오는지 알 수 없습니다."

장합은 원병이라고 생각하고 그들을 맞이하러 나갔다. 그러나 깃발 아래 서 있는 사람은 원군이 아니라 바로 장비였다. 장합은 오싹 하는 전율감을 느끼며 급히 샛길로 도주했으나 말을 타고는 달릴 수 없는 좁은 오솔길이었다. 장비가 뒤따라 군사를 거느리고 계속 추격해왔으므로 장합은 더욱 다급해져 말을 버리고 위태하게 숲길을 헤쳐 도망쳤다. 이때 뒤따르는 병력은 겨우 십여 명남짓뿐이었다.

장합을 물리친 황충과 엄안

장합 일행은 도주하여 간신히 남정에 이르렀다. 장합이 크게 패하고 돌아오자 조홍은 노발대발하며 꾸짖었다.

"공은 나가서 싸우지 않겠다는 각서까지 남겨놓고 나가 싸우더니 이게 무슨 꼴이오? 그렇게 많은 군사를 잃고도 자결하지 않고 돌아왔단 말이오?"

조홍은 그 자리에서 망나니에게 시켜 그의 목을 치려 했다. 그러자 행군사마(行軍司馬) 곽회(郭淮)가 간언했다.

"군사는 얻기 쉬우나 한 장수를 구하기는 어렵습니다. 장합의 행동은 무모했지만 위왕께서 총애하시는 몸이니 지금 여기서 그를 죽여서는 안 됩니다. 제 생각에는 장합에게 오천 병력을 새로 내주어 가맹관(葭萌關)을 공격하게 하면 서천의 여러 부대들은 발이 묶이게 되어 한중을 쉽게 손에 넣을 수 있을 것입니다. 만일 그것도 성공하지 못하거든 그때 가서 처벌하셔도 늦지 않을 것입니다."

조홍은 곽회의 말을 받아들여 장합에게 오천 병력을 주고 가맹관을 공격하게 했다.

그때 가맹관을 수비하고 있었던 맹달과 곽준은 장합이 다시 쳐들어온다는 소식을 듣고 서로 다른 의견을 내놓았다.

곽준은 성을 계속 지키자고 하고 맹달은 장합에 맞서 육탄전을 벌이자고 했다. 결국 맹달은 군사를 거느리고 관문 아래로 나가 장합과 싸워 크게 패하고 돌아왔다.

곽준은 급히 성도에 있는 유비에게 보고를 올렸다. 그 보고를 들은 유비는 군사 공명을 불러 대책을 협의했다.

공명은 큰 사랑방에 여러 장수들을 모아놓고 말했다.

"지금 가맹관은 위급한 상황에 빠져 있소. 낭중에 있는 장비를 불러 장합을 격퇴하는 것이 어떻겠소?"

법정이 말했다.

"장비 장군은 와구관에서 낭중 땅을 지키고 있으니 지금 당장 불러낼 수는 없습니다. 그러니 이 자리에서 장수를 뽑아 장합을 물리치도록 합시다."

공명이 웃으면서 말했다.

"장합은 위의 명장이라 가볍게 볼 수 없는 인물이오. 장비가 아니면 누가 장합을 당해낼 수 있겠소?"

이때 누군가가 큰소리를 지르며 앞으로 나왔다.

"군사님께서는 왜 저희들을 얕잡아보십니까? 제가 비록 재주는 없지만 나가 싸워 장합의 목을 치고 돌아오겠습니다."

일동이 누군가 하고 바라보니 그는 바로 노장 황충이었다. 공명이 핀잔을 주며 말했다.

"황 장군이 비록 용맹스럽다 하나 노장이시라 장합을 당해내기에는 무리가 있을 줄로 압니다."

황충이 백발 같은 흰 수염을 세우며 일어나 말했다.

"제가 비록 나이는 들었지만 두 팔은 천 근의 활을 당길 수 있는 충분한 힘이 있습니다. 장합 같은 필부쯤은 충분히 당해낼 재간이 있습니다."

공명이 다시 만류했다.

"그렇지만 장군의 연세는 벌써 일흔을 바라보고 있습니다. 늙은 나이는 속일 수 없을 줄로 압니다."

공명의 말이 채 끝나기도 전에 황충이 느닷없이 당상에서 뛰어내리더니 큰 칼을 뽑아들고 바람같이 휘둘러 보인 다음 벽에 걸려 있는 활을 끄집어내어 손으로 두 개의 활을 꺾어 부러뜨렸다.

공명이 그제서야 미소를 지으며 물었다.

"만일 노장군께서 나가신다면 부장은 누가 좋겠습니까?"

"엄안이 좋겠습니다. 만일 싸움에서 패한다면 이 흰 수염이 달린 목을 잘라 바치겠습니다."

유비는 기뻐하며 즉시 황충과 엄안에게 군사를 거느리고 나가 장합과 싸우도록 명했다. 그러자 조운(趙雲)이 나서서 말했다.

"군사님께서는 가맹관의 장합을 공격하는 일에 좀더 신중을 기해주십시오. 만일 가맹관이 함락되면 익주 땅을 모두 잃게 됩니다. 어찌 두 노장군을 싸움에 내보내시려 하십니까?"

공명이 말했다.

"조 장군에게는 두 장군이 늙은이에 불과해 보이겠지만 내 생각으로는 두 분의 힘만으로도 충분히 한중을 손에 넣어 올 것 같소."

조운은 말도 안 된다는 듯이 비웃으며 물러갔다.

한편 황충과 엄안이 병력을 이끌고 가맹관에 도착하자 맹달과 곽준은 그들을 비웃었다.

"이 중요한 진지가 위기에 처했는데 왜 하필이면 늙은이들을 보냈는지 모르겠소!"

황충은 이에 아랑곳하지 않고 엄안에게 속삭였다.

"저놈들이 우리가 늙었다고 우습게 여기고 있는 모양인데 기필코 나가서 이겨 저들에게 본때를 보여줍시다."

엄안이 이에 맞장구를 치며 말했다.

"장군의 분부에 따르겠소."

두 노장은 이렇게 다짐을 하고 나서 황충이 먼저 군사를 거느려 관문 아래로 내려가 진격하였다. 장합은 말을 달려나오다 두 노장을 보더니 소리 높이 웃으며 빈정거렸다.

"늙은이들이 공연한 싸움으로 목숨을 잃으려 하고 있군."

황충이 노하여 즉각 반격하였다.

"나는 늙은이라고 얕잡아보아도 좋으나 이 손 안에 있는 한 자루의 칼은 늙지 않았다."

그러고는 말을 몰아 장합을 향해 달려나갔다.

칼을 부딪히며 두 장군이 이십여 차례를 맞서 싸우고 있을 때 뒤쪽에서 큰 함성이 울려왔다. 엄안이 군사를 이끌고 소로를 통해 장합의 뒤를 협공한 것이었다. 양쪽으로 협공을 당한 장합은 크게 패하여 황충과 엄안의 추격을 받으며 구십 리 밖까지 도망쳤다.

황충과 엄안은 추격하던 말을 멈추고 거기에 진지를 구축한 후 병력을 움직이지 않은 채 적의 동태를 살폈다.

천탕산을 빼앗은 황충의 계책

한편 조홍은 장합이 또다시 패했다는 보고를 듣고 장합에게 사죄(死罪)를 내리려 했으나 이번에도 곽회가 간하였다.

"장합을 지나치게 문책하시면 자칫 촉군으로 넘어가버릴 염려가 있습니다. 차라리 원병을 보내어 도와주면서 감시를 철저히 한다면 배반은 하지 않을 것입니다."

조홍은 곽회의 진언을 받아들여 하후돈의 조카인 하후상(夏候尙)과 장사성에서 살해된 한현의 아우 한호(韓浩)에게 오천 병력을 이끌고 가서 장합을 돕도록 했다.

하후상과 한호 두 장수는 군사를 거느리고 장합의 진지로 들어가 전황을 확인해보았다.

장합이 말했다.

"노장 황충은 훌륭한 용장이오. 더욱이 엄안이 돕고 있으니 그들을 가벼이 보아서는 안 되오."

한호가 두 주먹을 불끈 쥐고 부르르 떨며 말했다.

"황충의 용맹은 장사성에 있을 때부터 잘 알고 있습니다. 황충은 위연과 결탁하여 우리 친형을 해치고 장사성을 유비의 손에 넘겨준 놈이오. 이번에는 반드시 형의 원수를 갚고 말겠소."

한호는 하후상과 함께 병력을 이끌고 진지를 떠나 황충의 진지로 진격하였다.

이때 황충은 날마다 정찰병을 내보내 주위 일대의 지리를 답사시키고 작전을 궁리하고 있었다. 엄안이 황충에게 의견을 제시했다.

"저기 멀리 보이는 저 산이 천탕산입니다. 조조는 저 산 속에 군량미와 말먹이를 쌓아두었습니다. 저곳을 빼앗아 적의 군량미와 양초의 보급을 차단시킨다면 한중은 쉽게 손에 넣을 수 있을 것입니다."

황충이 고개를 끄덕이며 찬성했다.

"나도 장군의 말에 동감하오. 그렇게 하는 것이 좋겠소."

엄안은 곧 부대를 이끌고 달려나갔다.

이때 황충은 하후상과 한호가 쳐들어온다는 말을 듣고 군사를 거느리고 영문 밖으로 달려나갔다. 적진에서는 한호가 큰소리로 욕설을 퍼부으면서 창을 들고 말을 달려나왔고 하후상도 동시에 황충을 협공했다.

황충은 두 적장과 십여 차례를 싸우다가 패하여 달아났다. 한호와 하후상은 황충의 뒤를 이십 리쯤 쫓아서 황충의 진지를 차지해버렸고 황충은 하는 수 없이 다시 진지를 구축했다.

이튿날이 되자 하후상과 한호 두 적장이 다시 추격해오니 황충은 이들을 맞아 나가 싸웠으나 이번에도 패하여 도주하였다. 두 적장은 역시 이십 리를 추격하여 황충의 두 번째 진지까지 빼앗았고 황충의 첫 번째 진지는 장합을 불러 수비케 했다.

장합이 진지에 도착해서 충고했다.

"황충이 두 번씩이나 연달아 패주한 것은 분명 그의 계략일 것이오."

하후상은 장합을 꾸짖었다.

"장군은 그렇게 담이 약하니 계속 패한 것이오. 잠자코 있으면서 우리가 어떻게 공을 세우는지 구경만 하시오."

장합은 얼굴이 벌개져서 물러났다.

이튿날, 하후상과 한호는 다시 황충과 결전을 벌였다. 황충은 역시 이십 리나 도망을 쳤고 두 적장은 이를 끝까지 뒤쫓았다.

다시 그 다음날이 되자 황충은 두 적장이 눈에 띄자마자 재빠르게 도망을 쳤다. 날마다 연패를 거듭하던 황충은 마침내 관문 안으로 뛰어들었다. 하후상과 한호 두 장수는 관문 아래에 진을 치고 싸움을 벌였으나 황충은 관문 안에 틀어박혀 꼼짝도 하지 않았다.

맹달은 유비에게 몰래 편지를 띄워 황충이 연패하고 가맹관까지 쫓겨와 꼼짝도 하지 않고 있다고 보고했다. 그러자 유비는 마음이 조급해져 공명에게 그 이유를 물었다.

"그것은 곧 노장군이 적을 오만에 빠지게 하려는 속임수입니다."

조운은 이 말을 믿으려 하지 않았다. 유비도 유봉(劉封)에게 황충을 도우러 가맹관으로 가라고 명했다.

그러나 원정을 온 유봉을 보며 황충이 물었다.

"소장(小將)이 여기까지 나를 도우러 온 까닭은 무엇이오?"

"아버님께선 황 장군이 거듭해서 패전하시는 것을 염려하여 저를 보내신 것입니다."

황충은 빙그레 웃으며 말했다.

"내가 연전연패한 것은 계략이었소. 오늘 밤의 결전으로 진지를 모두 되찾고 군량과 전마도 모두 빼앗을 것이오. 진지를 적에게 일부러 빼앗긴 것은 적군이 군수 물자를 그곳에 모두 쌓아두게 하여 한꺼번에 빼앗기 위함이었소. 오늘 밤 곽준에게 관문을 단단히 지키라 하고 맹달에게는 빼앗은 군량과 말들을 운반하게 할 것이니 유 공자께서는 가만히 앉아 상황만 지켜보십시오."

드디어 그날 밤이 되어 황충은 오천 병력을 거느리고 성문을 빠져나갔다.

이때 하후상과 한호 두 장수는 아무리 기다려도 황충의 군사가 나와 싸우지 않아 방심하고 있었다. 방비를 게을리하고 있던 두 장수는 황충이 갑자기 들이닥치자 당황하여 미처 갑옷도 입지 못하고 안장도 없이 앞다투어 도주하다가 어둠 속에서 무수히 많은 사상자를 냈다. 새벽이 밝아올 때까지 황충은 진지 세 곳을 점령했다.

진지에는 황충의 의도대로 조조의 군사가 버리고 간 무기와 군마, 양곡이 산더미처럼 쌓여 있었다. 황충은 맹달에게 명하여 그것을 가맹관으로 옮기게 하고 군사를 다시 일으켜 적군을 추격했다.

유봉이 말했다.

"군사들은 모두 피로에 지쳐 있을 테니 일단 휴식을 취하도록 하는 것이 좋겠습니다."

"호랑이 굴에 들어가지 않고서는 호랑이 새끼를 얻지 못한다고 했소."

황충은 이렇게 말하고는 여전히 대열을 전진시켰다. 군사들은 이 말에 힘을 얻고 용기백배하여 그 뒤를 쫓았다.

하후상과 한호가 황충에게 쫓겨 장합의 진지에 뛰어들자 장합의 군사는 적이 쳐들어온 줄 알고 혼란에 빠지게 되었다. 황충이 이를 기회로 계속 추격하자 이들은 모두 진지를 버리고 한수의 강변까지 도망쳐버렸다.

장합은 하후상과 한호를 불러 대책을 협의했다.

"천탕산은 우리에게 가장 중요한 창고입니다. 그 가까이에 있는 미창산(米倉山)에도 양곡이 저장되어 있소. 두 창고 모두 한중의 우리 군사를 위한 중요한 곳인데 만약 한중이 촉군에게 넘어간다면 어떻게 되겠습니까? 그곳은 어떻게 해서든지 꼭 지켜야 합니다."

하후상이 말했다.

"미창산에는 저의 숙부 하후연 장군이 지키고 있고, 뒤에는 정군산(定軍山)이 가리고 있으니 염려할 것 없습니다. 그리고 천탕산은 저의 형님 하후덕(夏候德)이 지키고 있으니 지금 달려가서 함께 그곳을 지킵시다."

이리하여 장합과 두 장수는 바삐 말을 몰아 천탕산에 이르러 하후덕을 만나 자초지종을 얘기하고 하소연을 하였다.

하후덕이 대답했다.

"이곳에는 십만 병력이 있으니 이들 병력을 이끌고 가서 진지를 되찾는 것이 어떻겠소?"

장합이 대답했다.

"그렇게 대책없이 병력을 이끌고 나가는 것보다는 이곳을 수비하는 게 더 중요합니다."

이때였다. 산 어귀에서 북소리가 울리더니 황충이 공격해온다는 통보가 들려왔다.

그러자 하후덕이 여유롭게 웃으며 말했다.

"늙은 장수가 겁도 없이 싸우러 달려오는구나."

그러자 장합이 충고의 말을 했다.

"황충은 싸움에서는 노련한 명장이니 그렇게 가볍게 보아서는 안 됩니다."

하후덕이 다시 조소를 보내며 말했다.

"서천 군사는 그 먼 곳에서 계속 진격해왔으니 군사들이 이미 지쳐 있을 텐데 그러고도 이런 깊은 산중까지 들어오다니 이것이 바로 지모가 없다는 뜻이오."

장합이 다시 말했다.

"그래도 성을 단단히 지키고 있어야지 섣불리 나가 싸워서는 안 됩니다."

한호가 참다 못해 끼어들었다.

"삼천 병력을 저에게 내주시면 나가 싸워 이기고 돌아오겠습니다."

하후덕은 한호에게 삼천 병력을 내주며 나가 싸우게 했다. 황충도 군사를 거느리고 나가 싸우려 하는데 유봉이 이를 제지하며 말했다.

"이미 해질녘이 다 되어 먼 길을 걸어온 군사들은 지쳤을 것이니 먼저 쉬게 한 후에 진격하는 것이 좋겠습니다."

황충이 웃으며 말했다.

"지금은 하늘이 주는 기회이니 지금 치지 않으면 하늘의 뜻을 거스르는 것이 되오."

이렇게 말하더니 북을 울리며 진격해나갔다.

한호가 이에 대응해 싸우러 나섰으나 황충은 앞으로 나가 단칼에 한호의 목을 베어 쓰러뜨렸고 촉군이 이에 함성을 지르며 천탕산으로 기어올라갔다. 산 위에서는 장합과 하후상이 방어할 태세로 맞서 달려나왔다.

이때 갑자기 산 뒤에서 천지를 진동하는 함성이 들려왔다. 하후덕이 뒤를 돌아보니 하늘 높이 시커먼 연기가 치솟으며 불길이 번지고 있었다. 하후덕이 불을 끄기 위해 부랴부랴 달려가자 이미 거기에는 노장 엄안이 버티고 서서 하후덕을 기다리고 있었다. 엄안이 칼을 휘둘러 하후덕을 치니 그의 머리는 말 밑으로 굴러떨어졌다. 황충이 미리 엄안에게 산 속에 매복하고 있다가 자신이 군사를 거느리고 공격해오면 마른 나뭇가지와 풀에 불을 지르라고 명했던 것이었다.

엄안이 군사들의 함성 소리를 듣고 불을 지르자 불길이 사방으로 타올라 대낮같이 밝았다. 하후덕을 쓰러뜨린 엄안은 그 여세를 몰아 공격을 계속 하였다.

장합과 하후상은 양면 공격을 받게 되자 당황하여 천탕산을 버리고 하후연이 수비하고 있는 정군산으로 허겁지겁 도망쳤다. 황충과 엄안은 천탕산을 취하고 나서 사람을 성도로 보내어 유비에게 승전보를 알렸다.

하후연과 맞서려는 황충의 의지

유비는 여러 장수들을 불러들여 황충과 엄안의 승리를 기뻐했다. 이때 법정이 유비에게 건의했다.

"전에 조조가 장로를 쳐서 한중을 제압했을 때 그 여세로 파촉(巴蜀:서천)을 차지하지 않고 하후연·장합 두 장수만 남겨놓고 철수한 것이 큰 실책이었습니다. 지금 우리 군이 장합과의 싸움에서 이겨 천탕산을 빼앗았으니 이 기회에 주공께서 때를 놓치지 마시고 친히 군사를 거느려 정벌하러 나가신다면 한중은 쉽게 우리 손으로 들어올 것입니다. 한중을 그렇게 평정하여 군사들을 훈련시키고 군량미를 비축한 다음 틈을 타 적을 토벌하면 오래도록 한중을 차지할 수 있을 것입니다. 하늘이 준 이 좋은 기회를 놓치지 말았으면 합니다."

유비와 공명은 모두 이에 동의하여 곧 조운과 장비를 선봉장으로 내보냈고, 그들은 따로 날을 정하여 십만 명의 대군을 거느리고 한중으로 진격하였다. 각처에는 격문을 붙이고 한층 더 방비를 철저히 하도록 명했다.

건안 23년 가을 7월의 어느 길일이었다. 유비는 십만 대군을 거느리고 가맹관으로 진격하였다. 가맹관에 이르자 관 밖에 진영을 세우고 나서 황충과 엄안을 불러들여 후한 상을 내렸다.

그 자리에서 유비는 황충에게 말했다.

"사람들 모두가 장군을 늙었다고 했지만 공명 선생만은 장군의 능력을 알아보셨기에 오늘과 같은 공을 세울 수가 있었던 것 같소. 그런데 한중의 정군산은 남정을 지키는 요새이자 군량미와 말먹이가 저장되어 있는 창고라 하니 정군산만 함락시킨다면 양평(陽平) 일대는 쉽게 우리 손에 넣을 수 있을 것이오. 장군께서 돌아가 정군산을 점령할 수 있겠소?"

황충은 기꺼이 응하여 이 임무를 맡기로 하고 즉시 군사를 거느려 나가려는데 공명이 당황하며 그를 말렸다.

"장군의 그 불타는 투지는 높이 사나 하후연은 장합과는 다른 능력을 지녔소. 하후연은 병법에 정통하여 싸움의 요령을 잘 터득하고 있는 인물이오. 그리하여 조조도 그를 신임하여 서량(西凉)을 지킬 때도 장안에 남겨두어 마초를 막게 했으며, 이제 또 한중을 지키는 책임도 맡게 하였소. 조조가 다른 장수들을 제쳐두고 하후연을 신임하는 것은 하후연의 뛰어난 용맹과 재주 때문이오. 그러니 장합과의 싸움에서 승리했다고 해서 하후연도 이길 것이라고 장담할 수는 없소. 제 생각에는 새로 장수를 뽑아 형주를 지키게 하고, 관우를 여기로 불러들여 하후연과 대적하게 하는 것이 어떨까 하오."

황충은 이 말을 듣고 나서 심각한 표정이 되어 말했다.

"예전에 염파(廉頗)는 나이 여든에도 불구하고 하루에 쌀 한 말과 열 근의 고기를 먹어치웠기 때문에 전국시대의 제후들도 그를 두려워하여 감히 조(趙)나라를 넘보지 못했다고 합니다. 저는 아직 나이 일흔에 불과한데 군사께서 저를 늙었다고 하신다면 부장도 필요없이 삼천 병력을 거느리고 나가 하후연의 목을 베어 돌아오겠습니다."

공명은 그의 이런 결연한 의지를 한사코 만류했지만 황충은 고집을 꺾지 않고 나가 싸울 것을 주장했다.

"꼭 나가겠다면 장군을 감시할 사람을 한 명 보내겠소. 그래도 좋겠습니까?"

이는 곧 병법으로 노장군을 격려하기 위한 배려였다.

이 제의를 과연 노장군이 받아들일지, 또 누가 싸움터의 감군(監軍)으로 선택될 것인지!

제 71 회 황충을 구한 조운

점대산황충일대로 　거한수조운과승중
占對山黃忠逸待勞　　據漢水趙雲寡勝衆

산에서 굽어보고 황충은 피로한 적을 치고
한수에서 조운은 우세한 적군을 무찌르다

조조, 한중으로 원정 가다

공명이 황충에게 말했다.

"장군께서 꼭 나가 싸우시겠다면 법정을 함께 보내 드릴 테니 모든 일을 그와 상의하여 행하십시오. 우리도 곧 군사를 거느리고 뒤따라 가겠소."

황충은 이를 받아들여 법정과 함께 군사를 거느리고 출발했다.

공명이 유비에게 말했다.

"노장군이 사기충천하여 싸우러 나갔지만 승리를 기대하기는 어려운 듯합니다. 그러니 즉시 원군을 보내 도웁시다."

공명은 조운을 불러들여 나가서 황충을 도우라고 말했다.

"장군은 지금 기병을 거느리고 사잇길로 나가시오. 만약 황 장군이 이길 것 같으면 그대로 두어도 되지만 그가 위태롭거든 그를 도와 싸우시오."

공명은 유봉과 맹달에게도 삼천 병력을 내주며 말했다.

"산의 험한 곳에 깃발을 꽂아놓고 일제히 함성을 질러 우리 군사가 많은 것처럼 속여 적이 위협을 느끼게 하시오."

세 장수가 떠난 뒤에도 공명은 하판(下辦)에 전령을 보내어 마초에게 새로운 작전을 알려주고 함께 행동하도록 했다. 공명은 또 엄안에게도 낭중에 있는 장비와 교대하여 관애(關隘)를 단단히 지키라고 하고 그 대신 장비와 위연은 한중으로 이동하도록 지시했다.

한편 천탕산을 빼앗긴 장합과 하후상은 하후연에게 호소했다.

"천탕산은 함락당하고 하후덕과 한호 장군도 죽었습니다. 여기에 유비가 직접 군사를 이끌고 한중으로 진격해온다고 하니 위왕께 이를 급히 보고하여 미리 대책을 세우는 것이 좋겠습니다."

하후연은 이 말을 듣고 속히 소홍에게 사실을 알렸다. 조홍은 밤길을 달려 허도에 도착하여 위급한 상황을 조조에게 전하였다.

조조는 상황을 파악하고 문무백관을 불러 대책을 협의했다. 유엽이 제안했다.

"한중이 함락되면 중원 땅이 큰 타격을 입게 될 것입니다. 그러니 위왕께서 친히 군사를 거느리고 원정길에 오르시는 것이 어떻겠습니까?"

조조는 지난 일을 후회하며 말했다.

"전에 경의 충고를 듣지 않은 것이 유감스럽소."

조조는 급히 사십만 병력을 동원하여 친히 원정하러 나갔다.

때는 건안 23년 가을 7월이었다. 조조의 대군은 세 길로 나누어 진격해 나갔다. 하후돈을 선봉대에 세우고 조조 자신은 중군에 서 있었으며, 조휴를 후군에서 공격하게 했다. 이런 태세로 사십만 대군이 속속 도문(都門)을 나선 것이었다.

조조는 황금안장을 얹어놓은 백마를 타고 옥으로 장식된 허리띠를 메고 비단옷을 입고 있었다. 또 무사들은 붉은 비단에 금실로 수놓은 양산으로 햇빛을 가리며 조조를 호위했다. 좌우에는 금과 은으로 만든 도끼와 창을 들고 있어 햇빛에 번쩍번쩍 빛났고, 해와 달과 용과 봉황을 그려 넣은 수많은 깃발이 펄럭이고 있었다. 조조를 호위하는 용호관군(龍護官軍) 이만오천 명은 다섯으로 나뉘어 각각 청·황·적·백·흑색의 깃발을 들고 말을 타고 달려나가는데 그 화려하고 웅장함은 이루 말할 수가 없었다.

부대가 한참동안 동관(潼關)을 지나 서쪽으로 나갈 무렵 조조가 멀리 앞의 울창한 나무 숲을 바라보고는 그림 같은 분지가 눈에 띄어 가까이에 있던 군사에게 물었다.

"저기가 어디냐?"

"남전(藍田)이라고 하는 곳으로 저 숲속에는 채옹(蔡邕)의 저택이 있으며 거기에는 그의 딸 채염(蔡琰)이 남편 동기(董紀)와 함께 살고 있습니다."

채옹은 조조와 친분이 있던 사이였다. 그의 딸 채염은 원래 위도개(衛道玠)의 아내였는데, 남편과 함께 북쪽 오랑캐에게 끌려가 그곳에서 추장 좌현왕(左賢王)의 아내가 되어 아들 둘을 낳고 살았으며 '호가십팔박(胡笳十八拍)'*이라는 노래를 지었다. 이 슬픈 노래는 후에 중원까지 전해져 많은 사람들에게 불려지게 되었다.

---

* 호가십팔박(胡笳十八拍):악부금곡가사(樂府琴曲歌辭)의 이름. 후한(後漢) 때 채염(蔡琰)이 창작한 희대의 슬픈 곡. 채염이 북쪽 흉노에게 잡혀 좌현왕(左賢王)과 살다가 조조의 도움으로 귀국하여 지었다 함. 호가는 풀잎으로 만든 피리라는 뜻.

　조조는 그녀의 처지를 가엾게 여겨 천금을 오랑캐에게 보내어 그녀를 그곳에서 벗어나게 해주었다. 그때 좌현왕은 조조의 위세가 두려워 채염을 하는 수 없이 한나라로 돌려보냈고 그 후 조조가 채염을 동기와 맺어준 것이었다.

　이날 우연히 채옹의 집 앞에 이른 조조는 과거의 일을 떠올리고는 군사들을 먼저 전진시키고 자신은 근위대 백여 명을 거느리고 그녀의 집 앞에 당도했다. 그때 동기는 벼슬살이를 위해 집을 떠나 있었고 채염만 집을 지키고 있었다.

　조조가 찾아왔다는 소식을 들은 채염은 반가이 나와 맞으며 조조를 당에 모시고 정중히 인사했다. 조조가 고개를 들어보니 한쪽 벽에 비문의 탁본이 걸려 있었다.

　조조가 눈여겨보자 채염이 설명했다.

　"이것은 조아(曹娥)의 비문입니다. 옛날 화제(和帝:후한의 5대 황제) 때 상우(上虞)라는 지방에 조우(曹吁)라는 무당이 있었는데 남달리 굿을 잘했다고 합니다. 어느 해 오월 단오날 그는 배 위에서 술에 취해 춤을 추다가 강물에 빠져 죽었다고 합니다. 그에게는 조아라는 열네 살짜리 딸이 하나 있었는데 아버지가 빠져 죽은 강물에 나가 칠일간을 통곡하더니 결국은 강불에 몸을 넌셨답니다. 그 후 닷새 뒤에 강물 위로 아버지의 시신을 등에 업은 그녀의 시신이 떠오르자 마을 사람들이 부녀를 강가에 묻어주고 장사를 지내주었습니다. 이 소문을 듣고 상우의 현령인 도상(度尚)이 이를 가상히 여겨 조정에 조우의 딸을 효녀로 표상했습니다. 그때 현령 도상은 한단돈(邯鄲惇)에게 비문을 짓도록 했는데 그는 나이 열세 살의 어린 소년이었지만 글씨 하나 고칠 것 없고 점 하나 더 찍을 것 없이 일필휘지(一筆揮之)로 비문을 썼으므로 사람들이 모두 입을 모아 칭찬했습니다. 저의 아비 채옹이 이 소문을 듣고 직접 그곳에 갔다가 날이 저물어 어둠 속에서 손을

더듬어 비문을 읽고 나서 비석 뒷면에 붓을 들어 큰 글씨 여덟
자를 썼는데 후에 사람들이 이를 새겨 아비의 여덟 글자도 전해
지게 된 것입니다.”
　조조가 채옹의 여덟 글자를 읽어내려 갔다.

　　황견유부(黃絹幼婦)　외손제구(外孫虀臼)

　이를 읽어본 조조가 무슨 뜻인지 묻자 채염이 대답했다.
　“그것이 아비의 필적임은 분명하나 그 뜻은 모르겠습니다.”
　조조가 모사들을 돌아보면서 물었다.
　“그대들 중에 이 뜻을 아는 자가 있소?”
　모사들은 서로의 얼굴만 쳐다볼 뿐 아무도 대답하는 이가 없
었다. 한참 후에야 누군가가 앞으로 나왔다.
　“제가 알고 있습니다.”
　그는 바로 주부(主簿) 양수(楊修)였다. 조조는 그를 가로막으며
말했다.
　“잠깐 기다려보게. 나도 생각해보겠네.”
　조조는 채염과 작별을 고하고 일행을 거느리고 그 집을 나왔
다. 말을 타고 삼십 리쯤 가다가 문득 조조는 그 뜻을 깨닫고 빙
그레 웃으며 양수에게 말했다.
　“어디 자네가 한번 그 뜻을 풀어보게.”
　그러자 양수가 설명했다.
　“그것은 수수께끼 풀이였습니다. 황견은 빛깔있는 천을 말합니
다. 천은 실로 되어 있으니 실사(絲)변에 색(色)자를 더하면 절
(絶)자가 됩니다. 유부란 어린 소녀인데 어린 소녀는 여자[女]가
젊다[少]는 뜻이니 이는 묘(妙)자가 됩니다. 외손이란 여자 쪽의
자손을 말하니 여자[女]와 자손[子]을 합하면 호(好)자가 됩니다.

제구는 오신(五辛:이것을 먹으면 음욕이 생긴다는 다섯 가지의 맛)을 받는 그릇을 말하니 받을 수(受)에 오신의 신(辛)을 더하면 사(辤)자가 되어 뜻은 절묘호사(絶妙好辤) 곧, 더없이 훌륭한 문장이라는 뜻입니다."

조조가 탄성을 지르며 말했다.

"놀랍군. 내 생각과 같네."

모두 양수의 기지에 감탄하여 놀라지 않는 사람이 없었다.

그날 조조가 군사들을 거느려 남정으로 진입하자 조홍이 그를 맞이하며 그 동안 장합이 패한 사실을 늘어놓았다.

조조가 말을 막으며 말했다.

"그것은 장합만의 죄는 아니다. 승패는 병가에 있을 수 있는 일이다."

조홍이 다시 말했다.

"현재 유비는 황충에게 정군산을 공격케 하고 있습니다. 하후연은 위왕께서 오시기를 기다리며 아직 싸우지 않고 성만 지키며 대기하고 있습니다."

조조가 얼굴을 붉으락거리며 말했다.

"나가 싸우지 않는 것은 비겁한 짓이며 적이 가벼이 여길 위험이 있다."

조조는 전령을 정군산으로 급히 보내 하후연에게 나가 싸우라고 명했다.

이때 옆에서 유엽이 진언했다.

"하후연은 지나치게 강직하여 적의 계략에 쉽게 빠져들지 않을까 우려됩니다."

조조는 편지를 써서 사자를 보내 하후연에게 전했다.

하후연은 조조의 편지를 뜯어보았다.

장수는 강직함과 유연함을 어우러지게 할 수 있어야 하오. 조심성없이 제 용기만을 믿고 행하는 것은 한낱 군졸의 짓에 지나지 않소. 나는 지금 대군을 남정(南鄭)에 주둔시키고 있으면서 그대의 뛰어난 재주를 지켜보겠으니 결코 욕되지 않게 행동해주기 바라오.

편지를 읽고 난 하후연은 크게 기뻐하였다.

진식과 맞바꾼 하후상

하후연은 당장 장합을 불러 대책을 협의했다.

"지금 위왕의 대군이 남정에 주둔하면서 유비를 치려고 하네. 자네와 나는 하는 일 없이 이곳을 오래도록 지키고만 있었네. 마침내 우리의 기량을 발휘할 때가 되었으니 나가서 싸워 황충을 사로잡세."

장합이 말했다.

"황충은 용기와 지략을 함께 겸비한 인물인데다가 법정이 같이 옆에서 돕고 있으니 철저히 경계할 필요가 있습니다. 이곳은 험한 산중이니 방비하는 것이 최선입니다."

하후연은 그의 조언을 무시하며 말했다.

"우리가 이렇게 지키고만 있는 동안 다른 사람이 공훈을 세운다면 나와 장군은 위왕을 무슨 면목으로 대하겠소. 장군은 이 산을 지키고 있으시오. 나는 나가서 싸우겠소."

그러고서 하후연은 휘하 장병에게 물었다.

"누가 나가서 적을 유인해 오겠느냐?"

하후상이 나섰다.

"제가 나갔다 오겠습니다."

“좋다. 나가서 황충과 맞서게 되면 절대로 이기려고 하지 말아라. 내게 좋은 계략이 있으니 너무 힘들여 싸우지 말아라.”

하후연은 하후상에게 은밀히 계략을 말해주고 삼천 병력을 내주며 정군산 진지를 나서도록 지시했다. 이때 황충은 법정과 함께 정군산으로 밀어닥쳐 하후연에게 싸움을 걸어보았지만 하후연은 얼씬도 하지 않았다. 황충과 법정은 계속 공격하는 것이 위험하다고 느끼고 진을 치고 있기로 했다.

그러던 어느 날, 산 위에 있던 조조의 군사가 공격해온다는 소식이 전해져 왔다.

황충이 급히 나가서 싸우려 하자 부하 진식(陳式)이 말리며 말했다.

“노장군께서는 참고 여기에 계십시오. 제가 먼저 나가서 싸우겠습니다.”

황충이 기뻐하며 기꺼이 일천 병력을 진식에게 내어주며 산어귀에 진을 치도록 했다. 그러자 산 위에서 하후상이 군사를 거느리고 내려와 대적하였다. 하후상과 진식은 서로 맞붙어 싸웠는데 갑자기 하후상이 칼을 몇 번 휘두르더니 도주하기 시작했다. 진식은 그것이 하후상의 속임수인 줄 모르고 뒤를 추격하였다. 얼마 가지도 못하여 풋소리가 요란하게 들리더니 양쪽 산 위에서 통나무와 돌덩이들이 폭포수처럼 쏟아져 내려왔다.

진식이 더 이상 추격할 수가 없게 되어 후퇴하려 하자 뒤에서 하후연이 이를 가로막았다. 진식은 꼼짝도 못 하고 사로잡히고 나머지 군사들도 대부분 항복하였다. 그 가운데서 간신히 도망쳐 살아 돌아간 군사가 황충에게 진식이 붙잡혀 갔다고 보고하자 황충은 당황하여 법정에게 대책을 물었다.

그러자 법정이 조언했다.

“하후연은 자신의 용기만 믿고 날뛰는 사려가 깊지 않은 인물입니다. 우리가 군사들의 사기를 돋구어 진지를 철거하고 적의 진지 앞까지 군사들을 내보내 적을 유인하여 싸운다면 쉽게 그를 사로잡을 수 있을 것입니다. 이 전법을 '반객위주(反客爲主)'라고 합니다."

황충이 법정의 조언에 따라 비축해둔 물자를 군사들에게 모두 나누어주니 군사들은 뜻밖의 횡재에 골짜기가 떠나갈 듯 환성을 지르며 사기충천하여 싸우러 나가겠다고 다짐했다.

이튿날 황충은 진지를 철거하고 군사들을 거느려 전진해 나갔다. 전진하면서 곳곳에 진지를 설치하고 며칠 머문 뒤에 다시 전진해 나갔다.

하후연은 이 소식을 듣고 초조해하다가 나가서 싸우기로 작정하였다.

이를 장합이 만류했다.

"저 병법을 이른바 반객위주의 전법이라고 합니다. 섣불리 나가 싸우다가는 반드시 패할 것입니다."

하후연은 장합의 말을 듣지도 않고 먼저 하후상에게 수천 병력을 내어 주며 황충의 진지로 진격하라고 지시했다.

황충은 이에 직접 출진하여 칼 한 번 제대로 쓰지 않은 채 하후상을 사로잡아 돌아왔다. 도망친 군사가 하후연에게 하후상이 붙잡혀갔다고 보고하니 하후연은 급히 황충의 진지로 사자를 보내어 하후상과 진식을 맞바꾸자고 제안했다. 황충은 내일 진지 앞에서 서로 맞바꾸자고 약속했다.

이튿날 양쪽 군사는 산골짜기에 진을 치고 황충과 하후연은 각 진문의 깃발 아래 서 있었다. 황충은 하후상을, 하후연은 진식을 각각 데리고 왔는데 진식과 하후상은 모두 갑옷과 투구는 입지 않은 채 너덜너덜한 옷을 걸치고 있었다.

북이 둥둥 울리자 하후상과 진식은 각기 자기의 진문을 향해 쏜살같이 달려나갔다. 하후상이 진문 가까이 이르렀을 때 황충은 활 시위를 당겨 하후상의 등에 화살을 명중시켰다. 하후상이 화살이 꽂힌 채로 진지 안으로 쓰러지며 들어오는 것을 본 하후연은 화가 나 말을 달려 황충과 싸우러 나갔다. 이것이 하후연을 사로잡으려는 황충의 계략임을 하후연은 모른 것이었다.

황충이 이에 맞서 말을 몰아 달려나가 이십여 차례 싸우고 있을 때 조조 진영에서 징을 울려 싸움을 중지하라는 신호를 보냈다. 하후연이 당황하여 허둥지둥 돌아가니 황충이 군사들을 거느리고 계속 뒤를 추격했다.

하후연을 죽인 황충

하후연은 진지로 돌아가 압진관(押陳官)에게 호통을 쳤다.

"하필 이럴 때 징을 울려 돌아오게 했느냐?"

압진관이 옆 산골짜기를 가리키며 말했다.

"산골짜기 곳곳에 촉군의 깃발이 보였는데 틀림없이 거기에 복병이 있었을 것입니다. 혹시 장군이 적에게 당하지나 않을까 염려되어 징을 울렸습니다."

하후연은 이 말을 납득하고 진을 지키며 나와 싸우지 않았다.

황충은 정군산 기슭까지 치고 나아가 법정과 작전을 협의했다.

법정이 산 쪽을 가리키며 말했다.

"정군산의 서쪽에 높은 봉우리가 있는데 가파르긴 하지만 길이 나 있습니다. 저 꼭대기까지 오르면 정군산이 바로 바라보여 조조 군 진지의 실체를 훤히 볼 수 있습니다. 그러니 저 봉우리만 빼앗으면 정군산은 우리의 손 안에 들어오는 것입니다."

황충이 멀리 산꼭대기의 평평한 곳을 쳐다보니 몇몇 군사들이 움직이는 모습이 보였다.

이날 밤 황충은 군사를 이끌고 그 산으로 향했다. 산에는 하후연 휘하의 두습(杜襲)이 백여 명의 병력으로 산을 지키고 있었으나 황충의 진격 앞에 싸워보지도 못하고 산을 버리고 줄행랑을 쳤다. 황충은 법정과 봉우리에 서서 정군산을 내려다보았다.

법정이 말했다.

"장군은 산의 중턱으로 내려가 거기를 지키고 계십시오. 저는 산정에서 감시하고 있다가 하후연이 진격해오면 흰 깃발을 꽂아 신호를 보낼 테니 그때는 군사를 움직이지 말고 계십시오. 적이 공격에 지쳐 기진맥진하면 붉은 깃발을 들어올릴 것이니 그 신호를 보는 즉시 산 아래로 진격해 내려가면 적이 지친 틈을 타서 싸우게 되니 반드시 승리할 것입니다."

황충은 기뻐하며 법정의 계책을 따르기로 하였다.

한편, 두습은 패배하고 돌아가 하후연에게 진지를 빼앗겼다고 보고했다. 하후연은 이 사실에 크게 노하여 호통을 쳤다.

"늙은 황충이 그 산을 함락했으니 내가 나가서 싸우지 않을 수 없군."

장합이 이를 만류하며 충언했다.

"이것은 법정의 계책이 틀림없습니다. 성급히 나가서 싸웠다가는 패할 테니 장군께서는 성을 지키십시오."

하후연이 반발하며 말했다.

"그곳을 점령하여 우리 진지를 훤히 내다보고 있으니 적진으로 우리의 비밀이 새어나가지 않소? 어찌 나가서 싸우지 않을 수 있겠소."

하후연은 성급히 군사를 나누고 황충이 점거하고 있는 산을 포위하여 욕설을 퍼부어대었다. 그러자 법정이 산꼭대기에 흰 깃발을 꽂았다. 하후연과 군사들은 일제히 야유를 보내며 떠들었지만 산 허리에 매복한 황충은 꼼짝도 하지 않았다. 이윽고 한나절이 지나 법정이 하후연의 진지를 바라보니 군사들이 피로에 지쳐 말에서 내려 쉬고 있었다.

법정이 붉은 깃발을 흔들어댐과 동시에 황충의 군사들은 북을 치고 피리를 불어 진격 신호를 울렸다. 황충이 선두에 서서 말을 몰아 산 아래로 진격해나가자 군사들도 일제히 그 뒤를 따랐다. 마치 하늘이 무너지고 땅이 꺼지는 듯한 맹렬한 기세였다.

하후연은 미처 손을 쓸 틈도 없이 대경실색하고 있는데 황충이 밀어닥치며 벼락치듯이 호통을 쳤다. 황충의 보검이 두어 번 허공을 가르더니 하후연의 머리와 어깨를 내리쳤고, 몸은 두 동강으로 잘렸다.

황충이 하후연의 목을 베어 쓰러뜨리자 조조 군은 일제히 달아나기 바빴다. 황충이 그 여세를 몰아 정군산으로 진격해 올라가니 장합이 대적하러 나왔다가 황충과 진식이 협공하는 것을 보고 패주하는 수밖에 없었다.

잠시 후 산모퉁이에서 한 떼의 군사가 번개처럼 뛰쳐나오더니 선두의 장수가 으름짱을 놓으며 크게 소리쳤다.

"상산의 조운이 여기 있다!"

이 소리에 장합은 두려워 패잔병을 이끌고 정군산으로 퇴각해 갔다. 앞쪽에서 다시 장수 하나가 군사를 이끌고 내려오는데 바로 두습이었다.

두습이 숨을 헐떡이며 장합에게 보고했다.

"정군산도 이미 유봉과 맹달에게 빼앗겼습니다."

장합은 기가 죽어 하는 수 없이 두습과 함께 패잔병을 이끌고 조조가 머물러 있는 한수의 진지로 돌아가기로 하고 사람을 먼저 보내어 조조에게 정군산성은 빼앗기고 하후연은 전사했다고 전했다.

조조는 하후연이 전사했다는 소식을 전해 듣고 소리내어 통곡하며 관로가 예언했던 말이 적중했음을 알고 한탄했다.

'삼팔종횡(三八縱橫)'은 삼 곱하기 팔은 이십사를 뜻하는 말로, 곧 건안 24년을 가리키고 '황저우호(黃猪遇虎)'는 황저 즉 누런 돼지가 호랑이를 만난다는 뜻이니 곧 기해년(己亥年)을 가리키는 것이며 우호는 범[寅]을 표시하니 바로 정월을 뜻하는 것이다. '정군지남(定軍之南)'은 정군산의 남쪽을 말함이요, '상절일고(傷折一股)'는 한 다리 가랑이를 잃는다는 뜻이니 이는 곧 친형제와 같이 지내던 하후연의 죽음을 말한 것이었다.

조조는 사람을 보내 관로의 행방을 찾았으나 그가 어디로 갔는지 행방이 묘연하여 알 수 없었다. 조조는 하후연의 죽음을 너무 슬퍼하여 황충에 대해 사무친 원한을 품고 선봉장에는 서황을 내세워 직접 군사를 이끌고 정군산으로 향해 진격해나갔다.

적진에서 황충을 구해낸 조운

이윽고 조조의 군사가 한수에 이르자 장합과 두습이 마중나와 보고했다.

"정군산은 이미 함락되었으니 우선 미창산에 둔 군량미를 이쪽 북산(北山)으로 옮겨놓고 나서 진격하는 것이 좋겠습니다."

조조는 이 말을 따르기로 하고 멈추어섰다.

한편, 황충은 하후연의 목을 손에 들고 가맹관의 유비 앞으로 나아가 바쳤다. 유비는 황충의 무훈을 크게 기뻐하며 그에게 정서대장군(征西大將軍)의 칭호를 내리고 축하연도 베풀어주었다.

이때 부대장 장저(張著)가 나타나 아뢰었다.

"조조가 이십만 대군을 거느리고 한수로 출진하였고 장합은 미창산에 저장된 군량미를 한수의 북산으로 옮기고 있습니다."

옆에서 듣고 있던 공명이 유비에게 아뢰었다.

"지금 조조의 대군으로서는 군량미를 비축하는 것이 가장 큰 문제입니다. 그러니 급하게 싸우러 달려나오지는 못할 것입니다. 누군가 첩자를 보내 말먹이와 군량 등을 태우면 싸움을 일으키기도 전에 조조의 뜻이 꺾이고 말 것입니다."

공명이 미처 말을 끝내기도 전에 황충이 자청하고 나섰다.

"제가 나가서 그 일을 처리하겠습니다."

그러자 공명이 만류했다.

"장합은 하후연과는 비교가 안 되는 뛰어난 인물이니 조심스럽게 일을 처리해야 합니다."

유비도 동조하였다.

"하후연이 총대장이긴 했지만 그건 직위였을 뿐 어떻게 장합과 비교하겠소. 장합을 쓰러뜨리면 하후연을 해치운 것보다 열 배는 큰 무훈이 될 것이오."

황충이 다시 분연히 소리쳤다.

"제가 나가서 장합의 목을 베어 오겠습니다."

공명이 황충에게 지시했다.

"그러면 조운과 함께 나가시오. 서로 잘 협의해서 행동해야 공을 세울 수 있을 테니 이 점 명심하시오."

그러자 황충은 표정을 굳히며 나가버렸고, 공명은 다시 장저를 부장으로 데리고 가라고 지시했다.

유비와 공명 앞에서 물러나온 조운이 황충에게 물었다.

"조조는 이십만 대군을 거느리고 열 개의 진지를 치고 군사를 나누어 주둔하고 있습니다. 비록 황 장군이 주공 앞에서는 적의 군량미를 빼앗아 오겠다고 하셨지만 쉬운 일은 아니오. 장군은 무슨 계책이라도 세우셨습니까?"

황충은 짧게 대답했다.

"내가 먼저 앞서 가겠소."

조운은 반발하며 말했다.

"그것은 저의 임무이니 제가 먼저 가겠습니다."

"내가 주장이고 장군은 부장이니 내 말을 들으시오."

조운이 황충의 말을 받았다.

"저와 장군은 주공을 위해 싸우는데 어느 쪽이 먼저 나가면 어떻습니까? 그러면 제비뽑기를 하여 정하도록 합시다."

제비뽑기를 한 결과 황충이 앞장 서게 되었다. 조운이 황충에게 말했다.

"장군께 앞장 서게 되었으니 저도 가만히 앉아 있을 수 없습니다. 시간을 정하여 장군께서 약정된 시간까지 돌아오시면 군사를 움직이지 않을 것이고, 만약 돌아오지 않으신다면 제가 군사를 거느리고 가서 돕겠습니다."

"좋은 생각이오."

황충이 동의하자 그 시각을 정오로 정하고 조운은 본진으로 돌아가 부장 장익에게 말했다.

"황충이 내일 정오까지 적의 군량미를 불태운다고 했으나 만일 정오 전까지 돌아오지 않으면 내가 진격해야 하오. 우리 진지는 앞에 한수를 마주하고 있어서 지형이 몹시 험하니 내가 출정한 뒤에도 진지를 단단히 지키고 함부로 군사를 움직이지 마시오."

한편, 황충도 자신의 진지로 돌아와서 부장 장저에게 일렀다.

"내가 하후연을 죽였으니 장합의 기가 많이 죽었을 것이오. 내일 내가 적의 군량미를 빼앗으러 갈 때 오백 명의 군사만 진지를 지키도록 남겨두고 자네는 나를 도와주어야겠소. 오늘 밤에 군사들에게 밥을 배불리 먹이고 새벽녘에 진군하여 북산 기슭에 이르면 우선 장합을 사로잡고 다음에 양식을 빼앗기로 합시다."

장저는 명을 받고 물러났다.

그날 새벽녘 황충이 선두에 서고 장저가 후군을 거느려 한수를 건너 북산 기슭에 이르렀다. 날이 훤히 밝아오자 산처럼 쌓여 있는 군량미 더미가 보이기 시작했다. 그때 감시를 하고 있던 조조의 군사들은 촉군을 발견하고는 깜짝 놀라 도망을 쳤다. 황충이 기마병들을 말에서 내리게 하여 양곡 더미에 불을 지르게 하려는 순간 장합이 군사를 거느리고 달려왔다. 황충의 군사와 장합의 군사가 어우러져 일대 혼전을 벌였다.

조조는 이 급보를 전해 듣자 먼저 서황을 보내 장합을 도와 싸우게 했다. 장합과 서황의 협공을 받은 황충은 포위되고 말았다. 장저가 겨우 목숨을 구하여 삼백 명의 군사를 거느리고 진지를 향해 도주하는데 갑자기 조조의 장수 문빙이 앞을 가로막았다. 뒤에는 조조가 직접 군사를 이끌고 추격해와 장저마저 어쩔 수 없이 포위되고 말았다.

한편 촉군 진지의 조운은 본진에서 황충이 돌아오기만을 기다리고 있었다. 약속한 정오가 지나도 황충이 돌아오지 않자 조운은 삼천 병력을 거느리고 급히 황충을 도우러 나가면서 장익에게 당부의 말을 했다.

"본진 양쪽에 강궁을 설치하고 사수들을 매복시켜놓으시오. 그리고 진지를 단단히 지켜야 하오."

장익은 분부대로 응하겠다고 대답했다.

조운이 창을 들고 말을 달려나가니 문빙의 부장 모용렬(慕容烈)이 칼을 휘두르며 조운에게 달려들었다. 겁도 없이 달려나오던 모용렬은 조운의 창에 찔려 말 아래로 떨어졌다. 그 기세로 포위망 속으로 돌진해 나가는데 또다시 장수 하나가 앞을 가로막았다. 조조의 장수 초병(焦炳)이었다.

조운이 초병에게 큰소리로 외쳤다.

"촉군의 군사는 어디에 있느냐? 이놈!"

"모두 죽어 한 놈도 남지 않았다."

조운이 크게 노하여 단칼에 초병을 죽이니 적군은 모두 흩어져 도망쳤다.

조운이 군사를 이끌고 북산 기슭까지 진격해가니 장합과 서황의 군사가 황충을 포위하고 있었다.

"이놈들! 상산의 조운이 여기 왔다."

조운은 크게 소리를 지르면서 창을 휘두르며 적진으로 달려나갔다. 조운이 창을 좌우로 휘두를 때마다 적군의 목은 마치 배꽃이 바람에 휘날리듯, 진눈깨비가 허공에서 회오리치듯 떨어져나갔다. 장합과 서황은 소름이 끼쳐 감히 맞서싸울 수가 없었다.

조운은 적이 움츠려 있는 틈을 타 재빨리 황충을 구출하였다. 조운은 적과 싸우면서 도망쳤는데 어느 누구도 이들 앞을 가로막는 군사는 없었다.

한수에서 조운에게 쫓겨난 조조의 군사

이때 높은 곳에서 이 광경을 지켜보던 조조가 놀라 물었다.

"저게 누구냐?"

"상산의 조운이라 합니다."

"전에 당양·장판교 싸움에서 영웅이 된 그 인물이 아직 살아 있다는 말이냐?"

조조는 급히 전령을 보내어 지시를 내렸다.

"조운이 나타나면 섣불리 나서서 싸우지 말라고 전하거라."

조운이 황충을 구하여 겹겹의 포위망을 뚫고 나오자 군사 하나가 동남쪽을 가리키며 소리쳤다.

"동남쪽도 부장 장저가 포위되어 있습니다."

조운은 그 길로 말을 돌려 장저가 포위되어 있는 곳으로 달려나갔다. 조운이 '상산 조운(常山趙雲)'이라 쓴 장군기를 들고 쏜살

같이 달려오는 것을 보고 조조의 군사들은 겁을 먹고는 뿔뿔이 흩어졌다. 조운은 장저도 무사히 구출하여 돌아왔다.

조조는 조운이 이리저리 분전하여 황충과 장저를 구해내는 것을 보고 참을 수가 없어 장수를 거느리고 직접 조운을 뒤쫓았다. 그러나 조운은 앞을 가로막는 적을 뚫고 본진으로 향했다.

장익이 본진에서 달려오는 조운을 바라보니 뿌연 흙먼지를 일으키며 조조의 군사들이 추격해오고 있었다.

장익이 조운을 향해 외쳤다.

"척군이 가까이 추격해오고 있습니다. 성문을 닫고 망루에 올라가 적을 막는 것이 좋겠습니다."

그러자 조운이 버럭 화를 내며 말했다.

"성문을 닫지 마시오. 장군은 내가 지난번 당양·장판교 싸움에서 한 자루의 창으로 조조의 팔십만 군사를 무찌른 사실을 잊었소? 지금 이 정도의 군사와 장수가 있는데 무엇을 두려워한단 말이오?"

조운은 진지 밖 참호 속에 활과 석궁의 사수들을 잠복시키고 문루에 꽂은 깃발과 창을 모조리 제거했으며 징이나 북도 치지 못하게 했다. 그러고 나서 조운은 다시 창을 들고 말을 달려 성문 밖으로 달려나갔다.

한편, 장합과 서황이 군사를 거느리고 진지 앞까지 뒤쫓아왔을 때는 이미 해가 진 뒤였다. 서촉의 진지로 가까이 가보니 이미 깃발과 창이 내려져 있었고, 성문은 크게 열어놓은 채 조운이 창을 들고 버티고 있어 장합과 서황은 감히 앞으로 나가지 못했다. 이때 조조가 도착하여 일시에 진군하라고 다그쳤다.

조조의 대군이 함성을 울리며 성문 앞으로 진격해들어갔지만 조운은 꿈쩍도 하지 않고 버티고 서 있었다. 그러자 조조 군은 겁이 나서 주춤하며 뒷걸음질 쳤다. 이때 조운이 창을 높이 들어

군호를 보내자 참호 속에 매복하고 있던 군사들이 적진을 향하여 빗발치듯 화살을 쏘아대었다.

이미 날이 저물어 어두웠으므로 조조는 조운의 군사가 얼마나 되는지 헤아릴 수가 없었다. 조조는 더욱 두려워져 말머리를 돌렸는데 뒤에서는 함성과 함께 북과 징을 울리며 서촉의 군사들이 앞 다투어 추격해왔다.

조조의 군사들은 흙투성이가 되어 간신히 한수 강변까지 도망쳐왔지만 날이 어두워 강물에 휩쓸려 죽은 군사들의 숫자는 헤아릴 수가 없었다. 조운·황충·장저는 군사를 거느려 조조 군을 계속 추격했다.

이때 유봉과 맹달은 미창산의 양곡에 불을 붙이고 있었다.

조운에게 쫓겨 도망치던 조조는 북산의 양곡을 고스란히 버리고 조홍이 지키고 있는 남정까지 달아났다. 서황과 장합도 본진을 더 이상 지킬 수 없게 되자 진지를 버리고 멀리 도망쳤다.

이렇게 조운은 조조의 진지를 점거했으며, 황충도 그들이 버리고 간 양곡과 마초 뿐만 아니라 한수 강변에서 적이 버리고 간 엄청난 수의 무기도 함께 거둬들였다.

이 승전보는 곧 유비에게 보고되었다. 유비는 공명과 함께 직접 한수까지 나와 상황을 확인하며 조운의 군사에게 물었다.

"조운이 어떻게 싸웠느냐?"

군사는 조운이 황충을 구출하고 한수에서 조조 군과 대적하여 승리한 이야기를 상세히 보고했다. 유비는 크게 만족스러워하며 공명과 함께 진지를 둘러보면서 공명에게 말했다.

"조운은 담이 크고 뛰어난 장군이오."

유비는 조운에게 호위장군(虎威將軍)이라는 칭호를 내리고 열심히 싸운 군사들을 위해 연회를 베풀었다. 이때 조조가 군사를 거느리고 야곡의 샛길을 통해 한수를 공격해오고 있다는 보고가 들어왔다.

"조조가 다시 쳐들어온다 해도 승산은 없다. 한수는 우리가 지키고 있는 한 빼앗기지 않는다."

그러고는 한수의 서쪽으로 병력을 보내 진을 치게 했다.

조조가 서황을 선봉장으로 내보내 싸우도록 하려는데 그때 누군가가 나서서 말했다.

"제가 이곳 지리에 밝으니 서 장군의 길잡이가 되어 서촉의 군사를 치고 오겠습니다."

조조가 누군가 하고 자세히 보니 그는 파서의 탕거(宕渠) 출신인 왕평(王平)으로 아문장군(牙門將軍:수문장)의 지위에 있는 인물이었다. 조조는 기꺼이 청을 받아들여 왕평을 부선봉장에 명하고 서황과 함께 나가 싸우도록 지시했다.

조조는 정군산의 북쪽에 주둔했다. 서황과 왕평이 한수에 도착하자 서황은 전군에게 강을 건너가 진을 치라고 명했다.

이에 왕평이 이의를 제기했다.

"저렇게 강을 건너다가 상황이 위급해져 후퇴하게 되면 어떻게 하려고 그러십니까?"

서황이 왕평에게 말했다.

"옛날 한신(韓信)*도 강을 등지고 진을 친 일이 있었소. 그렇게 하면 군사들이 위태로운 상황에서 결사적으로 싸우게 되오."

왕평이 반박했다.

"그렇지 않습니다. 옛날 한신이 적을 등지고 싸운 것은 적군의 무모함을 미리 알았기 때문입니다. 그러나 지금 장군은 조운과 황충의 속셈을 모르고 있지 않습니까?"

---

*한신(韓信):B.C.196. 한(漢)나라 고조(高祖)의 신하. 소하(蕭何)·장량(張良)과 함께 삼걸(三傑)이라 칭함. 배수진(背水陣)의 병법을 씀. 배수진이란, 강·바다 따위를 배후에 두고 진을 세워 적과 싸워 실패하면 죽는다는 각오를 갖게 하는 것을 말함.

서황은 기분이 불쾌해져 화를 냈다.

"장군에게 보병을 맡길 테니 거느리고 나가 싸우시오. 나는 기병을 거느리고 나가 적을 격파하겠소."

끝내 서황은 군사들에게 명하여 부교를 띄우고 강을 건너 서촉의 군사와 싸우러 나갔다.

조조의 장수들이 함부로 한신의 병법을 따르려 하니 서촉의 장수들이 과연 이를 능가할 수 있을 것인가?

제 72 회 또 다시 위기에 처한 조조

제갈량은 꾀로 한중을 차지하고
조조는 야곡에서 무참히 패주하다

유비에게 투항한 왕평

서황은 왕평의 반대를 무시하고 결국 한수를 건너 강기슭에 진을 쳤다.

유비 진영에서는 황충과 조운이 서황의 동정을 살피고 유비에게 가서 고했다.

"저희들이 조조의 군사들을 물리치도록 해주십시오."

유비는 쾌히 승낙했다.

두 장수가 군사를 이끌고 나가던 중 황충이 조운에게 제의했다.

"서황은 용맹스럽고 지금 그들의 군사는 사기가 충천해 있으니 때를 기다렸다가 적이 지쳤을 때 장군과 내가 두 패로 나누어 협공하는 것이 어떻겠소?"

조운도 이에 동의하여 두 장수는 군사를 나누어 각각 진지로 돌아왔다.

한편 서황은 사기가 충천해 있는 군사를 이끌고 나와 싸움을 재촉하였으나 촉군은 움직일 기미를 보이지 않았다. 급해진 서황은 궁수들에게 명하여 촉군의 진영에 활을 쏘도록 하였다. 서황의 궁수들이 아군의 진영으로 일제히 활을 쏘는 것을 본 황충은 조운에게 말했다.

"지금 서황의 궁수들이 활을 쏘는 것을 보니 곧 서황의 군사들이 물러날 것 같소. 이때를 이용해서 공격을 합시다."

잠시 후 조조의 군사들은 후미부터 조금씩 물러가고 있었다. 이때를 이용해 촉군의 진영에서는 북소리를 울리면서 왼쪽에서는 황충이, 오른쪽에서는 조운이 군사를 이끌고 조조 군을 향해 기습 공격을 했다.

서황은 기습 공격에 놀라 대패하여 노방쳤고, 군사들은 촉군에 의해 한수의 물귀신이 되었다.

구사일생으로 진지로 돌아온 서황은 부장 왕평에게 화를 버럭 내며 말했다.

"그대는 우리의 위급함을 알고서도 어찌하여 구원병을 보내지 않았소?"

그러자 왕평이 말했다.

"저마저 진지를 두고 나갔다면 진지는 적에게 빼앗겼을 것입니다. 제가 드린 간곡한 만류만 들으셨어도 이처럼 패하시지는 않았을 것입니다."

왕평의 말에 노한 서황이 괘씸히 여겨 그를 죽이려 하자 이를 눈치챈 왕평이 심복을 시켜 진지에 불을 질렀다. 진지가 불길에 휩싸이자 조조의 군사들은 혼비백산하였고 서황마저 진지를 버리고 도망쳤다. 이 틈을 이용해 왕평은 심복을 데리고 한수를 건너 조운에게 항복했다. 조운은 왕평을 유비에게 인도하고 왕평이 이곳 지리에 밝음을 유비에게 아뢰었다.

유비는 크게 기뻐하며 왕평에게 말했다.

"내가 왕평 장군을 얻었으니 당신의 도움으로 틀림없이 한중을 취할 수 있을 것이오."

유비는 왕평을 부장군(副將軍)으로 임명하여 길 안내역을 맡게 했다.

한편 서황은 조조의 진지로 가서 왕평이 유비에게 투항한 사실을 보고했다. 조조는 끓는 화를 참지 못하고 친히 대군을 이끌고 한수를 공격하러 나섰다.

조운은 강을 등에 지고 본진과 떨어진 상태에서 조조의 대군과 맞서 싸우는 것은 불리하다고 여겨 강을 건너 한수 서쪽에 진을 쳤다. 양군은 강을 사이에 두고 대치하였다.

유비와 공명은 주변의 정세를 살피다 일천여 군사를 매복시킬 수 있는 상류 부근의 붉은 민둥산을 발견하였다.

한수에서 궁지에 몰린 조조

유비와 공명은 본진으로 돌아가 조운을 불러 명했다.

"장군은 오백여 병력과 함께 북·꽹과리 등을 가지고 한수 상류 부근의 붉은 민둥산 아래에 매복하고 있다가 한밤중이나 해질녘에 본진에서 포를 울려 신호를 보내거든 북과 꽹과리를 힘껏 치기만 하고 군사들에게는 절대로 나가 싸우지 못하도록 하시오."

조운은 명을 받고 군사를 이끌고 움직였다. 공명은 높은 산 위에 올라 주위의 상황을 살폈다.

이튿날, 조조의 군사가 촉군의 진지 앞으로 와 싸움을 청했으나 서촉의 본진에서는 한 사람도 움직이지 않았고 궁수도 활을 쏘지 않았다. 결국 조조 군은 할 수 없이 그대로 진지로 돌아갔다.

그날 밤이 깊어서 공명은 조조의 진지에 불이 꺼지고 모두 잠들기를 기다려 포를 울려 신호를 보냈다. 조운은 폿소리를 듣고 북과 꽹과리를 크게 쳤다.

곤히 잠을 자고 있던 조조의 진영에서는 깜짝 놀라 유비가 공격해오는 줄 알고 부랴부랴 진지 밖으로 나왔으나 유비의 군사는 한 사람도 없었다.

맥이 풀린 조조의 군사들이 다시 진지로 돌아가 투구와 갑옷을 벗고 쉬려 하는데 또다시 폿소리가 울리더니 한수 상류에서 산천이 떠나갈 듯한 북소리와 꽹과리 소리와 함성 소리가 울려 퍼졌다. 조조 군은 피곤하였으나 불안해서 잠을 이룰 수가 없었다.

이런 일이 연 삼일 동안 계속되니 조조 군은 불안에 떨다 기진맥진해져 아예 진지를 버리고 삼십 리 밖으로 물러나서 넓은 들에 진지를 세웠다.

공명은 혼자 웃으며 말했다.

"조조는 병법에는 밝지만 위계에는 맥을 못 추는구나!"

공명은 유비에게 가 한수를 건너 강을 등지고 진지를 세울 것을 청했다. 유비가 공명에게 그 까닭을 물으니 공명이 귀엣말로 무언가 속삭였다.

유비가 한수를 등지고 진지를 구축하니 이를 지켜보던 조조는 고개를 갸웃거리며 사람을 시켜 싸움을 청해왔고 공명은 기다렸다는 듯이 내일 결전을 하자고 회답했다.

이튿날, 양군은 오계산(五界山)을 사이에 두고 진지를 쳤다. 조조는 자신이 직접 말을 타고 진지 앞의 깃발 밑에 섰고 양옆으로는 용과 봉의 깃발을 든 군사들이 줄지어 선 가운데 결전을 알리는 북을 세 번 울리고 유비를 기다렸다.

유비가 유봉·맹달 등 서천의 장수들과 함께 나타나자 조조는 채찍을 들고 유비를 향해 엄한 목소리로 다그쳤다.

"유비 이놈, 네 놈은 황제의 은혜도 잊어버리고 이제는 조정에 반기까지 들려 하느냐?"

유비도 이에 맞서 큰소리로 외쳤다.

"나는 한나라 황실의 혈통으로 황제의 명을 받들어 역적의 무리를 토벌하려고 한다. 네 놈은 황후를 살해하고 제멋대로 왕의 자리에 올라 무례하게 황제의 지위까지 넘보려 하니 네 놈이야말로 역적 중의 역적이다!"

조조는 격노하여 서황에게 나가 싸우라고 명했다. 유비 진영에서는 유봉이 나가 서황에 맞서 싸웠으나 힘이 부쳐 말을 돌려 진지로 돌아왔다.

그러자 조조가 군사들을 향해 큰소리로 외쳤다.

"유비를 사로잡으면 그에게는 서천을 다스리도록 하겠다!"

조조의 군사들은 소리를 지르며 그 기세로 일제히 유비 진영을 향해 공격해갔다. 유비 군은 조조 군의 기세에 눌려 진지를 버리고 서둘러 강 쪽으로 도망쳤다.

유비의 군사가 말과 무기 등 무엇 하나 남김 없이 버리고 달아나니 길가에는 조조의 군사들이 길가에 쌓여 있는 전리품을 줍느라 정신이 없었다. 이를 본 조조는 황급히 징을 울려 군사들을 철수시켰다.

진지로 돌아온 장수들이 의아해하며 조조에게 물었다.

"모처럼 유비를 잡을 수 있는 기회였는데 왜 징을 치셨습니까?"

조조가 그 까닭을 설명해주었다.

"내가 군사를 거둔 이유는 처음에 유비가 강을 등지고 진을 친 것도 의심스러웠는데 군마와 무기까지 버리고 도망치는 것이 하도 의심스러워서 급히 군사들이 전리품을 줍는 것을 막고 철수시킨 것이오."

이어 조조는 장수들에게 준엄하게 명하였다.

"지금부터 적이 버린 것을 줍는 자는 참형에 처할 테니 서둘러 회군하도록 하라."

조조가 군사들의 말머리를 돌려 돌아가려고 하자 공명은 이때를 기다렸다는 듯 깃발을 들어 신호를 보냈다. 이를 신호로 유비가 가운데에서, 황충이 오른쪽에서, 조운이 왼쪽에서 각각 군사를 이끌고 공격해오니 갑자기 당한 기습 공격에 조조 군은 크게 패하여 도망쳤다. 공명은 계속해서 뒤를 쫓으라고 명했다. 조조는 군사를 이끌고 남정으로 향하던 중 남정에 이르는 다섯 갈래 길에서 불길이 치솟는 것이 보였다.

남정은 이미 위연과 장비가 낭중을 엄한에게 맡기고 손에 넣은 후였다. 조조는 크게 놀라며 말머리를 돌려 양평관으로 향했다. 유비는 조조를 계속 추격하여 남정·포주(褒州)까지 손에 넣었고 선정을 베풀어 백성들을 선무했다.

유비는 조조가 싸우지도 않고 힘없이 도망치는 것이 궁금하여 공명에게 물었다.

그러자 공명이 환하게 웃으며 대답했다.

"조조는 싸움은 잘해도 천성적으로 의심이 많아서 일단 의심을 하기 시작하면 끝이 없어 싸움에서 자주 패했습니다. 저는 이번에도 조조의 그런 점을 이용한 것입니다."

유비가 계속 물었다.

"조조는 지금 양평관으로 가서 고립되어 있는데 군사께서는 어떤 방법을 써서 조조를 물리칠 생각이십니까?"

"이미 계략은 서 있습니다."

공명은 이렇게 말하고 사람을 보내 위연과 장비에게 각각 군사를 이끌고 양평관으로 가는 길목을 지켜 조조의 군량 보급로를 차단하라고 명하고 황충과 조운에게는 양평관 주위의 산에 불을 지르라고 명했다. 위연·장비·황충·조운 네 장수는 이 명을 받고 출발하였다.

한편 조조는 양평관에 머물면서 경비를 굳건히 하고 사람을 보내 유비의 동정을 잘 살피라 명하였다. 어느 날 유비의 동정을 살피러 갔던 염탐꾼이 급하게 달려와 보고하였다.

"유비의 군사들은 양평관으로 이르는 원근의 길을 모두 차단하고 주변의 산들을 모두 다 불태워버렸습니다. 그러나 유비의 군사들이 어디 있는지는 도무지 알 수가 없습니다."

조조가 의혹에 사로잡혀 있는데 잠시 후 또 다른 군사가 달려와서 위연과 장비가 각기 군사를 이끌고 양평관으로 이르는 길에서 아군의 군량미에 불을 지르고 있다는 보고를 했다.

조조는 크게 놀라며 서둘러 장수들을 모은 후 물었다.

"누가 나가서 장비와 상대하겠느냐?"

그러자 허저가 자청하며 나섰다.

조조는 쾌히 승낙하고 허저에게 일천 병력을 내주며 수송대를 호위하라고 명하였다. 허저가 군사를 이끌고 나갔더니 군량 수송을 맡고 있던 군사들이 기뻐하며 말했다.

"그 동안 걱정을 많이 하고 있었는데 장군께서 오셨으니 이제 안심이 됩니다. 이제 양평관까지 무사히 양곡을 운반할 수 있을 것 같습니다."

그들은 술과 고기를 내어 허저를 대접했다. 허저는 군사들의 칭찬을 듣고 우쭐해져 술을 너무 많이 마셔 대취하고 말았다. 날은 이미 어두워졌는데 허저가 취기에 양곡 운반을 재촉했다.

이에 책임을 맡고 있던 사람이 허저에게 아뢰었다.

"날이 어두워져 험한 포주(褒州) 앞길을 지날 수 없습니다."

허저는 이 말에 들은 척도 하지 않고 목소리를 높였다.

"용장인 내가 두려울 것이 있겠느냐? 오늘 밤은 다행히 달도 밝으니 양곡을 운반하기에는 적격이다. 그대는 괜한 걱정 말고 출발할 준비나 하라!"

허저는 말에 올라 칼을 휘두르며 군사를 이끌고 앞장 서서 갔다. 새벽녘이 되어서 포주 입구에 다다라 험한 산길을 지나갈 때쯤 계곡에서 북과 꿩과리 소리가 산천이 떠나가게 울리더니 한 떼의 군사들이 몰려와 앞을 가로막았다. 이는 바로 장비가 이끌고 온 군사들이었다.

장비는 창을 들고 큰소리를 지르며 허저를 향해 말을 몰았다. 허저는 칼을 휘두르며 장비의 창에 맞섰으나 취중이라서 장비를 상대할 수가 없었다. 몇 번 창과 칼이 부딪치는 소리가 나더니 장비가 창으로 허저의 어깨를 찔렀다. 창에 찔린 허저는 말에서 굴러 떨어졌다. 조조의 군사들은 허저를 부축하며 도망쳤고 장비는 손쉽게 조조의 군량미를 취하여 진지로 돌아왔다.

한편 조조의 군사들은 정신을 잃은 허저를 부축하여 양평관의 조조에게 도망갔다. 조조는 허저를 치료케 하고 직접 군사를 이끌고 유비를 맞아 싸우러 나갔다.

이에 유비가 유봉을 내보내 조조와 싸우도록 하자 이를 지켜본 조조는 버럭 화를 내며 자신을 무시한 유비를 꾸짖었다.

"가마니나 짜서 팔아먹던 놈아! 네 놈은 늘 양아들 유봉을 앞세우곤 하는데 만약 내 아들 황수아(黃鬚兒:다갈색 수염을 가진 조조의 둘째 아들 조창을 칭함)가 있었다면 네 놈의 양자 유봉쯤은 아마 짓이겨져 만두소가 되었을 것이다.”

조조의 말에 흥분한 유봉은 창을 손에 거머쥐고 조조를 향해 말을 달렸다. 조조는 뒤로 피하며 서황을 내보냈다. 유봉이 몇 번 창을 휘두르다가 달아나는 척하자 조조가 군사들을 이끌고 뒤따라와 촉의 진영으로 말을 모는데 갑자기 사방에서 폿소리가 나며 북과 꽹과리 소리가 산천을 울렸다.

조조가 복병이 나타나는 줄 알고 급히 군사들을 물리게 하니 당황한 군사들이 뒤엉켜 서로 밟혀 죽고 죽이고 하는 아수라장이 되었다. 조조는 가까스로 남은 군사들을 이끌고 양평관으로 도망갔다.

조조가 놀란 가슴을 달랬을 때쯤 유비의 군사들이 양평관을 공격하기 시작했다. 동문에 불을 지르고 서문에서는 함성을 지르며 공격하고 다시 남문에 나타나 불을 지르고 북문에 나타나 소리를 질렀다.

조조가 흥분하여 크게 욕을 해대며 양평관을 버리고 달아나자 유비의 군사들이 그 뒤를 추격했다. 이에 조조가 군사를 이끌고 급히 도망가는데 장비가 한 떼의 군사를 이끌고 앞을 가로막았다. 뒤를 돌아보니 어느새 조운이 군사를 거느리고 추격해오고 있었고 포주 방향에서도 황충이 군사를 이끌고 몰려오고 있었다.

조창의 용맹으로 한숨 돌린 조조

조조는 사방에서 유비 군의 공격을 받고 크게 혼쭐이 났다. 겨우 장수들의 호위를 받으며 도망치다가 야곡 입구에 다다르자 앞쪽에서 뿌연 먼지를 일으키며 한 떼의 군사가 몰려오고 있었다.

"저것이 만약 유비의 복병이라면 여기서 나는 죽겠구나."

조조가 깊은 한숨을 쉬며 앞쪽을 바라보는데 흙먼지 속에서 나타난 장수는 조조의 둘째 아들 창이었다. 조창의 자는 자문(子文)으로, 어려서부터 말타기와 활쏘기에 재주가 남달랐고, 힘이 장사여서 맨주먹으로 호랑이를 때려잡을 정도였다.

조조는 조창의 용맹을 높이 사면서도 언제나 조창에게 글공부를 소홀히 하지 않도록 당부했다.

"너는 무예에는 뛰어나나 글공부는 게을리하는 것 같구나. 말타기와 활쏘기는 한낱 병졸들의 용맹에 지나지 않는다. 그래 가지고 어찌 사람들로부터 존경을 받겠느냐?"

그러면 창은 아버지에게 이렇게 말했다.

"아버님, 제 생각은 그렇지 않습니다. 장부로 태어난 이상 위청(衛靑:한나라의 명장)이나 곽거병(霍去病:위청 누이의 아들로 역시 무장) 같은 장수처럼 수십만 군사를 거느리고 만 리의 사막을 누비며 천하에 명성을 알려야지 그까짓 박사(博士)가 되어 무엇하겠습니까?"

또 언젠가는 조조가 자식들을 불러 장래의 꿈에 대해 물어본 적이 있었다. 그때 창이 이렇게 말했다.

"저는 용장이 되겠습니다. 갑옷을 입고 큰 칼을 휘두르며 위기에 처했을 때 물러서지 않고 진두에 서서 지휘할 것이며 상벌을 행함에 있어서도 공정하게 하겠습니다."

조조는 흐뭇하게 웃으며 창을 대견스럽게 여겼다.

건안 23년 대군(代郡)의 오환족(烏桓族)*이 반란을 일으키자 조조는 오만 군사를 창에게 주어 토벌하라고 명하였다.

---

*오환족(烏桓族):이민족(異民族)의 이름. 동호(東胡)의 별종. 한나라 초에 흉노(匈奴)에게 패하여 내몽고의 오환산(烏桓山)으로 도망친 부족. 후한 말에 힘이 강대해졌으나 조조에게 패했음.

"알다시피 너와 나는 집에 있을 때는 부자지간이지만 공적인 일에 있어서는 군신의 관계이다. 네가 공적인 명을 받고 출전하는 이상 사사로운 정에 의해 법을 어길 수는 없으니 명심하여 차후에 후회없도록 하라."

이렇게 조창은 대군(代郡)에 도착하여 선두에 서서 반란족을 무찌르고 상건(桑乾)까지 북진하여 북방을 완전히 평정한 후 아버지가 양평관에 있다는 소식을 듣고 양평관으로 아버지를 도우러 달려온 것이었다.

조조는 몰려오는 한 떼의 군사가 조창의 무리임을 알고 크게 기뻐하며 창을 맞았다.

"이제 황수아가 돌아왔으니 유비를 격파하는 것은 시간 문제겠구나!"

조조는 야곡의 계곡에 진지를 마련했다.

이 소식이 유비에게 들리자 유비는 장수들을 불러 모으고 물었다.

"누가 나가서 조창을 무찌르겠소?"

유봉이 자청하였다.

"제가 나가 싸우겠습니다."

맹달도 이에 뒤질세라 자청하고 나섰다. 유비는 유봉과 맹달에게 함께 나가 싸우도록 명하고 각각 오천 군사를 주었다. 선두는 유봉이, 맹달은 후군으로 나섰다.

유봉은 조창과 세 차례에 걸쳐 싸웠으나 크게 패하고 진지로 돌아왔다. 이에 맹달이 나가 조창과 맞섰다. 맹달이 조창과 한창 싸우고 있는데 창의 군사가 갑자기 소란스럽게 분산되기 시작했다. 유비의 장수 마초(馬超)와 오란(吳蘭)이 조조 군의 후미로 각각 군사를 이끌고 습격했던 것이었다. 마초의 군사들은 충분히 휴식을 취하면서 계속 훈련에 임했기 때문에 조조의 군사들이 당해낼 수가 없었다.

결국 조창은 크게 패하여 도망을 쳤고 도주 중에 오란과 마주쳤다. 조창은 창을 휘두르며 오란을 맞아싸웠고 적수가 안 된 오란은 조창의 창에 찔려 죽었다. 조조의 군사와 유비의 군사가 뒤섞인 가운데 마초와 맹달의 공격을 받은 조창은 할 수 없이 군사를 이끌고 야곡 입구의 진지로 돌아갔다.

조조는 때를 기다리며 야곡 입구 진지에서 세월을 보내고 있었다. 당장이라도 유비를 공격하고 싶었으나 마초의 일격이 겁이 났고, 허도로 돌아가자니 유비가 냉소할 것이 두려워 어쩔 수 없는 조바심 속에 하루하루를 보냈다.

천하재사 양수의 죽음

그러던 어느 날 식사로 닭곰탕이 상에 올랐다. 조조가 닭곰탕을 먹던 중 계륵(鷄肋)*을 보고 생각에 잠겼다. 이번 싸움이 꼭 계륵 같다는 생각이 들었다. 이때 하후돈이 장막 안으로 들어와 오늘 밤의 암호를 무엇으로 할 것인가를 물었다.

조조가 무심코 중얼거렸다.

"계륵! 계륵!"

하후돈은 암호를 받은 후 진중으로 나가 이를 전하였다.

행군 주부인 양수는 이 암호를 듣고는 곧장 병사들에게 주변을 정리하고 철수할 준비를 하라고 명하였다. 하후돈이 그 소식을 듣고 깜짝 놀라 양수를 불러 그 연유를 물었다.

"공은 왜 갑자기 군사들에게 떠날 준비를 시켰소?"

---

*계륵(雞肋):닭의 갈비는 먹을 나위는 없으나 버리기는 아깝다는 말. 그다지 소용은 없으나 버리기는 아까운 사물을 가리키는 말로 쓰임. 후한서 양수전(後漢書楊修傳)에 보면, '부계륵 식지즉무소득 기지즉여가석(夫雞肋, 食之則無所得.棄之則如可惜)'이라 하였다. 자기의 논문집 등의 서문을 겸손히 일컫는 말로도 쓰임.

"오늘 밤의 암호로 보아 위왕께서 내일 군사를 이끌고 허도로 돌아가실 것 같아서였습니다. 계륵이란 원래가 먹기엔 살이 없고 버리기엔 아까운 것입니다. 현재의 상황이 유비를 공격하기에는 역부족이고 물러서자니 웃음거리가 되어 꼭 계륵 같은 것이지요. 여기에 오래 머무르면 이로운 점이 없으니 빨리 허도로 돌아가는 것이 상책입니다. 내일이면 위왕께서 허도로 돌아가자고 말씀하실 것이니 지금 미리 행장을 준비하여 내일의 혼잡을 피하기 위함입니다."

하후돈이 그 말을 듣고 탄복하여 양수의 말에 따라 돌아갈 행장을 준비했다. 다른 모든 장수들도 서둘러 허도로 돌아갈 채비를 하였다.

이 생각 저 생각으로 잠을 이루지 못하던 조조는 머리맡에 놓는 손도끼를 들고 혼자 진지를 둘러보았다. 그러던 중 하후돈의 진지 앞을 지나다가 진지 안에서 군사들이 짐을 꾸리는 것을 보고 놀라서 장막 안으로 서둘러 돌아와서는 하후돈을 불러 그 까닭을 물었다.

하후돈이 자초지종을 말하자 조조는 양수를 불러 연유를 물었다. 양수가 계륵에 대하여 이야기를 하자 조조는 크게 노하여 양수를 꾸짖었다.

"양수, 네 이놈! 감히 유언비어를 퍼뜨려 진중을 흐려놓다니!"

흥분한 조조는 서슴없이 양수의 목을 치라 하고 그 목을 성문 밖에 걸어놓으라고 명하였다.

양수는 재주가 뛰어난 인물이라 가끔 조조의 비위를 건드리곤 했다.

예전에 조조가 정원을 만들라고 한 적이 있었다. 정원이 만들어지자 조조가 가보더니 좋다 나쁘다 말이 없이 붓으로 정원문에 '활(活)'자를 써놓고 갔다. 사람들은 그 뜻을 알 수 없어 안절

부절못하고 있는데 양수가 그것을 보고 말했다.

"문(門)에 활(活)자를 쓰셨으니 이는 '넓을 활(闊)'이 분명하오. 승상께서는 정원이 너무 넓은 것이 마음에 안 드신 것입니다."

양수의 말을 듣고 사람들은 정원을 좁게 다시 꾸몄다. 정원이 다시 꾸며진 뒤 조조가 와서 둘러보더니 자기가 지적한 것이 제대로 고쳐져 있자 웃으며 물었다.

"누가 내 뜻을 이렇게 잘 알아맞추었느냐?"

사람들이 입을 모아 양수라고 대답해 조조는 웃으며 입으로는 양수를 칭찬했으나 마음속으로는 너무 영리한 양수가 은근히 걱정이 되었다.

또 어느 날은 북방의 장성(長城)에서 양의 젖으로 만든 소(酥: 치즈)를 한 상자 보내왔다. 조조는 그것을 보고 상자 위에 '일합소(一合酥)'라고 써서 책상가에 두었다.

양수가 우연히 조조에게 갔다가 그것을 보고 주위의 사람들에게 한 숟가락씩 나누어 주었다. 조조가 양수에게 그 연유를 물으니 그가 태연하게 대답했다.

"승상께서 상자 위에 일인일구수(一人一口는 一合이니, 한 사람당 한 입이라고 풀이)라고 쓰셨기에 명을 따르고 있을 따름입니다."

양수의 재치있는 대답에 조조는 겉으로 웃는 체했지만 속으로는 그를 시기하고 괘씸히 여겼다.

조조는 평소에 누군가가 자기를 죽일 것 같은 강박관념에 사로잡혀 있었으므로 시신(侍臣)들에게 이렇게 말하곤 했다.

"나는 꿈속에서 사람을 죽이는 버릇이 있으니 너희는 내가 잠잘 때에는 절대로 내 곁에 가까이 오지 말라."

어느 날 조조가 자신의 장막에서 낮잠을 즐기고 있는데 이불이 침대 아래로 떨어졌다. 시중 하나가 급히 달려가 이불을 다시 덮어주자 조조가 벌떡 일어나 칼을 뽑아 그 시중의 목을 베어

버렸다. 그러고는 다시 잠자리에 누워 코를 골며 잠을 잤다.

한참 뒤에 눈을 뜨더니 일부러 놀라는 척하며 좌우 시중에게 물었다.

"누가 감히 내 시중을 죽였느냐?"

좌우 시중이 자초지종을 설명하자 조조는 슬픈 듯이 통곡하며 죽은 시종의 장례를 후히 치러줄 것을 명했다. 주위 사람들이 이 소식을 듣고 조조가 꿈속에서 사람들을 죽인다는 것을 사실로 믿고 조조가 잠을 잘 때는 감히 그 곁에 가지 못했다. 그러나 양수만은 그의 심중을 꿰뚫어보고 있었다.

장례식 때 양수는 죽은 시중을 보며 이렇게 중얼거렸다.

"승상이 꿈결에 너를 죽인 것이 아니라 네가 잠결에 꿈속에서 죽었을 따름이다."

이 일로 인해 조조는 더욱 양수를 미워했다.

조조가 양수를 미워한 반면 셋째 아들 조식(曹植)은 양수를 좋아하여 밤새도록 양수와 이야기를 나누곤 했다. 조조가 셋째 아들 식(植)을 사랑하여 세자에 봉하는 문제에 대해 여러 중신들과 협의하고 있을 때였다. 맏아들인 조비(曹丕)가 이를 눈치채고 조가장(朝歌長) 오질(吳質)을 불러 자신의 문제를 은밀히 상의하고 싶었으나 주위 사람들의 눈을 의식하여 오질을 커다란 바구니 속에 넣어 비단이 들어 있다고 속이고 자신의 숙소로 오게 하였다.

양수가 조비의 계략을 꿰뚫어보고 그 사실을 조조에게 밀고하였다. 조조는 조비의 집에 은밀히 감시병을 보내 사실 여부를 확인하라고 명했다. 이에 조비는 겁을 먹고 오질에게 어찌할 것인지를 물었다.

"걱정하실 것 없습니다. 내일 또 비단을 바구니에 가득 넣어가지고 들여보내면 됩니다."

조비는 손뼉을 치며 오질의 말을 따랐다. 다음날 조조의 감시병이 들어오는 비단 바구니를 보고 속을 뒤져보았으나 비단뿐이었다. 감시병이 이 사실을 조조에게 보고하니 조조는 양수가 거짓말을 하여 맏아들을 죽이려 했다고 생각하고 더욱더 양수를 미워했다.

조조가 큰아들 조비와 셋째 아들 조식의 재주를 시험해본 일이 있었다. 두 아들에게 각각 업성문(鄴城門)을 나가보라고 지시하고 성문을 지키는 수문장에게는 누구도 성문을 나가지 못하게 하라고 엄명을 내렸다. 이런 사실을 모른 채 조비가 먼저 성문 밖으로 나가려고 하다 수문장이 문을 열어주지 않자 하는 수 없이 돌아왔다.

조식이 이 소식을 듣고 양수에게 황급히 찾아가 묻자 양수가 말해주었다.

"위왕의 명을 받고 나가는데 감히 누가 막겠습니까? 막는 놈의 목을 가차없이 베고 나가십시오."

조식은 양수의 말을 따라 성문으로 향했다. 아니나 다를까 수문장이 앞을 가로막았다.

"왕명을 받고 왔는데 감히 누가 앞을 가로막느냐?"

조식은 이렇게 호통을 치며 수문장의 목을 베고 성문 밖으로 나갔다.

조조는 이 사실을 듣고 조식을 더욱 아꼈다. 그러나 나중에 양수의 계략인 것을 알고 양수는 물론 셋째 아들 조식까지 미워하게 되었다.

그런 일이 있은 후 조조가 군사 문제와 국가 문제에 관해 조식에게 묻자 조식이 일전에 양수가 가르쳐준 대로 십여 항목으로 나누어 청산유수처럼 대답하였다. 그러자 조조는 이 또한 양수가 가르쳐준 것이라 의심하였다.

후에 조조가 십여 항목이 적힌 쪽지를 감시병을 통해 발견하고 크게 노하여 양수에게 욕을 퍼부었다.

"양수 이놈이 감히 나를 속이려 하다니!"

이리하여 조조는 언젠가는 양수를 죽여야겠다고 마음속으로 다짐하고 있었다. 그러던 참에 이번에 또 명령을 받지도 않고 군심을 흐트려놓자 눈엣가시 같던 양수를 죽이고야 만 것이다. 그때 양수의 나이 겨우 서른넷이었다.

조조는 양수를 죽인 후 다른 사람들의 눈을 의식해 화가 덜 풀렸다는 듯이 동조했던 하후돈도 목 베어 죽이라고 명하였다. 그러나 주위 대신들의 간곡한 만류에 하후돈을 죽이지는 않고 크게 나무란 후 내일 서촉으로 진군할 것이라는 명을 내렸다.

이가 부러져 허도로 돌아가는 조조

이튿날 조조가 군사를 이끌고 야곡을 나가 진군한 지 얼마 되지 않아 유비의 장수 위연이 앞을 가로막았다. 조조는 위연에게 투항할 것을 권유했다가 오히려 욕만 먹고는 방덕에게 나가 싸우라고 명하였다. 방덕과 위연이 맞붙어 싸우고 있는데 조조의 진지에서 불길이 마구 솟구쳤다. 마초가 조조의 진지로 쳐들어가 이미 조조의 진지를 빼앗아버렸다.

조조는 칼을 뽑아들고 엄명을 내렸다.

"누구든 물러서는 자는 죽이리라!"

조조의 불호령에 놀란 군사들은 필사적으로 진군하였다.

위연이 짐짓 패한 체하며 도주하자 조조는 위연을 추격하지 않고 군사들을 돌려 마초를 공격하게 한 후 자신은 높은 곳에 올라가 양쪽 군사의 싸움을 바라보고 있었다.

그때 뜻밖에도 앞쪽에서 위연이 다가오며 크게 소리쳤다.

"역적 조조야, 여기 위연이 있다."

위연이 말을 달리며 활을 쏘니 화살이 조조에게 명중했다. 조조가 외마디 비명을 지르고 말에서 떨어지자 위연은 활을 내던지고 칼을 뽑아 조조를 향하여 돌진했다.

이때 어디선가 한 장수가 뛰어들며 소리쳤다.

"누가 감히 우리 위왕을 해치려 하느냐?"

그는 바로 방덕이었다. 방덕은 칼을 휘두르며 혼신의 힘을 다해 위연을 물리치고 조조를 호위하며 산을 내려갔다. 이미 마초는 조조의 진영에서 군사를 이끌고 진지로 돌아가고 없었다.

조조는 군사들의 호위를 받으며 진지로 돌아왔다. 위연이 쏜 화살이 윗이빨의 가운데에 꽂혀 앞니 두 개가 부러졌다. 치료를 받으며 조조는 양수가 한 말을 떠올렸다. 조조는 그제서야 양수의 시신을 거두어 후하게 장사 지내라고 명한 뒤 허도로 돌아갈 준비를 하였다.

방덕이 후위에서 추격하는 유비의 군사들을 따돌리는 동안 조조는 군사들의 호위 속에 허도로 향했다. 이동을 하고 있는데 군사 하나가 말을 몰고 달려와 유비 군이 야곡의 진지에 불을 지르고 이쪽으로 추격해오고 있다고 알렸다.

조조와 군사들은 간담이 서늘해졌다. 조조가 이번 싸움에서 겪은 위기는 지난날 적벽에서 맞았던 위기와 다를 바가 없었다. 풍전등화와 같은 이 상황에서 조조는 무사히 살아남을 수 있을지…….

제 73 회   한중왕이 된 유비

현덕진위한중왕　　운장공발양양군
玄德進位漢中王　　雲長攻拔襄陽郡

유비는 한중왕 자리에 오르고
관우는 양양성을 치다

한중왕으로 추대된 유비

조조가 군사를 이끌고 허도로 돌아가던 중 공명은 그가 야곡까지 후퇴하다가 한중을 버리고 도망치리라는 것을 알고 마초에게 여러 장수들을 거느리고 공격하도록 지시했다.

진퇴양난에 빠진 조조는 더 이상 전진할 수가 없게 되었다. 더구나 위연이 쏜 화살에 군사들 태반이 상처를 입게 되자 조조 군사들은 두려움에 떨었다. 조조가 죽을 힘을 다해 부대를 움직여 도망을 치는데 또다시 산의 양쪽에서 불길이 솟구치면서 마초가 군사들을 거느리고 추격해왔다. 조조는 군사들을 더욱 재촉하여 겨우 포위망을 빠져나와 밤낮을 가리지 않고 강행군한 끝에 장안에 이르러서야 겨우 한숨을 돌릴 수 있었다.

한편, 유비는 유봉·맹달·왕평 등에게 상용(上庸)의 여러 고을을 공격하게 하였다. 그러자 신탐(申眈)을 비롯한 여러 장수들은 조조가 이미 한중을 버리고 도망친 것을 알고 모두 항복했다.

유비는 백성들을 안심시키고 공을 세운 군사들에게는 상을 베풀어 모든 백성들을 기쁘게 했다. 여러 장수들은 이러한 유비를 떠받들어 황제로 추대하려 했지만 유비에게는 이런 생각을 직접 아뢰지 못하고 군사 공명에게 유비를 황제로 모시는 것이 어떻겠느냐고 물었다.

공명이 이 말을 듣고 대답했다.

"나도 일찍이 생각한 바가 있네."

공명은 법정을 비롯한 모사들을 데리고 유비를 찾아 뵙고 아뢰었다.

"지금 조조가 황제가 계신데도 불구하고 저렇게 행패를 부리고 있으니 백성들은 받들어 모실 주군이 없게 되었습니다 그 동안 주공께서 어질고 또한 의로움을 천하에 베풀어 이미 서천과 동천을 차지하셨으니 하늘의 뜻과 백성의 염원에 부응하시어 황제의 자리에 올라 나라의 역적을 토벌하시길 바랍니다. 이 일은 늦추어져서는 안 되니 부디 저희들의 뜻을 받아들여 제위에 오르십시오."

유비는 놀라워하며 말했다.

"군사께서는 그 무슨 당치도 않은 말씀을 하십니까? 저는 그저 한나라 제실의 핏줄을 이어받은 사람에 불과합니다. 제가 황제의 자리에 오른다면 그것은 한실을 배반하는 것이 됩니다."

그러자 공명이 설득했다.

“그렇지 않습니다. 지금 천하는 영웅들이 각처에서 날뛰어 제각기 패권을 장악하고 있으며 나라 안의 유능한 인사들은 모두 목숨을 걸고 장차 주인이 될 인물을 받들어 섬기려 하고 있습니다. 그 주인을 황제로 모시고 공을 세우고 싶다는 백성들의 염원을 저버리지 마시고 깊이 생각해보시기 바랍니다.”

이에 유비는 말했다.

“그렇더라도 나는 결코 황제의 지위에 오를 수는 없으니 돌아가서 국적을 토벌할 다른 방법이나 생각해보시오.”

유비가 거절하자 모든 장수들은 이구동성으로 간청했다.

“주공께서 한사코 이를 받아들여주시지 않으면 모든 백성들은 실망이 클 것입니다.”

유비가 묵묵히 입을 다물고 있자 공명이 다시 아뢰었다.

“주공께서는 평소에 의(義)를 만사의 근본으로 삼아오셨으니 황제 자리를 생각지 않으시는 것도 당연합니다. 그러면 주공께서는 지금 형주와 서천, 동천을 다스리고 계시니 임시로 한중왕이 되시는 것은 어떠신지요?”

유비는 한참 생각한 끝에 말문을 열었다.

“그것도 황제의 소직을 저버리는 일이니 잠칭(僭稱)이라는 소리를 들을 일이오.”

“지금 조조는 위왕 행세를 하며 행패를 부리고 있습니다. 격식에 얽매여 하늘의 뜻을 거스르는 일이 없도록 하십시오.”

이때 옆에 있던 장비가 느닷없이 소리쳤다.

“모든 사람들이 황제 자리를 노리며 설치고 있는 판에 한나라 황제의 핏줄을 타고난 우리 형님이 겨우 한중왕이라니 말이나 되오? 황제가 된다고 해도 손색이 없소이다.”

유비가 장비를 타일렀다.

“아우는 입 조심하게나!”

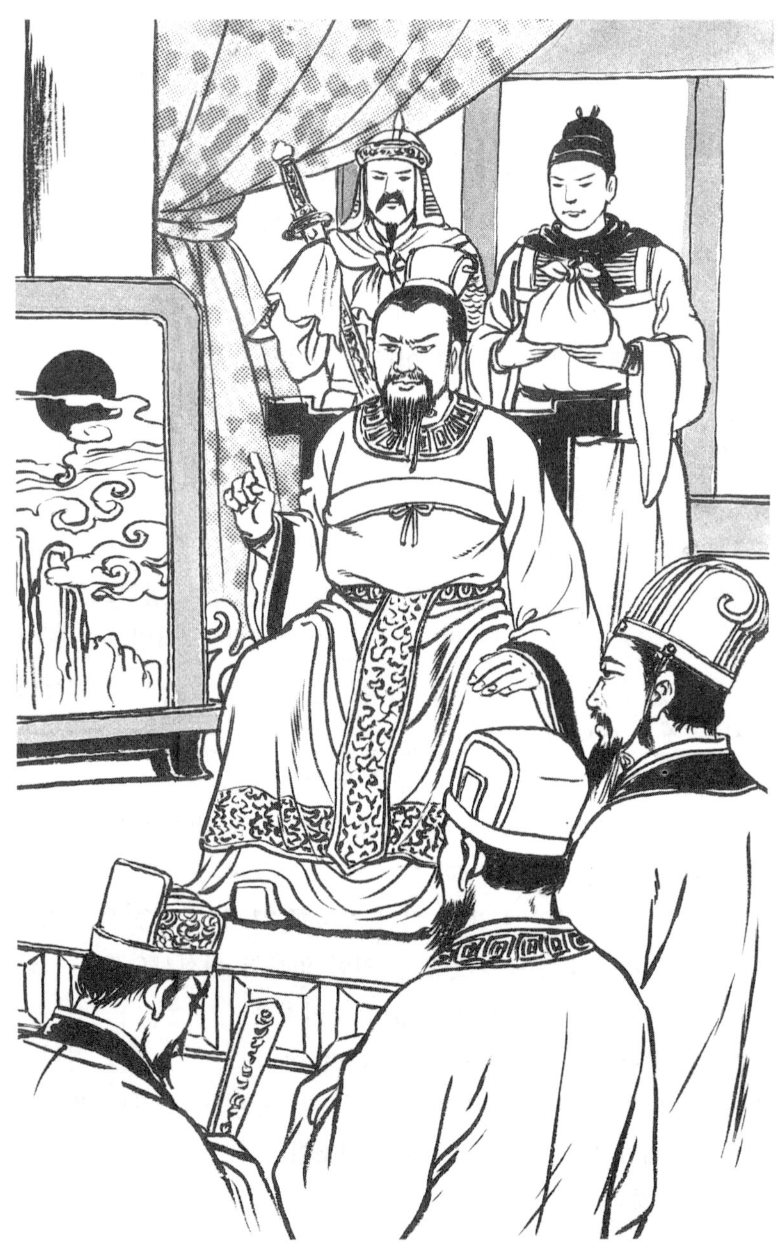

공명이 다시 유비에게 단언했다.

"주공께서 우선 한중왕에 오르신 후에 황제께 상주해도 늦지 않습니다."

유비가 재차 완강히 거절했으나 결국은 왕위에 오르는 것을 승낙할 수밖에 없었다.

건안 24년 가을 7월, 문무백관과 군사들이 면양(沔陽)에 대관식을 위한 단(壇)을 쌓으니 그 둘레가 구 리에 달했고 단의 다섯 곳에 각기의 방각에 맞춘 도안의 깃발과 의장이 세워졌다. 여러 문무백관들이 위계에 따라 늘어섰으며 허정과 법정이 유비를 정중히 단으로 모시고 왕관과 옥새를 바쳤다. 이어 유비가 고개를 들어 남쪽을 바라보고 앉자 문무백관들이 고개 숙여 치하하였다. 유비가 한중왕에 즉위한 것이다.

또한, 그 자리에서 아들 유선을 왕세자로 봉하고 허정이 태부, 법정이 상서령에 임명되었다. 공명은 예전과 같이 군사로 모시고 나라의 군정을 총괄하여 관장하게 했다. 아울러 관우·장비·조운·마초·황충이 오호대장(五虎大將)으로 임명되고 위연은 태수가 되었다. 그 밖에 여러 공로자들에게도 각기 벼슬이 주어졌다.

이렇게 한중왕이 된 유비는 허노의 황제 앞으로 표를 올렸다.

유비는 그 표를 통해서 첫째로, 자신이 신하들 일동과 백성들의 간절한 소망으로 한중왕이 되지 않을 수 없었던 경위를 밝혔다. 둘째로는, 그것이 반드시 정규의 절차를 밟은 것이 아닌 편의적인 조처였음을 밝혔고 셋째로, 신하들이 자신을 한중왕으로 받들어올린 것은 위왕 조조를 생각했기 때문이며 그가 황제의 지위에 야심을 품고 있으므로 그것을 막기 위해 사용한 부득이한 편법이었음을 밝혔다. 마지막으로, 자신이 한중왕이 된 것은 결국 한나라 조정을 편안케 하기 위해서였다는 것을 밝혔다.

　…곰곰이 생각해보니 한중왕이란 직위는 매우 높고 폐하의 은총 또한 각별하시온데 앞으로 어떻든 그 책무를 다해야 할 것을 생각하니 마치 온 몸이 천길만길 골짜기의 늪으로 떨어지는 것 같사옵니다. 신은 오로지 백성들을 올바로 이끌어 한나라 사직의 안녕을 기원할 뿐입니다. 신 유비가 삼가 상표(上表)하옵니다.

손권과 손잡은 조조

　이때 업군에서 쉬고 있던 조조는 유비가 한중왕이 되어 황제께 표를 올렸다는 보고를 받고 펄쩍 뛰며 말했다.

　"가마니나 짜던 천한 놈이 그런 짓을 저지르다니 당장 죽여 없애겠다."

　조조는 전병력을 동원하여 한중왕 유비와 자웅을 겨루기 위해 동천과 서천을 공격할 준비를 하라고 명했다. 그러자 누군가 뛰어나와 아뢰었다.

　"대왕께서는 일시적으로 분노하여 경솔히 병력을 출격시키셔서는 안 됩니다. 저에게 활과 화살 한 번 쏘지 않고 유비를 꼼짝 못 하게 할 좋은 계략이 있습니다. 대왕께서는 촉의 군사들이 지쳐 쓰러지기만을 기다렸다가 장수 한 명에게 군사를 주어 진격하게 하시면 유비와 싸워 이길 수 있을 것입니다."

　조조가 이 말에 솔깃하여 누군지 살펴보니 그는 바로 사마의였다. 조조가 다시 다그쳐 물었다.

　"중달(仲達:사마의의 자)의 그 계략이라는 것이 무엇인지 구체적으로 말해보시오."

　사마의가 말했다.

　"먼저 강동의 손권은 제 누이동생을 유비에게 시집 보냈으나 형주를 반환받을 목적으로 몰래 데려갔습니다. 그래도 유비가 형주를 점거하고 손권에게 반환하지 않으니 지금은 서로 원망하여 대립하고 있는 실정입니다. 그러니 능변인 사람을 골라 동오에 보내 손권을 부추겨서 형주를 공격하게 하면 유비는 반드시 형주를 구하기 위해 병력을 이끌고 싸우러 나올 것입니다. 그 기회를 타서 왕께서 군사를 거느리고 한중으로 침입하시면 유비는 식량 보급로와 원군이 올 길이 끊겨 고립되어 진퇴양난에 빠질 것입니다."

조조는 이 계략을 수용하여 즉시 편지를 써서 말 재주가 뛰어난 만총(滿寵)에게 주었고 그는 밤새 말을 달려 동오에 도착했다.

한편, 손권은 만총이 사자로 왔다는 보고를 받고 모사들과 협의했다. 이에 장소가 일어나 말했다.

"오나라와 위나라 사이에는 원래 원한을 산 적이 없었는데 공명의 계략에 의하여 양쪽이 밤낮없이 싸우는 바람에 백성들을 불안케 하고 있습니다. 지금 만총을 사신으로 보낸 것은 아마도 조조가 우리와 강화를 맺자고 하는 것 같으니 정중히 맞이하는 것이 좋을 것 같습니다."

손권은 장소의 건의를 일단 받아들이고 모사들을 성 밖으로 보내어 만총을 맞아들이게 했다. 손권이 만총을 귀빈으로 대접하며 맞이하자 만총은 조조의 편지를 전했다.

위나라와 오나라 사이에는 원수를 진 일이 없소. 이는 전적으로 유비의 계략에 말려들어 관계가 소원해졌기 때문이오. 만일 장군께서 군사를 거느려 형주를 빼앗는다면 우리 위나라는 한중을 공격하겠으니 함께 유비를 토멸하도록 합시다. 유비가 그렇게 쓰러지면 그 후에 위와 오 두 나라는 영토를 나누어 가지고 서로 침범하는 일이 없을 것을 약속하오.

조조의 편지를 읽은 손권은 만총에게 술자리를 베풀어주고 관사에서 편히 쉬게 했다.

손권은 다시 모사들을 불러 대책을 협의했다. 이번에는 고옹이 먼저 입을 열었다.

"조조의 제안이 어느 정도 타당하다고 봅니다. 일단 약속을 지키겠다고 한 후 만총을 돌려보내고 사람을 보내 강 건너 관우의 동정을 살피게 한 다음 공격에 대해 협의하는 것이 좋을 듯합니다."

이때 제갈근이 나서서 말했다.

"들리는 소문에 의하면 관우는 형주에 온 후로 유비의 중매로 장가를 들어서 아들 하나, 딸 하나를 낳았다고 합니다. 그의 딸은 아직 어려서 혼처를 정하지 않았다고 하니 제가 형주를 방문해서 주공의 세자와 혼담을 제의하여 만약 관우가 이에 응하면 그와 손을 잡고 조조를 무찌르고, 관우가 이를 거절한다면 조조와 협공하여 형주를 공략하는 것이 좋을 것입니다."

손권은 제갈근의 전략에 흡족해하며 이에 따르기로 하고 만총을 허도로 돌려보낸 후 제갈근을 형주로 보내 관우를 만나게 했다.

제갈근이 관우를 만나 정중히 인사를 하자 관우가 물었다.

"어떤 용건으로 찾아오셨는지요?"

"경하스러운 소식을 가져왔습니다. 저희 주공께는 매우 총명한 아드님이 있고 장군께도 영특한 영애가 있다고 들었습니다. 두 집안이 인연을 맺어 힘을 합하면 조조를 격파할 수 있으리라 생각합니다. 장군님의 생각은 어떠하십니까?"

이 말을 듣고 있던 관우가 노하여 소리쳤다.

"나에게는 내 딸이 범의 새끼처럼 소중하오. 그런 딸을 어찌 개 같은 놈의 자식에게 시집 보내겠소? 만약 공명이 아니었다면

여기서 당장 그대의 목을 쳤을 것이오. 함부로 그런 소리를 입에
올리지 마시오!”

관우는 부하들을 불러 제갈근을 쫓아버리도록 했다. 쫓겨나온
제갈근은 쥐구멍이라도 들어가고 싶은 심정으로 오나라로 되돌
아왔다. 제갈근은 관우를 만나 나눈 이야기를 손권에게 보고하였
다.

이에 손권은 화가 나서 욕설을 퍼붓고는 즉시 장소 등 문무백
관을 불러놓고 형주를 공략할 계책을 협의했다.

먼저 보즐이 간했다.

“조조는 오래 전부터 황제의 지위에 오르고 싶어하였으나 유비
가 두려워 실행에 옮기지 못했습니다. 그런 상황에서 사신을 보
내 우리 동오로 하여금 형주를 치게 하는 것은 막강한 유비의
전략을 우리 쪽으로 돌리게 하려는 음모임에 틀림없습니다.”

손권이 이를 듣고 있다가 말했다.

“조조가 그런 생각을 품었다 할지라도 나는 기필코 형주를 되
찾을 생각이오.”

다시 보즐이 말을 이었다.

“지금 조조의 장수 조인이 양양의 번성 일대에 수눈하고 있고
또 거기서라면 장강을 건너지 않고도 뭍을 따라 형주로 갈 수
있습니다. 그럼에도 불구하고 공격하지 않고 주공께 군사를 움직
이라고 하는 까닭이 무엇이겠습니까? 그것만 봐도 조조의 속셈
을 읽을 수 있습니다. 주공께서는 조조에게 사신을 보내 조인에
게 먼저 군사를 일으켜 육지를 거쳐 형주를 공격하라고 하십시
오. 그 사실을 알면 관우는 반드시 형주의 군사를 일으켜 번성을
공략할 것입니다. 관우가 군사를 움직여 형주를 비우게 되면 주
공께서는 그 틈을 노려 형주를 차지하시면 됩니다.”

손권은 보즐의 제안을 받아들이기로 하고 서둘러 조조에게 사

신을 보내어 그 뜻을 전하였다.

조조는 매우 기뻐하며 만총을 조인의 참모관으로 임명하여 번성으로 파견하였다. 조인은 만총을 맞아 출병계획을 협의하고 동오에도 격문을 보내 장강의 수로를 따라 병력을 형주로 진군시키도록 요구했다.

한편 한중왕 유비는 위연에게 동천을 수비하게 하고 문무백관을 거느려 성도로 돌아가 새롭게 왕궁을 짓게 했다.

이리하여 성도와 백수(白水) 사이에 사백여 군데의 관사와 우정(郵亭)이 설립되었다. 거기에다 군량미와 말먹이를 충분히 비축하게 하고 무기를 주조하는 등 중원을 공략할 준비를 서서히 진행하고 있었다.

조조의 계책을 예견한 공명

이때 유비에게 조조가 동오의 손권과 손을 잡고 형주를 공격하려 한다는 보고가 들어왔다. 한중왕 유비가 공명을 불러 대책을 협의했더니 선견지명이 있었던 공명이 자세히 말했다.

"조조가 그런 계책대로 공격해 오리라는 것은 이미 예상했던 바입니다. 그러나 동오에는 용기있는 모사들이 많으니 아마 조인을 시켜서 우리측을 먼저 공격하도록 했을 것입니다."

유비가 물었다.

"그러면 우리는 어찌하면 좋겠소?"

"관우에게 사자를 보내 그에게 오호대장의 작위를 주고 그로 하여금 번성을 먼저 기습하게 하면 적은 간담이 서늘해져 쉽게 무너지고 말 것입니다."

한중왕 유비는 이 말에 귀가 솔깃하여 전부사마(前部司馬) 비시(費詩)를 형주로 급파하여 명을 전했다. 관우는 성 밖까지 나와 비시를 정중히 맞아들였다.

관우가 비시에게 은근히 물었다.

"한중왕께서 저에게 어떤 작위를 내리셨습니까?"

이에 비시가 대답했다.

"장군을 오호대장으로 임명하셨습니다."

관우가 다시 물었다.

"그 밖에 오호대장은 누구누구입니까?"

"장군과 장비·조운·마초·황충 장군입니다."

관우는 버럭 화를 냈다.

"장비는 내 아우이고, 마초는 대대로 문가의 자손이며, 조운은 오랫동안 우리 형님을 섬겨온 사람이니 내 아우나 마찬가지므로 그들은 나와 같은 직위에 있을 수 있소. 하지만 황충은 오호 장수가 되기에는 너무나 부족한 점이 많은데 내가 어찌 그런 늙은 졸개와 나란히 설 수 있겠소?"

관우는 몹시 불쾌해하며 인수를 받으려 하지 않았다. 그러자 비시가 빙그레 웃으며 말했다.

"장군께서는 잘못 생각하고 계십니다. 옛날 소하(蕭何)와 조참(曹參)이 한나라의 고조 유방과 함께 거사하여 가까이 지낼 때 한신은 항우를 등지고 망명해왔습니다. 그러자 고조께서는 한신을 왕으로 추대하여 소하와 조참보다 높은 자리에 앉게 하였지만 소하와 조참은 전혀 불만을 품지 않았다고 합니다. 이제 한중왕께서 비록 장군을 오호 대장에 임명하였지만 한중왕은 장군과 예전부터 형제지간으로 지냈으니 한중왕이 곧 장군이요, 장군이 곧 한중왕입니다. 그러니 다른 장군들과는 다르지요. 또한 장군께서는 한중왕의 두터운 은혜를 입고 있으니 당연히 영욕과 고락을 같이 하셔야 하거늘 어찌 관직의 높고 낮음을 따져 마음에 두십니까? 장군께서는 잘 분별하시어 깊이 생각하시길 바랍니다."

비시의 간곡한 말에 관우는 깊이 깨달으며 말했다.

"그대의 말이 아니었다면 내가 그릇된 행동을 할 뻔했소. 그대의 가르침을 잘 알아들었소."

그리하여 관우는 인수를 받았다.

비시는 한중왕의 명대로 번성을 공략하라는 뜻을 전했다. 관우는 그 명을 기꺼이 받아들이고 부사인·미방 두 장수를 선봉장으로 정하여 군사를 이끌고 형주성 밖에 진을 치게 한 다음 비시에게는 연회를 베풀어주었다.

비시가 밤이 깊도록 술을 마시고 있을 때 갑자기 성 밖의 진지에서 불길이 치솟았다. 관우가 깜짝 놀라 달려나가보니 부사인과 미방이 만취한 상태로 실수를 하여 불이 화약으로 튄 것이었다. 그 불길을 잡지 못하고 소란이 벌어져 무기와 군량미와 말먹이풀을 모조리 태우고 불길이 진지를 휩싸고 있었다.

관우의 군사들은 새벽녘이 되어서야 겨우 불길을 잡았다. 관우는 성 안으로 들어와 부사인과 미방을 불러 크게 호통쳤다.

"나는 자네들을 믿고 선봉장으로 삼아 잘 싸워보려고 했는데 싸움터에 나가기도 전에 술을 마시다가 무기와 양곡을 모두 불태우고 많은 군사들을 화약으로 죽이다니 이것이 말이나 되느냐? 너희 두 놈을 그냥 살려둘 수 없다."

관우가 이렇게 소리치며 두 장수를 죽이라고 하자 옆에 있던 비시가 이를 말렸다.

"싸움에 나가기 전에 장수들의 목을 베는 것은 상서롭지 못한 일입니다. 부디 관용을 베풀어 죽음만은 면하게 하십시오."

관우는 비시의 말을 듣고 무사를 불러 목을 치는 대신 두 장수에게 사십 대씩 채찍질을 하게 하고 선봉장의 인수를 되돌려 받았으며 벌로써 미방은 남군으로, 부사인은 공안으로 좌천시키고 다시 엄명을 내렸다.

"내가 싸움에게 이기고 돌아올 때까지 이곳을 잘 지키지 못하면 그때야말로 용서하지 않을 것이다."

두 장수는 식은땀을 흘리며 고개를 숙여 물러났다.

관우는 다시 요화를 선봉장으로 삼고 관평을 부선봉장으로 삼아 직접 중군을 거느리고 마량과 이적을 참모로 하여 진용으로 진격해 나갔다.

예전에 형양의 태수 왕식이 관우를 화형시키려 했는데 관우의 목숨을 구해준 사람이 바로 호화의 아들 호반이었다. 관우는 그 옛정을 생각해서 호반을 극히 사랑했다. 마침 호반이 이곳 형주에 있으므로 관우는 비시에게 호반을 데리고 서천으로 가서 한중왕에게 작위를 받아오도록 지시했다. 그리하여 비시는 관우에게 작별을 고하고 호반과 함께 촉으로 돌아갔다.

관우의 상서로운 꿈

한편, 관우는 '수(帥)'자가 씌어진 큰 깃발 앞에서 하늘에 제사를 지내고 막사로 돌아가 잠깐 잠이 들었다. 그런데 갑자기 덩치가 크고 시커먼 돼지 한 마리가 뛰어들어와 관우의 발을 물었다. 관우가 깜짝 놀라 칼을 뽑아 돼지의 목을 베자 돼지는 찢어지는 듯한 비명을 지르며 쓰러졌다.

관우가 놀라 깨어보니 꿈이었다. 분명 꿈이었는데 이상하게도 꿈속에서 물렸던 왼발이 뜨끔하게 아파왔다. 관우는 괴이한 일이라 생각하고 아들 관평에게 꿈 이야기를 했다.

관평의 해몽은 이러했다.

"돼지는 용을 상징합니다. 용이 발을 물었다는 건 하늘로 높이 올라가실 징조입니다."

관우는 그래도 석연치 않아 여러 관리들을 불러 꿈 이야기를 들려주었다. 길몽이니 흉몽이니 하는 말들이 오가자 관우가 착잡한 심경을 토로했다.

"나는 예순살이 넘도록 살았으니 이제 죽어도 여한이 없네."

이때 촉에서부터 사자가 와서 한중왕의 명을 전했다.

"관우 장군을 전장군(前將軍)에 임명하고 절월(節鉞:적군을 정벌하러 가는 장군에게 왕이 준 절과 부월)을 수여하여 형주·양주 아홉 고을을 다스리시게 하셨습니다."

관우가 이 명을 받들자 모든 신하들이 절하고 축하하며 말했다.

"돼지가 발을 물었던 꿈은 상서로운 용꿈이었습니다."

관우는 더 이상 꿈에 괘념치 않고 곧바로 군사를 일으켜 양주로 진군하였다.

번성에 있던 조인은 이 소식을 듣고 놀라 성문을 닫고 나오지 않았다.

부장군 적원(翟元)이 조인에게 진언했다.

"위왕께서 장군께 동오와 협력하여 형주를 치라고 하신 마당에 관우가 제발로 나와줬으니 그야말로 스스로 무덤을 파는 격인데 장군께서는 왜 싸우지 않고 겁을 내고 계십니까?"

옆에서 듣고 있던 참모 만총이 적원의 말에 반대했다.

"관우는 지모와 용맹을 함께 지니고 있는 명장이니 우습게 보아넘겨서는 안 됩니다. 나가 싸우는 것보다 성을 지키고 있는 것이 상책입니다."

맹장 하후존(夏侯存)이 이에 반박하며 말했다

"만총 같은 애송이의 말은 들을 필요가 없습니다. '물을 건너 싸우러온 적은 반드시 대적하라'는 말이 있습니다. 우리 군사들은 조금도 지치지 않고 사기등등해 있으니 지금 나가 싸우면 승리할 수 있을 것입니다."

조인은 하후존의 말에 따르기로 하고 만총에게 번성을 지키게
한 후 친히 군사를 거느려 관우와 맞서 싸우러 나갔다. 이에 관
우는 조인이 진격해온다는 보고를 듣고 관평과 요화를 불러 계
책을 일러주고 나가 싸우게 했다.

드디어 조인의 군사와 관우의 군사가 맞부딪치게 되자 관우의
장수 요화가 말을 달려나가고 조인의 진지에서는 적원이 나와
싸우게 되었다. 한참 동안 싸우던 요화가 말을 돌려 달아나자 적
원이 뒤를 추격하여 형주의 군사는 이십 리 밖으로 물러났다.

이튿날 관우의 군사들이 공격을 시작하자 하후존과 적원이 앞
장 서서 공격해왔다. 이에 형주의 군사는 다시 패하여 줄행랑을
쳤다. 조인의 군사가 이십 리 가량 추격해가자 갑자기 뒤에서 함
성이 들려오고 북소리와 피리 소리가 들려왔다. 조인이 당황하여
급히 말을 돌려 퇴각하려 했으나 이미 관평과 요화가 등뒤까지
바짝 추격해와 조조의 군사는 혼란 속에서 어쩔 줄 몰라하다가
급기야 도망을 쳤다.

조인은 계략에 빠졌음을 깨닫고 서둘러 말을 달려 양양성으로
향했다. 양양성까지 사오 리밖에 남지 않았을 때 앞에서 펄럭이
는 깃발이 보이더니 관우가 말 위에서 갈을 치켜들고 기나리고
있었다. 조인은 두려움에 떨며 싸울 기력도 잃고 양양성을 향하
여 샛길로 빠져 달아났다. 그러나 관우는 더 이상 조인을 추격하
지 않았다.

잠시 후, 관우는 군사를 거느리고 나타난 하후존을 단칼에 죽
여버렸다. 그 상황을 모르고 뒤따라온 적원 또한 도망치려 하다
가 관평이 휘두르는 칼에 쓰러지고 말았다. 관평이 달아나는 적
군을 계속 추격하니 절반 이상이 양강(襄江)에 빠져죽었다. 겨우
목숨을 건진 조인은 번성으로 달아나 성문을 굳게 닫고 나오지
않았다.

원병을 요청한 조인

관우는 이렇게 양양을 점거하여 군사들에게 상을 내리고 민심을 수습했다. 그때 수군사마 왕보(王甫)가 관우에게 물었다.

"장군이 이번에 양양을 함락시켜 조조 군의 간담은 서늘해졌을 것입니다. 하지만 동오의 장수 여몽이 지금 육구에 군사를 주둔시키고 호시탐탐 형주를 노리고 있다고 합니다. 육구는 형주를 염탐하기에 발판이 되는 곳인데 여몽이 군사를 거느려 형주를 공격한다면 장군께서는 어찌할 작정이십니까?"

관우가 말했다.

"나도 그 점을 걱정하고 있었으니 이제 그대가 이 일을 맡아주길 바라오. 장강 연안에 적당한 고지를 골라 봉화대를 설치하고 봉화대마다 각기 오십 명의 병력을 배치시킨 후 동오의 군사가 강을 건너거든 밤에는 봉화를 밝히고 낮에는 검은 연기를 뿜어 신호를 보내주시오. 그러면 나는 즉시 그들을 공격하겠소."

왕보는 이 말에 반대하며 말했다.

"제가 염려되는 것은 미방과 부사인이 애구 두 곳을 제대로 방비할 수 있을까 하는 것입니다. 그러니 장수 하나를 형주로 보내 총지휘하게 하면 어떻겠습니까?"

"형주에는 반준을 보내 지키게 했으니 안심하시오."

그러자 왕보가 다시 말했다.

"반준은 원래 계산에 밝고 고약한 성격이라 그리 미덥지 못한 인물입니다. 차라리 군전도독(軍前都督) 양료관(糧料官) 조루(趙累)를 보내는 것이 좋겠습니다. 조루는 충성스럽고 청렴하고 강직한 인품을 지닌 사람이니 충분히 신뢰할 수 있을 것입니다."

관우는 이 진언을 받아들이지 않고 말했다.

"나도 반준의 인품을 모르는 건 아니지만 이미 형주에 배치되어 있으니 다시 교체할 수도 없는 노릇이오. 또한, 조루도 양료관의 중요한 일을 맡고 있으니 함부로 움직일 수 없소. 그러니 그대도 너무 걱정하지 말고 봉화대 세우는 것에 신경 써주시오."

왕보는 마음이 놓이지 않았지만 그대로 절하고 물러났다. 관우는 관평에게 양강을 건너 번성을 공격하도록 배를 준비시켰다.

이때 조인은 하후존과 적원 두 장수를 잃고 번성에 틀어박혀 있다가 만총에게 일렀다.

"그대의 충언을 듣지 않고 장수와 양양을 잃었으니 이를 어찌하면 좋겠소?"

이에 만총이 대답했다.

"관우는 범같이 용맹스럽고 지모가 뛰어난 명장인지라 조심하셔야 합니다. 자꾸 나가 싸우지 말고 성을 굳게 지켜야 합니다."

이때 관우가 이미 양강을 건너 공격해온다는 보고가 들어왔다. 이에 조인이 하얗게 얼굴이 질리며 당황하자 만총이 위로했다.

"성을 굳게 지키고 있으면 괜찮습니다."

이를 지켜보고 있던 부대장 여상이 매서운 눈초리로 만총을 꾸짖었다.

"자네 같은 문관이 성을 지키고만 있으라 하면 적군이 물러갈 것 같은가? '적군이 강물에 뛰어들면 공격하라'는 병법대로 관우의 군사가 아직 강을 다 건너오지 못했으니 지금이 공격할 절호의 기회요. 만약 그들이 강을 건너와서 성문 앞까지 진격해오면 그때는 당해내지 못할 것이오."

조인은 의기양양한 여상에게 이천 병력을 내주며 진격시켰다.

여상이 강 어귀에 이르러 보니 강 건너에 깃발을 펄럭이며 대도를 치켜들고 말을 탄 관우의 모습이 보였다. 여상은 관우를 공격하려 했으나 조조의 군사들은 관우의 위상에 지레 겁을 먹고 뿔뿔이 흩어져 달아났다. 여상이 군사들을 호통치며 달아나는 것을 막으려 했으나 소용이 없었다.

마침내 관우가 말을 몰아 달려나오자 조조 군은 기병과 보병의 태반을 잃고 패하고 말았다. 간신히 목숨을 구한 군사들이 번성으로 달려가 조인에게 이 사실을 아뢰자 조인은 화가 나서 장안의 조조에게 원병을 요청하는 편지를 썼다.

조조는 사자로부터 이 편지를 받아보고 참모들을 불러모은 후 한 장수를 가리키며 말했다.

"그대가 가서 번성의 포위망을 뚫어주고 오시오."

그 한 장수가 쾌히 응낙하며 나왔는데 그는 바로 우금이었다.

"선봉장 한 명만 뽑아주시면 함께 나가 싸우겠습니다."

"제가 나가서 관우를 사로잡아 대왕 앞에 바치겠습니다."

우금의 말이 채 끝나기도 전에 분연히 일어나 나서는 자가 있었다. 조조는 이들의 충성스런 말에 기쁨을 감추지 못했다.

아직 동오의 군사가 움직이지 않고 있는 상황에서 다시 위나라의 원병이 쳐들어오게 되었으니 관우는 어떻게 대처할 것이며 또한 관우를 사로잡아오겠다고 나선 장수는 과연 누구인가?

제 74 회   관우에게 도전한 방덕

방 영 명 대 츤 결 사 전　　관 운 장 방 수 엄 칠 군
龐令名擡櫬決死戰　　關雲長放水渰七軍

방덕은 출진할 때 널을 메고
관우는 일곱 군단을 수장해버리다

기세등등한 방덕

우금과 함께 번성으로 원정 가기를 자원하며 나선 장수는 바로 방덕이었다. 조조가 기뻐하며 말했다.

"관우 같은 천하무적에게는 자네와 같은 장수가 대적할 만하오."

조조는 곧 우금에게 정남장군(征南將軍)의 칭호를 내리고 방덕에게는 정서도선봉(征西都先鋒)을 내려 칠군을 내주고 번성으로 진격시켰다. 이 칠군은 모두 북방의 강병들로 구성되어 있어 여

러 모로 보아 손색이 없는 정병이었다.

두 장수는 각각 부장 동형(董衡)과 동초(董超)를 거느렸는데 이들은 각기 휘하의 주요 장수들을 거느리고 우금 앞으로 가서 인사를 올렸다. 동형이 먼저 말했다.

"지금 장군께서 칠군의 강병을 거느리고 번성을 구원하러 가시니 반드시 승리할 것입니다. 하지만 방덕을 선봉장으로 내세우시면 패하지 않을까 염려되옵니다."

우금이 놀라 그 까닭을 묻자 동형이 대답했다.

"방덕은 원래 마초의 휘하에서 부장으로 있었으나 궁지에 몰리자 위나라로 투항해온 사람입니다. 마초는 지금 촉에서 오호상장의 자리에 있고 그의 친형 방유(龐柔) 또한 서천의 관리로 있습니다. 지금 방덕을 선봉장으로 내세우면 그야말로 불을 끄기 위해 기름을 붓는 것과 다름이 없습니다. 장군께서는 이를 위왕께 상신하여 다른 선봉장을 임명하도록 하셔야 합니다."

우금은 이 말을 듣고 황급히 조조에게 이 사실을 아뢰었다. 조조도 비로소 이를 깨닫고 즉시 방덕을 객실로 불러들여 선봉장의 인수를 돌려받았다.

그러자 방덕이 깜짝 놀라 물었다.

"이제야 대왕을 위하여 공을 세울 수 있게 되었는데 어찌하여 저를 써주시지 않는 것입니까?"

조조는 대충 얼버무렸다.

"내가 그대를 의심해서 그런 건 아니지만 그대의 옛 주인인 마초가 현재 서천에 있고 또 형 방유 역시 서천에서 유비를 섬기고 있어 여러 장수들이 이의를 제기하니 나로서는 어쩔 수가 없네."

방덕은 조조의 말을 듣고 느닷없이 쓰고 있던 투구를 벗어놓더니 이마를 땅바닥에 부딪쳐 얼굴이 온통 피범벅이 되었다. 그러고는 입을 열었다.

"제가 왕께 투항하여 입은 두터운 은혜를 깊이 명심하여 분골쇄신으로 충성을 다할 각오가 되어 있습니다. 그러한 저에게 어찌 왕께서는 새삼스럽게 의심을 품으십니까? 지난날 고향에서 형과 같이 살 때 형수가 어질지 못하여 제가 술에 취해서 형수를 죽인 적이 있습니다. 형은 이런 저를 원망하여 그 뒤로 형제의 인연을 끊고 얼굴을 마주대한 적이 없습니다. 또한 옛 주인 마초는 용기는 있으나 사려가 모자라 패하고 홀로 서천에서 지내고 있습니다. 지금은 각기 다른 주인을 섬기고 있으니 그것으로 족합니다. 항상 왕의 은혜에 감사하는 마음을 가지고 있는 제가 어찌 딴 마음을 품을 수 있겠습니까? 부디 다시 생각해주십시오."

조조는 엎드려 울먹이는 방덕을 일으키며 위로했다.

"나도 공의 충성심을 잘 알고 있네. 내가 선봉장의 인수를 되돌려 받으려 한 것은 다른 장수들의 의혹을 사지 않기 위함이었으니 그대가 힘을 기울여 공을 세워준다면 나도 반드시 공을 저버리는 일은 없을 것이오."

방덕은 조조에게 엎드려 절하고 집으로 돌아와 목수를 불러 관을 짜게 했다. 이튿날 방덕은 여러 친구들을 연회에 초청하고 관을 연회장에 내놓았다.

그러자 친구들이 관을 보고 놀라 물었다.

"장군께서는 싸움에 앞서 왜 불길하게 관을 짜셨소?"

방덕은 술잔을 들며 친구들에게 설명했다.

"나는 위왕의 은혜를 입고 있는 사람으로서 목숨까지 바칠 각오가 되어 있네. 이번에 번성으로 가서 관우와 혈전을 벌여 만일 내가 관우를 죽이지 못하면 그가 나를 죽일 것이고 죽지 않는다 하더라도 나는 싸움에 이기지 않고서는 살아 돌아올 수가 없네.

이 관을 만든 것은 공을 세우지 않고는 돌아오지 않겠다는 나의 결의를 표시한 것이네.”

이 말을 들은 친구들은 모두 숙연해졌다. 또 방덕은 그의 부인 이씨(李氏)와 어린 아들 방회(龐會)를 불러 말했다.

“나는 이번 싸움에 선봉장으로서 죽을 각오로 싸울 것이오. 만약 내가 죽더라도 이 아이를 훌륭히 키워주오. 이 아이는 총명하여 다른 사람들과는 다르니 자라면 반드시 아비를 위해 원수를 갚아줄 것이오.”

두 모자는 이 말을 듣고 울며 관을 가지고 떠나는 방덕을 배웅했다.

또 방덕은 출전하면서 부장을 불러 일렀다.

“만일 내가 관우를 죽이면 그의 목을 이 관 속에 넣어서 위왕께 바치겠지만 이번 싸움에서 패하여 관우의 손에 죽게 되면 내 시신을 이 관 속에 넣어 오게.”

그러자 휘하 오백여 명의 부장들이 모두 감동하여 목숨을 걸고 싸울 것을 맹세했고 방덕이 거느린 군사들은 사기충천하여 번성으로 향했다.

어느 장수가 방덕의 관 이야기를 조조에게 알리자 조조는 감격하며 말했다.

“방덕의 그러한 충성심을 보니 안심이 되는구나!”

그러자 가후가 염려스러워하며 말했다.

“방덕은 지금 의기양양해 있으나 명장인 관우와 결전하다는 것이 신은 지극히 걱정스럽습니다.”

조조는 가후의 말에 고개를 끄덕이며 급히 사람을 보내 방덕에게 충고했다.

“관우는 지략과 용맹을 겸비한 명장이니 가볍게 여기지 말라. 싸워야 할 때는 싸우되 그렇지 않을 때는 몸을 추스려 지켜라.”

방덕은 조조의 충고를 받고 여러 장수들을 불러 말했다.

"위왕께서는 어찌 관우를 그토록 두려워하는지 모르겠소. 나는 이번에 기어코 삼십 년 동안 이어온 관우의 명성을 땅에 떨어뜨리고야 말겠소."

이에 우금이 방덕을 타일렀다.

"위왕의 말씀이니 명심하여 듣게나."

방덕은 군사를 거느리고 번성으로 진군하면서 북을 치고 함성을 질러 관우를 자극하였다.

관우에게 화살을 쏜 방덕

한편 염탐꾼이 이 상황을 살피고 와서 관우에게 보고했다.

"조조의 장수 우금이 정병 칠군을 이끌고 쳐들어오는데 선봉장 방덕은 관을 앞세우고 오면서 욕설을 퍼부어대며 장군의 결전을 요구하고 있다고 합니다. 적들은 성 밖 삼십 리 지점에 진을 치고 있습니다."

이 말을 들은 관우는 긴 수염을 파르르 떨며 크게 소리쳤다.

"천하의 내로라 하는 영웅 호걸들도 내 이름을 들으면 무시워 벌벌 떠는데 방덕 같은 놈이 감히 나에게 도전해오다니……."

관우는 옆에 있던 관평에게 명했다.

"네가 나가서 번성을 공격하여라. 나는 화가 나서 참을 수가 없으니 직접 나가서 방덕을 처치하고 오겠다."

관평이 말렸다.

"아버님은 귀하신 분인데 어찌 애송이 같은 방덕 놈과 상대하려 하십니까? 제가 대신 나가서 방덕을 무찌르고 오겠습니다."

"그렇다면 네가 나가서 싸워보아라. 나도 뒤따라 가겠다."

관평은 막사 밖으로 나와 힘차게 말에 올라 군사를 이끌고 방덕의 진영으로 나아갔다. 위군의 진영에는 '남안(南安) 방덕'이라고 쓴 흰 깃발이 세워져 있었다.

방덕은 푸른 도포에 은빛 갑옷 차림으로 백마를 탄 채 진 앞에 서 있었다. 그의 뒤에는 오백 병력이 따라오고 있었고 서너 명의 군사가 관을 들고 있었다.

관평은 방덕에게 욕설을 퍼붓기 시작했다.

"주인을 배반한 비열한 변절자!"

그러자 방덕이 부하에게 물었다.

"저놈이 누구냐?"

"관우의 수양 아들 관평입니다."

방덕도 목청껏 소리쳤다.

"나는 위왕의 명을 받아 너의 아비 관우의 목을 치러 왔다. 머리에 피도 마르지 않은 어린 놈이 어찌 나를 상대하려고 하느냐? 어서 네 아비를 불러오너라!"

관평은 화가 나서 칼을 휘두르며 말을 달려 방덕에게 달려들었다. 이렇게 관평과 방덕은 삼십여 차례 불꽃 튀는 싸움을 벌였으나 승패가 판가름 나지 않았다. 두 장수는 잠시 물러나 싸움을 중단했다.

이 소식은 즉각 관우에게 전해졌다. 관우는 버럭 화를 내며 요화에게 번성을 공격하도록 하고 자신은 직접 방덕과 관평이 결전을 벌이고 있는 전장으로 나아갔다.

관우가 당도하자 관평은 방덕과 삼십여 차례 싸웠으나 승패가 나지 않았다고 아뢰었다. 관우는 관평이 미처 말을 끝맺기도 전에 칼을 쳐들고 말을 몰아 나오면서 방덕의 진 앞에 이르러 외쳤다.

"관우가 여기 왔다. 방덕은 나와서 내 칼을 받아라."

그러자 위군 진지에서 북소리가 울리더니 방덕이 말을 타고 달려나왔다.

"나는 위왕의 명을 받고 네 목을 치러 여기에 왔다. 내 말을 믿지 못하겠거든 여기 있는 관을 봐라. 너의 목을 베어 이 관에 넣어 가려 하니 죽기가 겁나거든 어서 항복하라!"

관우는 방덕에게 버럭 화를 냈다.

"이놈, 필부 주제에 어찌 감히 나와 대적하려 하느냐! 내 청룡도로 네 놈의 목을 베어 너를 저승길로 보내주겠다."

관우가 칼을 들고 달려드니 방덕도 칼을 휘두르며 맞서 싸웠다. 두 장군은 맞부딪쳐 백여 차례 접전을 벌였지만 싸울수록 더 치열해질 뿐 피로한 기색은 보이지 않았다. 두 장수가 불꽃 튀게 싸우는 광경을 양쪽 군사들은 넋을 잃고 바라보았다.

위군은 치열하게 싸우는 방덕의 안전이 염려되어 징을 울려 군사를 물러나게 했으며 관평도 아버지의 목숨이 위태로워질까 하여 뒤따라 징을 울렸다. 두 장수는 군사를 물리고 각기 자기 진으로 돌아갔다.

방덕은 진지로 돌아와 장수들에게 말했다.

"관우가 영웅이라는 말을 듣기는 했어도 이렇게 대단한 인물인 줄 미처 몰랐소."

이때 우금이 들어와 방덕이 예를 갖추어 절하자 우금은 근심스러운 듯이 물었다.

"오늘 싸움의 경과는 자세히 들어서 알고 있소. 일단 여기서 물러나는 것이 어떨까 하오."

방덕은 힘있는 목소리로 말했다.

"위왕께서 장군을 대장으로 임명하셨거늘 어찌 그런 결정을 내리시오? 나는 내일 관우와 사생결단을 낼 것이니 절대 물러서지 않겠소."

우금은 하는 수 없이 물러나야 했다.

한편, 진지로 돌아온 관우는 관평에게 말했다.

"방덕은 대단한 무장이니 내 적수가 될 만하다."

관평은 아버지를 설득했다.

"옛 속담에 '갓 태어난 송아지는 범 무서운 줄 모른다'고 했습니다. 아버님이 방덕의 목을 벤다 해도 그는 한낱 서쪽 오랑캐에 지나지 않는 잡병입니다. 만일 아버님께서 화를 당하신다면 한중왕께 무슨 면목으로 얼굴을 대하시겠습니까?"

관우는 관평의 말을 듣지 않고 다시 말했다.

"나는 그놈을 죽이지 않고는 한을 풀지 못하겠으니 나의 결심에 대해 더 이상 아무 말 하지 말아라."

이튿날 관우는 군사를 거느리고 다시 싸우러 나갔다. 방덕도 역시 군사를 거느리고 나왔다. 양쪽 군사가 주위에 둘러서자 두 장수는 아무 말 없이 달려나와 오십여 차례의 접전을 벌였다. 이때 갑자기 방덕이 말을 돌려 달아나는 체하자 관우가 그 뒤를 추격했다. 관평은 가슴이 조마조마하여 관우의 뒤를 따라갔다.

관우는 방덕을 추격하며 큰소리로 호통을 쳤다.

"역적 방덕 놈아, 네가 달아나는 척하면서 칼을 던져 목을 베는 계책을 쓰려 한다는 걸 내가 모를 줄 아느냐? 어서 덤벼라!"

방덕은 그 계책을 쓰려 했으나 관우가 이를 눈치채자 급히 작전을 바꾸었다. 방덕은 칼을 말안장 끝에 매단 채 쓰지 않고 그 대신 활을 뽑아 살을 메겨 관우에게 쏘려 했다.

뒤따라오던 관평이 눈치 빠르게 이를 알아채고 큰소리로 외쳤다.

"활을 쏘려하다니, 이 비겁한 놈!"

관우가 이 소리를 듣고 고개를 드는 순간 바람을 가르며 화살이 날아와 관우의 왼쪽 팔에 명중했다. 관평은 급히 달려와서 관우를 부축하여 진지로 돌아갔다.

방덕이 다시 말을 돌려 쌍날칼을 휘두르며 뒤를 추격하는데 갑자기 위군의 진지에서 징소리가 요란스럽게 울렸다. 방덕은 급히 말을 몰아 진지로 돌아왔다. 방덕이 활을 들어 관우를 쏜 것을 본 우금이 그가 이 싸움에서 자신보다 더 큰 공을 세우면 체면이 설 것 같지 않아 일부러 징을 울려 결투를 중단하게 한 것이었다.

방덕이 진으로 돌아와 우금에게 왜 징을 울렸냐고 항의하자 우금은 변명을 늘어놓았다.

"위왕께서 늘 관우는 지략과 용맹을 겸비한 명장이라 하였소. 그가 혹시 화살에 맞았다 하더라도 방심해서는 안 된다 생각하여 징을 울렸소."

방덕은 분하여 화를 냈다.

"장군이 징만 울리지 않았더라면 나는 벌써 관우의 목을 베었을 것이오."

그러자 우금이 말했다.

"성급하게 굴어서는 안 되오. 자칫 패배를 초래할 수 있소."

방덕은 우금의 속마음은 알아차리지 못하고 그저 기회를 놓친 것만 안다까워했다.

한편 관우는 진지로 돌아와서 팔에 박힌 화살을 뽑았다. 다행히 상처는 깊지 않아서 상처가 덧나지 않도록 약을 발랐으나, 방덕에 대한 적개심을 억누르지 못하여 장수들에게 말했다.

"화살에 맞은 원한을 기필코 갚고야 말겠소."

그러자 여러 장수들이 충언했다.

"장군께서는 안정을 취하시어 몸이 회복된 후에 싸우러 나가도 늦지 않습니다."

방덕은 그 다음날에도 군사를 거느리고 와서 공격했다. 관우가 이 소식을 듣고 싸우러 나가려 했지만 여러 장수들이 한사코 만류했다. 방덕은 군사들에게 명하여 욕설을 퍼붓게 했다. 각 길목마다 지키고 있던 관평은 방덕의 욕설이 관우의 귀에 들어가지 않도록 조처했다.

방덕은 십일 동안 계속 도전했으나 관우의 진영에서 아무 반응이 없자 우금과 계략을 세우기로 했다.

"관우는 화살의 상처가 깊어 꼼짝도 못 하고 있는 것이 틀림없습니다. 이 기회를 틈타 칠군을 한꺼번에 적의 진지에 투입시켜 번성의 포위망을 뚫는 것이 어떻겠습니까?"

이 말을 들은 우금은 또다시 방덕이 크게 무공을 세우는 것이 못마땅하여 위왕의 경고를 들먹이며 군사를 움직이지 않았다. 방덕이 몇 번이나 관우의 진지를 공격하자고 제의했으나 우금은 아랑곳하지 않고 오히려 칠군을 뒤로 돌려 산모퉁이를 지나 번성의 북쪽 십 리 밖 산기슭에 진을 설치하였다. 더군다나 우금은 병력을 이끌고 큰 길의 진입로를 막는가 하면 방덕을 골짜기 뒤쪽에 주둔시켜놓고 함부로 공격하지 못하게 하여 공을 세울 수 없게 만들었다.

방덕의 군사를 물에 빠뜨린 관우

한편 관평은 관우의 상처가 차츰 아물어가는 것을 지켜보며 안정을 되찾고 있었다. 이때 우금이 칠군을 번성의 북쪽으로 옮겨 진을 치고 주둔해 있다는 보고가 들어왔다.

관우가 즉시 말을 타고 높은 곳에 올라가보니 번성 안에는 깃발들이 꽂혀 있었지만 군사들은 지쳐서 해이해져 있었다. 또 성 북쪽 십 리 밖의 골짜기에는 우금의 일곱 군단이 주둔해 있는 것이 보였으며 번성을 휘감아 도는 양강의 물살은 아주 빨랐다.

한참을 지켜보던 관우는 길을 안내하는 관원에게 물었다.

"저기 번성 북쪽에 적이 주둔하고 있는 곳이 어디오?"

"증구천(罾口川)이라 하는 곳입니다."

관우는 회심의 미소를 띠며 말했다.

"드디어 우금을 사로잡을 수 있겠구나!"

그러자 여러 군사들이 의아해하며 관우에게 물었다.

"장군께서는 무슨 까닭으로 그렇게 말씀하십니까?"

관우가 웃으면서 말했다.

"우금이 그물의 주둥이에 들어가 있는데 어찌 살아남을 수 있
겠느냐?"

여러 장수들이 관우의 말을 믿으려 하지 않자 관우는 더 이상
말하지 않고 군사를 거느리고 본진으로 돌아왔다.

이때는 8월 가을이라 날마다 비가 내렸다. 이에 관우는 군사들
을 시켜 배와 뗏목을 장만하고 장기전에 대비했다.

관평이 의아해하며 물었다.

"육지에서 싸우는데 수전(水戰)에 필요한 배와 뗏목은 무엇에
쓰려고 하십니까?"

관우가 설명했다.

"우금은 굉활한 곳을 버리고 칠군단을 지 좁고 험한 증구천 골
짜기에 주둔시키고 있다. 이제 곧 장마가 질 테니 양강은 틀림없
이 범람할 것이다. 벌써 사람을 보내 수문을 막게 했으니 우리는
미리 높은 곳에서 자리잡고 있으면서 강물이 넘칠 때를 기다려
일시에 수문을 열면 번성은 물론 증구천에 있는 군사까지 모조
리 물고기밥이 될 것이다."

관평은 이 말에 깊이 탄복하며 물러났다.

한편, 위군 진지에서는 증구천에 주둔해 있으면서 날마다 내리
는 폭우로 인해 애를 먹고 있었다. 이에 독장(督將) 성하(成何)가
우금에게 소곤거렸다.

"지금 우리 대군은 진지로부터 너무나 멀고 저습한 증구천 어귀에 머무르고 있어 군사들이 많이 지쳐 있습니다. 근처에 산이 있으니 그곳으로 진을 옮겨 장마 때 군사들의 수고를 덜어주었으면 합니다. 듣자하니 형주 군사들은 높은 곳으로 진지를 이동하고 한수의 어귀에 배와 뗏목까지 준비해두고 있다고 합니다. 만일 양강이 넘치게 되면 우리 군사들만 위험해지니 빨리 대책을 세우셔야 합니다."

그러나 우금은 이 말을 무시해버렸다.

"너는 부질없는 생각으로 군심을 흐뜨려놓을 작정이냐? 또다시 공연한 소리를 늘어놓았다가는 너의 목을 베어버릴 것이다!"

성하는 얼굴을 붉히며 물러나와 방덕을 찾아가 우금에게 했던 말을 다시 설명하자 방덕이 잠시 생각하더니 말했다.

"그대가 우려하는 게 당연하오. 우금 장군이 군사를 이동하지 않으면 내가 혼자라도 내일 군사를 다른 곳으로 옮겨 주둔시키겠소."

두 사람은 이렇게 합의를 본 후 헤어졌다. 그런데 그날 밤 폭우가 세차게 몰아쳤다. 이때 방덕은 밤이 깊도록 막사에 머물러 있었는데 갑자기 천군만마가 광분하는 소리가 들려왔다. 방덕이 소스라치게 놀라서 밖으로 나가 말을 타려고 하는데 순식간에 사방이 물바다가 되었다. 사나운 물살에 휩쓸려 조조의 군사들은 거의 목숨을 잃었다. 평지도 한 길이 넘게 물이 올라 우금과 방덕은 모든 장수들과 함께 필사적으로 물을 피하여 산으로 피신했다.

날이 새자 관우는 휘하 장수들을 거느리고 환성을 지르며 배를 타고 몰려왔다. 우금이 놀라 바라보았으나 이미 빠져나갈 구멍은 없었다. 이때 따르는 장수는 겨우 오십여 명에 불과했다. 우금은 달아날 수 없음을 깨닫고 두 손을 들고 항복하겠다고 큰소리로 외쳐댔다.

관우는 우금의 갑옷과 무기를 빼앗고 배 안으로 던져 넣었다. 이어서 관우가 방덕을 잡으려 할 때 방덕·동형·동초·성하 등을 비롯하여 투구도 쓰지 않은 오백여 명의 보병들이 둑 위에 서 있었다.

관우가 다가갔으나 방덕은 조금도 두려워하지 않고 맞서 싸우려 했다. 관우는 즉시 배와 뗏목으로 사방을 에워싸고 그들에게 일제히 활을 쏘라고 명했다. 이에 조조의 군사들 거의가 화살에 맞아 죽거나 다쳤다.

동형과 동초는 승산이 없다고 판단하여 방덕에게 진언했다.

"군사들도 거의 죽고 달아날 구멍도 없으니 항복하는 것이 어떨까요?"

방덕은 눈을 부릅뜨며 호통쳤다.

"위왕께 큰 은혜를 입고 있는 내가 어찌 적들 앞에 머리를 수그려 항복할 수 있겠느냐?"

그러더니 그 자리에서 칼을 뽑아 두 장수의 목을 베고 휘하 군사들을 돌아보며 호령했다.

"항복하려는 자는 누구든 이들처럼 목을 베리라!"

방덕의 이 말에 군사들은 적을 맞아 결사적으로 싸웠다. 새벽부터 대낮까지 계속된 싸움에서 방덕은 죽을 힘을 다하여 혈전을 벌였다. 관우는 군사를 독촉하여 방덕의 군사를 향해 계속해서 화살을 쏘게 했다.

끝까지 고군분투하던 방덕은 성하에게 일렀다.

"옛말에 '용장은 죽음을 두려워하지 않고 장사는 지조를 굽히지 않는다' 하였네. 나에게는 오늘이 운명의 날이니 자네도 사력을 다해 싸워주길 바라네."

성하는 명을 받고 용감히 앞으로 달려나가다가 관우가 쏜 화살에 맞아 물 속으로 떨어져 죽었다. 사태가 더욱 위태로워지자 모든 군사들은 두려워 항복하고 말았으나 오직 방덕만은 끝까지 역전했다.

방덕의 죽음

이때 형주 군사 수십 명이 조각배를 타고 둑으로 접근해왔다. 방덕이 칼을 들고 그 배로 뛰어들어 순식간에 십여 명이나 되는 적병의 목을 베어 버리니 나머지 적병들은 겁이 나서 물 속으로 뛰어들었다. 방덕은 한 손에는 칼을 들고 다른 한 손으로 노를 저어 번성을 향해 도망쳐갔다.

이때 상류에서 커다란 뗏목 하나가 떠내려오더니 방덕이 타고 있던 조각배를 들이받아 배가 뒤집히는 바람에 방덕은 물 속으로 빠져버렸다. 뗏목을 타고온 장수는 물에 뛰어들어 방덕을 생포하여 뗏목 위로 끌어올렸다. 방덕을 생포한 장수는 바로 주창이었다. 주창은 원래 헤엄을 잘 치고 더욱이 형주에 와서는 수년간 무예를 익혔기 때문에 힘도 장사였다. 그러니 방덕 하나쯤 사로잡는 것은 쉬운 일이었다. 우금의 칠군은 모두 물에 빠져 죽었을 뿐만 아니라 물 속에서 빠져나와 살아남은 군사들은 앞다투어 관우에게 투항했다.

싸움이 끝나고 관우가 산꼭대기의 진지로 돌아오자 여러 도부수들이 우금을 끌고와 관우 앞에 꿇어앉혔다. 우금은 땅에 엎드려 목숨만 살려달라고 애원하자 관우가 큰소리로 꾸짖었다.

"네 놈이 어찌 감히 나와 맞서 싸우려 했느냐?"

"위왕께서 내린 명령이라 하는 수 없었습니다. 부디 통촉하시어 목숨만 살려주시면 그 은혜에 보답하겠습니다."

관우는 수염을 쓰다듬으며 비꼬듯이 말했다.

"내가 네 놈을 죽이는 것은 개·돼지를 죽이는 것과 같다. 너를 죽여봤자 내 칼만 더러워진다."

관우는 우금을 묶어 형주로 후송하여 감옥에 가두라고 명했다.

"내가 형주로 돌아가서 처치하겠다."

뒤이어 끌려온 방덕은 사나운 눈초리로 관우를 노려보며 꼿꼿이 서 있었다.

그 모습을 본 관우가 말했다.

"너의 친형은 지금 서천에 있고 너의 옛 주인인 마초 역시 촉의 대장으로 있는데 너는 어찌 항복하지 않고 이리 고집을 부리느냐?"

방덕은 목에 핏대를 세우며 소리쳤다.

"내 죽음을 택할망정 네 놈에게 항복하는 일은 없을 것이다. 어서 나를 죽여라!"

방덕은 관우를 똑바로 쳐다보며 계속 욕설을 퍼부어댔다. 크게 노한 관우는 밖으로 끌고나가 도부수에게 방덕을 베어 죽이라고 명했다. 이에 방덕은 천연덕스럽게 목을 내놓아 즉시 도부수에 의해 목이 베어졌다. 관우는 절개를 지키며 죽음을 맞이한 방덕을 정중히 장사 지내주었다. 그리고 군사들을 배에 태워 번성으로 공격하러 나섰다.

한편, 번성의 둘레에는 물이 가득 차 있어 흰 파도가 하늘까지 치솟을 듯 출렁거리고 있었다. 이 수세에 의해 성벽이 차츰 갈라지자 성 안의 백성들이 흙과 돌을 날라다 무너지는 성벽을 다시 세우려 했으나 역부족이었다.

조조의 군사들이 당황한 나머지 조인을 찾아가 상황을 보고했더니 그가 말했다.

"도저히 버틸 수가 없으니 더 늦기 전에 배를 타고 피해야 한다. 성을 잃는 한이 있더라도 목숨은 건져야 하지 않겠느냐?"

조인의 말에 따라 배를 마련해 도주하려고 할 때 만총이 이를 만류했다.

"이 같은 홍수는 오래가지 않습니다. 앞으로 열흘 후면 물은 자연히 빠질 것입니다. 관우가 부대의 일부를 성 아래 고을까지만 보내 당장 진격해오지 못하는 것은 우리가 뒤에서 공격하지 않을까 두려워하고 있기 때문입니다. 지금 만약 우리가 성을 버리고 도망간다면 황하 남쪽을 모조리 잃게 됩니다. 그러니 이곳에 머무르면서 성을 굳게 지켜 위나라의 방벽이 되는 것이 좋을 듯합니다."

조인은 만총의 충고를 고맙게 받아들였다.

"자네의 가르침이 아니었다면 내가 큰일을 저지를 뻔했네."

조인은 백마를 타고 성벽에 올라 여러 장수들에게 명했다.

"위왕의 명을 받들어 우리는 이 성을 굳게 지켜야 한다. 누구든지 성을 버리고 도주하려는 자는 목을 베어 죽이겠다."

모든 장수들도 이에 응하여 성을 떠나지 않겠다는 맹세를 했다. 조인은 크게 기뻐하며 성 위에 몇백 개의 활을 설치하라고 명했다. 군사들은 밤낮을 가리지 않고 순찰을 돌고 성 안의 백성들도 남녀노소를 막론하고 흙과 돌을 날라다 기울어져가는 성곽을 바로 세웠다. 그렇게 열흘쯤 지나자 출렁이던 물은 빠지기 시작했다.

한편, 관우가 우금 등 적장을 사로잡은 사실은 천하를 놀라게 하여 관우를 두려워하지 않는 사람이 없었다. 이때 관우의 둘째 아들 관흥이 아버지를 뵈러 성도에서부터 찾아왔다. 관우는 모든 장수들의 전공을 기록한 문서를 관흥에게 주어 성도의 한중왕께 장수들의 진급을 요청하라고 일렀다. 관흥은 그 문서를 가지고 성도로 떠났다.

관우는 병력의 절반 가량을 협(郟)으로 진격시키고 자신은 나머지 절반의 병력으로 번성을 포위했다. 성의 북문에 이르러 말을 타고 채찍을 휘둘러대며 소리쳤다.

"이 쥐새끼 같은 놈들아! 어서 항복하지 않고 무엇을 망설이고 있느냐?"

이때 성루 위에서 상황을 내려다보고 있던 조인은 관우가 한 겹으로 된 갑옷에 푸른 도포만 걸친 가벼운 차림인 것을 보고 오백 명의 궁수들에게 신호를 보내 일제히 관우에게 활을 쏘게 했다. 이를 알아챈 관우가 뒤돌아서서 도망가려는 순간 오른쪽 어깨에 화살을 맞고 말 아래로 떨어졌다.

조조의 칠군단을 물에 빠져 죽게 했던 관우가 성 안에서 날아온 화살 하나에 쓰러지고 말았다. 과연 그의 운명은 어떻게 될 것인가!

제 75 회 형주를 차지한 손권

관운장괄골요독　여자명백의도강
關雲長刮骨療毒　呂子明白衣渡江

관우는 독화살에 맞아 뼈를 깎고
백의의 기개로 여몽이 장강을 건너다

관우를 치료한 명의 화타

　조인은 관우가 화살에 맞고 쓰러진 것을 보자 즉시 군사를 거느리고 성 밖으로 달려나가 추격했으나 관평이 재빠르게 관우를 구하여 진지로 돌아왔다.

　먼저 관우의 팔에 꽂힌 화살을 뽑아냈으나 화살에는 독이 묻어 있어서 이미 뼛속까지 스며들어 오른쪽 팔이 퉁퉁 부어 쓸 수 없게 되었다. 관평은 매우 당황하여 여러 장수들을 불러 상의했다.

"아버님의 상처가 깊어 더 이상 싸우기는 힘드실 것 같습니다. 일단 형주로 모시고 가서 치료를 하시도록 해야겠습니다."

여러 장수들이 문병하러 관우의 장막에 찾아들자 관우가 의아해서 물었다.

"무슨 일로 이렇게 오셨소?"

한 장수가 아뢰었다.

"장군께서 상처가 심하여 이대로 싸움에 나가는 것은 도저히 무리입니다. 저희들이 상의해보았는데 일단 철수하시고 형주로 가셔서 치료를 받으셔야겠습니다."

이 말을 듣고 있던 관우는 크게 노하여 호통쳤다.

"지금 우리가 번성을 함락할 수 있는 좋은 기회를 눈앞에 두고 있는데 그게 무슨 소리요? 만일 번성을 손에 넣으면 그 여세를 몰아 허도로 진격해서 역적 조조의 무리를 쳐부수고 한나라 조정을 훌륭히 재건할 수 있소. 이까짓 부상으로 좋은 기회를 놓칠 수는 없으니 섣불리 싸움에 방해가 되는 수작들은 삼가도록 하시오."

관평을 비롯한 장수들은 더 이상 말을 하지 못하고 자리에서 물러나왔다. 그러나 관우의 상처가 점점 심해지자 여러 장수들은 사방팔방으로 이름있는 의사를 수소문했다.

그러던 어느 날 강동에서 조각배를 타고 온 사람 하나가 진지를 찾아왔다. 보초병이 그를 관평에게 데려갔다. 관평이 보니 그는 머리에 네모진 두건을 쓰고 넓은 도포를 입고 어깨에는 푸른 자루를 걸치고 있었다.

그는 관평에게 자신을 소개했다.

"저는 패국(沛國)의 초군(譙郡) 사람으로 이름은 화타(華佗)이고, 자는 원화(元化)라 합니다. 들리는 소문에 관 장군께서 독화살을 맞아 크게 고통을 받고 계신다기에 제가 치료해 드리고자 찾아왔습니다.”

“그러시다면 예전에 동오의 주태를 치료했다던 그분이십니까?”

관평이 조심스럽게 물었다.

주태라는 사람은 젊은 날의 손권이 선성에서 산적들의 습격을 받았을 때 손권을 방어하다 중상을 입었는데 화타의 치료를 받고 기적적으로 소생한 적이 있었다.

화타가 대답했다.

“그렇습니다.”

관평은 그의 방문에 크게 기뻐하며 여러 장수들과 함께 그를 관우가 누워 있는 병상으로 모셔갔다. 관우는 이때 팔의 통증으로 매우 고통스러웠지만 군사들에게 걱정을 끼치지 않으려고 고통을 참으며 마량과 함께 바둑을 두며 시간을 보내고 있었다. 의원이 왔다는 말을 들은 관우는 그를 맞이하여 대접했다.

화타가 상처를 보자고 하자 관우는 도포를 걷어 팔을 내보였다. 한참 상처를 살펴보던 화타가 말했다.

“이것은 화살촉에 오두(烏頭:바곳이라는 식물의 뿌리)의 독을 바른 것으로 그 독이 뼈까지 스며들어 썩게 되니 즉시 치료하지 않으면 팔을 쓰지 못하게 됩니다.”

관우가 물었다.

“어떻게 치료해야 하오?”

“저에게 치료할 비법이 있는데 어려운 수술이라 참아내실 수 있을지 모르겠습니다.”

관우는 아무렇지도 않은 듯 큰소리 쳤다.

“죽음도 두려워 않는데 그까짓 게 두렵겠소?”

화타가 말했다.

“그러시다면 우선 조용한 방에 든든한 기둥 하나를 세우고 그 기둥에 커다란 쇠고리를 매달아 그 고리 속에 장군의 팔을 넣고 밧줄로 움직이지 않게 동여맨 다음 장군의 눈을 헝겊으로 가립니다. 그런 후에 제가 칼로 상처난 곳을 도려내어 뼈에 스며들어 있는 독을 깨끗이 긁어내고 약을 발라 실로 상처를 꿰맬 것입니다. 잘 참아내실 수 있겠습니까?”

관우가 태연하게 말했다.

“그 정도는 참을 수 있소. 기둥과 쇠고리까지 필요하지 않소. 그냥 수술을 해주시오.”

우선 관우는 화타에게 술상을 내주고 자신도 마주 앉아 술 몇 잔을 기울였다. 그러고 나서 다시 마량과 바둑에 몰두하며 한쪽 팔을 화타에게 내밀어 수술하라고 했다. 화타는 날카로운 칼을 들고 군사에게 관우의 팔 밑에 사발을 받쳐 피를 받게 했다.

화타가 말했다.

“그럼, 수술을 시작하겠습니다.”

관우가 대답했다.

“이미 그대에게 치료를 맡기지 않았소? 내 어찌 세상의 평범한 무리처럼 겁에 질려 두려워하겠소?”

화타는 칼로 살갗을 가르고 뼛속까지 칼을 넣어 독을 긁어내었다. 모두가 조용히 바라보고 있는 중에 뼛속의 녹을 긁어내는 소리만 사각사각 들릴 뿐이었다. 장막 안에서 이를 지켜보고 있던 사람들은 모두 정신이 얼얼하여 쳐다보지도 못했다. 그러나 관우는 술을 마시고 안주를 씹고 담소를 나누며 바둑에만 몰두하고 있을 뿐 전혀 아픔을 느끼지 못하는 듯 태연했다.

화타는 이윽고 독을 남김없이 긁어내고 약을 바른 후 실로 상처를 꿰매었다. 치료가 끝나자 관우는 장수들에게 너털웃음으로 호언하였다.

“이젠 거뜬하구나! 팔도 움직일 수 있고 아픔도 말끔히 없어졌다. 화타 선생은 과연 귀신 같은 명의이십니다.”

화타는 만족하여 대답했다.

"제가 오랫동안 의원 노릇을 해왔지만 장군같이 잘 참는 사람은 처음입니다. 장군은 참으로 천신이십니다."

관우는 자신의 팔을 수술해준 화타를 위해 술상을 베풀어주었다. 그 자리에서 화타는 관우에게 말했다.

"수술은 잘 되었지만 장군께서는 몸을 잘 보존하셔야 합니다. 절대로 흥분을 하시면 안 됩니다. 백일이 지나면 아마 완쾌되어 팔을 쓰실 수 있을 겁니다."

관우가 사례로 화타에게 백 냥을 주었더니 화타는 한사코 사양했다.

"저는 관 장군의 영웅스러운 기상을 듣고 치료해 드리려 찾아왔을 뿐입니다. 어찌 사례를 받을 수 있겠습니까?"

그리고 나서 상처에 바를 약 한 첩을 남기고 떠나버렸다.

이런 관우의 명성은 중국 천하에 떠들썩하게 전해져 모두 관우를 두려워하고 존경했다.

형주를 취하려는 손권

이 사실을 들은 조조는 깜짝 놀라 문무백관을 모아놓고 대책을 협의했다.

"일찍이 관우의 용맹과 지략을 알고 있었지만 그가 지금 형주와 양주를 차지하고 있는 것은 범에 날개가 돋친 격이오. 우금이 사로잡히고 방덕도 죽음을 당했으니 우리 진영은 어려운 상황에 놓이게 되었소. 머지않아 관우가 허도로 공격해 올 텐데 어쩔 도리 없이 도읍을 다른 곳으로 옮기는 게 좋겠소."

이렇게 한탄하는 조조를 보며 곁에 있던 사마의가 간언했다.

"천도해서는 안 됩니다. 우금과 방덕이 패한 것은 작전 탓이라

기보다는 홍수 때문으로 보아야 합니다. 현재 동오의 손권과 서천의 유비 사이가 나쁜 마당에 관우가 승리하였으니 지금 손권은 바싹 약이 올라 있을 것입니다. 그러니 왕께서는 몰래 동오로 사신을 파견하여 손권으로 하여금 군사를 일으켜 관우를 공격하게 하십시오. 이 작전이 성공하게 되면 손권에게 강남의 전 지역을 주겠다고 약속하십시오. 계획대로 된다면 허도뿐만 아니라 번성도 저절로 구할 수 있을 것입니다.”

주부 장제(蔣濟)가 사마의의 말에 동조하여 말했다.

“중달의 말이 참으로 옳습니다. 당장 이 작전을 실시하면 구태여 천도할 필요가 없을 듯합니다.”

결국 조조는 천도할 생각을 미루고 여러 장수들을 둘러보더니 한탄하며 말했다.

“우금 장군은 내 휘하에서 삼십 년 동안이나 충성을 다하며 따라왔는데 위급한 상황에서는 방덕만도 못하게 투항해버리다니⋯⋯.”

그러더니 다시 이어서 말했다.

“동오로 사신을 보내어 편지를 전하고 장수 하나를 뽑아 관우에게 보내 그의 사기를 꺾어야겠소.”

이때 장수 하나가 뛰어나와 자원했다.

“제가 가서 싸우겠습니다.”

그는 바로 서황이었다. 조조는 즉시 서황의 청을 받아들여 그를 대장에 임명하고 여건을 부장으로 삼아 오만 병력을 내주면서 양릉파(陽陵坡) 앞에 진을 치고 있다가 동오 군이 움직이면 협공하여 진격하라고 명했다.

한편, 조조의 밀서를 받아본 손권은 흔쾌히 응하겠다는 회신을 써 보낸 후 문무백관을 불러 모아 의견을 물었다.

장소가 나서서 제언했다.

“우금 장군이 생포되고 방덕 장군이 참혹하게 죽은 소식이 천하에 알려져 조조는 겁이 나서 천도할 생각까지 했다는 소문이 들려옵니다. 지금 당장은 번성이 위태로워 움직이지 못하고 구원을 요청했지만 조금 지나면 약속을 번복하지 않을까 우려됩니다."

손권이 결정을 내리지 못하고 있는데 여몽이 급한 일로 상의하고자 조각배를 타고 도착했다는 소식이 들어왔다.

손권이 여몽을 불러들여 돌아온 까닭을 물으니 여몽이 대답했다.

"관우는 지금 군사를 거느리고 번성을 둘러싸고 있습니다. 이 원정을 틈타 형주를 기습하는 것이 좋겠습니다."

손권은 여몽의 생각과는 달랐다.

"나는 먼저 서주를 빼앗으려 하는데 어떻게 생각하오?"

여몽이 다시 진언했다.

"지금 조조는 멀리 하북에 있으므로 동쪽까지 신경 쓸 여유가 없을 것입니다. 따라서 서주에는 수비하는 군사도 많지 않을 테니 공격하면 쉽게 함락시킬 수 있습니다. 그러나 그 고장 지형은 육전에 유리하고 수전에는 불리하니 설령 점거한다 해도 육전에 약한 우리로서는 유지하기가 힘겹습니다. 그러니 먼저 형주를 빼앗아 장강 일대를 손에 넣은 후에 대책을 세우는 것이 좋겠습니다."

그러자 손권도 자신의 의중을 말했다.

"나도 사실은 형주를 빼앗을 생각을 하고 있었는데 그대의 마음을 떠보려고 서주를 언급한 것이오. 그대는 즉각 군사를 거느리고 형주를 공격하오. 나도 군사를 일으켜 곧 따라가겠소."

여몽은 손권에게 절하고 육구로 돌아갔다.

육손의 속임수

이때 염탐꾼이 와서 여몽에게 보고했다.

"장강 연안의 높은 곳에는 이삼십 리 간격으로 봉화대가 설치되어 있습니다. 또한 형주는 지금 군마와 무기를 정비하여 긴급 사태에 대비하고 있다고 합니다."

여몽은 기가 죽어 혼자 중얼거렸다.

'이런 상황이면 계획을 실행에 옮길 수 없지. 내가 오후를 찾아뵙고 형주를 치겠다고 큰소리를 쳤는데 이를 어쩌지?'

여몽은 끝내 몸이 아프다는 핑계를 대고 집에서 나오지 않고 손권에게 사람을 보내어 알렸다.

이 말을 들은 손권은 여몽을 걱정하고 있었는데 육손이 들어와 사실을 알렸다.

"여몽이 아프다는 것은 거짓입니다."

손권은 몹시 불쾌하여 육손을 보내 사실을 확인시켰다. 명을 받고 육손이 여몽의 집으로 찾아갔으나 여몽은 아픈 기색이라고는 전혀 없이 멀쩡했다.

육손이 여몽에게 말했다.

"오후의 명을 받아 문병왔습니다."

여몽이 말했다.

"저 같은 놈이 조금 아프다고 이렇게 찾아와주시다니 황송하옵니다."

"오후께서 그대에게 중대한 임무를 맡기셨는데 이 좋은 기회를 내버려두고 이게 웬일이십니까?"

여몽은 눈을 뜨고 육손을 응시했다. 둘 사이에는 한참 동안 침묵이 흘렀고 잠시 후 육손이 입을 열었다.

"장군의 병환을 치료할 묘약을 가져왔습니다. 한 첩 드셔보시
겠습니까?"

여몽은 좌우에 있던 종졸들을 내보내고 육손에게 조용히 말했
다.

"묘약이라니 한 첩 먹어볼까요?"

육손이 웃으며 말했다.

"그대의 병은 형주가 군마와 무기를 잘 정비하고 있고 연강 일
대에 봉화대가 세워졌기 때문에 생긴 것이오. 내 묘약이란 그 봉
화대에 연기도 안 나고 불길도 솟지 못하게 하여 형주의 군사를
모조리 투항시키는 것이지요. 어떻습니까?"

여몽은 이 말을 듣고 눈이 번쩍 뜨여 사정했다.

"공이 저의 마음을 정확히 꿰뚫으셨소. 그 대책을 구체적으로
일러주시오."

육손이 설명했다.

"관우는 스스로 천하무적이라 장담하고 있는 사람이지만 장군
만은 두려워하고 있습니다. 이왕 장군이 몸이 아프다고 하였으니
이 기회에 이곳 육구를 지키는 일을 다른 사람에게 일임하시고
그 사람 입을 통해 관우를 칭송하는 말을 흘린다면 관우는 아마
우쭐해져서 형주의 군사를 모두 거두어 번성으로 향할 것입니다.
그렇게 되면 형주는 무방비 상태가 되니 그때 공격하면 쉽게 손
에 넣을 수 있을 것입니다."

여몽은 손바닥을 치며 기뻐했다.

"과연 좋은 계책입니다."

이리하여 여몽은 병이 났다는 핑계를 대고 사직서를 냈다.

육손은 손권에게로 돌아가서 여몽이 병환 중이라 거짓 보고를
했다. 손권은 여몽에게 병을 치료할 시간을 주기 위해 그를 불러
들였다.

손권이 여몽에게 물었다.

"육구를 지키는 임무는 예전에 주공근이 맡았다가 그의 천거에 의해 노자경이 맡았으며 다시 그의 추천으로 그 중임을 장군이 맡았었소. 이제 장군이 사임하게 되었으니 재주있고 명망을 겸비한 인물로 천거해주길 바라오."

여몽이 대답했다.

"만일 그런 유능한 인물을 기용하게 되면 도리어 관우의 경계심만 돋구어 그가 더욱 수비를 철저히 하지 않을까요? 육손은 생각이 깊으나 아직 이름이 널리 알려지지 않았으므로 관우가 크게 경계하지 않을 테니 저의 후임자로 그가 적격의 인물이라 생각됩니다."

손권은 기뻐하며 여몽의 진언을 받아들여 그날로 즉시 육손을 불러 편장군 우도독(右都督)으로 임명하고 여몽을 대신하여 육구로 가서 수비하라고 명했다.

육손은 사양하며 말했다.

"저에게는 너무 과중한 임무라 잘 수행해낼 수 있을지 두렵습니다."

"여몽이 자네를 추천했으니 그의 눈이 정확하리라 믿네. 이 임무를 맡아주게."

육손은 더 이상 거절할 수가 없어 손권에게서 인수를 받고 즉시 말을 달려 육구에 도착했다.

육구에 도착한 육손은 보병·기병·수군을 엄밀히 심사하여 부적격자는 빼고 정예화했다. 더불어 명마·직물·명주 등 선물을 준비하여 사신에게 주어 관우에게 보냈다.

이때 관우는 화살에 맞은 상처를 요양하기 위해 군사도 움직이지 않고 꼼짝 않고 있었는데 갑자기 군사 하나가 달려들어와 보고했다.

"강동에서는 여몽이 병들어 손권이 그의 병을 치료하기 위해 육구 방비를 육손에게 맡겼다고 합니다. 육손이 장군께 사신을 보내 예물과 편지를 보내왔습니다."

관우가 사자를 불러들여 물어보았다.

"손권은 어쩌자고 그 따위 이름도 없는 놈에게 육구를 지키는 임무를 맡겼느냐?"

사자는 정중히 엎드려 절하고 나서 아뢰었다.

"저희 육 장군께서 드리는 서신과 예물을 가지고 왔습니다. 우선 관 장군께서 비록 적장이지만 지난날 우금을 사로잡고 방덕을 목 베시어 천하에 이름을 떨치신 것을 축하드리며 또한 두 나라의 친선을 위해 이렇게 찾아왔으니 부디 받아주십시오."

관우가 편지를 펼쳐보니 말씨가 지극히 겸손했다. 관우는 편지를 읽고 난 후 호탕한 웃음을 웃고 나서 좌우에 명하여 예물을 받도록 하고 사자는 후히 대접한 후 돌려보냈다.

형주성을 공격한 여몽

사자는 돌아와 육손에게 보고했다.

"관우는 매우 만족스러워했으며 우리 강동에 대해서는 전혀 관심이 없는 듯했습니다."

육손은 이제야 제대로 돌아간다는 생각으로 기뻐하며 그 길로 염탐꾼을 보내 은밀히 살피게 했다. 관우는 과연 형주의 병력을 모조리 거느리고 번성을 공격할 계획이었다. 또 관우는 화살에 맞은 상처가 완쾌되기를 기다려 군사들을 거느리고 진군할 작정이었다. 육손은 이 사실을 전령을 보내 손권에게 낱낱이 보고했다.

손권은 즉시 여몽을 불러 상의했다.

"관우가 드디어 형주의 군사들을 모조리 거느리고 번성을 공격하려 하고 있소. 지금이야말로 절호의 기회이니 형주를 기습하여 취할 계책을 세워야 하겠소. 장군은 내 사촌 아우 손교(孫皎)와 함께 대군을 거느리고 진군해주게."

여몽이 말했다.

"주공께서 저를 쓸 만하다고 여기시거든 저를 혼자 내보내주시고 만일 아우 손교가 적임자라고 생각하시면 손교만 보내십시오. 예전에 주유와 정보 두 장군이 좌우의 도독으로 있었을 때 주유 장군에게 군무 일체를 담당하게 하여 정보 장군은 동오의 구신(舊臣)인 자신보다 주유가 상위에 놓인 것을 불만스럽게 생각하여 사사건건 외면으로 일관했습니다. 후에 주유의 뛰어난 재주를 알게 되자 비로소 높이 받들어 복종했다고 들었습니다. 오늘날의 저는 옛 주유의 재능에 도저히 미치지 못하고 또 손교 장군은 주공의 친척되는 분으로 정보 장군 같은 신하와는 다릅니다. 따라서 둘이 함께 가다가는 반드시 어떤 문제가 발생할 것으로 여겨집니다."

손권은 여몽의 말을 듣고 깨달은 바가 있어 여몽을 대도독으로 임명하여 강동의 군권을 일임하게 하고 사촌 동생 손교에게는 병참의 의무를 맡겼다.

여몽은 손권에게서 물러나와 삼만 병력을 뽑고 빠른 배 팔십여 척을 준비시킨 다음 헤엄을 잘 치는 수군을 선발하여 모두 흰 옷 차림의 상인으로 변장시켰다. 그리고 노를 저어가면서 활과 칼을 잘 쓰는 전사들은 배의 밑에 숨어 있도록 했다.

한편으로는, 한당·주태·장흠·주연·반장·서성·정봉 등의 일곱 명의 대장에게 군사를 거느리고 연달아서 나가게 했다. 손권도 나머지 병력을 거느리고 뒤따라 나가기로 했다. 여몽은 또 조조에게 사자를 보내 군사들을 이끌고 관우의 뒤에서 기습공격할 것을 요청했다. 그리고 육손에게 공격을 지시한 다음 흰 옷의 상인 차림을 한 군사들을 거느리고 쾌속선을 타고 심양강(潯陽江) 상류까지 밤낮을 저어가 북쪽 기슭으로 전진해갔다.

봉화대를 수비하고 있던 형주의 수비병이 이들을 수상하게 생각하여 누구냐고 물었다.

"우리들은 떠돌아 다니며 장사를 하는 사람으로 배를 타고 가다가 바람을 만나 하는 수 없이 잠시 이곳에서 하룻밤을 지냈다 가려고 합니다."

그러더니 상인으로 변장한 동오의 군사들은 봉화대를 수비하는 군사들에게 금품을 슬쩍 건네주었다. 뇌물을 받은 수비병들은 좋아하며 아무 의심 없이 하룻밤의 정박을 허락해주었다.

이윽고 밤이 깊어지자 배 밑에 숨어 있던 전투병들이 일제히 쏟아져나와 봉화대의 수비병을 닥치는 대로 결박하고 신호를 울리니 팔십여 척의 배가 뭍을 향해 기슭으로 올라왔다. 배에서 뛰어내린 동오의 군사들은 곳곳에 숨어 있던 수비병들을 모조리 배 안으로 끌고 갔다. 결국 수비병들은 하나도 달아나지 못하고 전멸하고 말았다. 여몽은 일제히 군사를 이끌고 형주로 진격해갔다.

그때까지도 형주에서는 동오 군의 습격을 모르고 있었다. 형주 가까이에 이른 여몽은 강변에서 잡은 봉화대 수비병을 교묘히 회유하여 그들에게 금품을 나누어주고 앞장 서서 성문을 열도록 유인한 다음 불을 밝혀 신호를 보내라고 지시했다.

여몽이 군사들을 거느리고 성문 앞에 당도했을 때는 밤이 깊어 성 안은 쥐죽은 듯 조용했다. 형주의 성문을 지키고 있던 군사들은 앞장 서서 오는 자신의 군사들이 문을 열라고 고함을 치자 배후에 다른 조짐이 있을 줄은 생각지 못하고 성문을 얼른 열어주었다. 앞장섰던 형주의 군사들이 함성을 지르며 성 안에 불을 밝히자 순간 동오의 군사들은 물밀듯이 형주성 안으로 뛰어들었다.

형주성을 손에 넣은 손권

형주성을 손쉽게 차지한 여몽은 군사들에게 엄명을 내렸다.

"함부로 사람을 죽이거나 백성들의 재물을 빼앗는 자는 지위고하를 막론하고 군법으로 엄히 다스리겠다."

또 성 안의 관리들은 현직에서 그대로 일하게 하고 관우의 가족들도 별가에 모셔다가 보호하게 했다. 그러고 나서 손권에게 형주를 차지했다는 보고를 올렸다.

큰 비가 몹시 내리는 어느 날 여몽은 말을 타고 네 개의 성문을 순찰하다가 문득 한 군사가 백성의 삿갓을 빼앗아 투구 위에 쓰고 있는 것을 발견하고 그를 수상스럽게 생각해 불렀다.

그는 여몽과 동향 출신이었다. 여몽은 그를 엄하게 꾸짖었다.

"너는 나와 동향 출신이지만 백성의 재산을 빼앗았으니 나의 명령을 어긴 죄로 군법에 따라 처형해야겠다."

이에 군사는 눈물을 흘리며 하소연했다.

"비가 쏟아져 귀중한 갑옷과 투구가 비에 젖을까봐 삿갓을 빼앗아 쓴 것입니다. 절대로 물건에 탐이 나서 그런 것이 아니니 동향 사람으로서 너그럽게 용서해주십시오."

여몽은 화를 누그러뜨릴 줄 모르고 결국 그의 목을 베게 하였다. 군법에 의해 처형은 했지만 동향 사람으로서의 정을 생각하여 여몽은 안타까운 심정으로 손수 시신을 거두어 울면서 장례를 치러주었다.

그 이후로 군사들은 엄한 군법을 두려워하여 복종하지 않을 수 없었다.

드디어 손권이 군사를 거느리고 형주에 도착하자 여몽은 손권을 정중히 맞이하였다.

손권은 여몽의 공을 높이 치하하고 종전과 같이 반준으로 하여금 형주를 다스리게 했다. 또한 우금을 감옥에서 풀어주어 조조의 진영으로 돌려보낸 후 민심을 수습하고 군사들에게는 후히 상을 내려 위로연을 베풀어주었다.

그 자리에서 손권이 여몽에게 일렀다.

"이미 형주는 손에 넣었지만 아직 공안은 부사인이 지키고 있고 남군은 미방이 지키고 있으니 이 두 고장을 어떻게 손에 넣을 방법이 없겠소?"

이때 느닷없이 장수 하나가 앞으로 나오며 말했다.

"활과 화살 하나 없이 제가 가서 삼촌불란의 혀로 공안의 부사인을 투항시키고 오겠습니다."

모두가 바라보니 그는 바로 우번(虞翻)이었다. 손권은 의아해하며 물었다.

"어떻게 부사인을 투항시킬 수 있소?"

"사실은 저와 부사인과는 오래된 친구 사이입니다. 제가 그를 만나 간곡히 권고하여 설득시킨다면 반드시 투항할 것입니다."

손권은 그의 청을 받아들여 즉시 그에게 오백 병력을 내주어 공안으로 보냈다.

한편, 형주가 함락되었다는 소식을 들은 부사인은 성문을 굳게 닫고 지키게 했다. 이때 우번이 도착하여 성문을 열어달라고 해도 열어주지 않자 그는 화살에 투항 권고문을 매달아 성 안으로 쏘아보냈다.

성 안의 수비병이 그 글을 주워 부사인에게로 가져갔다. 부사인이 글을 읽어보더니 불현듯 지난날 형주성 밖의 진지에서 일어났던 화재 사건으로 관우가 자신을 좌천시켰던 일이 떠올랐다.

억울했던 생각이 되살아난 부사인은 성문을 열어 우번을 맞아들였다.

두 사람은 예를 갖추고 옛 정을 나누었다. 우번은 부사인에게 손권의 사람됨과 관대한 성품을 입에 침이 마르도록 얘기하며 부사인을 설득했다. 부사인은 흔쾌히 인수를 우번에게 바치고 투항하기로 결심하여 형주로 들어갔다.

부사인이 흔쾌히 투항하자 손권은 크게 기뻐하며 예전과 같이 공안을 맡아 지키게 했다.

이때 옆에 있던 여몽이 손권의 귀에 대고 소곤거렸다.

"관우가 아직 잡히지 않았는데 부사인을 공안성에 그대로 있게 했다가는 자칫 무슨 변이 생길지 모릅니다. 차라리 그를 남군으로 보내어 미방을 설득하여 투항하도록 하는 것이 좋지 않겠습니까?"

손권은 이에 찬성하고 부사인을 불러 말했다.

"그대와 미방은 친근한 사이라고 들었는데 지금 미방에게 가서 그를 투항시키면 그대에게 후한 상을 내리겠소."

부사인은 이 뜻을 받아들이고 십여 기의 군사를 이끌고 남군으로 향했다.

이리하여 공안이 손권의 차지가 되었으니 지난날 왕보의 예측이 적중하게 되었다. 과연 미방은 어떤 결정을 내릴 것인지…….

부 록

■ 《三國志》의 무구와 무기

무기(武器)와 무구(武具)

삼국시대의 군대는 기병과 보병을 배합한 기동력이 있는 군대 구성으로 되어 있다. 이것은 한나라 때부터의 전통을 이어받은 것으로서 진나라 때 이전에 군대의 주체로 되어 있던 사두마차는 전선에서 물러나고 남북조 시기에 활약하는 중장(重裝) 기병은 아직 보이지 않았다.

기병과 보병은 각각 무구를 몸에 두르고 손에는 무기를 들고 부여된 각자의 임무를 수행하게 되는데 전투가 치열할 때는 보다 사용하기 쉽고 살상성이 뛰어나고 안정성이 높은 무기나 무구를 원했음은 말할 것도 없다.

위·촉·오 등 삼국이 격전을 벌이던 그 시대에는 무기의 성능도 더욱 좋아졌다.

무기와 무구의 개량은 기능이나 재질상의 두 방면에 집약되었는데 기능면에서의 개량은 주로 무기·무구의 형태상의 변화로 되어 나타나 있다.

이 시대의 표준 장비였던 도(刀)·극(戟)·노(弩) 등의 무기는 모두 그 기원이 오래지만 그 형체는 그때그때의 전장의 필요성에 따라서 변화해 왔다.

재질상의 개량은 전한(前漢)시대부터 급속하게 발달한 철기(鐵器)의 생산기술이 기초로 되어 있으며 '백련강(百煉鋼)'이라 불리는 고도의 단조(鍛造) 기술로 만들어진 강철이 예리하고 강인한 창도(槍刀), 얇고 방어력이 높은 갑주의 제작을 가능케 한 것은 진린(陳琳)의 《무군부(武軍賦)》나 제갈공명의 《작강개교(作鋼鎧敎)》 등에 잘 나타나 있다.

그림 1. ◆ 환수도(環首刀)를 든 무사(武士) ◆

山東省嘉祥縣宋山後漢畫像石墓

參考文獻
孫機 「옥구검(玉具劍)과 요식패검법(璐式佩劍法)」(《考古》 1985年 第1期, 科學出版社, 北京)
孫機 「상노고략(床弩考略)」(《文物》 1985年 第5期, 文物出版社, 北京)
孫機 「我國古代의 혁대」(《文物與考古論集》 1986年 12月, 文物出版社, 北京)
楊泓著 《中國古兵器論叢》 (增訂本, 1986年 5月, 文物出版社, 北京)

삼국시대의 무기·무구에 관한 고고(考古) 자료는 별로 없으나 후한 시대나 남북조 시대의 실물 자료·화상(畫像) 자료는 적지 않게 출토되어 있어서 이 시대의 실상(實相)을 복원하는 것은 그다지 어려운 작업이 아니었다.

그 당시 보편적으로 사용되던 무기와 무구를 소개한다.

1. 극(戟)

극(戟)은 모(矛)와 과(戈)를 합쳐놓은 무기로서 서주(西周)시대부터 보인 무기이다. 과는 스쳐 지나갈 때마다 적의 목을 베는 무기이며 극은 거기에 찌르는 기능을 추가한 만능의 긴 병기이다.

한대 이후에는 모(矛)와 과(戈)가 하나로 합쳐진 'ㅏ'자 모양의 철극(鐵戟)이 주류를 이루었으며 이후 장기간에 걸쳐서 사용되었다.

후한(後漢) 때부터 위진(魏晋)시대까지의 극(戟)은 과의 부분이 위쪽으로 젖혀져서 적의 목을 벨 때 저항이 적도록 되었다.

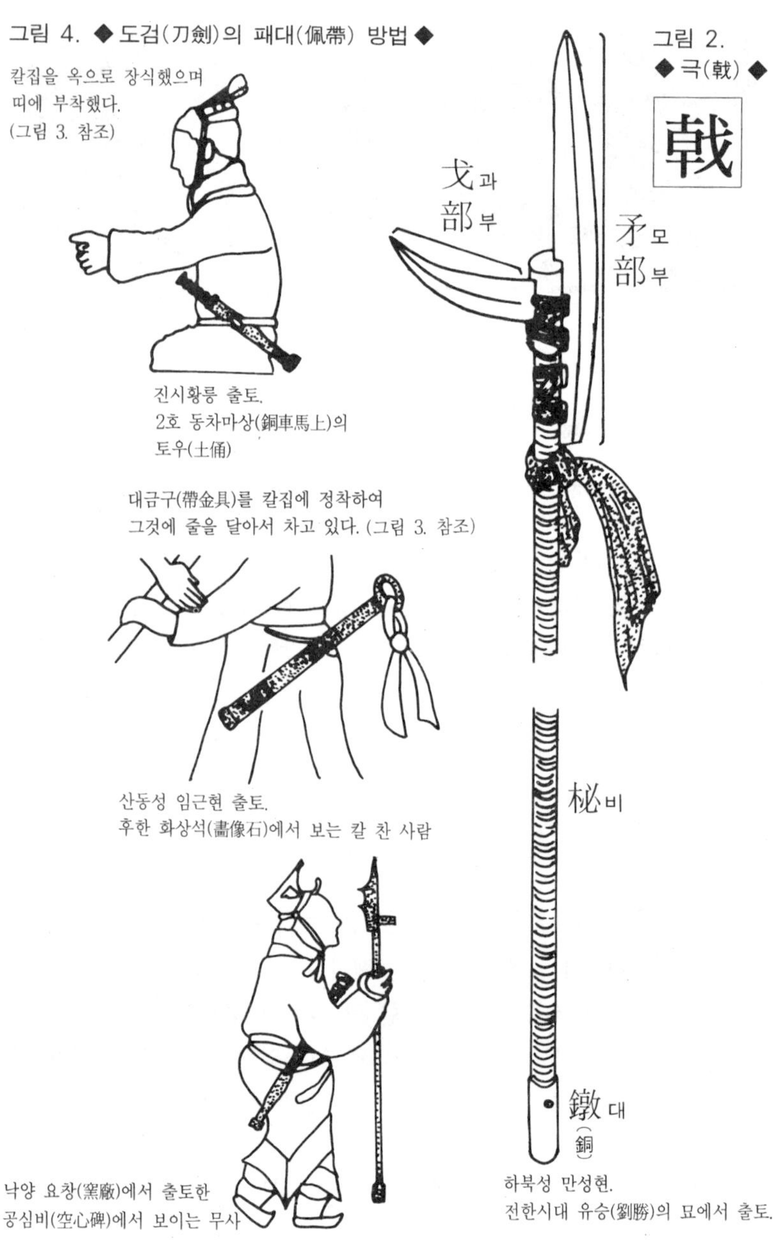

그림 4. ◆ 도검(刀劍)의 패대(佩帶) 방법 ◆

칼집을 옥으로 장식했으며
띠에 부착했다.
(그림 3. 참조)

진시황릉 출토.
2호 동차마상(銅車馬上)의
토우(土俑)

대금구(帶金具)를 칼집에 정착하여
그것에 줄을 달아서 차고 있다. (그림 3. 참조)

산동성 임근현 출토.
후한 화상석(畵像石)에서 보는 칼 찬 사람

낙양 요창(窯廠)에서 출토한
공심비(空心碑)에서 보이는 무사

그림 2.
◆ 극(戟) ◆

戟

戈과
部부

矛모
部부

柲비

鐓대
(銅)

하북성 만성현.
전한시대 유승(劉勝)의 묘에서 출토.

그림 3. ◆劍과 刀◆

刀
環首 환수
刀鞘 갈집
琫 봉
莖 경
帶鉤 대구 帶金具(銅)
璏 병(銅·玉)

劍
首後鐔 수후심
鏍 구
劍鞘 검집
璏 비옥(玉)
鋒 봉
摽 표(玉)

대도(帶刀)·대검(帶劍)=도검(刀劍)을 띠에 꽂아 휴대하는 것.
패도(佩刀)·패검(佩劍)=도검(刀劍)을 띠에 매어 휴대하는 것.
말을 탈 때 편하다.

칼집 표면은 끈이나 등나무 껍질로 감고 위에 칠을 한 것이 많다.

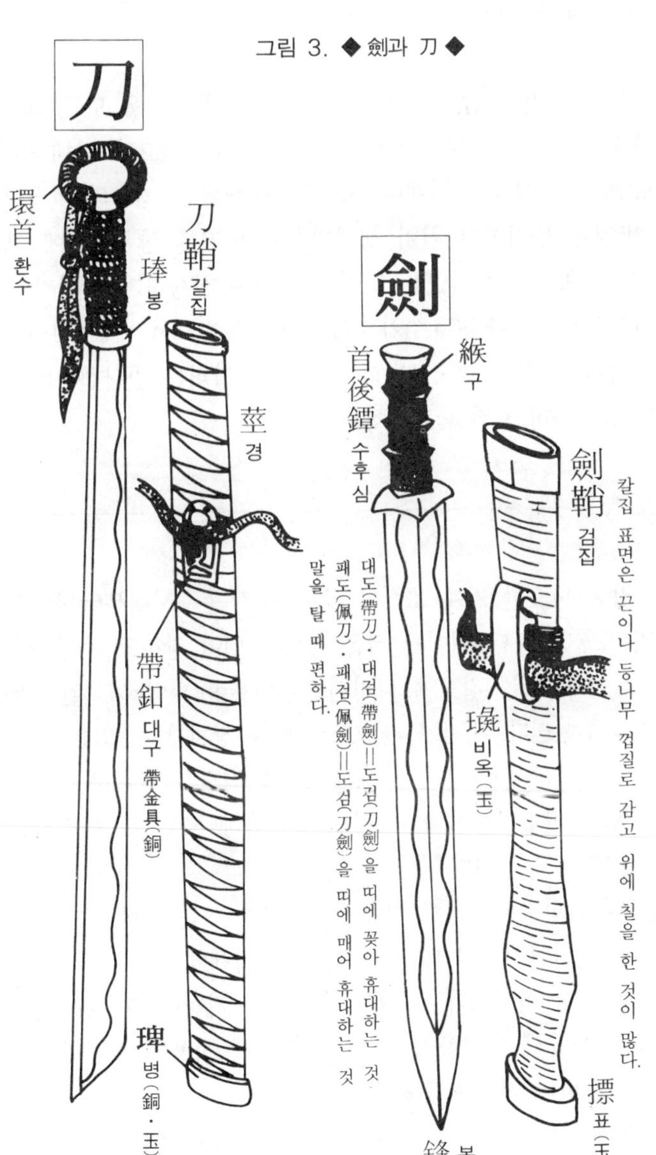

부분 명칭은 孫機의 「玉具劍與璏式佩劍法」
《考古》 1985年 第1期에 의함

2. 검(劍)과 도(刀) ────────────────

양날이 있는 것을 검(劍), 날이 한 쪽에만 있는 것을 도(刀)라고 한
다. 청동검(靑銅劍)은 선진(先晋)시대의 주요 무기였으나 한대 이후에
는 철도(鐵刀)가 이를 대신했다. 철도는 단조(鍛造) 기술의 발달이 가
장 잘 반영된 무기이며 철기 생산기술이 발전한 삼국시대에 그 성
능이 비약적으로 향상되었을 것이라는 것은 상상하기 어렵지 않다.
이 시대의 철도는 환수(環首)가 있는 직도(直刀)로서 베는 기능이 주
로 추구되어 있다. 기병·보병의 구별없이 장비는 간단한 병기로서
추격전 때는 특히 효과를 발휘했다.

3. 노(弩) ────────────────────

노는 양궁 비슷한 기계 조작이 딸린 활로 춘추시대부터 볼 수 있
다. 노가 보통 활보다 뛰어난 점은 장력(張力)이 강하고 사정 거리가
길다는 점이다. 노는 강도에 따라서 '비장(臂張)'의 노와 '궐장(蹶張)'
의 노로 나누어진다. 전자가 완력으로 활을 장치할 수 있는 데 대하
여 후자는 각력(脚力)의 도움을 필요로 할 정도로 강력하며, 한대에
는 강도가 200킬로그램이 넘는 것도 출현했다. 또한 그 사정 거리는
200미터 전후로 추산된다.
　후한시대의 화상석(畵像石, 그림7)에는 한쪽 무릎을 꿇고 화살을 쏘
는 병사의 그림이 보이는데 이처럼 낮은 자세에서 적을 사살할 수
있는 것도 노의 이점이다. 그리고 목표물을 겨냥한 채 장시간 대기
할 수 있기 때문에 매복해서 적을 기다릴 때 사용하기 편리한 무기
이며 잠복 수비의 진형에 적용되었다.
　노의 발사 부분을 노기(弩機)라 하며 아(牙)·우(牛)·현도(縣刀)라

는 3개의 동제부분(銅製部分)으로 구성되어 있는데 전한 이후에는 동곽(銅郭)으로 그것을 감싸는 모양으로 되어 있다.(그림 6) 이것은 현의 장력이 증가함에 따라서 장착(裝着) 부분을 강화시켜야 할 필요에서 생긴 구조이다. 후한 이후에는 아(牙)에 직결한 망산(望山)이라 불려지는 조준기가 발달하여 그 정밀도가 더욱 높아졌다.

그림 8. ◆ 궐장도(蹶張圖) ◆

山東省沂南後漢畫像石

그림 5. ◆ 노(弩)의 복원도(復元圖) ◆

명모원의(明茅元儀)가 편찬
《武備志》 중의 궐장도(蹶張圖)

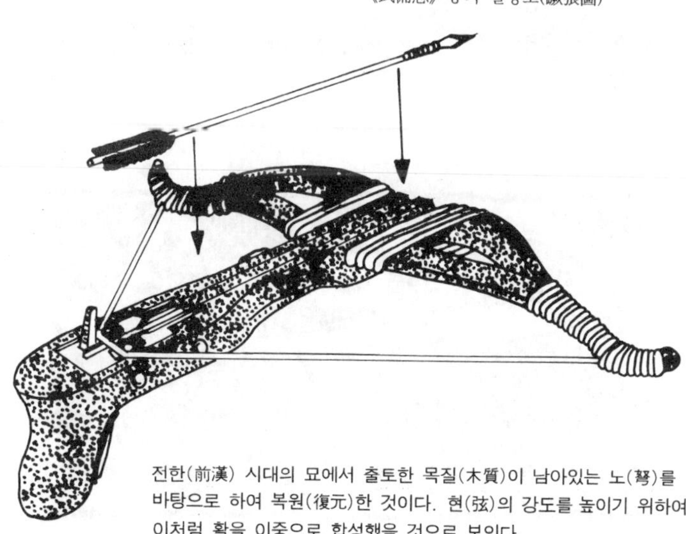

전한(前漢) 시대의 묘에서 출토한 목질(木質)이 남아있는 노(弩)를 바탕으로 하여 복원(復元)한 것이다. 현(弦)의 강도를 높이기 위하여 이처럼 활을 이중으로 합성했을 것으로 보인다.

그림　6.　◆ 노기(弩機)의 메카니즘 ◆

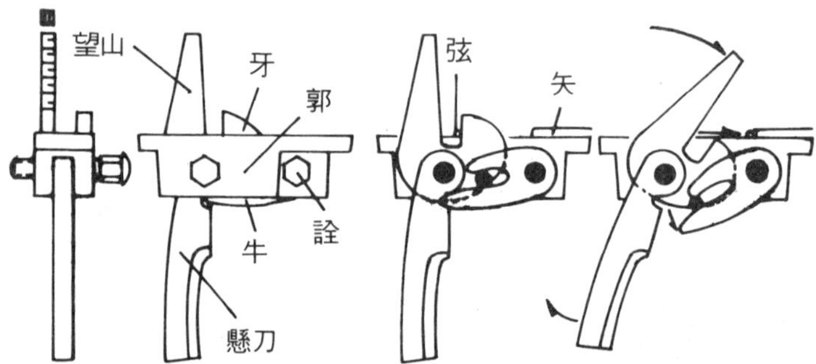

현도(懸刀)를 당기면 우(牛)가 벗겨져 우가 받치고 있던 아(牙)와 망산(望山)이 앞으로
쓰러지면서 활줄이 튕겨지도록 되어 있다.

그림　9.　◆ 한대(漢代)의 촉(鏃) ◆

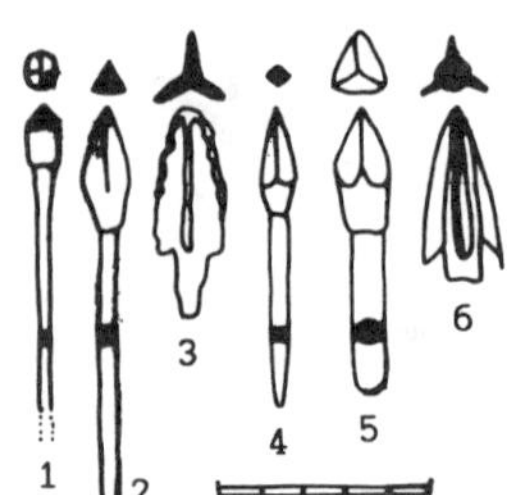

화살 끝에 정착한 촉은 전한시대에 종래의 동촉(銅鏃)
4~6에서 철촉(鐵鏃) 1~3으로 발전했다.
삼릉식(三稜式) 촉 2, 3, 5, 6은 견고한 철개(鐵鎧)라도
뚫을 수 있도록 개량한 것이며 특히 3과 6의 날개가
달린 촉은 삼방(三方)의 혈구(血溝)에서 피가 나오는
살상성(殺傷性)이 많은 형식으로 되어 있다.

전한(前漢) 시대 장안성(長安城) 무고(武庫)에서 출토

그림　7.　◆ 한쪽 무릎을 꿇고 노(弩)를 쏘는 병사 ◆

山東省滕縣西戶口後漢畵像石

4. 갑주(甲胄)와 방패[盾] ──────────────

　　한나라 때의 갑주는 여러 개의 철편을 엮어서 만든 것으로서 철편의 모양이 단책상(短冊狀)인 것을 '찰갑(札甲)', 타원형인 것을 '어린갑(魚鱗甲)'이라 했다. 찰갑은 철편(鐵片)이 고정되어 버리기 때문에

그림 10. ◆ 한대(漢代)의 어린갑(魚鱗甲) ◆　　◆ 한대(漢代)의 쇠투구◆
　　　　　　　　　　　　　　　　　　　　　　　　　　그림 11.

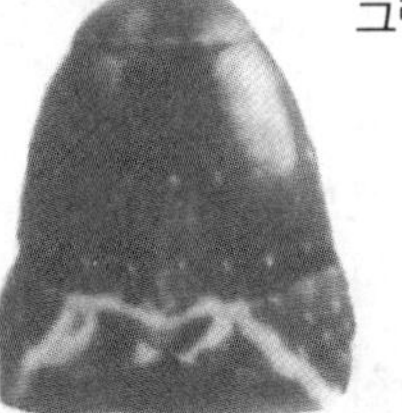

吉林省楡樹老河深鮮卑出土(復元模型)

河北省滿城縣前漢劉勝墓出土(復元模型)

그림 12. ◆ 호인(胡人)과 싸우는
　　　　한족(漢族)의 변사 ◆

山東省沂南後漢畵像石

움직임이 적은 허리 부분 등에 사용되었다. 어린갑은 철편이 작고 신체의 움직임에 적합하기 때문에 처음에는 움직임이 심한 팔이나 허리 부위에 대었으나 전한시대 후반부터는 점차 그 사용 범위가 넓어져서 상반신 전체를 덮는 것도 제작되었다.

제갈공명이 발명한 '동수개(筩袖鎧)'는 어린갑을 개량한 것인데 환수(丸首)·동수(筒袖) 등 거의 하의에 가까운 모양으로 되었으며 칼끝이 파고들 틈이 없게 되어 있다.

투구는 길다란 철편을 옆으로 엮어서 만들었으며 꼭대기에는 형형색색의 장식을 달았다.

방패는 보병이 장비하는 무구인데 출토된 예는 은나라 때의 것에서 볼 수 있다. 전국시대에는 검은 옻칠을 한 꽃모양의 방패가 주류이며 전한시대까지 사용되었다. 후한의 화상석(畵像石)(그림 12)을 보면 장방형이고 소형 방패가 사용되었는데 이는 아마도 적의 칼을 방어하는 데 중점을 둔 것 같다.

5. 마구(馬具)

전국시대에는 말이 전차(戰車)에서 해방되어 기마용 군마로 사용되게 되자, 그에 따라 마구도 달라지게 되었다.

특히 기사가 앉는 안장의 출현은 획기적인 것으로 전국시대부터 전한시대까지는 간단한 깔개를 깔았을 뿐이었다. 전한의 후기부터는 말의 양 옆구리에 말다래를 걸치게 되었고 안장도 튼튼한 구조로 되었으며 안장의 앞뒤에는 앉는 위치를 고정하는 전륜(前輪)과 후륜(後輪)을 세우게 되었다. 또한 등자(鐙子)는 서진시대에 등장했다.

한편 말의 장식도 고삐를 말의 입에 장착하는 재갈이나 장식끈 등에 장식품을 달고 있다. 말의 엉덩이에는 끈으로 장식하여 군사상의 표시를 하였다.

말의 방어 기구로는 코를 보호하는 마면(馬面)이나 전신을 덮는 구장개(具裝鎧)가 있다. 마면은 서주(西周)시대부터 볼 수 있으며 구장개는 전국시대의 초(楚)나라 분묘에서 가죽제가 출토되었는데 진한시대에는 사용되지 않았으며 동진(東晋) 이후 남북조 시대에도 철제가 많이 사용되었다.

그림 13. ◆晋代의 馬具一式◆ 河南省安陽市孝民屯鮮卑墓出土

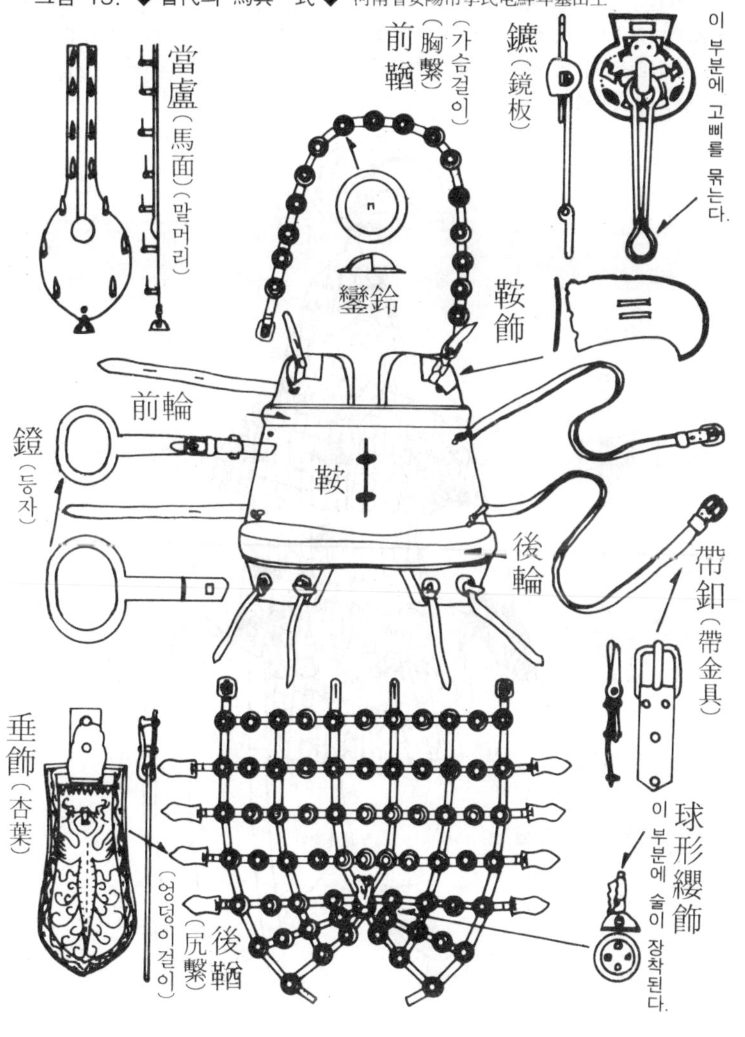

步兵과 騎兵의 復元圖

◆ 步兵의 想像圖 ◆

갑옷은 그림 10을 모델로 했다. 깃은 후한시대나 서진시대의 토우(土俑)를 참고로 하여 환수(丸首)로 변형시켰다. 옷자락은 후한 말기 호린골[和林格爾] 벽화 묘의 도상(圖像)이나 서진시대의 가욕관벽화묘(嘉峪關壁畵墓)의 도상을 참고하여 약간 길게 그렸다.

투구는 그림 11을 모델로 했다. 두개[頂蓋]의 장식을 위한 통(筒)은 후한시대의 벽화나 서진(西晉)의 토우를 참고로 재현한 것이다. 허리에 두른 띠는 낙양의 서진 묘에서 출토한 토우에서 볼 수 있다.

마구는 그림 13을 모델로 하였다. 그러나 안장이 낮고 등자(鐙子)가 없다.

한 무 희 박사

성균관대학교 중어중문학과 및 동대학원 졸업
성신여자대학교 한문학 박사
성대 · 이대 · 연대 · 고대 · 숙대 강사 역임
현재·· 단국대학교 중어중문학과 교수
　　　단국대학교 퇴계 기념 중앙도서관장
　　　한국 중어중문학 회장, 중국 현대문학 연구회 회장
저서·· 《고문진보》, 《당송팔대가 문선》, 《노신문집》, 《노신 평전》, 《손자병법4》,
　　　《중국문학사》, 《중국사상의 근원》, 《중국역대산문선》, 《중국예술정신》,
　　　《신편 기초 중국어》
논문·· <시경의 형성고찰과 문학적 가치>, <한 · 중 저항문학의 양상>,
　　　<노신의 문학관>, <굴원의 사상과 예술>, <중국문학 혁명운동의 연구>,
　　　<삼국지의 형성고찰과 문학적 가치>, <중국 현대산문의 형성배경과 그 특징>,
　　　<장자 산문의 연구>

우 주 형

<여성 생활>지 · 주간 춘추 · 삼중당 소설계 편집장, 자유문학사 초대 편집주간 역임
시사 일본어 연구 편집위원, 동서문화사 백과사전 팀장, 도서출판 예지사 주간
사단법인 대한체육회 편수 (기관지 · 출판물 전담), 황해도민 월남 50년 편집위원
역서·· 《게으름뱅이 정신분석 (上 · 下)》(깊은샘), 우신사 문고판 다수 번역
　　　이외 약 50여 권 번역

三國志 5

발　행·· 1998년 1월 10일
저　자·· 나　　관　　중
교　열·· 한　　무　　희
편　역·· 우　　주　　형
발행자·· 남　　　　용
발행소·· 일신서적출판사

주　소·· 서울 마포구 신수동 177-3(121-110)
등　록·· 1969.12. NO.10-70
전　화·· 영업부 703-3001~5　FAX 703-3009
　　　　편집부 703-3006~8　FAX 703-3008
　　　　대체구좌 012245-31-2133577

❶ 값 8,000원